SI NOS DESCUBREN

un sello de
V&R Editoras

‣ **Título original:** *If This Gets Out*
‣ **Dirección editorial:** Marcela Aguilar
‣ **Edición:** Melisa Corbetto con Stefany Pereyra Bravo
‣ **Coordinadora de Arte:** Valeria Brudny
‣ **Coordinadora Gráfica:** Leticia Lepera
‣ **Armado de interior:** Florencia Amenedo
‣ **Ilustración de portada:** Sophie Gonzales

© 2021 Sophie Gonzales y Cale Dietrich
© 2022 VR Editoras, S. A. de C. V.
www.vreditoras.com

Publicado mediante acuerdo con St. Martin's Publishing Group en asociación con International Editors'Co. Barcelona.

MÉXICO: Dakota 274, colonia Nápoles,
C. P. 03810, alcaldía Benito Juárez, Ciudad de México.
Tel.: 55 5220-6620 · 800-543-4995
e-mail: editoras@vreditoras.com.mx

ARGENTINA: Florida 833, piso 2, oficina 203
(C1005AAQ), Buenos Aires.
Tel.: (54-11) 5352-9444
e-mail: editorial@vreditoras.com

Primera edición: enero 2023

ISBN: 978-987-747-965-2

Impreso en México en Litográfica Ingramex, S. A. de C. V.
Centeno No. 195, colonia Valle del Sur, C. P. 09819,
alcaldía Iztapalapa, Ciudad de México.

SOPHIE GONZALES Y CALE DIETRICH

SI NOS DESCUBREN

TRADUCCIÓN: JULIÁN ALEJO SOSA

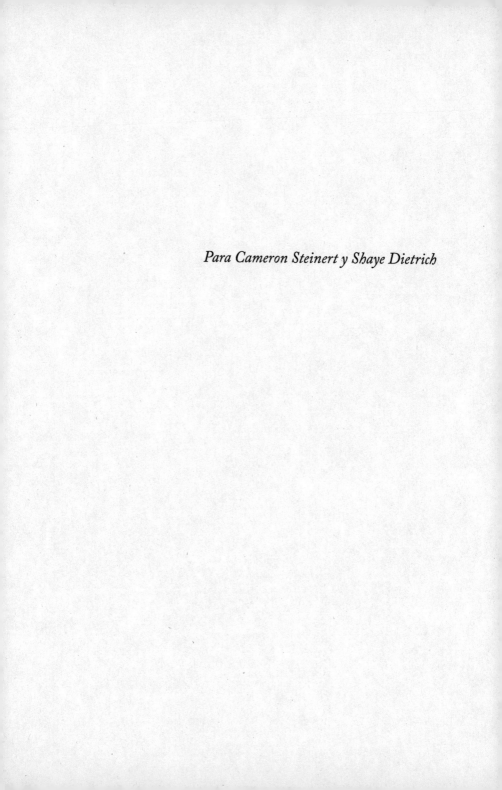

Para Cameron Steinert y Shaye Dietrich

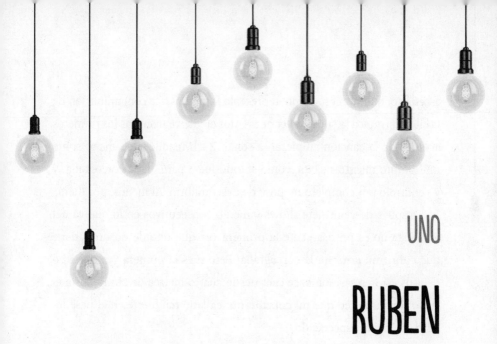

UNO

RUBEN

Estar a punto de caer hacia mi muerte frente a un estadio lleno de personas eufóricas tiene que ser una señal, entre una infinidad de señales, de que necesito dormir más.

Estamos dando nuestro último concierto en Estados Unidos de nuestra gira Months by Years cuando pasa. Estoy casi a cuatro metros sobre el escenario en una plataforma iluminada que simula ser la silueta de varios edificios. Llegó ese momento en que nos sentamos al borde para nuestra última canción, *His, Yours, Ours*, pero en lugar de bajar con cuidado, doy un paso en falso, demasiado hacia adelante, y empiezo a caer.

A solo segundos de caer por el aire, una mano me sujeta con firmeza por el hombro. Zach Knight, uno de los otros tres miembros de Saturday. Sus ojos cafés se abren apenas un poco, pero, en general, mantiene la compostura. *Aquí no pasó nada.*

No puedo darme el lujo de parar y agradecerle, debido a que el humo del escenario, que supuestamente representa las nubes o la contaminación de la ciudad (nunca lo supe con certeza), nos envuelve mientras los primeros acordes de la canción empiezan a sonar. Zach mantiene su mano sobre mi hombro mientras canta, como si todo fuera parte de la coreografía, y yo controlo por completo mi pose de desequilibrio. Al menos, por fuera.

Después de veintisiete shows y medio consecutivos en lo que va del año, esta no es precisamente la primera vez que uno de nosotros tiene que cubrir un error en la coreografía. Pero *sí* es la primera vez que uno de esos errores casi me hace caer desde cuatro metros de altura hasta el suelo. Incluso creo que mi corazón nunca latió *tan* fuerte en el pasado, pero somos un espectáculo.

Y quiero aclarar algo: nosotros no *damos* un espectáculo, nosotros *somos* el espectáculo. Y no es algo que se escriba en dos minutos luego de tanto esfuerzo.

Es un concierto suave y controlado, y así es como tiene que mantenerse.

Cuando Zach termina de cantar su parte, me aprieta levemente el hombro (el único gesto que recibirá todo este asunto por ahora) y baja su mano, mientras Jon Braxton empieza con su verso. Jon siempre tiene la mayor cantidad de partes solo. Supongo que eso es lo que pasa cuando tu papá también es el mánager de la banda. Si bien no tenemos un líder, está más que claro que, si lo tuviéramos, esa persona sería Jon. Eso, claro, para el público.

Para cuando Jon termina y llega mi turno de cantar el puente, mi respiración está más o menos firme otra vez. Aunque tampoco importa demasiado. En cada canción, sin falta, me dan las partes más simples, sin ninguna nota alta a la vista. Honestamente, incluso podría cantarlas con un soquete en la boca. No les importa mucho que tenga el registro más alto de los cuatros. Por razones que nunca se molestarán en explicarme, ellos prefieren que cante bastante tranquilo. Y por "ellos" me refiero a nuestro equipo de producción y, en menor medida, al sello discográfico: Chorus Producciones y Galactic Records.

Y Dios no permita que me salga de esos límites tan opresivos, agregando algún arreglo o algún cambio de velocidad. Tenemos que sonar igual al disco. Ensayados, empaquetados y bien presentados.

Aun así, más allá de las inhibiciones vocales, la multitud parece enloquecer cuando canto. Los flashes enceguecedores de las cámaras en el vasto espacio que ocupa la multitud se vuelven frenéticos, las cientos de barritas de colores se sacuden con mayor abandono y los innumerables carteles que con la frase CÁSATE CONMIGO, RUBEN MONTEZ se elevan cada vez más alto entre el público. Estoy seguro de que solo es mi percepción, pero cuando canto solo, todo parece encajar en su lugar. Solo somos yo y la multitud vibrando en la misma frecuencia.

En este mismo instante, si pudiera quedarme aquí parado para siempre, cantando lo mismo, la misma línea segura una y otra vez, escuchando los mismos gritos, viendo los mismos carteles, la eternidad se sentiría solo como un momento en el tiempo.

Luego, cuando Angel Phan toma el protagónico con su voz ronca y airosa momentos antes del estribillo, la música se calma hasta no ser más que un susurro y el escenario queda envuelto en una oscuridad total. Tal como lo hicimos una docena de veces antes, nos levantamos al mismo tiempo y nos quedamos quietos sobre unas cruces que brillan en la oscuridad en el suelo a medida que la plataforma desciende hacia el escenario. Ni bien me bajo de ella y mis pies vuelven a tocar tierra firme, me relajo.

Pero no dura mucho. De pronto, cientos de láser atraviesan la oscuridad cuando estalla el instrumental del estribillo con su cambio de velocidad. Nos iluminan a nosotros y al público con luces verdes y azules fluorescentes que se cruzan por todo el lugar, y entonces empezamos el estribillo un poco encandilados. En la que considero que es una broma cruel, la última canción tiene la coreografía más demandante de toda la noche y se espera que la hagamos mientras mantenemos una armonía perfecta con nuestras voces. Antes de la gira ya estaba en forma, pero de todos modos tuve que cantar en la cinta de correr durante dos semanas el año pasado para desarrollar la capacidad pulmonar necesaria para poder hacerla.

Sin embargo, hacemos que se vea fácil. Nos conocemos hasta los huesos. Incluso aunque no los esté mirando, sé lo que están haciendo.

Zach mantiene su expresión seria, incluso después de todos estos años se sigue poniendo nervioso durante la parte más intensa de la coreografía y activa su modo de concentración absoluta.

Jon cierra los ojos en la mitad del estribillo, su papá siempre lo regaña por eso, pero no puede evitar perderse en la emoción.

Y en cuanto a Angel, apuesto todo lo que tengo a que se está comiendo al público con los ojos, a lo que le agrega un poco de movimiento pélvico y algunas patadas al final de cada paso, aunque no tenga permitido hacerlo. Nuestra coreógrafa, Valeria, siempre le llama la atención por eso en nuestras reuniones después del concierto. "Estás llamando demasiado la atención", dice. Pero todos sabemos que el verdadero problema es que nuestro equipo de producción se pasó dos años moldeando su identidad para que se viera como el chico inocente y virgen que las chicas querrían presentarles a sus familias, cuando eso no puede estar más alejado de la realidad.

Al finalizar el estribillo, pasamos a nuestra próxima posición y miro por un instante a Zach. Tiene su cabello castaño aplastado sobre su frente por la transpiración. Tanto Zach como yo llevamos chaquetas, una aviadora para mí y una de cuero para él. Déjenme decirles una cosa, con las luces que nos iluminan desde arriba, el humo que impregna todo el aire a nuestro alrededor y el calor de la multitud en un estadio cerrado, hace casi cuarenta grados aquí arriba, en el mejor de los casos. Es un milagro que todavía no hayamos sufrido un golpe de calor en el escenario.

Zach me mira y me esboza una leve sonrisa antes de darle la espalda al público. En ese momento, me doy cuenta de que lo estoy mirando demasiado, por lo que enseguida aparto la vista. En mi defensa, nuestra estilista y maquilladora, Penny, una mujer curvilínea en la mitad de sus veintes, le pidió que se dejara crecer el cabello para esta gira, de modo que ahora lo tiene en el largo ideal que *grita* sexo cuando está mojado con transpiración. Quiero aclarar que solo estoy señalando algo que la mayoría de la gente sabe. De hecho, el único que *no* parece notar lo bien que se ve es él mismo.

Pongo la mente en blanco y me dejo llevar por la música como si estuviera en piloto automático, girando y saltando en un baile que mi cuerpo sabe de memoria. La canción termina, las luces se atenúan y adquieren un tinte anaranjado y amarillo, y nosotros nos quedamos congelados en el lugar, respirando con dificultad, a medida que la multitud se pone de pie. Zach aprovecha el momento para quitarse de la frente su cabello mojado con un movimiento de su cabeza que deja su cuello a la vista.

Mierda. Lo estoy mirando otra vez.

Me obligo a concentrarme en Jon, que se acerca al centro del escenario para agradecerle a los músicos, al equipo de seguridad y a los equipos de sonido y luces. Luego sigue el *Muchas gracias, Orlando, somos Saturday, ¡buenas noches!*, y empezamos a saludar. La ovación es tan ensordecedora que se ahoga a sí misma hasta ser solo ruido blanco, y regresamos a nuestros camarines.

Y eso es todo. La gira por Estados Unidos de Months by Years termina, así sin más.

Erin, una mujer alta y gorda en sus cuarentas con cabello castaño rojizo, nos espera abajo del escenario en la zona de concreto justo detrás del escenario.

—¡Felicitaciones, chicos! —dice con su voz resonante, levantando una mano para chocar los cinco con cada uno de nosotros—. ¡Estoy tan orgullosa de ustedes! *¡Lo hicimos!*

Como mánager de la gira, Erin ocupa el lugar de nuestros padres cuando no están con nosotros. Se encarga de gestionar el cronograma, las reglas, la disciplina, felicitarnos, recordar nuestros cumpleaños y alergias, y se asegura de que estemos donde se supone que debemos estar todo el día, todos los días.

Erin me agrada lo suficiente como persona, pero, al igual que con el resto de los empleados de Chorus, nunca bajo la guardia por completo cuando estoy con ella. La empresa se encarga de publicitarnos y organizarnos, pero también es el equipo que nos moldeó para ser lo que somos hoy. El equipo que controla estrictamente con quién hablamos, qué decimos y qué grado de libertad tenemos.

Y con respecto a esto último, no tenemos mucha. Así que trato de no darles más razones para que la sigan limitando.

Todos lo hacemos.

Zach se para a mi lado cuando pasamos junto a varios trabajadores del equipo técnico de escena. Tiene el cabello suelto otra vez, sus ondas sobre su frente aún transpirada.

—¿Estás bien? —me pregunta por lo bajo.

Mis mejillas se sonrojan. Me había olvidado de que casi me caigo.

—Sí, estoy bien, no creo que nadie lo haya notado —susurro.

—A quién le importa si la gente lo notó, solo quería saber si estabas bien.

—Ah, sí, no te preocupes.

—¿Por qué no estaría bien? —pregunta Angel, parándose entre nosotros y pasando sus brazos sobre nuestros hombros. Como apenas le llevo media cabeza y Zach mide un metro ochenta, no es algo que le resulte muy cómodo—. Terminamos. ¡Volvemos a *casa mañana*!

—Solo por cuatro días —agrega Jon con tristeza cuando se nos acerca.

—Ajam, gracias, Capitán Obvio, pero sé contar —dice Angel, mirándolo con cierto desprecio—. Primero, nunca rechazaría cuatro días libres y, segundo, cuando pasen esos cuatro días, se viene el evento más importante de nuestras vidas.

—Ah, ¿tu cumpleaños es más importante que los Grammys ahora? —pregunto.

—¿Y los Billboard Music Awards? —agrega Zach, esbozándome una sonrisa juguetona.

—Sí a los dos —dice Angel—. Habrá pavos reales —agrega y Jon ríe, pero borra la sonrisa a penas Angel le lanza una mirada fulminante—. Todavía puedo cancelar tu invitación.

—No, por favor, no me puedo perder a los *pavos reales* —dice Jon retrocediendo con las manos juntas en dirección a Ángel.

—Juegas con fuego, Braxton.

Llegamos a nuestros camarines, donde nuestro equipo nos espera para cambiarnos. A nuestro alrededor hay cuatro percheros portátiles y, mientras nos desvestimos casi en modo automático, empiezan a etiquetar nuestro vestuario y colgarlo en el orden correcto para llevarlos a la lavandería. Es su responsabilidad mantener un registro meticuloso de las docenas de trajes que tenemos, a quién le corresponde cada uno y en qué momento debemos usarlos. Simplifican su trabajo de la mejor manera posible mientras nosotros nos encargamos de lo nuestro, pero no envidio para nada el dolor de cabeza que les debe causar.

Siendo una persona que creció actuando en musicales, estoy acostumbrado a desvestirme después de un concierto. La diferencia ahora es que, como estamos de gira, nos cambiamos de ropa a cada rato: no podemos cambiarnos cuando hay una cámara cerca. Chorus eligió nuestros roles hace años. Cuando nuestros estilistas no están haciendo malabares con los innumerables atuendos que necesitamos para cada concierto, recolectan y compran nuestra ropa casual para mantener el mismo estilo cuando estamos trabajando. Y siempre estamos trabajando.

En esencia, nuestra ropa, nuestro vestuario, narra la historia de nuestras personalidades. El problema es que no es la real.

Zach se supone que es una especie de chico malo: cuero, botas, jeans rotos y cualquier otra cosa negra que puedan ponerle encima. Angel es el chico inocente y divertido, lo que significa que tiene mucho color y estampados por todo el cuerpo, y nada ajustado ni remotamente sexy, para su completo disgusto. Jon es el seductor carismático, así que la regla de oro es vestirlo para que *muestre esos músculos que parecen estar a punto de estallar*.

En cuanto a mí, soy el chico inofensivo de cara bonita, accesible, seguro y común. La mayor parte de mi vestuario está lleno de suéteres de cuello redondo y cachemira con tonos cálidos neutros diseñados para hacerme lucir suave y abrazable. Y, por supuesto, no sirve de nada verse seguro y común si no actúas de ese modo, así que mis indicaciones son bastante claras. Nada de hablar sobre mi sexualidad en las entrevistas, nada de alardear sobre el escenario, nada de opinar sobre nada y *definitivamente* nada de mostrar un novio en público. Soy una hoja en blanco en la que nuestras seguidoras y seguidores pueden escribir la personalidad de sus sueños. El comodín para quienes no se conforman con los otros tres.

Lo opuesto a todo para lo que me criaron.

Pero más allá de lo controlados que estemos, lo interesante es que nuestros seguidores más devotos a menudo saben la verdad. Me refiero a aquellos que ven y consumen todo lo que nos involucra. Vi cómo describen nuestras personalidades en internet de un modo que se acerca demasiado a la realidad, en especial cuando hablan de la sensibilidad y dulzura de Zach o lo competitivo y precavido que es Jon. Lo salvaje y divertido que es Angel, o lo perfeccionista y sarcástico que soy yo. Los vi meterse en discusiones con otros seguidores que también aseguran conocer todo sobre nuestras *verdaderas* identidades. Pero, por supuesto, nadie las conoce, porque no nos *conocen* para nada, más allá de todo lo que deseen hacerlo. De todos modos, algunos nos ven con mayor claridad. Nos ven y nos siguen eligiendo. Nos ven a *nosotros* y aun así parecemos agradarles más.

¿Quién lo hubiera imaginado?

Erin revisa su iPad mientras nos cambiamos, como un ancla firme en medio de un caos organizado.

—Cuando todos terminen, quiero que nos reunamos para hablar de la próxima semana —dice. Nos quejamos al unísono y Zach inicia una competencia conmigo para ver quién se queja más fuerte. No queda claro quién es el ganador, porque Erin nos calla antes de que alguno de los dos alcance el volumen máximo—. *Ya sé*, ya sé —dice—. Están cansados…

—Somos zombies —la corrige Angel, antes de destapar su botella de agua con los dientes.

–Sí, Ruben casi se *desmaya* –dice Zach y le pateo la pantorrilla. Erin me mira con severidad.

–No me desmayé, solo… fue un tropezón.

–Serán solo unos pocos minutos –dice Erin–. Diez, máximo.

Jon le entrega su camisa a nuestro estilista, Viktor, y expone su torso ancho y lampiño que, al igual que el de los demás, a estas alturas, me resulta casi tan familiar como el mío. Cuando ve a Jon sin camiseta, Angel aprovecha y sacude su botella para salpicarlo con agua helada. Jon abre la boca y grita, saltando en el lugar. Zach ríe a carcajadas.

–¡Angel! *Idiota, ¿por qué?*

–Estaba aburrido.

–¿Estás *bromeando*?

Zach, todavía riendo, le alcanza una toalla y la frota sobre su piel oscura para secarse mientras murmura algo para sí mismo. Si bien es innegable que Jon es atractivo, y está parado a solo metros de mí, semi-desnudo y mojado, no me distraigo especialmente con él. Estar desnudos entre nosotros es parte de nuestra rutina, así que necesito más que solo un tipo atractivo semidesnudo con los abdominales marcados para atra-parme con la guardia baja.

Pero cuando Zach se empieza a quitar su camiseta, me aseguro de mirar en cualquier otra dirección *menos* en la suya, tal como hice en to-dos los conciertos de los últimos meses. Porque sea lo que sea esa "otra cosa" que haría que me llame la atención, Zach la tiene en abundancia, y sin importar cuánto intente apagar esa sensación, no puedo hacerlo por completo. En otras palabras, hasta poder reprimir cualquier cosa graciosa que mi cerebro empieza a jugar en mi mente, tengo que tratar al Zach semidesnudo como si fuera Medusa. No debo mirarlo por riesgo de muerte.

Angel tiene su espalda apoyada contra mí, así que tomo la botella de agua más cercana y se la vuelco sobre su cabeza, empapando su cabello negro hasta solo ser una maraña de mechones mojados. Abre la boca por el frío y voltea.

—La traición —anuncia. Corro para esconderme detrás de Zach, quien ahora lleva puesta una camiseta y, por lo tanto, es seguro de volver a mirar.

—Chicos, chicos —dice Penny, parándose frente a la mesa donde está todo su maquillaje como una madre desesperada que se arroja frente a su único hijo—. No se mojen cerca del maquillaje. Basta. Ruben, tienes que sacarte el maquillaje, vamos.

Angel baja la botella y levanta las manos, rendido, y se quita un mechón mojado de su cara. Me asomo apenas por detrás de Zach y, con un movimiento hábil de su muñeca, Angel tira un poco de agua en mi dirección. Pero no me alcanza.

Lo esquivo y me acerco a buscar algunas toallitas desmaquillantes. Empiezo primero por los ojos. En los últimos años, el maquillaje que llevamos en los ojos empezó a ser cada vez menos sutil, al punto de convertirse en parte de nuestra marca. Ahora Penny termina un delineador café por semana. Tiene una forma de difuminarlo con sombras suaves e iluminarlo de un modo que resalta mucho más nuestros ojos. Intenté hacerlo yo mismo un día, pero terminé viéndome como si estuviera yendo a una audición para Piratas del Caribe. Desde entonces, dejo que ella se encargue del delineado.

Finalmente, con la cara al natural y ropa limpia, vamos al salón de descanso con Erin para relajarnos. Me desplomo sobre el sofá, apoyo la cabeza sobre el apoyabrazos y cierro los ojos, mientras Zach, sentado a mi lado, se entretiene golpeteándome la cabeza rítmicamente. Escondo mi sonrisa detrás del apoyabrazos y muevo una mano en su dirección sin mucho entusiasmo para que me deje de molestar, cuando Angel y Jon se sientan amontonados a mi lado.

Angel me patea los pies hasta que los bajo para darle más espacio, lo que me obliga a sentarme derecho donde Zach ya no me puede alcanzar. Logro contener las ganas de pegarle un codazo a Angel como venganza, pero solo apenas. En gran parte porque ya no tengo energía.

Angel no estaba bromeando cuando dijo que éramos zombies. No descansamos desde hace semanas. Todos los días fueron iguales. Nos levantamos temprano, saludamos a la multitud desde la ventana del hotel como si fuéramos la maldita familia real o algo por el estilo, cenamos, entrenamos, terminamos los preparativos finales, dimos el concierto, nos cambiamos, volvimos a nuestra habitación en el hotel o nos subimos directo a un jet privado que nos llevó al próximo estado para repetir todo una vez más.

Pero mañana no habrá ese caos. Mañana volvemos a casa.

En lo personal, no me emociona tanto esa idea. Mi mamá es bastante pasivo-agresiva en el mejor de sus días y bastante agresiva en sus peores días, mientras que papá podría vivir en el trabajo. Lo que sí espero con ansias es dormir toda la mañana.

—Muy bien —dice Erin y abro los ojos, pero no levanto la cabeza—. Quería tener esta reunión para asegurarnos de que estamos en la misma página con lo de la próxima semana y para que aprovechen a sacarse todas sus dudas.

La próxima semana. La próxima semana nos tomaremos un avión y nos despediremos de nuestros hogares por unos cuantos meses para hacer la parte internacional de nuestra gira. Primera parada, Londres.

Nunca salí del país. En los últimos años, me acostumbré a no ver a mi mamá y papá durante semanas, a veces incluso meses, pero nunca lo sentí tan serio como esta vez. Hasta ahora siempre estuve en el mismo país que ellos. Aunque, técnicamente, sí estuve *más lejos* en cuanto a cantidad de vuelos. Pero, de algún modo, viajar a Europa se siente más grande. Para ser honesto, es un poco abrumador pensar en todo eso y todavía no me permití procesarlo bien. Era más fácil verlo como algo con lo que tendría que lidiar mi yo del futuro.

El problema es que, mi yo del futuro está a punto de convertirse en mi yo del presente.

Sabía que mi plan no era perfecto.

Levanto una mano dormida cuando recuerdo la *única* pregunta que tengo. Bueno, dos.

–¿Me puedes recordar por tercera vez que no me sorprenderás con un show en el West End? –pregunto.

–No sería una sorpresa si te lo dijera –comenta Jon.

–No, no lo sería –dice Erin–. Pero solo para que no te ilusiones, puedo confirmar que definitivamente no tenemos tiempo para un show en el West End. Lo siento, Ruben.

No puedo reunir la energía para sentirme decepcionado.

–Lo supuse. Pero ¿dijiste que quizás podríamos visitar el Burgtheater en Viena…?

Erin sonríe.

–Así es y lo haremos. Se los aseguro, ya lo marqué en el itinerario. Deberíamos poder tener una hora libre.

Escuchar eso me levanta el ánimo. Tengo una larga tradición de fanáticos del teatro en mi familia. Me crie con Andrew Lloyd Webber y Sondheim. Mi mamá me llevó a clases de canto privadas para perfeccionar mi vibrato y mi *belting* cuando aún iba a jardín de infantes, y empecé a salir de gira con compañías teatrales de manera profesional en la primaria. Vi todo lo que Estados Unidos tiene para ofrecer en el mundo de los musicales, pero no puedo ir a Europa sin al menos hacer *alguna* actividad turística. Además, siempre estuve enamorado de la atmósfera y la historia del Burgtheater. Eso y no tenemos tiempo para visitar el Globe, para mi disgusto.

Jon, el único de nosotros que no está desplomado en su sillón, habla.

—Visitaremos el Vaticano, ¿verdad?

—Sí, obviamente.

Porque, claro, no podemos separar cuatro horas para un show en el West End, pero sí podemos pasar una mañana entera en el Vaticano para Jon. No me sorprende: Jon es súper católico, al igual que su madre; y si bien su papá, Geoff Braxton, no, es obvio que hará todo lo posible para que su hijo tenga cualquier cosa que desee. Así son las cosas.

Erin mira a Angel.

—¿Tienes alguna duda, cariño?

Angel se toma un momento para pensar.

—Mmm, ¿la mayoría de edad sigue siendo dieciocho en Londres?

Erin suspira.

—Sí.

Angel sonríe.

—Ninguna otra pregunta, Su Señoría.

Levanto la cabeza para mirar a Zach y veo que tiene su barbilla apoyada sobre su mano.

—Estás callado —le digo.

—¿Mmm? —parpadea—. Ah, no, estoy bien. No tengo ninguna pregunta. Teatros y alcohol y mmm... Jesús... todo parece bien.

—Tienes sueño, ¿verdad? —digo y asiente con una pesadez evidente en sus ojos. Erin lo nota.

—Muy bien. El minibús los está esperando en la puerta. Escríbanme un correo o un mensaje si tienen alguna duda, si no nos vemos temprano el domingo.

Nos levantamos a toda prisa antes de que Erin recuerde alguna otra cosa de la agenda.

—¡Ya sé que ustedes siguen todas las leyes y no beben alcohol! —nos grita a nuestras espaldas—. Pero recuerden que las resacas y los vuelos transatlánticos no se llevan bien, ¿entendido?

Zach y yo nos sentamos en la parte trasera del minibús, mientras Angel y Jon se sientan frente a nosotros, en asientos separados. Por lo general, hablamos mucho cuando estamos de regreso al hotel, pero hoy el cansancio se siente distinto. Es casi como si acabáramos de correr una maratón y estoy utilizando mi última reserva de energía para llegar a la meta de una vez por todas. No tenemos cuatro días libres desde hace… una maldita eternidad.

Si bien el hotel está a solo cinco minutos con el tráfico de esta hora de la noche, Angel se acurruca en su asiento y empieza a dormir, y Jon se pone sus auriculares para relajarse con un poco de música.

Al estar prácticamente solo, miro a Zach.

—No puedo creer que esto haya terminado —digo.

—Aún nos queda la gira por Europa —dice Zach levantando una ceja.

Cuando Zach susurra, su voz apenas cambia. Así de suave habla. Parece un terciopelo. Un colchón delicado de musgo. Podrías dormirte sobre ella con facilidad.

—Es verdad. Pero se siente diferente.

—Será lo mismo de siempre en poco tiempo.

—Supongo. Como todo esto —muevo la mano a nuestro alrededor vagamente—, se siente igual que siempre.

—Sí.

—Es bastante deprimente.

Lleva la cabeza hacia atrás, dejando expuesto su cuello.

—¿Qué?

—Que no importa lo grande o excitante que sea algo, al cabo de un rato termina volviéndose ordinario.

El minibús pasa sobre una loma y Angel balbucea algo con el movimiento, pero sigue durmiendo. ¿Cómo es posible?

Zach piensa por un momento en lo que dije y me contesta con un "Mmm" como si estuviera de acuerdo y sorprendido a la vez. Nunca deja de divertirme que Chorus *insista* con hacer que Zach sea el tipo rudo y taciturno, cuando su verdadera personalidad no podría estar más alejada de eso. Zach no es callado por ser rudo y un alma torturada. Tan solo es pensativo y cuidadoso, el tipo de persona que se toma el tiempo para pensar en lo que acabas de decir y decidir qué respuesta quieres escuchar. Puede que no sea la clase de persona que domina una conversación o interactúa con un salón lleno de gente con mucho entusiasmo; tiene el enojo de un cachorro. Más allá de que los medios digan lo contrario a pedido de nuestro Director de publicidad, David.

Levanta los pies sobre el respaldo del asiento de Jon y apoya sus rodillas sobre su cara. En algún lugar de mi mente, una voz me dice que, si el minibús chocara, sus piernas atravesarían directo su cabeza. Como no voy a dejar de preocuparme por eso, más allá de cuánto intente ignorar ese tormento, apoyo una mano con sutileza sobre sus pantorrillas y empujo levemente sus piernas. Me esboza una media sonrisa y obedece sin mucho entusiasmo.

—Los canales de Ámsterdam —dice de la nada.

—Los Alpes de Suiza. ¡Me encanta Mad Libs!

–No. –Me empuja con el codo–. Es lo que quiero conocer. Ustedes tienen sus cosas, y yo no quería decirlo frente a todos, pero si tengo la oportunidad de hacer algo que me gusta, espero que sea eso. Solo quiero… sentarme junto a los canales por un rato.

–¿Por qué no querías decirlo en frente de todos? No me parece nada escandaloso. Pero si hubieras dicho el barrio rojo, quizás…

–Ah, también quiero eso –bromea.

–Por supuesto.

Su sonrisa se desvanece y presiona la punta de sus zapatos en el asiento que tiene frente a él una vez más.

–Es una estupidez. Pero ahí es donde mi papá le propuso matrimonio a mi mamá. Quiero ver cómo fue. Ya sé que eso no hará que vuelvan a estar juntos como por arte de magia ni nada por el estilo, pero es solo… no sé.

–No es una estupidez –digo–. Haremos todo lo posible para que lo hagas.

Vuelve a esbozar una sonrisa.

–¿Sí?

–Sí. O sea, estamos dejando a Angel suelto por Europa, estoy seguro de que Erin separó dos espacios para ir a la estación de policías al menos dos veces en la gira. Si vamos a tener tiempo para eso, podemos tener tiempo para visitar los canales.

–Te puedo *escuchar* –gruñe Angel con una voz apagada.

Le pateo el asiento en respuesta y grita, protestando.

Angel es la persona menos indicada para llevar ese nombre. De hecho, su verdadero nombre es Reece, pero nadie lo llama así desde que formamos la banda. En nuestra primera reunión de publicidad, David se puso paranoico ante la idea de que los medios confundieran "Ruben" con "Reece", y Angel fue la mejor opción que encontraron. Su padre fue quien lo empezó a llamar así cuando era pequeño, porque a la señora Phan le pareció ofensivo el otro apodo, quizás más adecuado, de "pequeño demonio". Y el señor Phan tenía un sentido del humor bastante irónico.

A mi lado, Zach se recuesta en su asiento y cierra los ojos. Presiona su brazo contra el mío cuando cambia de postura.

Creo que no vuelvo a respirar por lo que queda del viaje.

DOS

ZACH

Estoy bastante seguro de que mi chofer es fanático de Saturday.

No deja de mirarme por el espejo retrovisor ni de sonreír antes de apartar la mirada.

Lo hace otra vez, lo que me hace sentir un escalofrío por la espalda. Se supone que tiene que llevarme a la casa de mi mamá, pero soy bastante consciente de que me puede estar llevando a cualquier otro lugar. Mi instinto incluso me dice que es probable que tenga un sótano lleno de pósteres de Saturday.

Paso una mano por mi cabello y me quedo mirando la calle afuera. Intento pensar de manera lógica. Erin me asignó a este chofer, así que tiene que ser una persona de confianza, en especial porque estoy seguro de que su carrera profesional caería en picada si me secuestran y me asesinan bajo su supervisión. Muy en el fondo sé que no pasa nada sospechoso.

Entonces, ¿por qué sonríe como si estuviera tramando algo?

Escucho un riff de guitarra que me resulta familiar. Ah, no.

Levanta las cejas y me sonríe como si estuviera diciendo *Ah, sí*.

Sube el volumen de la música justo cuando mi voz empieza a sonar por los parlantes del auto. Creo que prefiero que sea un asesino. No es que no me guste *Guilty*, o sea, es divertida y una de mis canciones favoritas de Saturday, en gran parte por ese riff súper empalagoso y las partes de Ruben que son las mejores de toda su carrera. De verdad, suena increíblemente fantástico en esta canción.

Apoyo la cabeza contra la ventanilla cuando empieza el estribillo. Es una de nuestras primeras canciones, antes de que perdiera por completo mi estilo punk en la voz, ese que Geoff describió sutilmente como quejoso e invendible. Por eso ahora mi voz temblorosa llena de autotune es increíblemente reconocible. La cantaría distinto si pudiera hacer una nueva versión, pero cuando eres famoso, todo lo que haces te sigue para siempre.

Miro al espejo y sí, me está mirando. Es un maldito rarito.

Muevo la cabeza al ritmo de la canción, pretendiendo estar pasándola bien. Como si estuviera diciendo, "Sí, *Guilty*, me encanta".

—Mi hija está obsesionada contigo, Zach —dice, mirándome a los ojos a través del espejo—. Con todos ustedes en realidad, pero en especial contigo. Se considera una "stan".

Hago una mueca y me obligo a sonreír.

—Ah, guau, gracias. Qué agradable de tu parte.

Ríe.

—De nada. Ya sabes, a mí me gusta más el rock, pero algunas de sus canciones son muy pegadizas. No le digas a nadie que dije eso, ¿está bien?

Estoy bastante acostumbrado a esto. No existe ningún tipo que diga que le gusta Saturday sin hacer una aclaración de algún tipo. *Apestan, pero...*

—No lo haré —pauso y luego decido seguir adelante—. A mí también me gusta el rock. —Es la primera cosa honesta que le digo.

Toco el brazalete de cuero que mi estilista me obliga a usar.

Para que conste, de verdad me gustan nuestras canciones. Es solo que no son las canciones que elegiría para escuchar en mi tiempo libre, mucho menos las que elegiría cantar si tuviera el control sobre eso.

Pero ese no es el caso. Así que no importa.

Luego de escuchar casi la mitad de nuestra discografía, con la que alcancé niveles nunca pensados de vergüenza, llego por fin a casa. Abro la puerta, salgo al sol de la media mañana y estiro la espalda como excusa para mirar hacia ambos lados de la calle. No hay nadie a la vista y, más importante aún, ningún paparazzi cerca, al menos que yo pueda ver. Una de las cosas más extrañas de ser famoso es encontrar fotos tuyas en revistas cuando ni siquiera recuerdas que alguien te las haya tomado. No ayuda que se estén volviendo cada vez más sigilosos, con cámaras que pueden tomarte una fotografía desde kilómetros. Aparezco en las revistas todo el tiempo, así que siempre siento que alguien, en algún lugar, me está mirando. Y creo que no me equivoco.

Me veo en el reflejo del auto y empiezo a arreglarme, porque la gente de Chorus se volvería loca si alguien publica una foto mía luciendo como la mierda. Mi cabello está más desprolijo que de costumbre, con algunos pelos parados. Geoff me pidió que lo dejara crecer en lugar de mantenerlo corto y desprolijo como siempre, pero todavía no me acostumbro. Se me sigue metiendo en los ojos y haciéndome cosquillas en el cuello. Es un dolor de cabeza y no estoy seguro de que se vea tan bien como para justificar la incomodidad.

Cuando el chofer saca mi maleta, me atrapa en el acto.

—Gracias —le digo y le doy una propina de cincuenta dólares.

—No hay problema. —Sigue mirándome—. ¿Te puedo pedir una foto? Mi hija me mataría si no lo hiciera.

Me aseguro de sonreír de oreja a oreja.

—¡Adelante!

Toma su teléfono y se acerca para tomarse algunas fotos conmigo. Una parte de mí quiere terminar enseguida para poder irme de este lugar y ver a mi mamá, pero me controlo. *No seas una de esas celebridades*, me regaña una voz desde lo profundo de mi mente. Es solo un pequeño favor. Está bien.

Una vez que termina de tomar suficientes fotos como para rellenar un álbum, entro al edificio. Subo por el ascensor con mi llave magnética hasta el piso más alto. Llamo a la puerta y, unos segundos más tarde, se abre.

Mi mamá aparece y me abraza con mucha fuerza. Creo que se vistió elegante para la ocasión, ya que lleva una camisa metida en sus jeans. Cuando nos separamos, noto algunas lágrimas en sus ojos. Las seca como si fuera algo de lo que avergonzarse y no la cosa más dulce del mundo. Se acerca y me abraza una vez más, tan fuerte que duele. Tiene mucho perfume así que, sí, definitivamente se preparó para la ocasión. Puede que mi papá sea una mierda ausente, pero por suerte la tengo a ella.

—Te extrañé tanto —dice.

—¿Por qué?

Ríe y sacude la cabeza, luego se toma un momento para mirarme de pies a cabeza.

—¿Cuándo pasó esto?

Guardo una mano en el bolsillo de mi pantalón.

—Erin ahora nos obliga a ejercitar dos veces al día.

Mamá frunce el ceño. Sé que tiene sus reservas sobre lo que, en sus palabras, describe como "los aros de mierda de murciélago" por los que Erin y el resto de Chorus nos hacen saltar, y las rutinas de ejercicio constante son parte de eso. Pero no me molesta. Está bien. Cuando iba a la escuela, era delantero del equipo de fútbol y era un compromiso enorme, pero me gustaba. Cuando soy parte de un equipo o trabajo con un objetivo en mente, seguir órdenes no se siente como trabajo. Estar en Saturday es parecido a eso. Además, ahora tengo dieciocho, así que lo entiendo. Ser *bonito* tiene fecha de caducidad y después es necesario empezar a hacer la transición a *ardiente* si quiero mantener una carrera profesional. Y es lo que hago. No tanto como, no sé, Ruben, pero sí.

—¿Qué? —pregunto.

—Nada, te pareces mucho a tu padre.

Me pregunto cómo se debe sentir al respecto. O sea, veo el parecido, en especial ahora que crecí. Pero eso significa que me parezco al tipo que la abandonó y empezó una nueva familia con una compañera de trabajo diez años más joven que él. El mismo tipo que empezó a llamar con regularidad cuando Saturday empezó a ganar popularidad. El mismo que me dijo que la carrera de músico era una idea horrible y que no me apoyaría si tomaba ese camino, pero luego quería recoger cada una de las recompensas cuando la banda despegó.

Simplemente asiento.

El apartamento de mi mamá es grande y está bien decorado. Tiene una vista increíble de Portland a través de las puertas de vidrio que llevan al balcón. No crecí en este lugar. Mamá tuvo que mudarse porque no había manera de hacer que nuestro viejo hogar fuera seguro. Lo que quedó claro cuando un seguidor descubrió dónde vivía y acampó en la puerta con la esperanza de verme. Le compré este lugar solo unas semanas más tarde.

—¿Cómo viene el álbum? —pregunta.

—Bien, creo. Le envié a Geoff algunas canciones que escribí, así que crucemos los dedos para que a Galactic les gusten.

—Estoy segura de que sí. A mí me encantan.

—Sí, pero eres mi mamá, estás obligada a decir eso.

—¿Prefieres que diga que son horribles? —Sonríe, así que sé que está bromeando. Sacudo la cabeza—. Entonces cuida tu boca. En serio, ¿cómo te sientes? Es algo grande.

—Ya sé. Es solo que no quiero ilusionarme, supongo. Pero sería fantástico publicar algo propio.

—Y entonces serás un verdadero artista.

Simulo tener arcadas. Finalmente, encuentro a Cleo, nuestra gata, escondida en la habitación de mamá. Creció bastante desde la última vez que la vi, ahora parece casi un ladrillo.

—Hola —digo, levantándola y exagerando en broma lo pesada que es para sacarle una sonrisa a mamá.

Aún con Cleo entre mis brazos regreso a la cocina. Mamá está preparando un pastel de chocolate que tiene la frase *¡¡¡Bienvenido a casa, Zach!!!* escrita con una letra un poco inestable. No sé en qué momento la hizo, porque todavía trabaja a tiempo completo en una residencia para ancianos. Y yo gano suficiente como para mantenernos a los dos.

—Perdón si es demasiado —dice con una expresión algo incómoda—. Solo quería prepararte algo.

—No, me encanta, gracias. Pero quiero bañarme, así que podemos esperar, no sé, ¿cinco minutos?

—Está bien —dice mamá—. ¿Qué piensas hacer el resto del día?

—¿Por qué no miramos algún programa de mala calidad en la tele y pedimos comida no tan saludable?

—Cuenta conmigo.

Vuelvo a mi habitación y apoyo a Cleo sobre la cama. Mi viejo dormitorio tenía afiches de bandas punk en todas las paredes, pero este está completamente vacío. Es una habitación más adulta, pero también, peor. Agarro una camiseta desgastada y unos pantalones deportivos, y entro al baño. Nunca me permitirán usar esto en ningún lugar donde me puedan ver, y creo que ese es el punto de usarlo ahora. En este instante, Zach Knight de Saturday terminó de trabajar. Ahora solo soy Zach otra vez. Por fin.

Cuando salgo, veo que mi mamá también se puso el pijama. Hay dos porciones de pastel sobre la mesa de café de la sala y *Guerrero Ninja Americano* está pausado en la tele. Me invade un aluvión de nostalgia y siento que tengo quince años otra vez y estoy aquí, mirando la tele con mi mamá, tal como solíamos hacerlo cada noche. Antes de que verla se convirtiera en un evento bianual.

Me siento y tomo mi plato cuando mamá reanuda el programa.

—Entonces —dice—, ¿alguna chica pasó más allá del *meet and greet*?

Reviso mi reloj inteligente.

—Veinte minutos en casa. ¿*Eso* lo que te toma entrometerte en mi vida personal?

—No me estoy entrometiendo, solo tengo curiosidad. Vamos, ¿quién es ella?

Mantengo la mirada fija adelante.

—No estuve saliendo con nadie. Estoy concentrado en componer ahora.

—Bueno, está bien, señor Misterio.

—¿Y tú tienes algún hombre en tu vida? —pregunto.

—No te diré nada si tú no me lo cuentas primero.

Pongo los ojos en blanco.

Me llega un mensaje de Ruben y sonrío cuando lo leo.

¡Ya te extraño!

—¿Y esa sonrisa? —pregunta mamá—. ¿Es una chica?

Inclino el teléfono para que no vea.

—Solo es Ruben.

—¿Tan rápido? ¿No te acabas de despedir de él?

—Sí, pero es mi… Ruben.

Mamá me frota el cabello y la dejo hacerlo. Me gusta más así de todos modos.

Le respondo:

Yo también amigo.

Ruben responde con el emoji del pulgar arriba, que *sé* que lo hace para molestarme. Ya hablamos sobre lo pasivo agresivo que me parece.

BORRA ESO.

Me envía el mismo emoji.

Bastardo.

Sonrío y luego apago mi teléfono, sin intenciones de volver a encenderlo por las próximas cuarenta y ocho horas.

Que pase lo que tenga que pasar. Puede esperar.

Zach Knight de Saturday está oficialmente fuera de la oficina hasta la fiesta de Angel.

La fiesta de Angel es, en una palabra, ridícula.

No estaba bromeando sobre los pavos reales. Puedo ver a varios de ellos deambulando por el jardín. Algunos adiestradores con mamelucos verdes los llevan con correas de un lado a otro. Así que, sí. Ridícula es la única palabra adecuada. El lugar es enorme y se encuentra frente a un lago inmenso, mucho del espacio libre está decorado como si fuera una feria, con puestos y animadores de todo tipo. Hay dos atracciones principales: un barco pirata y una cosa que gira con un brazo rotador. Hay incluso un castillo inflable gigante.

¿Para quién? ¿Quién sabe?

Más allá de lo increíblemente desmesurado que sea todo esto, no puedo evitar sonreír. Es tan Angel. Además, no hay ningún paparazzi ni fan cerca y, si bien hay una multitud bastante grande, solo son personas del ambiente. Numerosos guardias de seguridad vigilan el perímetro, lo que significa que no tengo que estar con la guardia tan alta como siempre. Al menos, en cuestión de seguridad.

Estoy parado junto a Jon en el aparcamiento, mirando todo el espectáculo. Tiene una camisa ajustada y yo estoy vestido todo de negro, así que seguimos manteniendo nuestro estilo de marca, incluso aquí. Toma su teléfono y empieza a mirar sus redes. Lo entiendo, pasó por estas cosas toda su vida, mientras que yo la fiesta más increíble que tuve cuando era niño fue en McDonald's, y después de adolescente por lo general evitaba festejar mi cumpleaños a cambio de más regalos. El resto nunca lo entenderían, en especial Ruben y Jon, ellos siempre fueron ricos y se volvieron más ricos, pero yo nunca hubiera tenido algo ni remotamente parecido a esto si no fuera por Saturday.

Creo que me estoy emocionando, pero desearía que mi mamá pudiera ver esto.

Hace algunas horas, tuve que despedirme de ella. Mantuve los labios presionados todo el camino, intentando mantener bajo control la creciente angustia en mi pecho. Quería disfrutar la noche, así que debía dejar de hundirme en este pozo mental. No tendría manera de salir si me dejaba hundir. Pero, *apenas* acabo de llegar…

—¿Esos son bailarines de fuego? —pregunta Jon y señala a dos tipos semidesnudos y aceitados con antorchas.

El más joven de ellos tiene un tatuaje a un lado de su cuerpo, pero no puedo verlo bien sin quedarme mirándolo fijo, lo que desde afuera se verá como si estuviera viendo a un tipo semidesnudo. Al igual que el resto de Saturday, ya escuché cientos de rumores sobre mi sexualidad y la gente *siempre* busca evidencias para confirmar la teoría de que yo soy gay en secreto. Odio lo invasivos e impertinentes que son los rumores, y cómo transforman mirar el tatuaje de un tipo en algo de lo que me tengo que cuidar.

Levanto una ceja e inclino la cabeza hacia un lado.

—Eso o un par de strippers horribles.

Jon mantiene la mirada fija en los bailarines, así que nos acercamos a mirar junto a una multitud reunida a su alrededor. Reconozco a varios actores que están próximos a ser estrellas y algunos *influencers* de Instagram millonarios y… Ay, por Dios, Randy Kehoe, el cantante de Falling for Alice. Se está rascando la barbilla con su mano en un guante de cuero y tiene una camiseta con una mancha roja salpicada al frente, cubriendo de sangre a la que alguna vez fue una calavera blanca. Tiene el cabello teñido de rosa intenso para que combine con su último álbum, del que básicamente estoy enamorado. Me muero por acercarme y actuar como un desastre de emociones por algunos minutos, pero no estamos trabajando en este momento. Así que nadie quiere escuchar cumplidos.

También quiero que Randy me cuente sobre su proceso de escritura, pero el simple hecho de pensar en eso hace que me sonroje. Es un escritor increíble y yo estoy aquí cantando cosas empalagosas hechas deprisa sobre chicas que no existen. ¿Por qué me prestaría atención?

Los bailarines empiezan una nueva coreografía, esta vez girando sus bastones en llamas a una velocidad imposible. Siento el calor sobre mi cara a medida que se mueven en completa sincronía. El tipo con el tatuaje es bastante atractivo, tiene cabello oscuro y unas clavículas que se le marcan notoriamente. De repente, ambos levantan las antorchas hacia sus bocas y sueltan algo que los hace parecer como si estuvieran escupiendo fuego.

La multitud empieza a gritar.

Ah, maldición. Me arriesgo a mirar. Tiene el tatuaje de un dragón y su cola termina sobre su cintura.

Ah. La verdad que se ve fantástico. Guardo la idea para que una futura versión de mí finalmente pueda hacerse los tatuajes que tanto quiere desde hace años. Una versión de mí que no tenga que pasar todo lo que hago con mi piel por un equipo de producción que lo apruebe primero.

Junto a la entrada al edificio principal, veo a Geoff Braxton con una copa de champagne en la mano. Está solo, algo que no suele ocurrir a menudo. La gente nos vive pidiendo cosas a nosotros, pero nada se compara con él. Y lo entiendo, considerando que solo él puede decidir si vales lo suficiente como para convertirte en una superestrella mundial, rica y más famosa de lo que jamás habrías imaginado. Si quieres ser famoso, entonces él es un dios.

—Ve a saludarlo —me dice Jon—. Pregúntale si la gente de Galactic le comentó algo sobre tus canciones.

—¿En serio? Pero…

—¡Solo ve!

Me empuja en su dirección y trago saliva con fuerza antes de acercarme a Geoff. A diferencia de Jon, él es blanco y estoy bastante seguro de que empezó a teñirse su cabello cada vez más escaso para tapar las canas. Ni siquiera quiero saber cuánto cuesta el traje que lleva puesto, pero supongo que debe ser un número obsceno.

Le extiendo mi mano, la cual estrecha con firmeza, mientras esboza una perfecta sonrisa profesional. Creo que significa que tengo un minuto de su tiempo. Si se avecina una larga conversación, por lo general actúa como si fuera un mejor amigo que quedó perdido en el tiempo.

—¿Pasándola bien? —pregunto.

—Así es. —Baja la vista—. Pero estoy seguro de que no viniste solo para preguntarme eso. ¿Quieres hablar de trabajo?

—Sí.

—Bien, me gustan tus prioridades. —Nos apartamos hacia un lugar más tranquilo, a un lado del edificio.

Mi corazón se llena de esperanza. No quiero ilusionarme, pero si al menos le gustó una de mis canciones, eso sería enorme.

—Entonces, ¿qué te parecieron? —le pregunto.

—Me gustaron. Pero debo hacerte saber que Galactic Records decidió no usarlas. No porque sean malas, sino porque no es la dirección que pretenden tomar para Saturday.

Bajo la cabeza y no puedo recobrar la energía para mirarlo a los ojos.

—Ah, está bien.

—De todos modos, sigue intentándolo, tienes lo tuyo y me *encantaría* agregarte como compositor en los créditos del álbum.

—Está bien. Y entonces, ¿qué hago?

—Solo recuerda qué tipo de banda es Saturday. Toca lo que Galactic quiere, no lo que a ti te gusta. Somos un grupo pop. Si sientes que estás bloqueado, intenta hacer algo que sonaría en la radio o en un centro comercial.

Me cruzo de brazos e intento contener las lágrimas. Es solo trabajo. Incluso aunque sienta que tengo una leve oportunidad por todo el esfuerzo que puse en esas canciones, no es personal. Pero, en serio, ¿un centro comercial? No puedo imaginar nada que haya escrito sonando en un lugar como ese.

—Genial, está bien. Seguiré intentando.

—Bien. Qué agradable verte. Diviértete en la fiesta.

—Gracias por tu tiempo. —Mi voz se quiebra, maldición—. Lo volveré a intentar y seré más pop la próxima vez.

—No puedo esperar a escucharlo.

Me marcho con los hombros caídos. Geoff nunca me diría a la cara que cree que mis canciones apestan, pero, técnicamente, es lo que acaba de hacer. De todos modos, intento hacer a un lado el pensamiento. Está bien. ¿A quién le importa que Saturday nunca escriba sobre algo que de verdad tenga sentido para mí? Es solo un trabajo, eso es todo. ¿En qué mundo alguien que trabaja puede hacer lo que quiere?

Regreso al edificio principal. Ahora está iluminado como un club nocturno, cientos de luces azules cortan la oscuridad y la música suena tan fuerte que se pueden sentir las vibraciones del bajo por todo el suelo. Hay un DJ y una barra, y a un costado, fuera de broma, una inmensa escultura de hielo de un león rugiendo. Incluso hay un puesto de tatuajes donde una chica se está tatuando el brazo. Me asomo y veo que le están escribiendo la palabra *GUILTY* en letras cursivas.

En el fondo del salón, apoyado contra la pared, está Ruben, luciendo injustamente genial con un suéter y un saco de lana. La gente repite sin parar que Ruben podría ser modelo y veo por qué: su cabello negro perfectamente despeinado y su quijada angular. Puede que yo necesite trabajar la transición de bonito a sexy, pero Ruben ya la hizo hace rato y estoy bastante seguro de que lo sabe.

Está hablando con un Adonis moderno. El otro chico ríe y luego apoya una mano sobre el hombro de Ruben por un momento. Siento una extraña puñalada en el estómago. Los medios y el público todavía no saben lo de Ruben, e incluso en una fiesta privada quiero decirle que no sea tan obvio. Más allá de lo inteligente que sea, a veces puede ser un poco tonto, en especial cuando está cerca de tipos lindos. Lo entiendo, también me comporto como un estúpido cuando estoy cerca de una chica, pero mi estupidez no tiene más probabilidades de inspirar titulares alrededor del mundo.

Aparece Jon de la nada, como si me hubiera estado buscando desde hacía rato.

—Oye —grita por encima de la música—. ¿Viste a Angel?

—Todavía no —acentúo tras sacudir la cabeza.

—Mierda —dice, con el ceño fruncido—. Nadie lo encuentra.

—Ah, maldición. Está bien, ahora le escribo. —El pánico empieza a apoderarse de nosotros. Angel siempre fue el más fiestero de todos, pero en el último tiempo empezó a probar cosas más pesadas que el alcohol. Tiene un nuevo grupo de amigos que le da todo lo que él quiere y… bueno. Entiendo por qué Jon está así.

—Ya lo intenté, pero hazlo.

Hola, acabo de llegar, ¿dónde estás?

Aparece como si estuviera escribiendo, pero luego se detiene.

—Está consciente —digo.

—Bueno, supongo que peor es nada.

Mira hacia la multitud. Reconozco a algunas personas, sus caras famosas iluminadas solo momentáneamente por las luces estroboscópicas. Muchas ya están tambaleándose por todo el lugar o emparejadas de un modo que haría salivar a cualquier editor.

—¿Dónde está Ruben? —me pregunta Jon gritando.

—Está hablando con un tipo por allá… —me detengo porque ya no está ahí. Intento no pensar en lo que *podría* estar haciendo.

Jon me observa con curiosidad.

—Eh, los vi ahí cuando llegué. Parecían estar pasándola bien.

Jon presiona un puño contra su frente.

—¿Puedes ir a buscarlo y preguntarle si vio a Angel? Yo seguiré recorriendo el lugar. Escríbeme si Ruben sabe algo.

—Está bien.

Salgo de la pista de baile y vuelvo a la feria para buscar a Ruben. Apuesto a que está aquí con ese Adonis. Solo espero que no sean demasiado obvios.

Sacudo la cabeza. Lo que haga Ruben no es asunto mío.

Es solo que quiero que tenga cuidado. Cualquiera podría verlo. Si yo lo vi, estoy seguro de que otra persona también lo vio.

Pero entonces me lo encuentro junto al barco pirata sin el dios griego. Está solo y parece estar algo molesto, ya que tiene las manos metidas en los bolsillos de su abrigo. Una chica grita su nombre, pero él simplemente la saluda y sigue caminando, dejándola completamente desanimada.

Se aleja de la fiesta junto a la orilla del lago y levanta una roca. La arroja al agua y llega tan lejos que pierdo todo rastro de ella.

Mantengo la cabeza baja mientras me acerco a él. No hay nadie más cerca. Solo nosotros, el lago, las luces de neón y el sonido distante de la fiesta detrás de nosotros.

Noto que tiene los ojos llorosos. Enseguida, todo el asunto de Angel se desvanece en la nada.

—¿Estás bien? —le pregunto.

Se encoge de hombros.

—Estoy… no importa. Linda camisa.

—Lindo suéter —digo titubeando.

Levanta otra roca y la arroja nuevamente al agua. Guardo las manos en los bolsillos y me acerco más a él. Por lo general, cuando cambia de tema le sigo la corriente. Pero esta vez, estoy seguro de que pasó algo con ese tipo, puedo sentirlo. Y si quiero ayudarlo, tengo que ser más directo.

—¿Pasó algo con ese sujeto? —pregunto—. ¿Quieres hablar?

—Mmm, no. La verdad que no.

Levanto una roca y trato de hacerla rebotar en el agua. Pero solo logro hacerla rebotar una vez y se hunde. En Hollow Rock, el campamento de artes escénicas donde nació Saturday, era bastante bueno con esto, pero claramente perdí la magia.

—Está bien —dice. Sonrío porque Ruben nunca fue una persona silenciosa y estoica; no me sorprende que solo le tomen dos segundos empezar a reír a carcajadas—. Estaba hablando con este chico y todo estaba yendo bien. *Muy* bien, ¿sabes?

—Sí.

—Pero después me preguntó si podía escuchar su demo y pasárselo a Galactic Records para ver si les gustaba.

—Ah, mierda.

Me esboza una sonrisa tensa.

—Sí.

—Lo siento.

—Sí, aunque, bueno, no es tu culpa. —Lanza otra roca—. Lo siento, estoy de mal humor. Es solo que creí que de verdad le gustaba, ¿sabes?

Miro su expresión y siento un dolor en el pecho.

Ruben es el chico más dulce que conozco. Pero es un imán para tipos que solo quieren usarlo. Y no entiendo por qué. Objetivamente, es atractivo y divertido, y genial; la tríada perfecta, básicamente. Y aun así siempre lo tratan como si fuera desechable. Algún día, una persona entenderá que es el chico soñado. Es solo cuestión de tiempo.

Espero que pase pronto. Porque verlo así me destruye.

—Lo superaré en diez minutos —dice, señalándose a sí mismo—. Solo necesito un segundo. No hace falta que te quedes conmigo.

—No me molesta.

—¿Estás seguro? Te estás perdiendo "el evento más importante de nuestras vidas".

Sonrío.

Porque, sinceramente, sé dónde quiero estar.

TRES

RUBEN

Zach se sienta conmigo mientras me tranquilizo. No quería hacer un escándalo en medio de la fiesta de Angel y ya me siento bastante mal por haber arrastrado a Zach a esto, pero en mayor medida agradezco que esté aquí conmigo.

Mi malestar tiene dos caras. Estoy enojado porque me han usado por mis contactos y encima porque era un tipo del que, ya para el final de nuestra conversación, había empezado a sospechar que era heterosexual, como para aumentar la humillación. Esto ya sería bastante malo para la mayoría de las personas, pero después de todo el asunto con Christopher Madden (ganador del Oscar por su actuación de *primer nivel* para convencerme de que gustaba de mí, antes de empezar a insistir abruptamente que era heterosexual cuando las líneas empezaron a volverse bastante difusas el año pasado), me genera mucha ansiedad que me traten solo como una oportunidad para probar algo nuevo y no como un ser humano.

Por lo general, suelo tomármelo con calma y dejarlo pasar, pero esta noche, me siento un niño al que no le dejaron dormir la siesta. Se suponía que este receso de cuatro días sería mi oportunidad para desacelerar y recargar energías, pero después de todo ese tiempo con mi papá y mamá me siento más alterado que nunca. Supongo que me había olvidado lo que era estar en casa. Es gracioso cómo el tiempo y el espacio cubren con un manto de seda los recuerdos y los hacen ver menos dolorosos que la realidad.

La idea de recargar energías o descansar no existe para mi familia. Para ellos es tiempo perdido. Pero bueno, por alguna razón terminé aquí, en una de las bandas más importantes del mundo. Entonces, quizás sí sirvió de algo. Quizás no habría logrado todo esto sin ellos. Quizás necesitaba sus pequeños recordatorios, sus incentivos punzantes, sus críticas constructivas mordaces para llegar a donde estoy.

Guardo las manos en los bolsillos de mi abrigo para resguardarlas del frío de la noche y me reclino sobre mis talones.

—Deberíamos volver antes de que Angel mande a alguien a buscarnos.

—De hecho, no podemos encontrarlo.

—¿Qué? —En ese momento, una ráfaga de viento sopla y presiono mis brazos contra mi cuerpo para mantener el calor de mi cuerpo en estos días fríos de principio de marzo.

—No lo viste, ¿verdad? Pensé que sabrías.

—Mmm, no lo vi cuando llegué, pero supuse que estaría en alguno de los juegos o algo. Después me distraje con ese tipo. ¿Por qué no me dijiste que estaba perdido?

—No está *perdido* —dice Zach—. Seguro está por algún lugar aquí. Iba a contártelo, pero estabas triste por el chico.

Gruño.

—Que se vaya a la mierda ese hetero clasista. —Escupo las palabras cuando las digo—. Tenemos que encontrar a Angel. Vamos.

—Sí, a la mierda con los heterosexuales —repite Zach de manera inexpresiva mientras caminamos y recuerdo por qué es imperativo reprimir estos sentimientos cuando estoy cerca de él.

—Sin ofender.

—Un poco. Ruben, está bien, no te preocupes. Angel tiene que estar por algún lugar aquí. Jon seguro ya lo encontró.

La preocupación debe ser demasiado evidente en mi cara. Tiene razón. Tiene toda la razón, solo estoy exagerando mi ansiedad. El asunto es que Angel empezó a tener noches particularmente salvajes en este último tiempo, en especial durante la segunda mitad de la gira. El cansancio mezclado con dinero ilimitado, poca supervisión y contactos con docenas de celebridades que consumen toda clase de cócteles para tratar su propia fatiga y aburrimiento, puede provocar cualquier cosa. Y esta noche gigantesca gira en torno a él, lo que significa que está rodeado de esos mismos contactos que le darán muchos *regalos de cumpleaños*. ¿Soy paranoico si solo me quiero asegurar que alguien en esta fiesta ridícula lo haya visto en la última hora? Si no está inconsciente en algún baño, *alguien* debe haberlo visto. Es imposible no verlo, incluso en sus días más casuales.

La fiesta se llenó de gente en la última media hora, la mayoría son personas que suelen llegar tarde. Rodeo a un pavo real y miro a la multitud.

—¿Ves a Jon por algún lado?

Zach ve a Jon en un grupo cerca del barco pirata, así que decidimos acercarnos. Está ocupado hablando con Teresa Narvaez, la protagonista de mi musical favorito, *In this house*. Cuando nos ve, se disculpa y se nos acerca. Si no me preocupara tanto la expresión que lleva en su cara, estaría decepcionado por perder mi oportunidad de conocerla, de modo que hago una nota mental para pedirle a Jon que me la presente antes de que termine la noche.

—Ya pasó una hora y *nadie* vio a Angel —dice Jon algo desesperado—. Ni siquiera sus padres. Y no puedo decirles que estoy desesperado sin explicarles *por qué* me preocupa que haya desaparecido.

—Está bien, seamos racionales —digo—. Estamos seguros de que está en este lugar. No creo que se pierda su propia fiesta, sin importar lo que le ofrezcan. Entonces, si está aquí, tiene que estar en algún lugar adentro o ya nos lo habríamos cruzado por aquí.

Jon gira de un modo exagerado.

—No veo muchos lugares cerrados, ¿ustedes?

—Veo algunos baños químicos ahí —dice Zach.

Volteo lentamente.

—¿No crees...?

—Quizás no —dice, pero parece poco convencido.

—Grandioso —dice Jon—. Así quería pasar el resto de mi noche. Abriendo puertas de baños, buscando a nuestro mejor amigo inconsciente. Es un *excelente* augurio para la gira.

—Mantengámoslo como último recurso —digo—. Yo voto porque intentemos buscarlo adentro una vez más.

En el interior del salón, la fiesta está empezando a tomar forma, ya que las cientos de personas que estaban comiendo y bebiendo ahora están invadiendo toda la pista de baile. Reviso el lugar con la esperanza de encontrarlo, pero si estuviera aquí, estaría enterrado en la muchedumbre.

Empiezo a adentrarme más en el salón, cuando la voz estruendosa del DJ reemplaza a la música.

—Muy bien, escuchen, si van al edificio principal, el invitado de honor está a punto de llegar. Encuentren un lugar y prepárense unos tragos porque acaban de informarme que la fiesta *apenas* acaba de comenzar.

Me quedo quieto en el lugar y volteo hacia los otros dos.

—Bueno —dice Zach, parpadeando—. Por lo menos, estamos en el lugar indicado.

—Díganme que no se escondió durante las primeras dos horas de su propia fiesta para hacer una entrada dramática —dice Jon.

Sacudo la cabeza.

—Necesito un trago.

Hay una barra sin mucha gente a mi izquierda, así que me dirijo en esa dirección, con Zach y Jon siguiéndome por detrás.

—Erin dijo que nada de tragos —comenta Jon por encima de la música que nuevamente suena por todo el lugar.

—Erin no está aquí —le replico con una sonrisa inmensa.

—Estás pasando mucho tiempo con Angel —agrega Jon.

—En realidad, estoy pasando demasiado tiempo con los tres. Aunque uno creería que tu influencia me equilibraría, Jon.

Frunce el ceño cuando nos acercamos a la barra.

El barman que está más cerca de nosotros es un tipo rubio y delgado con acné. Parece apenas más grande que nosotros. Le esbozo una sonrisa radiante y parece perder el ánimo.

—Hola —digo—. ¿Puedes servirme un whiskey con cola y…? Zach, ¿tú que quieres?

—Ah, eh, lo mismo, supongo.

—Dos Whiscolas, ¿por favor?

—¿Tienen… eh… su identificación? —nos pregunta el barman cambiando su postura, presuntamente para ganar tiempo, porque no hay manera de que no sepa que soy menor de edad.

Grandioso. Apuesto lo que sea a que nadie le explicó al novato cómo funcionan las cosas aquí. Por lo general, es un acuerdo tácito que la mayoría legal para beber no aplica para nosotros, *mucho menos* en una fiesta privada. Sonrío todavía más.

–¿Sabes qué? Me la olvidé en mi maleta. Pero podemos hacer algo, te dejaremos en paz por un minuto y puedes dejar nuestras bebidas sobre la barra allí. Las pasaremos a buscar cuando estén listas. –Deslizo una propina generosa en su dirección, no porque crea que necesitamos sobornarlo, sino porque el pobre tipo parece aterrado. Empujo a Jon y Zach por los codos algunos metros hacia atrás para garantizarle un poco de negación plausible. Saluda al próximo cliente, le dice que lo atenderá en un segundo, toma una botella de whiskey Jack Daniel's y observa hacia todos lados para asegurarse de que sus compañeros no lo estén mirando. Como si les importara.

Zach ríe y Jon pone los ojos en blanco como si estuviera sufriendo.

Una vez con nuestros tragos en mano, los tres encontramos un lugar para quedarnos justo en el instante en que una nube de humo empieza a brotar desde el fondo del salón.

Cerca de nosotros una chica pregunta alarmada si el lugar se está incendiando. Pero nadie le responde.

Enseguida una serie de máquinas empiezan a arrojar chispas como una fuente. Las llamas blancas salen disparadas por el aire, enegueciéndonos. En el mismo instante, una orquesta majestuosa de trompetas y cuerdas invade todo el lugar hasta que se transforma en una base de hip-hop. No veo bien qué pasa al frente, pero entonces lo entiendo. Angel emerge de una puerta trampa en el suelo sobre una plataforma que también está rodeada por los fuegos artificiales. Tiene los brazos extendidos a cada lado de su cuerpo, la cabeza hacia atrás y las piernas separadas.

Como si fuera un ave fénix que se eleva de sus malditas cenizas o algo por el estilo.

—¿Qué decías sobre la entrada dramática, Jon? —le pregunto suavemente mientras la multitud estalla en aplausos.

—Más importante que Billboard —recuerda Zach antes de darle un sorbo a su trago.

—Espero que no se prenda fuego —agrega Jon.

—No creo, pero definitivamente está drogado —digo, viendo su sonrisa maníaca y el modo en que su pecho sube y baja a una velocidad descomunal.

—¿Otra vez? —pregunta Zach, suspirando.

—¿Por qué no me sorprende? —murmura Jon—. Solo espero que no se caiga.

—¡Gracias por venir esta noche! —La voz de Angel resuena por los parlantes del salón. Veo el micrófono debajo de su ropa—. ¿La están pasando bien?

Toda la gente grita. Angel, quizás con algunos tragos encima como mínimo, se tambalea un poco y Jon parece estar a punto de desmayarse.

—*Por favor*, no te caigas —dice, como si Angel pudiera escucharlo.

—Esta noche es mi última noche en los Estados Unidos antes de que nos marchemos a *¡Europa, bebés!* —Más gritos—. Estoy tan contento de viajar a Europa con mi maldita familia. Zach, Ruben, Jon. Ustedes cretinos son esa maldita familia. Los quiero mucho, mierda. Escuchen, conocí a esos tipos en un *campamento musical*, ¿sabían eso? En un maldito *campamento*. ¡Ese año encima no tenía pensado ir! Tenía una novia y no quería dejarla. ¿Pueden imaginar lo que habría pasado si no hubiera ido?

La multitud ríe a carcajadas.

—Zach me presentó a Ruben y él nos llevó a conocer a Jon, y *ninguno de nosotros* sabía que era el hijo de Geoff Braxton porque *no estaba usando su verdadero nombre*, lo que debería ser un pecado, pero no importa...

Jon se lleva una mano a la frente sin poder creer lo que está escuchando.

—... y si eso no es el maldito destino, no sé qué puede serlo.

Ja. Destino, claro que no. En principio, creo que el gruñido de deses-peración de Jon se debe a que sabe tan bien como yo que nuestra amistad no fue para nada cuestión de destino. Luego lo entiendo, no, solo está entrando en pánico.

Es como si fuera un padre y su hijo estuviera drogado en medio de una plataforma.

—No se va a caer —le asegura Zack a Jon—. Mira, ya ni siquiera se tambalea.

El discurso sigue por algunos otros minutos, hasta que Angel recuer-da agradecerle a su *verdadera* familia, se queja sobre las engrapadoras y le dice a todo el mundo que pueden llevarse a un pavo real a sus casas antes de que el organizador del evento le recuerde que los pavos reales son rentados y no es legal tenerlos de mascota. Luego, por último, la pla-taforma empieza a bajarlo nuevamente al suelo. Solo cuando me aseguro de que está a salvo, hago contacto visual con el barman y levanto dos de-dos, esbozándole una sonrisa. Asiente y nos prepara una segunda ronda.

Angel se nos acerca, tambaleándose más que cuando estaba arriba de la plataforma.

—¿Y mi trago? —pregunta cuando voy a buscarlos.

—Lo siento, pensé que ya tenías uno —digo. No suena tan severo como "Creo que ya bebiste suficiente", y creo que es menos probable que lo motive a bajarse una botella entera de vodka solo para dejar en claro su punto.

—Vengan —dice, yéndose sin esperarnos, y los tres lo seguimos afuera.

El camino está iluminado por cientos de luces tintineantes que cubren los árboles y arbustos, al igual que las atracciones con luces destellantes.

–¿A dónde vamos? –pregunta Jon con cautela.

–Al castillo inflable.

–¿Por qué?

Sonrío. Angel voltea para señalarnos a mí y a Zach.

–Vamos, vamos, terminen eso. Es hora de saltar en el castillo.

Termino mi trago y me quito el abrigo, y Zach arroja lo que queda de su trago al suelo. Nos quitamos los zapatos y seguimos a Angel al interior del castillo vacío.

Angel se arroja de espalda, mientras ríe como un niño, y Jon, por ahora el único sobrio del grupo, se sienta con delicadeza a su lado.

–Podrías habernos escrito –dice–. Estaba preocupado.

Angel ríe otra vez.

–No quería arruinar la sorpresa. Además, no le estaba prestando atención al teléfono. –Toma su teléfono y empieza a grabar a Jon–. Estás en vivo. Jon, repite lo que acabas de decir. Quiero dejar registrado que estabas preocupado por mí.

Jon pone los ojos en blanco.

–Solo quería asegurarme de que la estuvieras pasando bien en tu fiesta.

Angel se arrodilla, sacudiendo la cámara por todos lados. Apuesto que sus seguidores *amarán* eso.

–¿No les parece *dulce*?

–¿Por qué no le muestras tu fiesta a todo el mundo? Seguro les interesa más eso.

–No, quieren verte a ti. Vamos, dilo. Me quieres y estabas preocupado porque no me podías encontrar en mi propia fiesta.

Ahora sí estoy *seguro* de que está drogado. Jon tenía razón. No hay nada que irrite más a Angel cuando está sobrio que el hecho de que alguien que se preocupe por él. Parece que lo que sea que haya tomado esta noche lo volvió inusualmente afectivo. Éxtasis, seguro.

–Angel.

–¡Dilo! –grita Angel como si le estuviera hablando a un bebé y le acaricia una mejilla a Jon con una mano para que la cámara lo capte–. Dime que me quieres y te preocupas por mí.

–Por supuesto que te quiero y me alegra que te hayamos encontrado para que podamos ¡divertirnos! –dice Jon, apartando la mano de Angel y centrando toda su atención en la cámara–. ¡Todos recuerden desearle un feliz cumpleaños a Angel para que pueda leer cada uno de sus mensajes en el vuelo a *Europa mañana*! ¡Allá vamos, nene!

Una vida frente a las cámaras definitivamente no fue un desperdicio en Jon.

Fuera del encuadre, Zach se pone de pie con cierta dificultad en el medio del castillo, inseguro de sí mismo. Angel y Jon empiezan a forcejear para quedarse con el teléfono, y Angel grita a todo volumen algo sobre la libertad de expresión y la violencia laboral. Su riña interrumpe la relativa tranquilidad del castillo y Zach se tropieza, pero logra mantenerse en pie.

Aunque no por mucho.

Empiezo a correr y salto a pocos metros de él, lo que lo levanta por la fuerza de mi caída. Cae con intensidad y rebota, boquiabierto.

–¡Ruben!

Se lanza contra mí y empezamos a luchar en el castillo, riendo a carcajadas. Me mantiene fijo contra el suelo lo mejor que puede con sus piernas. Me intento liberar, riendo tanto que casi me quedo sin aliento. Me asombra que, si bien aprovechamos cada oportunidad que tenemos para divertirnos durante las giras, tenemos pocas noches para simplemente divertirnos en grupo. Los extrañaba.

Mi teléfono vibra en mi bolsillo y, cuando lo saco, veo un mensaje de mi mamá. Encontré esto. Préstale atención, escribió y adjuntó un video de YouTube. No lo abro, pero no hace falta que lo haga para saber de qué se trata. El título de la miniatura del video dice con claridad: *¡Diez veces en las que Ruben Montez mueve la boca de un modo extraño en esa parte de "Guilty"!*

—¿Qué estás haciendo? —me pregunta Zach, respirando con dificultad y levantándose con sus codos.

—Mi mamá me envió un video útil —respondo con sutileza y le muestro la pantalla.

—Ah, por Dios, no. —Todo rastro de alegría desaparece cuando me quita el teléfono de las manos. Intento recuperarlo, pero lo guarda en su bolsillo trasero y presiona una mano sobre mi pecho para mantenerme alejado. *Es heterosexual*, recuerdo al sentir cómo las mariposas recobran vida en la boca de mi estómago—. No. Basta. Eres perfecto y eres el mejor cantante que jamás conocí en toda mi maldita vida. A la mierda con tu mamá. Ah… lo siento, no quise decir eso. O, bueno, quizás, ¿un poco?

—Ella no hizo el video. Solo quiere asegurarse de que yo…

—Shh. No. —Apoya su mano sobre mi boca, interrumpiéndome por completo. Se la empiezo a lamer y la quita enseguida, asqueado—. Voy a tirar tu teléfono a la basura —anuncia, poniéndose de pie—. Nada de revisarlo por el resto de la noche. Tu mamá estará bien.

Sujeto a Zach del brazo y lo llevo hacia atrás para hacerlo caer junto a mí, sobre un enjambre de brazos, mientras reímos sin aliento. Alguien le subió el volumen a la música y el bajo intenso combinado con el olor a cerveza y la gente eufórica hace que parezca un club nocturno inflable.

—Ah, mierda —suspiro, un poco cansado—. Creo que ya estoy ebrio. ¿Cuánto whiskey tenían esos tragos?

Jon salta y aterriza a un lado sobre sus rodillas.

—Ustedes dos van a necesitar mucha agua mañana si quieren sobrevivir.

—El agua es para novatos —dice Angel. Su traje blanco ya está completamente sucio.

—A ti el agua ya no te servirá de *nada*, amigo —dice Jon—. Buena suerte.

—¿Suerte? Yo no necesito suerte. Tengo dieciocho, soy un hombre del mundo, y me llevarán a Inglaterra a través de un portal arcoíris —dice Angel y se desploma con pesadez, lo que ocasiona que el suelo se eleve unos centímetros.

—Estoy mareado —se queja Zach y lo ayudo a ponerse de pie.

—Y crees que es malo *ahora* —dice Jon, sonriendo.

—Vamos a tierra firme —le digo a Zach, levantándolo por debajo de sus brazos—. Vamos.

Nos bajamos del castillo hacia el césped. Zach se sienta y apoya la espalda sobre la pared del castillo. Hago lo mismo, pero el inflable se empieza a sacudir tan violentamente que me empuja hacia adelante y me siento más recto. Zach apoya su cabeza con pesadez sobre mi hombro. Astuto.

—¿Estás mejor? —pregunta, cerrando los ojos.

El calor de sus mejillas atraviesa la fina tela de mi suéter. Le esbozo una sonrisa, luego apoyo mi cabeza sobre la suya, y aparento, por un momento, que esto es algo que no es.

—Sí, mucho.

Jon y Angel ya se bajaron del castillo y Angel empieza a mover las manos para llamarme la atención.

—Voy a buscar más tragos —grita—, porque aparentemente aquí tengo que hacerlo todo solo.

—Gracias, Angel —le digo con dulzura.

Le ofrecería ayuda con los tragos, pero, por ahora, Zach necesita un segundo para recuperar el equilibrio. Y siempre que esté apoyado sobre mí de este modo, suave y cálido, con la embriagante esencia dulce de su colonia, no tengo prisa en ir a ninguna parte.

CUATRO

ZACH

Soy el único que está intentando trabajar en este vuelo.

Creo que el resto de los miembros de Saturday, excepto Jon y su orgullo, aceptaron que tienen una resaca descomunal y no van a ser para nada productivos. Los cuatro estamos desparramados en nuestros asientos de cuero blanco en el avión privado. Es demasiado lujoso. Cada detalle, desde las pantallas gigantes para cada uno de nosotros hasta el minibar lleno de cosas en la parte trasera, se siente innecesariamente excesivo. Acabamos de cenar *rigatoni all'arrabbiata*, que no es otra cosa que pasta con salsa de tomate y salchichas, solo que *costosa*, y pan de ciabatta con trufas y aceite de ajo. El postre se supone que es *foglie di fico*; pero nadie quiso una porción. Por nuestros abdominales, supongo.

Jon y Angel están dormitando, y Ruben tiene los auriculares, supuestamente está escuchando música. De hecho, hay una gran probabilidad de que también esté trabajando; suele escuchar podcasts sobre consejos laborales que su madre le obliga a escuchar. O quizás solo está escuchando esa música vieja que ya oyó un millón de veces. Erin está sentada en un sofá de tres plazas, leyendo algo en su iPad. Los encargados del equipo de seguridad y los guardaespaldas duermen en la parte trasera del avión, pero está bien porque nosotros somos los únicos pasajeros.

Tengo mi cuaderno abierto frente a mí y estoy intentando escribir una canción, aunque me sienta un poco mareado y tenga la sensación de que alguien me acaba de pisotear el cerebro.

Apoyo la lapicera sobre la hoja y escribo: *Eres como una resaca.*

Me parece un poco divertido. Pero creo me podría meter en problemas por hacer una referencia al alcohol, considerando nuestro público.

Lo que Galactic Records quiere es un éxito pop. Tiene que ser dulce y fácil de escuchar, pero no puede ser demasiado de ninguna de las dos cosas. La letra tiene que ser buena, pero también lo suficientemente vaga como para que la gente pueda aplicar la historia a sus propias vidas. Se suele menospreciar bastante al pop, pero ¿y si tienes que escribir un éxito pop? Es más fácil decirlo que hacerlo.

Estoy bloqueado porque, si bien quiero convertirme en un letrista reconocido, no soy la clase de persona que se sienta identificada con el pop. Nunca lo fui y, si bien ahora soy parte de la banda pop más famosa del mundo, dudo que siempre sea así. Mientras Ruben estaba rodeado de musicales, yo escuchaba rock alternativo. Me gustan las canciones emotivas, personales y, para ser honesto, un poco raras. Hay una razón por la que los chicos solitarios como yo se vuelcan hacia ese tipo de música. Me gustaría ser esa persona para otra persona algún día. Ser capaz de darle a alguien la vía de escape que me dieron a mí.

Alguien me toca el hombro. Es Ruben desde el otro lado del pasillo. Ahora tiene los auriculares colgados sobre su cuello.

–¿Bloqueo de escritor? –pregunta. El avión se sacude cuando pasamos por una zona de turbulencia. Incluso cuando no canta, Ruben tiene una voz agradable. Es profunda y tiene una chispa que lo hace sonar como si siempre estuviera bromeando.

–Sí. ¿Algún consejo?

Extiende su mano.

–A ver, pásamelo.

Siento que mis mejillas empiezan a sonrojarse, pero ignoro la sensación, y le muestro mi cuaderno con una única línea escrita, la de la resaca.

Ríe.

–Me pregunto qué habrá inspirado esto.

–Mi mente trabaja de formas misteriosas.

–Claramente.

Bajo el cuaderno y escribo *formas misteriosas*.

–Dime que *no* acabas de escribir "formas misteriosas".

–No, se me ocurrió otra cosa.

Levanta las cejas para demostrarme que no lo estoy engañando. Aunque tampoco creí que pudiera hacerlo. Se acomoda en su asiento para mirarme de frente.

–Bueno, está bien –digo–. Me gusta cómo suena, ¿no crees?

–Escucha, eres un gran escritor, pero no. Crees que sí porque estás con una resaca más intensa que la mierda en medio de un vuelo internacional. *Puedes* tomarte un segundo y relajarte, sabes.

Si *Ruben* me está diciendo que me relaje, debería escucharlo. Él es el que nunca se toma un segundo y siempre está haciendo cosas para mejorar, aunque ya sea uno de los cantantes con la técnica más perfecta de la escena. Hizo su transición del teatro al pop mucho más rápido que yo, aparentemente a mera fuerza de voluntad. Porque ese es el asunto con

Ruben. Quizás sea la única persona de quien *nunca* podría dudar de que pueda lograr algo. Todavía recuerdo cuando éramos solo dos chicos en el campamento y nos sentamos a la orilla del lago una noche, y me contó que algún día le gustaría ser una superestrella. En ese momento, supe que lo lograría con cada fibra de mi ser.

—Está bien. —Cierro el cuaderno con fuerza—. ¿Qué estás escuchando? —pregunto y aparta la mirada—. ¿En serio?

—¿Ahora hay un límite para las veces que alguien puede escuchar el mismo álbum? ¿Siquiera lo escuchaste *una vez*, Zachary?

Tengo la grabación del elenco de *In this house* descargada en mi celular, pero todavía no la escuché, a pesar de la insistencia sutil de Ruben. Se terminó convirtiendo en una especie de broma interna entre los dos el hecho de que todavía no la haya escuchado, pero ahora ya no tengo forma de seguir posponiéndolo. Creo que debería darle una oportunidad porque animaría mucho su día. O noche. No sé muy bien qué hora es técnicamente.

—Lo voy a escuchar —digo—. Pero solo si dejas de preguntarme.

—Como quieras, Zach.

Me pongo los auriculares y encuentro el álbum. Dura dos horas y cinco minutos. ¿En qué diablos me metí? No puedo arrepentirme ahora, porque ya me pidió que lo escuchara cientos de veces y no quiero decepcionarlo. Sería como ignorar a un cachorro que quiere que lo acaricien. No soy tan fuerte. Además, tampoco me pidió algo demasiado complicado.

Le doy a reproducir, llevo la cabeza hacia atrás y cierro los ojos.

Estoy exhausto, pero el vuelo terminó.

Nos dirigimos hacia la puerta de vidrio empañada de la salida. Ya sé lo que me espera allí afuera, por lo que intento prepararme, pero mi experiencia me recuerda que no hay manera de prepararse para eso.

Las puertas se abren y un griterío ensordecedor nos da la bienvenida.

Afuera hay un mar de las que en su mayoría son chicas adolescentes, junto a numerosos equipos de prensa y paparazzi. Esto ya se volvió parte de nuestro trabajo. También hay algunos policías que unieron filas con la seguridad aeroportuaria para formar un escudo a nuestro alrededor. Quiero ver el lugar en busca de algo diferente, como los taxis o algo por el estilo, pero la multitud es tan inmensa que es lo único que capta mi atención.

Todas las personas se abalanzan hacia adelante y nuestros guardias se cierran en un círculo más cerrado a nuestro alrededor. Uno de ellos nos extiende su mano. Sujeto su muñeca y me lleva hacia adelante, directo a la multitud. Algunas de las chicas tienen camisetas con mi cara, lo cual nunca dejará de parecerme algo súper extraño, en especial porque me veo rarísimo en la foto que usaron. Claramente, Chorus no esperaba esta cantidad de gente, de otro modo habríamos salido por otro lugar.

Aunque, pensándolo bien, sí. Seguro sabían. Querían que esto fuera así, querían que los canales de televisión estuvieran aquí y que nuestras fanáticas publicaran esto en sus redes sociales. Querían ruido.

—¡Zach, firma esto!

—¡Jon, te amo!

—¡Ah, por Dios, toqué a Ruben!

Levanto la vista un segundo y veo un teléfono en modo selfie a pocos centímetros de mi cara. Sonrío y hago mi mejor esfuerzo para verme genuino, aunque odio esto con cada fibra de mi ser. Pero lo entiendo. Puede que

Chorus las use para su propio beneficio, pero solo son chicas inocentes que es probable que hayan estado acampando en la puerta desde hace horas para vernos. Lo mínimo que puedo hacer es sonreír para una foto. Toma varias fotos y enseguida otros dos teléfonos aparecen delante de mí, ambos con fundas de Saturday. Sonrío para esas fotos también.

Odio decir esto, pero desearía que solo fueran al concierto y listo.

Keegan, un tipo robusto de dos metros de altura, nos guía y logramos cruzar la salida lo más rápido posible entre la masa de gente. Algunas manos logran extenderse y me tocan el hombro, y acarician con fuerza mi cuello desnudo. Un escalofrío me recorre toda la espalda cuando gritan con alegría. Un guardia se acerca para cubrirme la espalda, a la vez que cientos de paparazzi nos rodean y disparan sus ráfagas de fotos, acompañadas por flashes enceguecedores entre un mar de gritos para captar nuestra atención.

Sonríe. ¡Aquí, Zach!

Sujeto con más fuerza la mano que me lleva hacia adelante.

Debería haberme anticipado a todo esto.

Terminará pronto. Siempre termina.

Una vez que logramos salir, llegamos a un minibús custodiado por guardias de seguridad. La multitud es tan densa que incluso dar un paso es difícil. En este trayecto de solo dos minutos debo haber posado para al menos treinta fotos y mis oídos no dejan de zumbar por el volumen descomunal de los gritos.

—¡Zach, por aquí!

—Voy a llorar.

—Lo amo.

Levanto la vista y veo a Ruben entre el mar de gente. Parece tranquilo, su cara atractiva básicamente se mantiene inexpresiva. Nota que lo estoy mirando y gesticula con la boca *¿Estás bien?*, momento en el que la preocupación se apodera de sus facciones.

Le levanto el pulgar y finalmente sonrío. Ruben, por lo general, solo me pregunta ese tipo de cosas cuando no logro mantener la fachada. Y lo agradezco. Quién sabe qué clase de historias empezarán a inventar si alguien publica una foto mía en la que se me vea como si me preocupara cómo me tratan.

Zach Knight no tiene permitido demostrar emociones humanas cerca de la gente. Nadie en Saturday tiene permitido hacerlo.

Me subo al minibús justo por detrás de Jon. Por suerte, nadie de la multitud intenta subirse con nosotros. Así de aterrador suena y vaya que sé de lo que hablo. En una ocasión, una chica saltó sobre mí para alcanzar a Jon y la tuvo que bajar Pauline. Ella es la otra encargada de seguridad junto con Keegan. Su cabello rubio largo siempre trenzado hace que sobresalga entre la multitud, lo cual es bastante útil, dado que es mucho más bajita que cualquiera de nosotros. De todos modos, seguro es más fuerte que todos juntos, su contextura robusta le servía bien en su vida anterior como lanzadora de bala profesional.

Levanto una mano y saludo a la multitud para agradecerle por haberme dado este espacio, y luego la puerta se cierra de golpe, convirtiendo los gritos en solo un murmullo lejano. Erin se sienta en el asiento del acompañante de un modo casual, como si nada de eso estuviera pasando allí afuera.

Miro por la ventanilla del otro lado, antes de hacer los ejercicios de respiración que mi psicóloga me había enseñado cuando era niño.

–¿Están bien, muchachos? –pregunta Angel desde el asiento trasero.

Me estremezco al recordar la palma sudada que me tocó el cuello. ¿Quién era? ¿Por qué hizo eso?

Saco mi teléfono y le escribo a mi mamá.

Hola, ya aterrizamos. :)

Le doy a enviar, luego me deslizo en mi asiento y apoyo la cabeza sobre el cristal cubierto de gotas de lluvia. No puedo quitar a la multitud de mi cabeza y aún puedo sentir el rugido agudo y ensordecedor en mis oídos. Desearía no prestarle tanta atención a esto porque estoy en Londres, maldición. Puede que la emoción de los aeropuertos se haya desgastado, pero visitar un nuevo país sigue siendo increíble. Quiero ver el puente, la torre y escuchar a alguien hablar con el acento británico o algo por el estilo que refuerce el hecho de que estoy a miles de kilómetros de mi hogar.

Si le dijera a mi yo de catorce años que en unos pocos años estaría dando un concierto en Londres, habría perdido la cabeza. Antes de Saturday, apenas había salido de Portland. Mi mamá se esforzó lo mejor que pudo para darme una infancia grandiosa, pero no teníamos el dinero como para irnos de vacaciones al exterior. Creo que fue más difícil para ella que para mí, porque yo apenas notaba la diferencia. Ella y papá solían viajar mucho al exterior antes de que lo despidieran de su trabajo y tuviera que aceptar otro por un sueldo mucho menor, lo que, según él, fue cuando las cosas empezaron a ir mal. Mamá cree que en realidad fue más por lo que hacía cada vez que se juntaba con "sus amigos del trabajo".

La voz de Erin explicándonos los detalles del viaje se desvanece como ruido de fondo mientras admiro por la ventanilla a la ciudad afuera. Es increíble lo antiguos que se ven algunos edificios, y solo para albergar un Starbucks o un Pret A Manger, sea lo que sea. Supuestamente es bastante popular aquí, ya que conté casi una docena de ellos en lo que va del recorrido. A medida que nos acercamos al hotel veo una parte del Big

Ben y el London Eye, ambos destacándose contra el cielo nublado. Por solo un momento, desearía poder visitarlos como un turista más. Quiero explorar la ciudad, visitar lo que sea que me llame la atención, sin tener que pensar en si alguien me ve o si estoy a salvo.

No hace falta que pregunte para saber que no está en nuestros planes visitar esos lugares. Ya nos enviaron el cronograma y está lleno de sesiones de fotos, conferencias de prensa y ensayos.

No hay tiempo para nada.

Antes de poder darme cuenta, estoy en medio de un O2 Arena apenas vacío y extrañamente silencioso.

Por primera vez en mucho tiempo, me doy cuenta de lo inmenso que es este lugar. Estoy exhausto, pero no puedo dejar de admirar lo fabuloso que se ve, así que reúno toda la energía posible y me dejo llevar un poco por mi entusiasmo. Esta no es la primera vez que tocamos en un estadio, ya lo hicimos en nuestro país, pero el hecho de que esta cantidad de gente quiera vernos al otro lado del océano es completamente surrealista. Pronto, todas esas butacas vacías, incluso las que están tan lejos que apenas son visibles, estarán ocupadas por personas que pagaron para vernos.

Y les daremos el mejor concierto de sus vidas. O bien, lo intentaremos.

Los trabajadores armaron una larga pasarela lustrosa que se extiende hacia el campo. Cada vez me asombra más ver lo rápido que ensamblan un escenario personalizado. Solo les toma uno o dos días crear un espectáculo enorme. Detrás de nosotros, el nombre del grupo ya está ubicado sobre el escenario con unas letras inmensas. También hay un piano blanco increíble situado en una plataforma a la que nos subiremos para que nos levante sobre la multitud y hacer una versión más lenta de *Last Summer*, y nuestro cover de *Can't Help Falling in Love*. Ruben tocará el piano mientras el resto de nosotros nos paramos o sentamos sobre este, nuestras piernas colgando por el aire. La primera vez fue bastante aterradora, pero ya me acostumbré. Al público le encanta y eso es lo más importante.

Volteo para admirar todo a mi alrededor. Vinimos para hacer la prueba de escenario y aprobarlo antes del ensayo final mañana por la tarde antes de la presentación. Lo que significa que solo falta un día para estar aquí cantando para veinte mil personas. Ya puedo imaginarlo. La multitud, los flashes de las cámaras. Todo extendiéndose hasta el infinito.

Una de las personas que trabaja en el estadio nos contó que las pantallas son de última generación, al igual que el resto de la tecnología que usaremos. Nuestras voces deberían sonar con mucha calidad, incluso en las partes más lejanas. Además, a diferencia de nuestra gira por los Estados Unidos, todo el mundo recibirá un brazalete de luces que cambia de color automáticamente con cada canción. Será un azul neón para *Repeat*, siguiendo la estética de nuestro video musical, dorado para *Unrequitedly Yours*, y luego rojo para *Guilty*. Aprecio mucho la atención a los detalles. Una multitud tan grande como esta, o quizás en especial en este caso, emana una energía que tiene un gran impacto en mi interpretación. Siento que canto mejor si estoy seguro de que la están pasando bien y todo lo que pueda hacer que su experiencia sea mejor, ayuda.

—Muy bien, chicos —dice Erin—. ¿Qué les parece?

—Me encanta —dice Angel—. ¿Podemos irnos?

—Ya casi. Solo quiero recordarles que necesito que estén en su mejor estado antes del show. Eso significa que nada de alcohol y, sí. Te miro a ti, Angel.

Me pregunto si sabe que ya probó otras cosas más fuertes que el alcohol.

Angel se lleva una mano al pecho.

—Me portaré bien. No quiero que Sherlock Holmes me arreste.

—Sherlock no hace eso —dice Jon.

—Si lo sabrás, nerd.

—¡Bueno, basta! Ya sé que les entusiasma mucho que aquí sean mayores de edad para beber alcohol, pero es lo peor que le pueden hacer a sus voces. Se los ruego, por favor, *por favor* recuerden por qué están aquí. Pórtense de la mejor manera.

Angel asiente, pero dudo que le haga caso. Ni siquiera creo que yo vaya a hacerle caso. ¿Quién lo haría?

—Otra cosa —dice—. Los paparazzi aquí son peor que en Estados Unidos. Así que si tienen algo que no quieren que todo el mundo se entere, los aliento a que sean discretos.

Todos se quedan muy quietos cuando mira a Ruben.

Está más que claro que eso sonó como si le acabara de decir que no haga nada gay mientras estemos aquí. Lo cual es una mierda, porque me enteré de que Angel estuvo haciendo "contactos" para verse con algunas modelos en casi todas las ciudades que visitamos y dudo que Chorus quiera que la gente se entere de eso y, aun así, nadie le dice nada.

—¿Eso es todo? —pregunta Angel—. ¿Nada de alcohol ni homosexualidad ostentosa?

—Ay, eres un caso perdido. Pero sí, eso es todo. Gracias, chicos.

Angel voltea y se marcha, y Jon y Erin lo siguen, mientras conversan sobre algo. Ruben avanza y luego se sienta al borde del escenario. Lo acompaño. El estadio es enorme y todavía me cuesta amigarme con su magnitud. Ya debería estar acostumbrado, pero la verdad es que… no.

—Bueno, eso apesta —digo, jugueteando con mi brazalete de cuero.

—¿Qué cosa?

—Lo que dijo Erin.

—Ah, sí. —Deja caer sus hombros.

—Lo siento.

Asiente.

—A veces, me veo tentado a decir la verdad en medio del escenario, solo para ver su reacción.

Sonríe al pensar eso, pero a mí me aterra. Geoff dejó *bien en claro* que no tenemos permitido decir nada en el escenario, ni en ningún lugar en realidad, que no esté aprobado por él y su equipo en Chorus. Él creó esta banda, no nosotros, y tiene todo el poder. Sus consejos hasta ahora no nos llevaron en la dirección equivocada, pero dejó *bien en claro* lo importante que es que controlemos nuestra narrativa. Si perdemos eso, acabaríamos con nuestra carrera.

Ruben se pone de pie y sonríe. El resto ya abandonó el escenario, así que solo quedamos nosotros solos en este espacio inmenso. No veo a ningún guardia cerca.

—¿Qué haces? —le pregunto.

Se lleva las manos a la boca y grita:

—¡Muchas gracias, Londres!

Su voz resuena por todo el estadio vacío.

Me pongo de pie. Todavía sigue sonriendo como si estuviera tramando algo, aunque no tengo idea de qué puede ser.

—Son un público fantástico, el mejor que tuvimos hasta ahora, ¿verdad, muchachos?

Miro a mi alrededor. No veo a nadie más cerca, pero eso no significa que no haya alguien detrás del escenario escuchándonos.

O grabándonos.

—Quisiera aprovechar este momento con ustedes para contarles algo. Estoy seguro de que notaron que nunca tuve novia. Bueno, *de hecho*, la verdad *es que...*

—¡Noo! —lo interrumpo y presiono una mano sobre su boca. Lo hago por instinto y ahora estoy parado a su lado con la mano sobre sus labios. Y se sienten muy suaves.

Lo miro y no se inmuta. De hecho, sus ojos oscuros están al mismo nivel que los míos, como si él tuviera el control. Como si no hubiera lugar a duda de que él está a cargo, incluso con mi mano sobre su boca. Como si el hecho de que estuviera intentando decirle lo que tiene que hacer simplemente le resultara divertido.

Aparto la mano.

—Lo siento. ¿Pero no escuchaste lo que Erin *acaba* de decir?

—Tranquilízate, Zachary. No lo haré. No soy estúpido.

Pero no le creo.

Eso sonó demasiado ensayado.

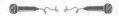

Nuestro autobús se detiene frente al hotel Corinthia y seguimos a Erin bajo la llovizna suave hacia el hermoso lobby dorado. Ella se acerca a la recepción y el resto de nosotros nos quedamos esperando por detrás. Una mesa en el medio de la habitación tiene varios floreros de cristal. Me acerco con la mente perdida a tocar el más cercano y paso la punta de mis dedos sobre los pétalos de las flores.

Estoy intentando descifrar a qué se refería Ruben con lo que dijo. Es bastante obvio que ya pensó contar la verdad en el escenario y sabe exactamente qué decir si estuviera decidido a hacerlo. En el pasado, Ruben había aceptado mantener su sexualidad en secreto, ya que estaba esperando a que llegara el momento adecuado para contársela al mundo. Pero esta vez sentí cierto enojo en su voz, como si quisiera hacerlo, pero no pudiera.

Ruben ve que lo estoy mirando y arquea las cejas. Enseguida mi atención se centra en sus labios. Pasó mucho tiempo desde la última vez que besé a alguien y ahora lo único en lo que puedo pensar es la sensación que su boca dejó sobre mi mano. Se sentía tan suave. Debería averiguar qué bálsamo usa. Quiero que los míos se sientan *igual* cuando conozca a alguna chica.

–¿Qué? –me pregunta.

–Nada.

Seguimos a Erin hacia un elevador y subimos casi hasta el último piso. Una vez que la puerta se abre, salimos a un pasillo largo y dorado.

–Zach, esta es tu habitación –dice Erin, abriendo una puerta con una llave magnética.

–¿Por qué él primero? –pregunta Angel.

Creo que todos están demasiado cansados como para responder. Incluso su burla suena desanimada.

–Buenas noches –digo, saludando a todos desde lejos.

Me saludan mientras entro a mi habitación y cierro la puerta con llave. Es fantástica. Tiene una ventana con una vista panorámica de los edificios de Londres. Si bien estoy agotado, me acerco y miro hacia afuera. Es tan hermoso. Se puede ver el puente, el río, el London Eye, todo iluminado. Y pensar que esto es lo único que voy a ver de la ciudad. Tengo que hacer que cuente.

Me toco los labios y me pregunto si son tan suaves como los suyos, pero enseguida aparto ese pensamiento.

Mi maleta ya está en la habitación, así que la abro para cambiarme la ropa. Si bien me siento como si hubiera pasado toda la noche sin dormir, recién son las siete de la tarde, así que debería intentar mantenerme despierto para que mi cuerpo se acostumbre a la diferencia horaria.

Me saco la ropa y entro al baño. Abro solo el agua caliente de la ducha. Está hirviendo. Me meto bajo el agua y llevo la cabeza hacia atrás para mojarme la cara. Qué día. Por lo general, una buena ducha me despierta, pero ahora parece que... nada. Supongo que el agua caliente no hace milagros.

¿Servirá eso para una canción...? ¿Eres como el agua caliente?

No, no tiene sentido. Ya estoy delirando.

Quizás por eso estoy tan obsesionado con los labios de Ruben. Estoy delirando, eso es todo.

Cierro la ducha, agarro una toalla y noto que está caliente porque el toallero está calefaccionado. El paraíso.

Por fin limpio, salgo del baño, me pongo ropa interior y me acuesto en la cama bajo las sábanas, disfrutando la tela suave sobre mi piel. Enciendo la tele y el primer canal que encuentro está pasando una repetición de *Saturday Night Live*. Perfecto. En la mesa de noche hay una carpeta dorada suave con el menú del servicio a la habitación. La miro. Es extraño; tengo hambre, pero la idea de comer algo sustancial me hace sentir un poco mal del estómago.

Tomo el teléfono y ordeno una sopa de pollo y un chocolate caliente de selva negra, porque no puedo no probar algo como eso si me lo están ofreciendo.

Cuelgo el teléfono y siento que mis ojos se empiezan a cerrar.

No.

Vamos, Zach; tú puedes. Piensa en el chocolate caliente.

Quizás podría cerrar los ojos por unos pocos minutos. No le haría mal a nadie. Cuando llegue la comida, el sonido de la puerta me despertará y habré recuperado suficiente energía como para llegar a una hora más razonable para acostarme a dormir.

Está bien.

Es un plan inteligente.

Inclino la cabeza hacia un lado y cierro los ojos.

Lo siguiente que pasa es que estoy completamente despierto y son las tres de la mañana. Las luces y la tele siguen encendidas, las persianas siguen abiertas y mi boca tiene un gusto repugnante.

Debo haber estado tan dormido que desistieron con entregarme la comida. Me levanto de la cama y me acerco a la ventana. Este lugar debe tener un sistema de calefacción increíble, porque la ciudad afuera se ve lluviosa y miserable, pero yo estoy calentito. Veo algunas gotas sobre la ventana y entonces cierro las persianas, apago la tele y las luces. No estoy tan cansado, pero al menos puedo intentar dormir. Me costará caro si no lo hago.

Mi teléfono se enciende en la mesa de noche. Me arrojo a la cama y lo reviso.

Es un mensaje de Snapchat de Ruben.

RUBEN
¿Puedes dormir?

Abro la cámara frontal y me tomo una selfie. Ya sé que estoy sin camiseta, pero Ruben no me ve de *ese* modo. Además, luego de haber pasado por todo lo que pasó, es la última persona que sentiría cosas por un tipo que sabe que es heterosexual.

Pero mi corazón comienza a latir con fuerza ante la idea de que me vea de otro modo. Como solo un tipo más y no su amigo. ¿Qué pensaría de mí si no me conociera y supiera que soy heterosexual? ¿Creería que soy atractivo? ¿Y por qué siquiera estoy pensando esto?

Luego de editar la foto, le escribo algo: Jaja nop. Recién me levanto.

Se la envío.

Ruben la ve y empieza a escribir. Pero entonces la burbuja desaparece. Hace mucho esto. Es como si nunca confiara en lo primero que se le viene a la cabeza.

Aparece una imagen. Es Ruben y está en la cama con los ojos cruzados y la nariz fruncida.

Otro mensaje.

RUBEN
AH, HOLA ESTÁS DESPIERTO.

YO
¡Sí!

RUBEN
Eso significa que es la hora perfecta...

Noto que estoy sonriendo.

YO
¿La hora perfecta para qué?

RUBEN
Para que me digas qué piensas de In this house. CON DETALLES,
ZACH.

Río. Entonces, no le vuela la cabeza verme sin camiseta, pero ¿sí esto?
Me gusta.

YO
¿Ya te dije que me encantó?

Le doy a enviar y apoyo la cabeza sobre la almohada mientras espero
su respuesta. Abro Instagram y lo reviso por un segundo, luego vuelvo
a los mensajes con Ruben. Todavía no apareció la burbuja de que está
escribiendo.

Vuelvo a abrir su foto. Está sin camiseta, pero solo se pueden ver sus
hombros desnudos, y me hacen sentir una extraña sensación en el estómago. Una cara se presenta en mi mente. Lee, de la secundaria, tenía hoyuelos. Recuerdo que miraba mucho su foto de perfil y la estudiaba con
mucho detenimiento, buscando el lugar en donde estarían sus hoyuelos
si sonriera. Casi me había olvidado esa sensación, pero ahora me resulta
tan familiar. Tremendamente familiar.

Cierro la foto de Ruben.

Mi corazón está latiendo un poco más rápido.

Lee y sus hoyuelos no significaban nada. Tampoco Ruben, al menos
no de ese modo. Ver su foto no *significa* nada. Está bien que me guste
mirar la foto de una persona que aprecio. ¿Por qué siempre tengo que
sobreanalizarlo todo? Además, estoy cansado, tiene sentido que mis emociones estén desequilibradas.

Me llega una notificación que me hace sobresaltar, así que vuelvo a revisar los mensajes.

RUBEN

¿En qué mundo la palabra "me encantó" es detallado? ¿Qué te hicieron sentir las canciones? ¿Cuáles fueron tus favoritas? ¿¿Qué piensas?? DAME ALGO.

Sonrío y empiezo a redactar mi respuesta. Ya sé que se supone que debería estar durmiendo, pero eso puede esperar.

Si estoy un poco cansado mañana, ¿es el fin del mundo?

CINCO

RUBEN

Estoy en París, la ciudad más hermosa que vi en toda mi vida, y lo único que puedo pensar es que tengo hambre.

Abandonamos Londres esta mañana al amanecer luego de comer algún pan tostado del desayuno continental y cruzamos directo a París. Apenas las señales de tránsito cambiaron a francés, empecé a soñar con el café, las baguettes y la pastelería delicada.

Desafortunadamente, no voy a poder disfrutar nada de eso. Nada de visitar cafeterías y mucho menos detenernos a admirar algún lugar de interés para absorber el hecho de que estamos en París. ¡París! El único momento en que pude pisar la ciudad fue cuando nos dejaron en una calle bellísima con edificios de tonos neutrales con balcones. Pero enseguida entramos a uno de ellos, distinguible por la puerta giratoria negra en la entrada. Allí dimos una entrevista y tuvimos una sesión de fotos para la primera plana de una revista.

Ya pasó la hora del almuerzo y todavía no comimos nada desde el pan tostado del desayuno. Ahora estamos en el minibús que utilizamos además de los autobuses de la gira, ya que es más adecuado para viajar dentro de la ciudad, con Erin, Penny (que tiene que arreglar nuestro peinado cada vez que hay una cámara en la misma habitación que nosotros) y los guardias que nos asignaron para este día. La empresa que Chorus contrata, Tungsten Security, tiene múltiples filiales en todo el mundo. Keegan y Pauline, nuestros guardaespaldas principales, viajaron con nosotros desde Estados Unidos para acompañarnos en todo momento y dirigir a los guardias que Tungsten asigne en los distintos países. Nos permite estar en contacto con guardias que nos conocen y a la vez nos garantiza el beneficio de tener personal de seguridad que conozca a fondo la ciudad, sus riesgos y sus rutas de escape. Hoy nos acompañan Keegan y tres guardias franceses de Tungsten, ya que esta semana Pauline cubre el turno noche.

Vamos a la Torre Eiffel, pero no para que la disfrutemos, sino para posar para una foto promocional que publicarán en el Instagram del grupo. Estoy presionado contra la ventana en la parte trasera del minibús, aprovechando cada momento de la que será una de las pocas vistas parisinas de la gira.

Angel se desabrocha el cinturón de seguridad y voltea hacia nosotros desde su asiento.

—Bueno —susurra—, voy a tener algunas visitas en mi cuarto esta noche.

—¿Visitas? —preguntamos Zach y yo al unísono.

—Ajam. Kellin está en la ciudad y quiere llevar a Ella y Ted para pasar el rato.

Está hablando de Kellin White, Ella Plummet y Ted Mason, tres de los mejores cantantes del Reino Unido. Ted y Ella son bastante revoltosos y ambos han sido el centro de atención en más de un escándalo el año pasado. La prensa británica los ama porque siempre tienen algo para darles. *Boda real: Ella discute con Nadia Ayoub. Ted Mason arrestado por posesión de cocaína. Ted y Ella: ¿un romance en puerta?*

—A la prensa le *encantará* eso —digo con frialdad.

—Puedo ser amigo de quien quiera —dice Angel—. No significa que *yo* esté haciendo algo mal.

—Y entonces, ¿por qué susurras? —le pregunto y Zach esboza una sonrisa, su rodilla se golpea contra la mía cuando pasamos sobre un bache en la calle.

—Ruben, solo... —dice Angel, moviendo su mano en círculos en el aire—. Tranquilízate, ¿está bien?

De pronto, Zach levanta las rodillas con su teléfono en la mano.

—Espera, quiero tomar una foto de este momento —dice. Apoya una mano firme sobre mi pierna para mantenerse estable y toma una fotografía del paisaje porque, claramente, quiere que me prenda fuego. Hago lo mejor para pensar en cualquier otra cosa que no sea la presión de su peso sobre mi cuerpo. En todo caso, lo único que puedo hacer es mirar por la ventana y distraerme.

Estamos atravesando una zona residencial con docenas y docenas de apartamentos color crema. Las ventanas son lo primero que me llama la atención, ya que son increíblemente altas y tienen hojas antiguas y balcones con rejas de hierro, todos adornados con una incontable cantidad de flores. Hay flores en todas las ventanas y muchas más colgando de cada farol a la vista. Pongo toda mi atención en contar los canteros con las flores porque Zach todavía está apoyado sobre mí y el calor de su piel ya está empezando a atravesar mis pantalones; *cinco, seis, siete, ocho, nueve...*

—¡Chicos, tengo buenas noticias! —exclama Erin, mientras se abre paso hacia nosotros por el pasillo, tambaleándose de un lado a otro. Zach se separa de la ventanilla y se acomoda nuevamente en su asiento. No sé si sentirme aliviado o desesperado–. Pero primero, una cosa. Las chicas de la revista nos dieron un regalo de bienvenida a París –dice, tomando un puñado de dulces de una caja negra–. Son caramelos de mantequilla salada de Maison Le Roux. Quizás los ayudará a llegar al almuerzo.

Gracias a Dios, *comida*. Nos metemos cada uno de los cuadraditos dulces a la boca y me tengo que obligar a no apurarme y disfrutarlo en lugar de tragarlo entero. No se parece en nada a ningún dulce que haya probado en mi vida, tiene el balance perfecto entre la dulzura y ciertas notas saladas que acompañan una textura espesa y pegajosa que cubre mi boca con la suavidad de una crema.

–Bueno, sí –dice Jon con voz ronca, desenvolviendo otro–. Me gusta París.

Zach apoya la cabeza sobre el respaldo de su asiento y cierra los ojos, mientras una pequeña y divertida sonrisa aparece en su cara. Verlo así hace que se me cierre el pecho.

Solo tengo tiempo suficiente para preguntarme si Erin nos estará intentando distraer con los dulces para hacer su anuncio.

–Ya salieron los resultados de la lista de "Los cincuenta hombres más sexys" de *Opulent Condition*, ¡Ruben y Jon están en la lista!

Mi primera reacción, honestamente, es sentirme un poco alabado. No puedo evitarlo. Los comentarios positivos me encantan y es imposible ignorar que una multitud crea que eres hermoso. Pero me toma más tiempo del que me hubiera gustado entender que si solo Jon y yo estamos en esta lista, significa que Zach y Angel no.

–¿Cómo es que *él* entró y yo no? –pregunta Angel, refunfuñando y señalando a Jon.

–No digas eso –dice Zach–. Jon es sexy.

—Jon es un reprimido –agrega Angel con intensidad–. Lindo no es lo mismo que sexy. Se sonroja cada vez que una chica lo mira.

Jon parpadea rápido, sus cejas levantadas hacia el cielo.

—Gracias por tus bellas palabras.

—No me digan que todo esto no está arreglado –espeta Angel.

—Claro que está arreglado –dice Jon, antes de voltear hacia Erin–. No se les ocurrió a ellos. Papá nos metió, ¿verdad?

Erin no lo niega y de repente me siento un estúpido por creer que fueron nuestros fans quienes nos votaron. Era obvio que Chorus elegía quién entraba en la lista y quién no. Entiendo la importancia de mantenernos como fantasías románticas cueste lo que cueste; Geoff lo dejó bien en claro cuando le dije que tenía pensado contar la verdad sobre mi identidad en público a los dieciséis. *Piénsalo como si fuera uno de tus musicales, Ruben. Eres parte de un espectáculo. Quienes quieren participar tienen que demostrar que son la persona indicada para el papel.* Lo que me quiso decir fue que me podría reemplazar si fuera necesario. No lo dijo, pero no hacía falta que lo hiciera.

—*Estás* en la lista, Jon. ¿Por qué no estás contento? –pregunta Erin.

Jon arruga el envoltorio del dulce en su mano, sin mirarla a los ojos.

—¿No te sentirías incómoda si tu papá le enviara fotos tuyas en donde apareces semidesnuda a una revista?

—Todavía no me saqué fotos semidesnuda –le contesta Erin. Creo que lo dice a modo de broma, pero nadie se ríe. Suspira–. Supongo que es el tipo de cosas que tienes que soportar cuando tu padre es tu propio mánager. Intenta verle el lado positivo. Es publicidad.

—Al menos estás en la lista –dice Angel con cierto enfado.

Zach, que odia las discusiones más que nada en el mundo, se mueve incómodo a mi lado.

—No va con tu marca, Angel —dice Erin exasperada—. Pero entiendo que estés decepcionado.

—No estoy decepcionado —grita—. Estoy molesto.

—Vamos. No es mi culpa. Yo solo les conté las novedades.

—Me siento estafado. Soy diez veces mejor bailarín que Ruben y estuve con más chicas que Jon en toda su vida y a las que apenas tuvo el coraje de decirles hola. Pero vaya casualidad, Chorus sigue queriendo hacerme ver *a mí* como el virgen dulce.

—Está bien —dice Erin y su sonrisa luce algo tensa—. Anotado. Creí que esta oportunidad invaluable sería buena para el grupo en su conjunto. Como siempre, estaré más que contenta de hacerle llegar tus comentarios a Geoff.

Jon de repente parece interesarse más por el suelo y Angel sacude la cabeza de un modo evasivo. Lo único que logra quejarse con Geoff es que te quite participación. Nada cambia. Ni siquiera aunque su propio hijo se queje.

—Si les sirve de algo —dice Keegan desde el frente del autobús—. Yo tampoco quedé en la lista.

Zach se aclara la garganta.

—Felicitaciones —dice suavemente, sonriéndome a mí y luego a Jon.

—¿Ven? Esa es la actitud de equipo —dice Erin con un tono juguetón.

Jon la mira de un modo amenazante, pero luego parece darse por vencido.

—Entonces, ¿quién está entusiasmado por subir a la Torre Eiffel? —pregunta con una voz tensa.

—Oh, no tenemos tiempo para subir hasta la cima —dice Erin—. Es solo una fotografía y luego nos vamos para llegar a tiempo a otra entrevista en M6 Music.

A juzgar por la cara de todos, nadie parece demasiado sorprendido. Cuando Erin regresa adelante de todo en el autobús, Angel se cruza de brazos.

–*Saben* que no me postularon para la lista porque creen que un asiático no puede ser sexy –murmura–. Maldita mierda.

La sonrisa de Jon es mordaz.

–Papá cree que no puede ser racista porque se casó con una mujer afroamericana. Nunca lo entendió, amigo. Dudo que lo entienda ahora.

Angel pone una expresión de asco y baja la vista nuevamente hacia su teléfono. Jon lo mira, perdido en pensamientos, hasta que, finalmente, se desploma sobre su asiento y cierra los ojos con fuerza.

Zach me echa un vistazo y su expresión luce tan sombría como la mía.

Zach está sin camiseta en mi habitación, lo cual es fabuloso y un mal chiste en muchos sentidos.

Básicamente, estoy haciendo un esfuerzo descomunal para no quedarme mirándolo fijo. Y bueno… es difícil.

Apareció en la puerta hace cinco minutos para preguntarme si le podía prestar algo para la reunión que está organizando Angel en su cuarto porque ya está cansado de la ropa que le elige Chorus. Y ahora estoy aquí, mirando a cualquier otro lado menos a él para evitar que la situación se ponga más incómoda. Para mi sorpresa, es mucho más fácil ignorar a un tipo semidesnudo en un lugar lleno de gente que en una situación como esta.

Decido quedarme mirando el móvil de espaldas a él. Cuento hasta diez en silencio para darle tiempo suficiente para ponerse la camiseta, pero cuando levanto la vista veo que sigue sin la maldita camiseta y está parado frente al espejo acomodándose el pelo. Puede verse el elástico de sus interiores debajo de su jean y noto que su piel luce más suave y pálida por la falta de sol.

El asunto es que Zach es muy lindo. Siempre me pareció atractivo, aunque fuera una opinión puramente platónica. Es alto y delgado, no necesariamente escuálido, y tiene un cabello grueso castaño oscuro que invita a acariciarlo y descubrir que es tan suave como parece. Tiene dos hoyuelos profundos, pestañas largas que encuadran sus ojos castaños serios, una cara ovalada delicada y brazos con músculos bien definidos. Si la lista de hoy se hubiera basado únicamente en la apariencia física en lugar de ser solo una estrategia de publicidad, él habría estado en ella, sin lugar a duda. Incluso, en un lugar mucho más alto que yo.

Oigo que se mueve, lo que me indica que finalmente se puso una camisa.

—¿Viste afuera? —pregunta—. Hay mucha gente.

La verdad es que no vi nada. Ya había una congregación bastante grande en la puerta del hotel cuando llegamos del concierto de anoche. Abro la ventana y asomo la cabeza. Un grito se esparce por toda la multitud como una ola. Son demasiados. Un mar de cabezas y manos que se sacuden sin parar, docenas de personas, la mayoría chicas. Me gritan a mí. Gritan por mí.

Soy lo único que existe para ellas ahora, incluso aunque mi boca se vea rara o mi vibrato falle o me olvide de sonreírle a las cámaras. Nada de eso les importa. Es un amor incondicional.

Antes de Saturday no conocía ese amor "incondicional".

Saludo a todas las personas presentes y Zach aparece a mi lado, y los gritos, de algún modo, parecen volverse cada vez más fuertes. Ensordecedores. *Al menos, ahogarán cualquier sonido que salga de la habitación de*

Angel, pienso distraídamente. Paso una mano por detrás de Zach y él la sujeta con firmeza.

–¡*Bonne fin de soirée!* –grito, aunque dudo que alguien me escuche. Zach me lleva hacia adentro con un abrazo de oso, riendo, y el sonido de la multitud queda apagado cuando cierra la ventana.

Cuando llegamos a la habitación de Angel, ya hay cerca de quince personas adentro. Jon no está por ninguna parte, aunque le hayamos escrito cuando Zach fue a mi cuarto.

Las luces principales están apagadas y solo las lámparas y la luz del baño iluminan el lugar. La música está a un volumen razonable, por ahora, y la mayoría de las personas está sentada en la cama, en algunas sillas o tan solo en el suelo, sus caras sumidas en las sombras. Reconozco a algunas de ellas: Kellin, Ella y Ted, por supuesto, junto con Daniel Crafers y Brianna Smith, ambas personalidades del mundo de la actuación en sus veintes. Interactué con ambos algunas veces por Instagram.

–Oigan, ustedes dos –dice Ella cuando nos acercamos a donde está sentada en el suelo, girando para servir vodka puro en un par de vasos plásticos–. Bienvenidos a la *République française*.

–Ah, ¿ahora vives aquí? –Acepto el vaso.

–No, querido, vinimos a verlos a ustedes cuatro.

Levanto mi vaso para agradecerle.

–Entonces, nosotros tendríamos que darte la bienvenida a *ti* a Francia.

Angel aparece de la nada, tambaleándose.

–Ruben, ¿estás molestando a los invitados?

–Sí, me está molestando –dice Ella, haciendo puchero y enredando un mechón de su cabello en uno de sus dedos.

Angel señala a Zach y luego a mí.

–Beban. Los volverá personas más agradables.

—Hablando de los cuatro —dice Zach, en lugar de beber—. ¿Dónde está Jon?

Angel pone cara de fastidio.

—Con suerte, lejos, en señal de protesta.

—Tienes todos los sabores del mundo y terminas eligiendo el más amargo —dice Ella, riendo. Alguien le sube el volumen a la música y el ambiente del cuarto cambia. Cada vez parece menos una ocasión relajada para conversar y más una noche de discoteca. El bajo vibra por todo el suelo y lo puedo sentir hasta en la punta de mis dedos, sacudiendo mi sangre.

—No soy amargo —dice Angel, dejándose caer en el suelo entre Brianna y yo. Tiene que levantar la voz para que lo escuchemos—. Si lo fuera, también criticaría al pequeño Ruben, pero no tengo nada en contra de él, cosita tierna.

—Para mí tú siempre fuiste el hombre más sexy del mundo —le dice Ella a Angel, y Angel se ve no tan sutilmente complacido. De inmediato, Ella le sirve un poco más de vodka, una suerte de premio por "ser sexy", supongo.

—Okey, seguimos aquí —bromea Zach conmigo, pero tengo la sensación de que hay cierto grado de verdad en su tono alegre.

—Sí, nos rompes el corazón, Ella —agrego.

Ríe con una ligereza despreocupada.

—Por lo que sé, soy la última persona que podría romperte el corazón, Ruben —dice—. Quizás tengas más suerte con Levi. —Señala a un tipo rubio que está parado junto a la puerta del baño con Ted—. ¿Quieres que te lo presente?

No me sorprende que sepa la verdad. Una vez que alguien queda fuera de sus ligas, su sexualidad suele ser una especie de secreto abierto para toda la industria, pero el acuerdo tácito es que lo que saben los de adentro, adentro queda. La cantidad de dinero que se gasta por año en sobornos y acuerdos para evitar la divulgación de este tipo de información es increíblemente alta. Mantiene a los medios, en cierta medida, moderados. Al menos, en lo que respecta a las fotografías. Cualquier otra celebridad juraría sin dudar que eres heterosexual si preguntan por ti; en especial dado que, por lo general, también tienen secretos que necesitan mantener ocultos. Pero es más que eso. Es un código de comunidad. Un código ético. Un código que nos ubica a nosotros contra ellos.

Aunque es una lástima que, en realidad, no *quiera* mantenerlo en secreto.

—Veremos hacia dónde nos lleva la noche —digo y frunce la nariz de un modo sugestivo.

Zach me lanza una mirada punzante desde el costado. Siempre se comporta de un modo extraño con todo el asunto de que salga con otros chicos. Es una versión menos nerviosa de Jon con lo de seguir las reglas; no quiere drama y le preocupa que termine con la persona incorrecta que les cuente toda la verdad a los medios o algo por el estilo y se arme un escándalo. Básicamente, no confía en que sea discreto. Pero yo prefiero verlo de un modo más ameno, como si tan solo fuera sobreprotector y no porque no confía en mi juicio.

Además, es difícil molestarse con él cuando nunca le aclaré que *quiero* contar quién soy en verdad. En lo que a él le concierne, simplemente me está ayudando a proteger *mi* secreto, no el de Chorus.

—¿Quién le romperá el corazón a Zach entonces? —pregunta Angel, golpeando la parte de debajo del vaso de Zach. *Bebe.* Zach obedece.

—¿Honestamente? —dice Ella—. Lo mejor de lo mejor. ¿Quién querrías que te rompa el corazón, Zach? Estoy segura de que nadie aquí rechazaría el desafío.

De repente, los colores en el cuarto parecen perder su intensidad. Me levanto.

—Voy a ver cómo está Jon —digo.

—Te acompaño —dice Zach, empezando a levantarse, pero Ella lo lleva nuevamente hacia abajo, sonriendo.

—Estoy segura de que puede ir solo —dice.

Me abro paso entre la multitud y noto que hay más personas que cuando llegamos, incluso casi me choco con un grupo que recién acaba de entrar. Más gente. En cualquier momento, ya no tendremos lugar para todos.

Justo cuando estoy a punto de salir, la puerta se abre y aparece Jon.

—La gente del hotel se va a quejar con Erin —dice cuando me ve—. Hay *mucho* ruido aquí.

—Puede ser. Pero ¿qué esperabas?

Jon suspira y se acerca directo a Angel. Lo sigo por detrás. Zach está junto a la ventana, hablando con una chica de cabello negro rizado. La chica tiene las piernas cruzadas y la cabeza inclinada en un ángulo tan pronunciado que estoy seguro de que le debe estar doliendo el cuello. Parece estar muy cautivada por él. Y no la culpo. Pero sería maravilloso que estuviera cautivada por otra persona. En serio, cualquier otra persona estaría mejor.

De inmediato, Ella empieza a sacudir un brazo para llamarme la atención. Está con el tipo rubio que mencionó antes, Levi. Levanto una mano para decirle que me espere y alguien me entrega un trago cuando pasa junto a mí.

Claro, ¿por qué no? Lo bebo por completo y me acerco a la conversación de Jon y Angel.

—No queremos tener una mala reputación, Angel.

—Ay, no, una mala reputación por ser divertidos, las chicas odian eso —bromea Angel, saltando en el lugar. Obviamente, consumió algo. Su energía roza lo frenético.

—¿Puedes bajarle un poco a la música? ¿Por favor?

—Tú —dice Angel—, no eres nuestro mánager. ¿Por qué mejor no te diviertes un poco y dejas que yo me encargue de las disculpas luego? ¿Está bien? —Sujeta a Jon de las manos y las mueve de atrás hacia adelante, intentando hacerlo bailar. Jon pone los ojos en blanco, pero sonríe a regañadientes.

Justo cuando termino mi trago, alguien me llama tocándome el hombro. Es el tipo rubio. Levi.

—¿Quieres otro trago? —me pregunta.

Acepto con una inmensa sonrisa en mi cara. Resulta que Levi es modelo y viene de Irlanda, lo que explica su hermosa cara celestial. También es mucho mejor que yo con el alcohol, lo cual descubro cuando intento seguirle el ritmo y rápidamente pierdo la habilidad para mantenerme en pie. Me lleva hacia un espacio libre en la cama y nos sentamos. Me cuenta sobre una vez que casi lo arrestan con Ella y Kellin. Mientras hablamos, nos apoyamos el uno contra el otro en más de una ocasión, hasta que empieza a rozar mi pierna con su pulgar. Todo se siente cálido, lento y suave. Igual a esos dulces que comimos horas atrás.

La fiesta se vuelve cada vez más intensa a medida que los invitados beben más y más, y asumo que, sea lo que sea que Angel haya consumido, empieza a circular entre todos los presentes. Un grupo empieza a grabar un video para Instagram mientras juegan a algo que los incita a beber cada vez más alcohol. Aparentemente, el juego consiste en golpear una mesa ratona y gritar cada vez que alguien habla. A pocos metros de ellos, otro grupo de chicos y una chica corren sin camisa de un lado a otro intentando conseguirle una camisa extra a la chica. Otra persona pone trap desde su celular y empieza a chocar tanto con la música de los parlantes de Angel que apenas puedo escuchar mis pensamientos.

Miro a Zach un par de veces y veo que todavía sigue con la chica de rizos. Supongo que es la elegida para romperle el corazón esta noche.

Y al parecer yo elegí a Levi.

—Y bien, ¿cuánto tiempo te quedas en París? —me pregunta.

—Hoy y mañana. Nos vamos la mañana siguiente.

—Ah. —Pone una expresión triste—. ¿Y te quedas aquí?

—Sí, mi cuarto está al final del pasillo.

—Ah, cada uno tiene su propia habitación. Genial —aparenta decirlo de un modo casual, pero su mano se presiona con mayor firmeza contra mi pierna, y siento algo revolverse en mi estómago. Siento como si tuviera un nudo en mi garganta, lo que me deja un poco sin aliento.

Alguien me toma del brazo y levanto la vista para encontrarme con un Zach bastante preocupado.

—¿Me ayudas un minuto? —pregunta.

Me despido de Levi y Zach me lleva hacia su chica rompecorazones. Aunque ahora está desplomada contra la pared con la cabeza tan inclinada hacia un lado que reposa sobre su hombro.

—Dios, ¿qué le hiciste?

—¡Nada! Creo que está ebria.

Otra chica desconocida se acerca con una botella de agua y se la entrega a su amiga. La sujeta con ambas manos. Zach se agacha.

—¿Está bien? —le pregunta.

—Sí, suele pasar a veces —dice la nueva chica con acento francés—. Pediré un Uber.

–¿Qué tan lejos vive?

–¿Treinta minutos quizás?

–Es bastante. No se ve bien.

–No tenemos ningún otro lugar para quedarnos.

–Me siento mal –se queja la chica rompecorazones–. Déjame dormir en el suelo, Manon. ¿Por favor?

Zach vacila un instante y luego me mira desesperado. Me toma un segundo entender lo que me quiere decir a través del efecto del alcohol.

–Si quieres dejarle tu cama… –digo, encogiéndome de hombros.

–¿No te molesta? ¿Si me quedo contigo?

Bueno, a Levi sí le podría molestar. Pero tendrá que superarlo.

Trabajando en grupo, los tres ayudamos a poner de pie a la chica rompecorazones y la llevamos hacia la habitación de Zach. Zach guarda sus cosas en su maleta a toda prisa y yo ayudo a su amiga, Manon, a acostarla con cuidado sobre la cama. Manon nos agradece repetidas veces, mientras tuitea a toda velocidad que Zach Knight tiene que ser idolatrado hasta el fin de los tiempos. Luego Zach y yo llevamos sus maletas a mi habitación y me desplomo sobre la cama, oficialmente demasiado mareado como para volver a levantarme.

–Lamento interrumpir tu… cosa –dice con un tono extraño. Se queda junto a sus maletas y envuelve su cuerpo en sus propios brazos.

Dejo salir un quejido y apoyo un brazo sobre mis ojos para tapar la luz.

–Está bien. ¿Para qué están los amigos sino es para evitar que vaya a la cama con alguien?

–Mierda. Lo siento.

–Estoy *bromeando*. Bueno, solo un poco. –Lo miro y sonrío–. No puedo enojarme contigo cuando solo estás siendo el tipo más agradable del mundo. Eso me haría quedar a mí como una mierda, ¿no te parece?

—Tú nunca podrías ser una mierda.

—Claro que sí, si me lo propusiera.

El colchón rebota. Debe haberse sentado en la cama.

—¿Quieres volver?

—Mmm. Podríamos. Pero la cama está *tan* cómoda y todos ya están en otro plano de la realidad.

—Dímelo a mí. Esos tipos *sí* que pueden beber.

—¿Verdad? Levi terminó media botella de vodka y ni siquiera arrastraba las palabras.

Le escribo a Jon para avisarle que ya nos fuimos de la fiesta. No tiene sentido escribirle a Angel, lo vería recién por la mañana.

—Levi —repite Zach con un tono extraño.

—Sí, el tipo con el que…

—Sí, no. Ya sé.

Me levanto y me quito los jeans.

—Es modelo —le cuento.

Zach también empezó a desvestirse, pero se detiene cuando se empieza a sacar la camisa.

—*Por supuesto* que es modelo. Me pregunto si logró entrar a la lista.

Ah, la lista. Me había olvidado de eso.

—A la mierda con esa lista estúpida, Zach —digo, metiéndome bajo las sábanas.

Zach apaga la luz principal y el crujido de la tela me dice que también se está quitando sus jeans. Lamento mucho que haya apagado las luces.

—¿Puedo…? ¿Eh…? —pregunta su voz sin cuerpo desde la oscuridad.

—Sí, métete —le digo y quiero agregar, "¿A dónde creíste que ibas a dormir?", pero de algún modo logro controlar el comentario descarado.

Se mete bajo las sábanas a mi lado con cuidado. Irradia calor.

—Al carajo con Erin y al carajo con Chorus —agrego.

Zach se queja.

—No me importa. Ni siquiera me... importa.

—Bien. Porque no saben nada y son estúpidos.

El movimiento en la cama me dice que se acostó de lado, más cerca de mí.

—No se equivocaron. Eres más atractivo que yo.

Giro tan rápido que mi cabeza se sacude con fuerza. Demasiado rápido para un tipo ebrio, aparentemente.

—Esa —digo—, es la mierda más estúpida que jamás hayas dicho. Tú eres sexy.

—*Naaaaaaaa.*

—*Seeeeeeeee*, lo eres. Tú... —me acerco para picarlo con los dedos en la oscuridad hasta que mis dedos colisionan con fuerza contra su pecho—, deberías estar en el primer lugar de esa lista.

—*No.*

—¡Número uno!

Aparta mi mano y nuestros dedos se entrelazan por un segundo.

—Deja de mentir.

—No estoy mintiendo.

Se mueve para ponerse más cómodo, lo que lo acerca más a mí.

—Ya sé la clase de tipos que te parecen lindos —dice—. No se parecen en nada a mí.

Me quedo sin aliento. ¿Por qué exactamente le importa qué clase de hombres me parecen lindos?

—¿Qué?

—Están todos inflados o lo que sea. Por eso sé que me estás mintiendo. Solo lo haces para hacerme sentir mejor.

Ah. Tiene más sentido. Por un breve instante creí que quería decir… otra cosa.

—Zach —digo con la mayor claridad posible–. Eres hermoso. Hermoso de verdad.

Nos quedamos en silencio por un largo rato, demasiado largo como para ser cómodo, y mi piel empieza a crisparse con ansiedad. No puedo ver la expresión en su rostro, pero de repente tengo miedo de haber llevado todo al límite.

—Duerme —digo cuando no responde–. Tenemos que levantarnos en cinco horas. —Mi cabeza no deja de dar vueltas y ya estoy odiando el sonido de la alarma. Mañana nos sentiremos para la *mierda*. Pero supongo que valió la pena tener una noche de libertad.

—Cierto —dice y suena raro, y estoy bastante seguro de que lo puse incómodo, pero mi cerebro está demasiado nebuloso como para pensar con claridad y hacer que todo vuelva a la normalidad. Mi cerebro apenas empieza a acostumbrarse a cerrar los ojos cuando tengo la sensación de que me están observando.

—¿Zach? —susurro.

—¿Sí? —Su aliento cae sobre mí cuando habla. Eso no pasó la última vez que habló. Está más cerca. Estoy seguro.

De pronto, es difícil respirar, porque lo entiendo. Algo está pasando y se me está escapando porque no lo estaba buscando. Soy un idiota. Pero algo está pasando.

Está tan cerca de mí que, si me muevo solo un centímetro, estaría tocándolo. Piernas, estómago, pecho, labios.

Me quedo congelado, porque no puedo interpretar la situación. Simplemente, no puedo. Y si me muevo, destruiré todo.

¿Por qué no se aleja? Estamos demasiado cerca.

Siento que respira con pesadez y de un modo tembloroso. Está temblando. Siento como si todo mi cuerpo estuviera tenso.

Está *temblando*.

Entonces, me muevo en el lugar de un modo casual, accidental. Pero claro que no lo hago bien y es obvio que es una farsa estúpida, porque el "accidente" hace que nuestras rodillas se toquen y nuestras narices estén a solo centímetros de distancia. Y no hago nada para evitarlo.

Y él tampoco.

Mi movimiento fue una pregunta y su falta de voluntad para alejarse fue la respuesta. Y mientras intento convencerme de que estoy viendo algo que no existe, siento su respiración sobre mi cara hasta que sus labios se presionan sobre los míos, acompañados por sus manos sobre mi pecho.

Apenas es un beso, labios cerrados y sutiles. Aire.

Y no le devuelvo el gesto. Dejo que me bese y se aparte solo. Un momento de silencio y me arrepiento. No lo acerco para profundizar un beso que no quiere, que no puede querer.

—Lo siento —exhala. Ahí está. Lo entiende. Una parte de mí muere, pero otra está tan agradecida de no haberle dado a entender que realmente quería eso—. Creí...

—Está bien. Estás ebrio.

—Lo siento. Entendí mal. Lo siento.

Y ahora soy yo el que está confundido, esforzándose por entender todo esto.

—Espera, ¿tú... querías?

Le toma tanto tiempo responderme que me pregunto si realmente quería hacerlo. Luego, su voz suave susurra.

—Sí.

Mi cerebro, bastante lento en este momento, intenta unir todas las piezas, porque todo esto fue inesperado y no hubo ninguna señal previa, ninguna simple señal. Pero debió haber algo. Es demasiado para procesar y aquí estamos. Todavía sigue cerca de mí, tanto que aún puedo sentir el gusto de su boca cuando paso la lengua por mis labios. Incluso suena algo esperanzado. *Esperanzado*, por Dios.

Entonces llevo una mano a su cuello. Su pecho toca el mío y creo que puedo sentir el latido de su corazón. O quizás sea solo el mío.

Cuando lo beso, un pequeño sonido queda atrapado en su garganta y siento que estoy a punto de desmayarme. Abro la boca y lo beso con más fuerza, respirando su exhalación como si fuera mi oxígeno.

Besarlo es un cambio de tonalidad en medio de un crescendo.

Su pierna se entrelaza con la mía cuando se levanta para apoyarse más sobre mí y el calor de todo el momento, la suavidad de su piel desnuda, su lengua deslizándose sutilmente sobre la mía, es demasiado. Me estoy desintegrando. Me estoy derritiendo sobre el colchón que tengo por debajo y el peso de su cuerpo es lo único que me mantiene anclado a tierra. Presiona su cadera con fuerza sobre mí, excitado, y siento que nada de esto tiene sentido, porque es Zach y es heterosexual, y no puede verme de ese modo. Pero es lo que pasa, tenga sentido o no.

—Maldición, Zach —logro decir y ahoga mis palabras con un beso. Mis manos están a cada lado de su cabeza y las suyas están sobre ellas, entrelazando sus dedos con los míos, presionándolos para mantenerse arriba. Estoy afincado en mi lugar. Quiero levantarme, envolverme alrededor de su cuerpo, pero también quiero acostarme debajo suyo hasta morir.

Supongo que siempre quise que Zach me besara. Pero nunca creí que lo haría. Por eso, mantuve esa fantasía encerrada en las profundidades de mi mente. Allí en donde oculto todo aquello que me haría daño.

Nunca tuve intenciones de abrirlo.

Con suerte…, dice una voz en mi mente, pero la callo, seguro de que no tiene nada bueno para decir.

Con suerte, insiste la voz, más fuerte esta vez, *no te está besando para subir su autoestima. Porque le dijiste que era hermoso después de que todo el mundo lo hiciera sentir desagradable.*

Algo se empieza a revolver en mis entrañas y me siento mal.

Lo beso más lento, mientras mi cabeza repite ese nuevo y horrible pensamiento. Zach nota el cambio y toma distancia, respirando con dificultad.

—¿Estás bien?

No. De verdad creo que voy a vomitar. Intento respirar con firmeza, poner a la habitación, y a la realidad, nuevamente en foco. Las náuseas desaparecen un poco, pero el terror en la boca de mi estómago no.

Quiero rogarle que me lo asegure con certeza, pero está ebrio y confundido, y no es el momento adecuado para hacerlo. Quizás ni siquiera me diga la verdad, aunque haya entendido la fuerza imparable detrás de su beso. Esa inmensa suposición. Para él, la claridad llegará por la mañana, cuando reflexione sobre lo sucedido y se arrepienta.

Y entonces lo nuestro quedará destruido para siempre. Y quizás nunca podamos recuperarnos. Todo por un beso.

Zach se aleja y se queda quieto a mi lado.

—¿Ruben?

—Creo que mejor deberíamos dormir.

—Yo… lo siento —dice.

Suena herido. Dios, suena tan herido. Pero me lo agradecerá mañana. Me agradecerá haberlo detenido antes de que fuera demasiado tarde. Está ebrio. Yo estoy ebrio. Cuando esté sobrio, lo entenderá.

—No me pidas perdón. Está bien. Solo… no te preocupes.

Giro hacia mi lado para que no pueda verme y presiono una mano sobre mi boca para mantenerme en silencio. Mis labios tiemblan y mi boca se mantiene cerrada con fuerza para contener el aluvión de decepción y pánico.

Mierda.

Mierda.

Mierda.

¿Qué he hecho?

SEIS

ZACH

¿Qué he hecho?

Todavía estoy acostado con Ruben, tan cerca del borde de la cama como me es posible sin caerme. Cada segundo desde entonces se extiende en el tiempo *indefinidamente*, incluso a pesar de que ya esté saliendo el sol. No dormí nada, pero me obligo a mantenerme quieto para no hacer que todo sea todavía más incómodo.

Más incómodo de lo que ya es, claro. Porque maldita mierda.

Lo besé. O él me besó. Nos besamos, supongo.

Y me gustó. Estaba ebrio, pero no lo suficiente como para no recordarlo. Y fue uno de los mejores besos de mi vida. Prácticamente me dejó sin palabras lo bueno que fue. Pero no tiene sentido, porque es un chico. Y a mí me gustan las *chicas*. O sea, cuando pienso en mi futuro me imagino con una esposa, una casa y un perro. Lo único que cambió de ese futuro desde mi infancia es la casa en sí. Eso no tiene mucho sentido para un chico que besa a otro chico y disfruta cada segundo de ese momento. Simplemente no es así.

Ruben gira a mi lado y casi se me para el corazón. Tengo la impresión de que está fingiendo estar dormido, ya que sus movimientos parecen bastante controlados. Se acomoda con un quejido suave y entierra la cabeza en la almohada.

Su espalda es bastante musculosa y su cabello corto está despeinado. Definitivamente es un *chico*. Aun así, el beso fue ardiente, dulce y absorbente, todo lo que siempre quise en un beso. No creo que exista algo que quiera más que seguir besándolo y no detenerme nunca más.

No es la primera vez que pensé en besar a un chico, claro. Pero esos pensamientos solo duraron unos pocos segundos. Solo son anomalías, cosas que pienso cuando estoy cansado o ebrio o…

¿Lo son?

Hubo ocasiones en las que empecé a sentir cosas un poco más profundas. Ese momento en el que empiezas a ver a alguien *de ese modo* y luego obligas a tu mente a pensar en cualquier otra cosa, pero no puedes evitar que tus ojos graviten hacia esa persona cuando está cerca. Cuando empieza a volverse alguien muy importante y parece más que solo amistad. Solía pasarme con un compañero del equipo de fútbol y debo confesar que mi cerebro trastabilló varias veces cuando estaba hablando con el capitán, Eirik, y se levantó la camiseta para secarse la frente en medio de la conversación.

Luego de ocasiones como esa me pregunté si realmente era gay. Pero no. No lo *soy*. Me enamoré de chicas antes. Bastante. Los chicos gais tienen que aparentar que les gustan las chicas, pero yo nunca tuve que hacer eso; los besos y el sexo siempre se sintieron fantásticos. Hannah se apoderó por completo de mi mundo cuando me enamoré de ella. No creo que sea normal que un chico gay sienta algo romántico por una chica, mucho menos creo que sufriría si una le rompiera el corazón.

Obviamente, ya sé que hay otras opciones además de gay o heterosexual, pero nunca me sentí identificado con ninguna de ellas. Las veces que me gustó una chica se convirtió en una presencia recurrente y constante en mi vida, y la idea de que pudiera volver a pasar una vez que superara a Hannah era extremadamente reconfortante. Lo que quiero decir es que podía decirme a mí mismo que estaba bien porque sabía que conocería a otra persona eventualmente, cuando estuviera listo. Las veces que noté que me gustaba un chico fueron solo situaciones aisladas, cosas que me tomaron por sorpresa y me confundieron, y puede que me hayan hecho entrar en pánico un poco, pero entonces borraba esos pensamientos de mi mente y listo. Al poco tiempo, me enamoraba de otra chica y se convertía en lo único en lo que podía pensar. Me sentía extasiado y feliz, y, en gran medida, me olvidaba que alguna vez había sentido algo por un chico. Me olvidaba que siquiera hubiera ocurrido, por más pequeño que hubiera sido. Estoy seguro de que es bastante común sentir cosas así de pequeñas por otras personas. Eso no significa que sea queer. Si sintiera por los chicos lo mismo que siento por las chicas, me daría cuenta.

Pero lo de anoche se sintió mucho como besar a una chica.

Si él fuera una chica, sabría que estoy ante la próxima persona de la que me enamoraría. Pero es Ruben. Mi mejor amigo hombre y compañero de banda. Entonces, en resumen, ¿qué demonios?

Me siento en la cama con la esperanza de que deje de fingir estar dormido. Pero no reacciona, así que me aclaro la garganta.

Abre los ojos y sonríe automáticamente ni bien me ve. Pero entonces su expresión cambia y su sonrisa se desvanece. De repente, una sensación fría choca con mi cuerpo. Ese viejo pánico familiar que trae la pregunta "¿Qué significa todo esto?", repitiéndose una y otra vez en mi mente. Me siento como si estuviera desnudo en medio de un escenario.

–Hola –susurra con una voz insegura.

–Hola. –Apenas puedo obligarme a pronunciar la palabra.

Nos quedamos en silencio. Estudio a Ruben por un instante. Es hermoso, sí. ¿Pero lo es de un modo "Quiero tu consentimiento para atarte a la cama" o más bien "Quiero *ser* tú"? Cada vez que noté lo hermoso que es, creí que era solo por aprecio o una suerte de aspiración mía. Pero ahora no cabe duda de que hay, al menos, un poco de deseo en eso. Quizás porque sé cómo se siente besarlo.

Algo cambia en su cara y se levanta un poco. Siento que se aproxima una conversación demasiado incómoda y no hay nada que pueda hacer para evitarla. Solo salir corriendo de la habitación, lo que me parece una idea bastante interesante.

–¿Cómo está tu cabeza? –le pregunto.

Duda por un momento, mirándome con detenimiento.

–No tan mal como durante el vuelo.

–Sí, yo igual. Aunque me duele bastante. Anoche terminé *destruido*.

Quiero estar a un millón de años luz para no tener que atravesar esta maldita conversación. Para no tener que verlo esperanzado y lastimarlo. Me siento como si lo hubiera incitado.

Mierda, eso es precisamente lo que hice. Después de toda esa mierda con Christopher el año pasado, cuando usó a Ruben para conocerse más a sí mismo. Apenas pasó *una semana* de que ese tipo heterosexual en la fiesta de Angel intentara tener algo con él. Sin mencionar los incontables encuentros que hicieron que se aislara aún más del mundo, poco a poco, y todos esos tipos de mierda que lo usaron y menospreciaron tanto como para hacerme enojar.

Ahora yo soy uno de ellos.

¿Qué mierda me pasa? Incluso aunque hubiera querido hacer eso anoche, ¿por qué *lo hice*?

—¿Supongo que recuerdas lo que pasó anoche? —pregunta y quizás siento un atisbo de esperanza en su voz—. No estabas *tan* ebrio, ¿verdad?

—Sí, lo recuerdo —digo. Mi cara está roja como un tomate y sé que puede verlo—. Eso fue... eh... —me aclaro la garganta—. Una mierda.

—¿Una mierda? —repite inexpresivamente.

—Sí, quiero decir, no debería haberte besado. Estaba tan ebrio que olvidé pensar como heterosexual —*excelente elección de palabras*.

Ruben abre la boca, pero luego la cierra. Creo que no tiene idea de lo que está pasando. Y yo tampoco.

Ayuda. ¿Cómo mierda hago para dejar de cavar mi propia tumba? Bueno, como si eso fuera *posible* ahora.

—Está bien —digo. Levanto una mano para apoyarla sobre su pierna, porque es lo que haría en cualquier otro momento, pero en su lugar cierro un puño y lo golpeo contra el colchón—. Es solo que... ahora sí estoy pensando con claridad y estoy entrando en pánico porque eres mi mejor amigo y muchos chicos te lastimaron antes, y yo lo sé, y lo último que quiero es convertirme en uno de ellos. Así que, si hay algo que pueda hacer para arreglar todo esto, por favor, házmelo saber, soy *todo* oídos. Por favor.

—No hay nada que arreglar —dice finalmente—. Ya sabes, son cosas que pasan.

—Nunca hice nada como eso antes.

—Bueno, está bien. Quizás besar a tu amigo heterosexual ebrio no es algo que pase todo el tiempo. Pero es lo que pasó. Así que quizás podríamos... ¿aparentar que nunca sucedió?

Me parece una idea horrible, pero también me permitirá ganar algo de tiempo. Sea lo que sea que se haya apoderado de mí anoche nunca volverá a pasar. Así podemos dejarlo en el pasado, al menos hasta que no sea tan reciente. Guardarlo con la etiqueta "Cosas estúpidas que hice en la gira". Seguir adelante. Es solo un mini enamoramiento. Quizás no vuelva a pensar en todo esto hasta que conozca a alguna chica.

Mis ojos se encuentran con los suyos y estoy a punto de aceptar lo que dice cuando noto algo extraño. El sol de esta mañana cambió el color de sus iris a un tono más ámbar. De pronto, lo único que quiero hacer es besarlo otra vez. Quiero envolverlo con mis brazos y hacerlo sonreír y perderme en él.

Lo que significa…

¿Qué significa exactamente?

Significa que necesito tiempo. No quiero borrar todo esto, pero tampoco quiero abrirlo. Quiero respirar y tener un poco de espacio para intentar descifrar mis pensamientos sin que Ruben *me mire fijo* como si el mundo estuviera a punto de acabarse si no digo exactamente lo que quiere escuchar. Necesito descifrar esta mierda y luego hablarle.

–De hecho –digo con cuidado–. No te enojes. Pero ¿podemos hablar de todo esto más adelante? No quiero pretender que nunca pasó, pero tampoco creo estar listo para hablar ahora.

Parpadea lentamente.

–Y… ¿cuándo sería?

–Solo necesito unos días.

–¿Unos días para… qué?

Gran pregunta, Ruben. *Excelente* pregunta.

–No sé, ¿de acuerdo? No sé. Me vendría bien un poco de espacio. Por favor, no te enojes, solo necesito tiempo…

—No estoy enojado.

Su voz suena tensa, así que sí, está enojado.

Esto es malo. Su mirada está llena de dolor. Una parte de mí quiere decirle que me gusta, solo para hacerlo sentir mejor.

Pero no puedo mentirle y decir cualquier cosa antes de siquiera entender los riesgos que conlleva mentir.

Me siento mal.

Voy a vomitar, voy a…

Voy a lastimarlo.

No puedo lastimarlo. Pero tampoco puedo darle falsas esperanzas. No puedo decir lo que sé que quiere que diga, solo para hacerlo sentir mejor. No es justo para mí y no es justo para él. Lo mejor es que nos tomemos un tiempo y descifre toda esta mierda, para poder hablarle una vez que esté seguro de lo que está pasando y qué es lo que quiero.

—Perdón —le digo—. Pero de verdad necesito espacio para procesar todo esto.

—No pidas perdón, lo entiendo.

—No, pero es en serio. Sabes que me importas mucho, ¿verdad? Lo último que quiero es lastimarte.

Los ojos de Ruben se iluminan.

—Sabes, tenemos que ir a desayunar. —Su voz suena tensa y *sé* que está dolido. Pero lo lastimaré más si le digo que me gustan los chicos y resulta no ser verdad.

—Claro. —Me levanto de la cama enseguida y busco mi camisa. ¿Cómo mierda llegó hasta la *ventana*?—. Quiero ducharme primero. Me iré así puedes prepararte y nos vemos abajo.

—¿Las chicas seguirán en tu cuarto? —pregunta, tapándose con las sábanas.

Mierda. Las chicas. Me había olvidado de ellas, pero mi mente me pide a gritos que me largue de este lugar antes de que diga alguna otra cosa y empeore todo.

—Usaré la ducha de Jon —digo.

—Puedes usar la mía.

—No, no, estoy bien. Gracias.

—Zach.

—Nos vemos en el desayuno.

Salgo por la puerta prácticamente corriendo. La cierro por detrás y apoyo la frente sobre esta por un momento, respirando con pesadez.

¿En. Qué.

Mierda.

Me. Metí?

Esperaba que una vez que saliera de la habitación me sintiera un poco más aliviado. Pero no es el caso. Aquí afuera me sigo sintiendo una completa y total mierda. El dolor en los ojos de Ruben me destruye. Lo conozco y, si vi que se sentía mal, es solo porque lo tomé por sorpresa. Por lo general, no demuestra cuando se siente mal. Suele apartarlo o hacer algún comentario sarcástico. Casi nada le causa dolor.

Pero esto sí.

Regreso a mi habitación y llamo a la puerta.

Una de las chicas de anoche la abre. ¿Se llamaba Manon? Está despeinada, su maquillaje está corrido y todavía lleva su vestido violeta. Tiene piel pálida y es extremadamente linda. Me imagino besándola y no detesto la idea. ¿Qué mierda te pasa, cerebro?

—Zach —dice—. ¿Necesitas pasar? Lily sigue dormida, pero si quieres la despierto, ¿está bien?

Sacudo la mano.

—No, no te preocupes, saldré a caminar. Solo quería saber si seguían aquí. Tómense todo el tiempo que necesiten.

—¿Seguro?

—Por supuesto.

—Gracias, Zach, nos salvas la vida.

Avanzo por el pasillo hacia el elevador.

Tengo el teléfono en uno de los bolsillos de mi pantalón, así que lo tomo y lo reviso. Ruben es la última persona a la que le escribí y ver su nombre hace que mis pulsaciones se aceleren. Lo único en lo que puedo pensar es en su expresión de dolor. Absorbe toda mi visión, se apodera de mi mundo y me causa un vacío en el estómago.

No soy una mala persona.

Miro el móvil con mucha atención. Recibí un correo de Erin, el cronograma del día. En cuatro horas tendré que hacer una videollamada con algunos seguidores, después otra sesión de fotos y luego conocer al ganador o ganadora de un concurso de radio. Me espera un largo día por delante. Y todo junto a Ruben.

No estoy seguro de cómo haré para verlo otra vez.

Pero supongo que ya lo descubriré.

En el vestíbulo, me encuentro con Pauline, jugando con su Nintendo Switch. Asumo que está jugando a Animal Crossing; está obsesionada con ese juego.

—Hola, Zach —dice—. ¿Qué cuentas?

—Ah, nada, solo tenía ganas de salir a caminar. Quiero un *croissant*. Uno de verdad.

Pone pausa en su juego.

—¿Te molesta si te acompaño? Tenemos que salir por la puerta trasera para evitar a los fans, pero siempre que sea rápido, no habrá problema.

Por eso quiero tanto a Pauline. Obviamente, no tengo permitido salir a caminar por la calle sin seguridad. Pero Pauline nunca me dice qué hacer y siempre me pregunta primero.

—Me parece bien.

—Grandioso, andando. No le digas nada a Chorus, ¿está bien?

Hago un gesto de cerrar mi boca con una cremallera.

—¿Quién tiene el mejor acento británico? —pregunta Angel, leyendo uno de los mensajes en la pantalla.

Estamos en medio de una videollamada con quinientos fans que ganaron su lugar en un sorteo aleatorio. Nos enviaron sus preguntas por mensaje y la gente de producción las revisa antes de pasárnoslas para que las leamos. La videollamada fue idea de Angel y a Chorus le encantó. De hecho, a mí también me gusta; es uno de los momentos de interacción más puros que tenemos con nuestros fans de todo el mundo.

Pero ahora solo quiero que termine.

Hace algunas horas, tuve que hablar con Ruben otra vez porque necesitaba pasar a buscar mis cosas en su habitación. Fui bastante cuidadoso, ya que primero le escribí un mensaje y luego fui hasta su cuarto; creí que no sería justo aparecer de manera inesperada, en especial después de haberle dicho que necesitaba tiempo y espacio. Logré hacerlo bastante rápido, así que no me quedé por mucho tiempo. Además, ambos teníamos que prepararnos para esto. Pero no puedo evitar pensar que tuve que hacer todo eso para interactuar apenas cinco segundos con Ruben, mi mejor amigo. Fue algo incómodo, pero en mayor parte se comportó como siempre y no me presionó ni nada por el estilo.

–Yo no puedo –dice Jon, con su mejor acento inglés, pero fallado horrorosamente.

–¿Qué es eso? –pregunta Angel–. "¿Le gustaría una taza de té, señor?".

No puedo encontrar la motivación para participar. En realidad, nunca soy el más revoltoso en situaciones como estas (Angel, por supuesto que sí), pero ahora solo hablo cuando hacen una pregunta que va dirigida a mí.

–Creo que puedo intentarlo –agrega Ruben, antes de aclararse la garganta–. "La lluvia en Sevilla es una pura maravilla".

La verdad que le sale bastante bien. Lo supuse. Era obvio que tendría alguna referencia a algún musical. Intento mantener la vista apartada de él. Se comporta como si ya se hubiera recuperado de lo que pasó anoche y actúa con total normalidad. Ahora mismo está sonriendo y mirando directo a la cámara, como siempre.

O quizás ya se recuperó por completo. Quizás yo estoy dándole más importancia que la que realmente tiene. Suena a algo que haría yo. Es la primera vez que beso a un chico, pero no es la primera vez que él lo hace. Quizás todo esto no sea nada para él. Quizás el dolor que me pareció ver en su cara estaba solo en mi cabeza. Suelo pensar demasiado las cosas.

–Bueno, claramente es Ruben –dice Angel–. A menos que quieras intentarlo, Zach.

–No.

–Me parece bien –dice Angel, leyendo la pantalla–. Ah, esta es jugosa: ¿cómo se sintieron con la lista de los hombres más sexys?

La pregunta está marcada en negrita, lo que significa que el asistente de Chorus que nos envía las preguntas la marcó como una pregunta que estamos obligados a responder. No creo que Angel la hubiera elegido de otro modo. Desearía poder quemar esa lista. Sacó de quicio a nuestros fans, tanto que cada grupo empezó a discutir entre sí, tal como Chorus quería.

—La belleza es subjetiva —dice Jon—. La belleza está en los ojos de quien mira.

—Dice alguien que está en la lista —comenta Angel—. ¡Está todo arreglado! Es obvio. Cualquier lista *objetiva* me ubicaría a mí en la cima porque soy, *objetivamente*, perfecto. ¿No están de acuerdo, muchachos? Vamos, Jon, sabes que soy ardiente.

—Ah, por supuesto —dice Ruben—. De hecho, ¿por qué agregar más gente a la lista? Debería tener el mismo nombre y poner una foto tuya que ocupe toda la página y acabar con todo el asunto de una vez por todas.

—Exacto. Pero, pensándolo bien, creo que también dejaré que ustedes estén en mi lista. Tú también eres sexy, Ruben. Subjetivamente hablando.

Me rasco el brazo y me muevo incómodo en mi asiento.

—¿Qué opinas de la lista, Zach? —me pregunta Angel.

—Ah… eh… sí. Seguro está arreglada.

—Espera —dice Angel, claramente disfrutando el momento—. ¿Entonces dices que Ruben y Jon no te parecen más sexis que nosotros? ¡Creí que acabamos de dejar en claro que Ruben es subjetivamente sexy!

—Es que, no lo veo, pero supongo que sí.

Angel levanta las cejas.

—Cielos. Está bien, eso debió doler, claramente. No importa, sigamos con la próxima pregunta.

Ruben me mira como si no me conociera. Pero tenemos cámaras por delante y estamos en vivo.

Aparto la vista hacia un lado.

SIETE

RUBEN

El problema con que tus sueños se vuelvan realidad es que, por un breve momento dorado, tienes un vistazo de cómo sería tu vida. Cuando los sueltas, vuelves a caer en la realidad desde muy alto, y lo único que puedes hacer es quedarte acostado ahí, sin aire y lastimado, mientras te amigas con la idea de que la felicidad no es algo que puedas sentir.

Nunca lo fue.

No sé cómo acostumbrarme a este nuevo mundo. La semana pasada, Zach era mi mejor amigo. El único al que podía mirar cuando me reía. El único al que mantenía cerca en cualquier lugar. El único que me preguntaba cómo me sentía cuando intuía que estaba perdiendo el control.

Pero en esta nueva realidad, Zach apenas me mira. Se mantiene alejado de mí tanto como puede y apenas parece notar que estoy muriendo con cada eterno segundo que pasa.

Estoy congelado en el lugar. Cada parte de mi grita que necesito mantenerme alejado de él y darle el espacio que necesita para procesar todo y seguir adelante antes de que le cause algún daño irreversible, pero también necesito que note mi presencia y hablar de todo esto para que *vea* lo que esto me está haciendo. No puedo hacer las dos cosas, pero tengo la sensación de que, si llego a elegir el camino equivocado, podría perderlo para siempre.

Un nudo de desesperación aterradora en la boca de mi estómago me advierte que quizás ya lo haya hecho.

Ahora mismo, estamos caminando por las calles oscuras de Madrid luego del concierto para probar unas auténticas tapas. No estaba en nuestro cronograma, pero Pauline, junto con los guardias españoles, convencieron a Erin de que era solo un desvío sin riesgo y bastante necesario. Estamos en *España*, el lugar donde nacieron mis padres. Debería estar entusiasmado de estar aquí, rodeado de la cultura que formó parte de mi infancia y parado en el mismo suelo que mis antepasados. Pero en cambio, apenas puedo procesar las imágenes y sonidos que me rodean por encima de los pensamientos aterradores y el dolor que presiona mi pecho.

Estoy desperdiciando mi oportunidad de apreciar el país con el que estoy atado por sangre y no puedo hacer nada para levantar el ánimo.

Zach está dos asientos delante de mí, hablando con Angel como si fuera la cosa más normal del mundo. Como si hiciera eso todo el tiempo. Como si nunca se hubiera sentado atrás conmigo en cada viaje que hicimos con Saturday desde su creación hasta esa noche en París.

Jon es mi compañero de viaje y no parece tener intenciones de entablar una conversación. Debo verme tan tenso que seguro lo asusté. Pero sí aprecio que me haya acompañado. Estoy seguro de que intuye algo, pero no me presiona a contárselo. Tan solo me brinda su compañía.

El autobús se detiene y Erin nos deja salir. Me sorprende el frío que hace aquí en marzo. Al escuchar las historias que mi abuela me contaba sobre su vida en España, siempre imaginaba un clima caluroso y húmedo, como una sábana sofocante. Jamás hubiera anticipado estas temperaturas de cinco grados, los sacos de lana y las botas. Pero aquí estamos.

Había escuchado que la gente suele quedarse despierta hasta bastante tarde en España, pero si soy honesto, no esperaba que hubiera tanta gente a las once de la noche. A esta hora nosotros ya estamos durmiendo, pero la ciudad tiene tanta vida que parece como si todavía fueran las seis de la tarde. Las calles angostas adoquinadas están llenas de gente en busca de algo para comer o beber, y los restaurantes y bares están repletos de personas iluminadas por luces cálidas. En lugar de ver a mucha gente tomando alcohol como había esperado, la escena parece mucho más casual. Diversos grupos de amigos conversan sentados en las mesas afuera, beben vino tinto y comen tapas, y algunos pocos ebrios terminan cerveza tras cerveza. El sonido que proviene del interior de los restaurantes no es una música ensordecedora ni risas y gritos desenfrenados, sino el murmullo de conversaciones amigables. Por alguna razón extraña, se siente un clima familiar. Sumamente familiar. ¿Es posible heredar recuerdos genéticamente o solo estoy cansado? Seguro es lo último. Hace dieciocho horas que estamos despiertos.

El olor a ajo, aceite y tomates impregna el aire cuando entramos a un restaurante poco iluminado. Está lleno de gente y, por lo general, cualquier otro grupo de gente no llamaría la atención. Pero Pauline parada junto a la mesa con uno de los guardias españoles de Tungsten y otros cerca de la entrada nos delatan. Si eso no lo hace, entonces sí la multitud creciente de fans que esperan gritando en la puerta. Es como si todos los ojos en el restaurante estuvieran fijos sobre nosotros.

Avanzo para sentarme en la silla del fondo al mismo tiempo que Zach. Ambos nos detenemos y sonreímos incómodamente.

—Adelante —digo.

Asiente y me doy cuenta demasiado tarde que estoy sentado a su lado. Sin poder controlarlo, se me forma un nudo en la boca del estómago. Es patético sentirme tan entusiasmado por la posibilidad de que mi codo toque el suyo, pero aquí estoy.

Toma un menú y empieza a mirarlo ni bien me siento. *Estoy demasiado ocupado como para hablar contigo*, es el mensaje obvio. Pero lo intento de todos modos. A pesar de que se haya comportado extraño en los últimos días, una parte esperanzada de mí sigue insistiéndome con que se calmará si lo sigo intentando.

—Me aseguraré de que nadie pida pescado —digo. Zach nunca soportó el pescado. La noche que lo conocí en el campamento nos dieron bastoncitos de pescado para cenar y empezó a tener arcadas tan fuertes que le terminé dando mis papas fritas por lástima para que no se quedara con hambre.

Levanta la vista.

—Gracias —dice. Por un breve instante, creo que va a sonreír o agregar algo. Pero simplemente baja la vista hacia su menú. Cuando miro el mío, me sorprende encontrar muchos platos que me resultan familiares. La clase de comida que comía todo el tiempo cuando era niño, pero que nunca vi en el menú de un restaurante. Empiezo a tener un gran sentido de pertenencia con este lugar. Una experiencia compartida con un país de extraños, entre quienes podría haber vivido en otra vida. En una línea de tiempo alternativa donde mi abuela nunca decidió emigrar a los Estados Unidos.

Levanto la vista del menú.

—Pero no te prometo nada sobre los mariscos. Están por todas partes…

—me quedo sin palabras cuando Zach esboza una sonrisa tensa—. Bueno, está bien —murmuro.

—Ruben, ¿qué pedimos? —me pregunta Jon cuando se sienta a mi otro lado.

—No tengo idea. No sé qué tienes ganas de comer.

—Está bien. Si me lo recomienda un español como tú, me sirve.

A juzgar por la forma en que brillan sus ojos, me doy cuenta que está bromeando. Chorus se apropió de inmediato el hecho de que mis padres son de España ni bien lo descubrieron y convencieron a nuestros compositores a incluir un puente en español para nuestro primer sencillo, *Guilty*. El problema es que apenas sé hablar español. Mamá y papá se pasaron *semanas* enseñándome a pronunciar las palabras de manera correcta y todavía puedo imaginar la cara de desesperación de mi mamá cuando pronuncio esa parte cada vez que la canto en vivo. Esa noche fue bastante vergonzoso, al ser la primera vez que la cantaba, ya saben, *literalmente en España*. Pero al público le encantó, aunque se haya sentido como si estuvieran viendo a un perro caminar en dos patas.

Sacudo la cabeza.

—Creo que no probé ni el noventa por ciento del menú. La comida en casa no es la misma que en los restaurantes. —Miro el menú y luego agrego de mala gana—. Pero si quieres algunas sugerencias, yo iría por las croquetas, las patatas bravas y las gambas al ajillo.

—Suenas tan sexy cuando lo pronuncias con ese acento —dice Angel y ya puedo anticipar lo que sigue—. ¿No crees, *Zach*?

Angel cree que el comentario de Zach el otro día sobre mi apariencia es el ápice de la comedia. Para ser justos, no sabe el contexto entero. Por lo que a mi concierne, el comentario de Zach fue solo el de un tipo heterosexual inseguro de su sexualidad, una noción con la que Angel obviamente no puede sentirse identificado. Por eso, Angel siendo Angel, su única reacción es aprovechar cada momento para hacer que Zach se retuerza de la vergüenza.

Y a juzgar por la expresión de incomodidad en el rostro de Zach, parece que todavía funciona.

Para empeorar las cosas, el video de Zach diciéndome básicamente horrible estuvo circulando por internet con el hashtag #NoLoVeo. *Todo el mundo* tiene una opinión al respecto: Zach tiene razón y *yo* soy horrible, y está en todo su derecho decirlo; Zach obviamente es más atractivo que yo y debería haber estado en esa lista desde un principio; yo soy mucho más atractivo que Zach y él está celoso; solo somos chicos que usan delineador y cualquiera que crea que *alguno* de nosotros debería estar en la lista de los hombres más sexys del mundo debería ir al oculista de inmediato. Etcétera.

Podría matar a Angel ahora mismo.

Intento mirar a Zach a los ojos en silencio para... ¿disculparme? ¿Reírme del comentario ridículo de Angel? No tengo idea. No importa, porque actúa como si no lo notara.

Erin ordena la comida por nosotros, para la decepción de Angel, y luego nos toma una foto para subir a las redes, la única razón por la que estamos aquí en realidad, ya sea que Erin lo admita o no. Cuando se la envía a David para que él y el resto del equipo de publicidad la suba con la descripción *perfecta*, Angel regresa la vista a su teléfono y levanta las cejas.

—Parece que todos nos odiamos —anuncia, sacudiendo su teléfono como si fuera una prueba irrefutable.

—No me digan —dice Pauline, escuchando nuestra conversación desde su puesto de vigilancia. Erin le esboza una sonrisa.

–¿Ahora qué? –pregunto. Los ojos de Zach se posan sobre mí, pero no dice nada. Luce miserable. Por más que sus palabras me hayan lastimado, y que quiera que se retracte, aún tengo una inmensa necesidad de tomarlo de la mano por debajo de la mesa y asegurarle que todo estará bien, y que todo esto terminará en un día o dos.

–Aparentemente la lista del "hombre más sexy" nos destruyó por dentro –dice Angel, pasándome su teléfono para que revise una historia, publicada hace solo tres horas en un blog popular sobre celebridades.

...Una fuente cercana al grupo confirma. "La gira Months by Years ha dificultado la relación entre los chicos. Su sentido del humor se ha vuelto cada vez más frío, en especial desde la publicación de la lista de los hombres más sexys de *Opulent Condition*. Algunos empezaron a resentir la atención que reciben ciertos miembros del grupo". Si bien nuestra fuente se negó a confirmar qué miembros de la banda están enfrentados, una discusión que pudimos presenciar a través de un reciente vivo de Instagram puede arrojar más luz sobre el asunto. La tarde del jueves, una sesión privada de streaming para fans seleccionadas, Zach Knight hizo unos comentarios filosos respecto a su compañero de banda, Ruben Montez. Cuando Angel Phan comentó que la inclusión de Ruben en la lista de *Opulent Condition* era más que merecida, Knight respondió "No lo veo". Las fans notaron de inmediato la tensión entre ambos. Otra fuente que se rehusó a identificarse, no parecía sorprendida. "Siempre hubo problemas entre Zach y Ruben", dijo. "Frente a las cámaras, siempre se comportan de la mejor manera, pero detrás de escena, es una lucha de egos. Peleas constantes, discusiones violentas; incluso se tornó físico en ocasiones. También tienen asignados camarines separados para que el resto del staff pueda trabajar tranquilo". ¿Problemas en el paraíso? ¿Quién habría creído que este grupo de "amigos íntimos" se odiara tanto? Sus fans deben sentirse devastadas con estas noticias.

Pongo los ojos en blanco y le paso el teléfono a Jon. Zach lee por detrás de sus hombros.

—Peleas constantes —digo—. ¿Quién podría ser esta "fuente"?

—Falseron de la Farsa —dice Angel.

—Es increíble que tanta gente crea que nos importa lo que publica *Opulent Condition* —dice Jon—. Como si estuviéramos buscando su validación.

—Es fácil decir eso cuando eres el número veintidós —grita Angel.

—Es solo un artículo —dice Erin—. Es mejor evitar ese tipo de cosas. Solo los hará deprimirse. Ya conocen a los medios.

—Es verdad —dice Zach—. Son capaces de inventar cualquier cosa de la nada si les sirve.

¿De la nada? ¿Entonces atacar mi apariencia en público no fue la gran cosa? ¿Solo tenemos que seguir adelante? De repente, empiezo a sentirme furioso, todos los pensamientos de consolarlo se desvanecen.

—Quieren lucrar con todo el asunto de "No lo veo" —dice Jon, ignorándola—. No deben tener muchas noticias esta semana.

—Sí —digo, sirviéndome un vaso de agua—. Me sorprende que Zach no haya podido hacer un comentario de mierda sobre mí en una plataforma pública sin que tuviera repercusiones.

Zach retrocede. No sé si se siente culpable u ofendido. Como si tuviera *derecho* a ofenderse.

—Ya te pedí disculpas —dice.

—¿En serio? —digo—. No recuerdo haberte escuchado.

—Chicos, chicos —dice Angel, apoyando sus palmas sobre la mesa—. Los dos son lindos.

Y eso me enfada aún más.

—No se trata de eso. Se trata de ser respetuoso.

—Estoy seguro de que Zach lamenta no haberle mostrado a tu hermosa cara el nivel de respeto que se merece —dice Angel, riendo.

Es imposible. Nada tiene sentido. Sin el contexto completo, solo voy a quedar como si estuviera exagerando que me haya lastimado el ego. Y tampoco puedo aclarar que esas palabras no habrían significado nada si hubieran salido de los labios de *cualquier* otra persona. Pero fue Zach quien las dijo y eso las convirtió en una bofetada en la cara. Un recuerdo para no pensar en lo que ocurrió la otra noche porque él *nunca* me encontraría atractivo.

Es heterosexual. Estaba ebrio.

Mi expresión debe estar más seria que lo usual, porque la sonrisa de Angel se desvanece.

–Vamos, Ruby –dice–. Ya sabes que Zach mete la pata a veces. Es por eso que lo queremos. No lo dijo en serio, ¿verdad, Zachy?

Zach sacude la cabeza vigorosamente.

–Creo que no.

Creo que no.

Bueno, perdón por no tranquilizarme luego de esta convincente muestra de remordimiento.

¿Qué *mierda* le pasa? ¿Qué derecho tiene a enojarse *conmigo*? Si hay alguien que debería estar enojado ahora, ¿no debería ser yo? A mí me rompieron el corazón. A mí me humillaron en público. A mí me ignoraron durante días.

¿Y por qué lo hace? ¿Lo ofendí de algún modo? ¿Dije algo? ¿Hice algo? ¿Se habrá dado cuenta de que el beso significó más para mí que lo que significó para él y está molesto por haber convertido un momento de ebriedad en algo que necesita una explicación?

¿O de algún modo soy tan mal besador que arruiné toda nuestra amistad?

Cada vez me parece más obvio que debemos sentarnos y resolver esto de manera adecuada, le guste o no.

El problema es que, si no puedo hacer que me hable de cualquier otra cosa, ¿cómo voy a convencerlo de que discutamos sobre lo que pasó *esa noche*?

¿Y qué pasará con nosotros si no puedo hacerlo?

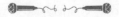

Una estación de radio local en Roma sorteó un pase para el detrás de escena hace un tiempo, así que esta noche tenemos que conocer a un grupo de fans, firmar algunas cosas y tomarnos fotos. Por lo general es una de mis partes favoritas del trabajo. Penny nos quita el maquillaje y el delineador, y luego básicamente pasamos una hora abrazando y conociendo gente cuyas vidas marcamos, y podemos bajar nuestra fachada un poco porque nadie tiene permitido grabar lo que decimos. Las docenas de guardias a nuestro alrededor se aseguran de eso.

Pero esta noche, esa emoción se extingue temprano cuando se nos acerca una chica de catorce años, cabello negro y ojos castaños inmensos, y me pregunta:

—¿Es verdad que tú y Zach están peleados, Ruben?

Me detengo justo cuando estoy firmando su póster de la gira y levanto la vista, una expresión alarmada se dispara por mi cara antes de poder reacomodar mis facciones para transmitirle calma. Zach está a solo unos pocos metros de mí, hablando con otra fan, y ambas se detuvieron expectantes por mi respuesta.

—Absolutamente no —contesto con toda la firmeza que puedo juntar—. Estos chicos son mis mejores amigos. Éramos amigos antes de siquiera formar la banda. Los quiero mucho.

El alivio se apodera de su cara.

—Ah, nos alegra tanto escuchar eso —dice, volteando hacia la chica que estaba con Zach. Aparentemente, también son amigas—. Los queremos tanto. Los medios inventan mentiras, ¿verdad?

—Sí —contesto, aunque no me está mirando a mí. Está mirando a Zach, como si esperara que dijera algo para validar lo que yo estoy diciendo. Sin embargo, lo único que hace es esbozar una sonrisa incómoda y sigue firmando el póster, fingiendo no haberla escuchado. Por

Dios, *tiene* que saber lo obvio que eso se vio. Las chicas intercambian miradas de preocupación y yo entro en estado de alerta.

—¿Por qué no nos sacamos una selfie los cuatro? —sugiero y la chica asiente con mucho entusiasmo.

Zach mantiene una expresión ilegible cuando me acerco.

—Si quiere yo les tomo la foto a ustedes tres —dice y siento que podría estrangularlo en ese mismo instante.

—Vamos, tu cabello está *bien* —bromeo, aunque la razón por la que no se quiere tomar la foto no sea para nada su vanidad. Lo siento tenso cuando me paro a su lado, ni siquiera lo estoy *tocando*, y se mueve para dejar una separación bastante obvia entre ambos cuando sonríe e inclina la cabeza lejos de mí, lo que hace que el espacio que nos separa se vea más grande en la foto.

—Tengo una pregunta —dice la fan de Zach antes de irse—. Sobre… ¿Anjon? Entonces… ¿sí?

—¿Ah? —pregunto. Había entendido bien sus acentos hasta ahora, pero no tengo idea qué acaba de decir.

—¿Anjon? —repite y parpadeo.

—¿Cuál es la pregunta?

—Esa. ¿Anjon? ¿Sí?

Miro a Zach, quien se distrajo con otra cosa. Por supuesto.

—Eh, ¿sí? —contesto para ser amable—. ¿Supongo?

La chica empieza a gritar y se acerca a la hilera para conocer a Jon y Angel, y aprovecho la ocasión para susurrarle a Zach mientras mantengo una sonrisa en mi cara.

—Creo que tenemos que hablar.

—Está bien, si eso quieres. —No está haciendo un muy buen trabajo para verse tranquilo.

—¿Nos vemos en mi cuarto cuando regresemos al hotel? Para hablar —aclaro rápidamente cuando Zach se pone tenso otra vez.

—Me parece bien.

—Está bien. ¿Podemos hacer una tregua hasta entonces? Estás siendo demasiado obvio.

—¿*Yo* estoy siendo demasiado obvio? Tú eres el que me obliga a sacarme fotos contigo para hacer de cuenta que no pasa nada.

—No intento hacer de cuenta que *no pasa nada*, solo quiero que se vea que estamos *bien* —susurro, aunque quizás sea un poco de ambas cosas.

—No todos pasamos años en el teatro, Ruben. No soy bueno para mentir. Además, si quieres que se vea menos obvio, deberíamos mantenernos alejados para que no tengamos que fingir nada.

—Lo siento, no sabía que era tan difícil actuar como si te cayera bien.

—¿Puedes dejar de malinterpretar *todo* lo que digo? No dije eso, solo dije que es raro y lo sabes. —Suspira—. Estoy *intentándolo*, Ruben, ¿está bien? Si hubiera sabido que arruinaría todo, nunca te habría…

Se detiene, aparentemente al recordar que estamos en un espacio público. Y yo me desangro, me desangro sin parar.

Es lo mismo que pasó con Christopher repitiéndose otra vez. Pero infinitamente peor.

Mi voz es venenosa.

—Sí, bueno, también es incómodo para mí, pero perdóname si no se me está rompiendo el corazón por ti la *única vez* que tienes que comportarte de un modo en público cuando en realidad te sientes de otro, porque eso es lo que yo hago todos los días. Si yo puedo hacerlo, tú también. Entonces, *por favor*…

La gente nos está mirando. Vuelvo a esbozar mi sonrisa.

—Solo actúa normal por los próximos treinta minutos.

—Estaré bien si me dejas solo.

Ah, por Dios.

—Está bien, Zach.

Nos separamos hacia las puntas opuestas de la sala. Puedo sentir las miradas sobre mí, así que escaneo la habitación rápidamente hasta que noto que Erin me está mirando con los labios tan presionados que solo parecen una línea recta.

Si no controlo esto *ahora*, vamos a tener un mundo de problemas con Geoff en cualquier momento.

Y quién sabe lo que pase luego.

Yo, en lo personal, no quiero averiguarlo.

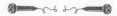

Si bien Zach todavía no quiere sentarse conmigo en el autobús de regreso al hotel, tengo un grado de esperanza por primera vez en días. El solo hecho de que haya aceptado hablar conmigo significa que nuestra amistad no está perdida, ¿verdad? Me pasé la mayor parte del viaje sentado en la parte de atrás con las piernas contra mi pecho, repasando los distintos escenarios en mi cabeza.

Zach me dice que me odia, pero está abierto a trabajar juntos para mantener la paz (no es mi favorito).

Zach dice que nunca podría odiarme y que lamenta *mucho* haber dicho eso y se siente avergonzado e incómodo por lo que hicimos. (Este parece ser el más probable de todos y decidí que lo aceptaría y me disculparía con él si ese fuera el caso. Solo necesito escuchar que reconozca que el comentario sobre mi apariencia estuvo fuera de lugar. Eso es todo).

Zach dice que está perdidamente enamorado de mí y estuvo actuando raro porque no sabía cómo confesármelo (no creo que pase, pero aun así es una buena imagen).

Zach dice que no siente nada por mí, pero propone llegar a un acuerdo para que seamos amigos con derechos (o sea, pareció disfrutar *bastante* el beso aquella vez. Mi reacción a esta fantasía pasa de "Claro que no" a "Bueno, quizás sí").

Jon asoma la cabeza desde su asiento y me sonríe.

—¿Estás bien? —me pregunta con una voz grave.

—Sí, estoy cansado.

—Te entiendo. Se siente como si estuviéramos trabajando más que otras veces, aunque tengamos la misma rutina que en nuestro país, ¿no crees?

—¿Será el jet lag? —sugiero.

—Quizás. O quizás necesitamos un descanso.

—*Acabamos* de tener un descanso —le recuerdo.

—Ajam. —Levanta las cejas—. Es verdad. Pero la mayoría de las personas descansan casi todas las *semanas*, sabes.

—No te creo.

—Lo juro por mi vida. Una vez conocí a un tipo que *descansaba todos los sábados y domingos.*

—No es posible. ¿Cómo se mantenía productivo?

—Decía que su valor como persona no estaba atado a su producción profesional.

—Qué raro.

—*Demasiado* raro.

Intento mirar a Zach a los ojos cuando nos bajamos del autobús y entramos al hotel, pero definitivamente sigue evitándome. De todos modos, mantengo las esperanzas, incluso aunque tenga un nudo en el estómago durante todo el trayecto hacia mi habitación. Ni bien cierro la puerta, tomo mi teléfono y le escribo.

Estoy listo cuando quieras.

Mi corazón empieza a latir como si acabara de subir corriendo por las escaleras, entonces agarro las sábanas con un puño y tres puntos aparecen en la pantalla.

Lo siento, pero estoy muy cansado.

¿Podemos hacerlo en otro momento?

Lo siento. Ya me acosté.

Me quedo mirando el mensaje, destruido.

Ya me acosté. Solo pasaron veinte segundos desde que entró a su habitación.

Ajam.

Dejo caer una mano sobre mi regazo y me quedo mirando a la pared color crema con la visión nublada.

Nada está bien. Por más que tenga toda la voluntad de que sea de otro modo, nada está bien. Y no sé cómo solucionarlo.

Quizás no pueda hacerlo.

Lentamente me acuesto de lado y me acurruco en una bolita, abrazándome las rodillas sobre el pecho y tocando la frente con ellas. Siento que esta es la clase de momento en el que debería empezar a llorar. Pero no tengo permitido hacerlo. Toda mi vida me enseñaron que llorar era una pérdida de tiempo. *No llores. Soluciónalo. Resuélvelo. Deja de sentir lástima por ti mismo.*

Pero no puedo. Y siento como si estuvieran cortando algo en mi interior y quisiera brotar hacia afuera, pero no tiene ningún lugar a dónde ir. En su lugar, presiona contra el interior de mi pecho, ahogándome, hasta hacerme sentir que ya no puedo respirar. Entierro la cabeza entre mis rodillas, intentando ocultarme en la oscuridad. Como si pudiera bloquear todo por tiempo suficiente para que se reinicie solo.

Pensar que hacía solo días había sostenido a Zach entre mis brazos, absorbido su esencia, su gusto, y por un momento me había dejado llevar por la idea de que los milagros quizás sí existían.

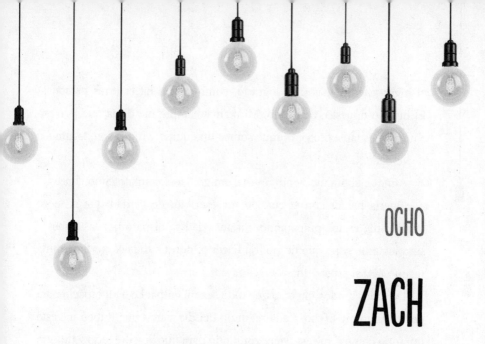

OCHO

ZACH

Soy culpable de amarte.

Esa es la primera línea del estribillo de *Guilty* y se me quedó tan gra-
bada en la cabeza que, vaya donde vaya, la escucho. Me recuerda a Ruben
y el día que la grabamos. Ese día la pasamos fantástico en el estudio, al
punto en que sentíamos como si no tuviéramos permitido estar ahí y
alguien se hubiera equivocado al dejarnos pasar. Ruben me dio algunos
consejos muy buenos para calentar la voz y mejorar la respiración. No
habría podido sonar tan bien en esa canción de no ser por su ayuda.
Además, puedo escuchar en mi voz lo bien que la pasamos ese día, lo
que, una vez más, fue gracias a él. Fue nuestro primer sencillo y alcanzó
el primer lugar de las listas enseguida, así que quién sabe dónde estaría
ahora si él no me hubiera ayudado.

Siempre fue el mejor. Enfocado, seguro, pero también amable, gracioso y divertido. Quería ser una superestrella, pero nunca intentó quitarle

el lugar a los demás para lograrlo, como suelen hacer otras personas. Él hizo lo opuesto, de hecho. Mi mamá siempre me decía que por eso Saturday es tan exitoso, porque somos un equipo y todos somos amigos de verdad.

Aunque ahora me siento un mal amigo. No solo malo. Sino el *peor*.

Quería hablar con él cuando me escribió, de verdad que sí, pero cuando me estaba preparando, mi ansiedad se disparó por las nubes y simplemente supe que no podría hacerlo, porque todavía no tengo una respuesta y él espera una.

De todos modos, no creo que todo sea mi culpa. Le pedí espacio para pensar y no me lo dio. Cada segundo del día siento que Ruben me está mirando como si me estuviera apurando para que descifre todo y nuestra amistad dependiera solo de mi respuesta. La culpa me sofoca, la presión es enorme. Sé que está herido y lo empeoré, pero él tampoco me dio precisamente lo que le pedí. Y la verdad es que todavía no sé qué es lo que quiero.

Cada vez que empiezo a inclinarme hacia la idea de que *quizás* sí me gusta, de que *quizás* el beso sí fue real, todo empieza a volverse más confuso, porque, ¿qué tal si solo *quiero* creer que me gusta porque es lo que él quiere escuchar? ¿Qué tal si solo es para diferenciarme de todos los tipos de mierda que lo trataron mal? ¿Y no tener que correr el riesgo de perderlo para siempre?

Entonces me cruzo hacia el otro lado y decido decirle que lo usé para probar algo nuevo, pero descubrí que no significaba nada y no queda más que disculparme genuinamente. Pero tampoco me parece que sea *eso*. Porque incluso aunque mi cabeza sea un desastre, sé que no hay manera de que *ese* beso no haya significado nada.

¿Y en qué me convertiría? ¿En bisexual?

La palabra me incomoda. Como si fuera solo una respuesta fácil que me respira en el cuello.

Me choco con Angel y vuelvo a la realidad.

—Mira por dónde caminas, Zach Attack.

Me quejo. Cometí el error de contarle a Angel que todos los entrenadores de fútbol que alguna vez tuve me llamaban de ese modo y lo detesto, pero a él le encanta. Hago lo mismo que hacía con mis entrenadores: intento ignorarlo.

Por suerte, hay muchas distracciones. En este momento, los cuatro estamos yendo al Vaticano, con Erin, Keegan y algunos guardias de Tungsten. Llegamos a las cuatro de la mañana para tener uno de los primeros tours de la jornada y asegurarnos que estuviera lo suficientemente tranquilo como para que no nos persiga una marea de fans. De todos modos, descubrieron que estamos aquí y ya empiezan a congregarse afuera con la esperanza de vernos. Sin la presencia de los guardias, habrían invadido todo el lugar. Sería igual que en el aeropuerto. Se abrirían paso hacia mí, gritando y empujándose hasta poder tocarme. Me da escalofrío.

Adelante, caminando lento, está Ruben. Me pregunto en qué estará pensando. Dudo que en mí. No hay manera de que sus pensamientos estén consumidos por mí del mismo modo que los míos solo tienen lugar para él.

Sé que deberíamos intentar hablar para zanjar este asunto. Pero el solo hecho de pensar eso me revuelve la cabeza. En muchos sentidos, por más que evitarlo sea una tortura, se siente un lugar seguro, porque pensar en todo esto es una cosa, pero ¿tener que decirlo en voz alta? Eso es aterrador.

Jon camina al lado mío. Tiene los brazos cruzados y luce atípicamente encorvado. Sin maquillaje, puedo ver las ojeras bajo sus ojos. Angel está con su teléfono e incluso a Keegan y Pauline apenas puede importarles dónde estamos. Caminamos por la Galería de los Mapas y, si bien tengo muchas opiniones sobre el impacto de la religión en el mundo, debo confesar que este lugar es impresionante. Cada centímetro de la galería alberga una obra de arte diferente. Tiene que ser uno de los lugares más increíbles que jamás haya visitado.

Es todo tan hermoso, pero no importa. Nada importa en comparación con Ruben. Quizás ahora sea un buen momento de decirle lo que pienso. Quizás no debería planificarlo tanto. Quizás debería decirle que no tengo las cosas muy en claro y estoy confundido y que así es como simplemente me siento. Sería mejor que nada.

Está delante de mí, mirando un mapa. No puedo inventar más excusas. Es ahora. Ahora o nunca.

Me detengo a su lado. Me quedo congelado y mi garganta se cierra.

—Ey.

—Hola.

Su voz suena apagada y alza una de sus cejas. Tal vez merezco eso.

Me preocupa que pueda ver mis intenciones, que sepa que quiero hablar sobre el beso, y no está contento por eso, así que olvido mi plan.

—Es genial, ¿no crees? —digo, señalando el mapa.

—Ah, sí. Genial.

Actúa normal. Actúa normal.

—Me gusta el arte.

Ah, mierda. Miro a mi alrededor en busca de una ventana por la que pueda arrojarme de cabeza.

—¿Está… bien?

—Me refiero a que me gusta *este* tipo de arte. Es… genial, ¿no crees? No me gustan algunas pinturas. Picasso o lo que sea.

–¿No te gusta Picasso?

–Bueno, no, son todas líneas raras. Pero este arte... es buen arte. Me gusta. –De verdad me quiero morir.

–¿Tú crees? –Su voz suena tenue y airosa. Un poco inocente–. Algunas de estas son *muy* fálicas. No sabía que te gustaba eso.

Mis mejillas están *prendidas fuego*, como si me hubieran arrojado al interior de un horno.

–Eh, sí, el arte fálico no es lo mío. Pero, no importa. Mmm.

–¿Estás bien, Zach?

–Ya no sé.

Ruben se acomoda el frente de su saco y se aparta, intentando seguirle el paso a Jon.

Retrocedo y lo veo marcharse, sin poder moverme. Solía ser el chico con el que tenía la relación más cercana y ahora no me soporta. Es mi culpa. Si tan solo supiera qué es lo que quiero, entonces podría solucionarlo.

Entramos a la Capilla Sixtina y es increíble, sí. Pero no puedo apreciarla por completo porque mi relación con Ruben está destruida. Desearía poder borrar ese beso. ¿Por qué arruino todo? ¿Por qué simplemente no puedo olvidarme y listo? Ya lo hice antes. Habría sido tan fácil como borrar una foto suya, por más devastador que fuera.

Empiezo a aminorar la marcha cuando una chispa de entendimiento empieza a resonar en lo profundo de mi mente.

Apágalo. Aplasta ese pensamiento.

¿Es verdad que no me enamoro con intensidad de los chicos de la misma manera que lo hago con las chicas? ¿O es verdad que siempre que esos pensamientos empiezan a aparecer en mi cabeza los reprimo y los ignoro?

Pienso en Lee. Pienso en Eirik. Pienso en Ruben y su foto.

Eliminar. Eliminar. Eliminar.

Empecé a poner distancia entre Lee y Eirik ni bien empecé a verlos de ese modo. Me parecía lo más sensato. Los evitaría y los borraría hasta que esos sentimientos dejaran de existir.

Empieza a sofocarme una sensación abrumadora de terror. Hay una explicación y quizás… *no, no puede ser. Lo sabría. Yo lo* sabría.

Pero ¿qué tal si ya lo *sé*?

—Oye, Zach —dice Angel, señalando a *La creación de Adán*. Agradezco tanto la distracción que hasta podría abrazarlo. Miro hacia donde está señalando. Es surrealista estar frente a una de las pinturas más famosas del mundo. Quiero decir, la conozco desde casi toda mi vida y ahora está justo sobre mi cabeza. Me siento como cuando veía a mis bandas favoritas en vivo, antes de que fuera casi imposible hacerlo por Saturday.

—¿Qué?

—Ese tipo la tiene chica —susurra Angel.

Señala a Adán. Dejo salir mi primera risa genuina en días.

Pero hay más que eso. Solo hace este tipo de bromas estúpidas cuando nota que estoy mal. Nunca hablaremos de esto, pero sé que está ahí para mí. Esto es lo más cercano que Angel estará a preguntarme si estoy bien.

—¿De qué se ríen? —pregunta Ruben, mirándonos. Ese breve instante de atención me da escalofríos. Quizás sea el primer chico que vio quién soy realmente. Mi yo real. Completo con un lado que quizás, a veces, piensa en chicos. Pero que lo único que quiere es no estar cerca de él ahora. Quiero hacer lo mismo que hice con Lee y Eirik: apartarlo hasta que todo quede en el olvido. Pero nunca estuve tan consciente de todo. Así que esta vez es diferente.

Nos están mirando, incluso nuestra guía.

—No es nada —digo—. Solo una broma estúpida.

En algún otro momento, me habría preguntado cuál había sido la broma. Más allá de toda su sofisticación, Ruben de hecho tiene un sentido del humor bastante grosero y hacerlo reír con algo estúpido siempre me hizo más feliz que cualquier otra cosa.

–Ah –dice–. Claro. Como sea.

Mi corazón se hunde en unas profundidades jamás conocidas cuando un pensamiento aterrador aparece en mi mente. Estuve tan concentrado en buscar espacio y resolver qué diablos me pasa, en la cara de Ruben que me presiona por hablar, que no se me ocurrió que quizás él ya no esté interesado en hablar. No actúa como si quisiera hacerlo. Antes parecía bastante impaciente por resolverlo de inmediato.

Pero ¿qué tal si dejé pasar mucho tiempo?

¿Qué tal si lo aparté demasiado?

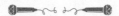

Uno creería que a estas alturas ya estamos acostumbrados a las sesiones de fotos.

Pero no.

Nunca sé cómo posar y me hacen sentir demasiado incómodo. Además, dado que últimamente estuve cuestionando toda mi existencia y las cosas con Ruben son un desastre, lo último que quiero es una cámara delante de mí capturando este momento para a eternidad. Quiero estar en la cama, solo, escuchando música triste y comiendo todo el chocolate del mundo, para poder descifrar esto. Pero, sin embargo, aquí estoy, fingiendo una sonrisa una y otra vez, mientras Ruben me trata solo como un compañero de trabajo, alguien a quien simplemente tiene que tratar bien porque es profesional.

Penny le está haciendo los últimos retoques a su maquillaje. No tengo que ser gay para darme cuenta de que se ve increíble. Tiene una chaqueta violeta oscura que le calza a la perfección. Cada centímetro de su cuerpo es la superestrella que conocí en el campamento. Cuenta un chiste y Penny ríe. Quizás nunca más intente hacerme reír de ese modo.

No quiero que me mire, pero también es lo único que quiero. Me siento como si estuviera a punto de morir si no hace algo que el viejo Ruben haría, ahora mismo.

Tengo una increíble necesidad de acercarme y decirle algo, lo que sea. Solo para que deje de actuar como si no me conociera. Pero no puedo. Estamos trabajando y se sentiría incluso peor si hiciera algo que interfiriera con eso. O quizás soy un cobarde que no quiere decir las palabras que casi me hacen tener un ataque de pánico cada vez que pienso en ellas.

Creo que soy bisexual.

–¿Zach?

Vuelvo a la realidad. Tengo un asistente frente a mí, alcanzándome una chaqueta.

–Lo siento, gracias.

La tomo y me la pongo. Está hecha de cuero negro, pero confeccionada para que me quede más grande, lo que me hace ver algo punk y buena onda. Tengo el cabello peinado completamente hacia atrás y Penny ya me puso el maquillaje característico de Saturday en los ojos. Es un poco más sutil para la promoción del próximo álbum, pero sigue ahí.

Miro a Ruben. Esperaba que quizás me estuviera mirando; me pareció notar que lo estaba haciendo cuando hablaba con el asistente, pero no fue el caso. Solo estaba mirando por atrás de mí, a la escenografía.

Por favor, mírame, Ruben. Sonríeme. Convénceme de que esto funcionará, de algún modo. Ayúdame a creer que no arruiné todo.

—No me voy a poner eso —dice Jon, interrumpiendo mis pensamientos. Tiene una camisa azul hecha de un material fino que parece una red.

—Vamos —dice Viktor—. ¡Te quedará hermoso!

—Voy a parecer desnudo.

—Yo me la pongo —dice Angel, asomando la cabeza a través del cuello de un suéter blanco crudo, completamente a la moda. Luce impoluto y agradable, pero para nada sexy—. Seamos sinceros, mi abuela usaría esto.

Ruben gira en su silla de maquillaje para mirarme y noto que tiene una leve sonrisa. Del mismo modo, Penny está tan comprometida con su trabajo que tiene la boca entreabierta. Me olvidé lo mucho que me gustaba esa sonrisa juguetona en Ruben y verla otra vez, para otra persona, me destruye. ¿Quién sabe si alguna vez me volverá a mirar con algo más que solo desprecio?

—Chicos —dice Erin, levantando la vista de su iPad—. No se cambien la ropa, ¿está bien?

—Me estás pidiendo que muestre el cuerpo —dice Jon—. Ya hablamos sobre esto. No estoy cómodo.

Viktor frunce el ceño.

—¿No quieres aprovechar tu lugar en la lista?

—No me importa la lista.

—Ayuda a la banda, Jon —grita Erin.

—No tengo que usar mi cuerpo para vender música, Erin.

—Es verdad —dice Erin—. Pero venderás más si lo haces.

—Bueno, me parece una mierda y deberíamos hacer algo para cambiarlo.

Erin se frota la frente y deja salir un suspiro largo, completamente exhausta.

—¿No puedes elegir otro momento para revelarte contra el sistema? Tengo mucho que hacer ahora.

—Que Angel la use si quiere —Le devuelve la camisa.

Suspira otra vez.

—Mira, si quieres cambiarte la ropa ahora, voy a tener que hablar con tu padre. —Toma su teléfono y lo desbloquea—. Dudo que no le moleste que lo interrumpa.

Jon traga con fuerza y luego baja la cabeza, derrotado.

—Está bien, la usaré. Pero será la última vez.

Ruben voltea y me ve mirándolo. De inmediato, aparta la vista.

—Gracias —dice Erin. Jon se pone la camisa. Le queda muy ajustada y puedo ver cada uno de sus abdominales a través de ella. No estaba exagerando.

—¿Ves? Te ves grandioso. —Voltea hacia mí—. Muy bien, Zach. Tú nunca tienes problemas, espero que sepas cuánto lo aprecio.

Una vez que estamos listos, nos llevan al frente de la escenografía, iluminada por una docena de luces. El único objeto de utilería es un sillón de cuero café oscuro ubicado frente a un fondo crema. La fotógrafa, Alecia Mackenzie, nos mueve como muñecos en un set. Tiene un vestido al vuelo y una pluma de pavo real en su cabello castaño intencionalmente despeinado. Sigo viendo que Ruben pone los ojos en blanco, así que me ayuda que ninguno de nosotros tenga que sonreír para esta sesión (como parte de nuestro plan para renovar nuestra imagen hacia una visión más adulta). No tanto para alienar a nuestros seguidores más jóvenes, pero lo suficiente para evitar que la gente que nos siguió durante toda nuestra carrera nos deje de escuchar. Alecia nos pidió que posáramos en el sillón como si acabáramos de llegar al apartamento de una chica y estuviéramos esperando a que saliera del baño después de refrescarse.

Me hace pensar en esa noche. Ruben esbozándome su sonrisa segura y juguetona justo antes de besarnos por segunda vez. Esa sensación abrumadora al sentir sus labios sobre los míos. Me imagino quitándole la camisa, pasando mis manos sobre su pecho, sintiendo sus músculos y la suavidad de su piel.

—¡Zach, concéntrate!

Miro a la fotógrafa, que me está mirando furiosa con la cámara en mano.

—Lo siento.

Alecia toma más fotos.

—Está bien —dice, mirando a la cámara—. Cambiemos la pose. Ruben, ¿puedes acercarte y pararte a un lado de Zach?

Ah, mierda.

Asiente y camina a toda prisa. Podemos ser profesionales, pero eso es lo único que es. Posamos y la fotógrafa toma más fotos.

De pronto, estoy seguro, sin duda alguna, de que, si tuviera la oportunidad, lo besaría otra vez. Quiero que me mire del mismo modo que me miró esa noche, antes de que nos diéramos cuenta de lo que estábamos haciendo y todo lo que implicaba. Quiero mis manos sujetando con fuerza su hermosa camisa y quedarnos sin aliento, mientras siento sus labios suaves otra vez. Que él me quiera a *mí*. Que sepa que lo quiero.

Entonces soy bisexual.

Pero ¿es real?

¿O es solo una respuesta en pánico por entender que quizás podría perderlo para siempre?

¿O *quiero* que sea una respuesta a ese entendimiento? Porque si fuera real, significaría…

Dios, soy un desastre.

—Oye, Zach —dice Erin.

—¿Sí?

—¿Qué pasa? Pareces tenso.

Me ahogo con nada.

—Mmm, eh…

—Por favor no me digas que tienes resaca.

—No, solo estoy cansado.

—Bueno, resiste, ¿está bien? Necesitamos terminar con esto antes del *meet and greet*.

Sacudo los brazos.

—Entendido.

Hago mi mejor esfuerzo por verme relajado y cómodo. Como alguien que no acaba de arruinar todo con su mejor amigo, quizás para siempre. Como alguien que no está tan confundido con su sexualidad que su cabeza básicamente late. Como alguien que no sabe precisamente cuál es la relación que tiene con su mejor amigo. Alguien que no está pensando en que si me muevo un centímetro a la derecha lo estaría tocando.

Alecia sonríe.

—Muy bien. Ahora necesitamos algo más relajado. ¿Pueden pasar sus brazos sobre sus hombros?

Toda la visión se me nubla.

—¿Puedo? —pregunta Ruben con un tono casual.

—Claro —digo, encogiéndome de hombros. Me sorprende que mi voz siga funcionando.

Pasa un brazo alrededor de mí y puedo sentir el olor rico, cálido y ligeramente dulce de su colonia. Es ámbar, pachulí y vainilla, en la medida justa, suficiente para hacerme querer sentirlo con detenimiento. De querer sentirlo a *él*.

Levanta un brazo y lo apoya sobre mi hombro. La esencia es más fuerte ahora, casi abrumadora, y se apodera de todos mis pensamientos. Su brazo se siente cálido y pesado sobre el mío, y un cosquilleo cubre mi piel en donde me está tocando, haciéndome sentir como si pudiera pasar mi vida entera en este lugar.

Me quedo completamente quieto. Congelado.

Hay un flash y luego la fotógrafa baja la cámara y sonríe.

—Listo.

Ni bien regreso a mi habitación, cierro la puerta y llamo a mi mamá.

Por lo general, pactamos un horario para hablar un poco cada cierta cantidad de días. No se supone que debamos llamarnos hasta dentro de dos días, pero no puedo esperar tanto. Ni siquiera sé qué hora es en los Estados Unidos, pero tengo la esperanza de que no le moleste y conteste.

Vamos, atiende, atiende...

—¡Hola! —dice mamá al hacerlo. De inmediato, me siento mucho más aliviado de lo que me sentí en todo el día—. ¿Cómo estás?

—Bien, ¿tú?

—Sí, bien, ¿qué cuentas?

—No mucho, solo llamaba para saludarte.

Me siento a los pies de la cama. Si bien no debería tener problemas, intento mantener la voz baja, porque sé que comparto pared con Jon.

—¿Cómo estuvo la Capilla Sixtina?

—Bastante genial. No te estoy molestando, ¿no?

—No, está bien, me estaba preparando para ir a dormir. ¿Estuviste mirando *The Bachelor*? Recién me puse al día.

—No, estuve demasiado ocupado. Pero quiero hacerlo.

—Tienes que trabajar en tus prioridades.

Río, más porque sé que espera que lo haga que porque yo quiera hacerlo.

—Lo sé.

—¿Cómo está la gira? La gente dice que fue uno de sus mejores conciertos hasta ahora.

Me froto la nuca.

—De hecho, mmm, es más difícil de lo que creí.

—Ah, ¿por qué?

—No sé. Creo que estamos cansados. No paramos nunca.

—Me imagino. Su cronograma es una locura.

—Sí. Y… eh… estamos teniendo algunos problemas con la banda y me está empezando a incomodar.

Mis ojos se llenan de lágrimas con tan solo decir eso.

—¿Qué clase de problemas?

—Estamos muy tensos entre nosotros. Siento que no dejo de decir las cosas incorrectas todo el tiempo y enfureciendo a los demás.

—Ay, qué mal, lamento escuchar eso.

Me obligo a sonreír, aunque no pueda verme.

—Es lo que hay.

—Pero, siéndote honesta, Zach, es sorprendente que hayan tardado tanto. Si alguien tuviera que pasar tanto tiempo con ustedes cuatro, es seguro que habrá desacuerdos.

—Sí.

—¿Supongo que hay mucha tensión con Ruben?

Me quedo congelado.

—¿Por qué dices eso?

–¡Ah! Mmm, quiero decir, leí algunas cosas en internet y solo até los cabos. ¿Es verdad?

–Sí, ya ni siquiera me mira.

–No suena a algo que haría él.

–Lo sé. Creo que lo agoté.

–Y eso no suena a algo que harías tú.

–Sí, pero las cosas… fueron diferentes en este último tiempo. Creo que dije algo sin darme cuenta o algo por el estilo. No lo sé.

–¿Intentaste disculparte?

–Sí. Me dijo que no hice nada mal. Pero me sigue tratando como si ya no fuéramos amigos, y no sé qué quiere de mí. O, sí lo sé, pero no es… no es algo que yo esté seguro de que le pueda dar.

–Ah, guau. ¿Te dijo que le gustabas?

Noto por su tono de voz que ya cree que lo hizo. Si no oculto todo esto, descubrirá la verdad. Mi mamá siempre fue tenebrosamente astuta; supo que Hannah y yo nos gustábamos cuando se la presenté solo como una amiga. Nuestra conversación de pronto empezó a convertirse en terreno minado y tengo que salir de este lugar cuanto antes.

–Sí.

–Está bien. Bueno, si hizo eso y tú lo rechazaste, luego él empezó a tratarte con la ley del silencio, entonces es su problema, no el tuyo.

–Pero…

–Pero nada. No le debes nada, debes saber eso.

–Está bien.

Quiero encontrar una forma, cualquier forma, de arreglar esta conversación. Porque ahora estoy arrojando a Ruben debajo de un autobús cuando sé que él no hizo nada malo y me hace sentir incómodo. Mi mamá recordará esto y moldeará para siempre lo que sienta por Ruben.

—Escucha —dice—. Te conozco y sé que nunca dirías nada para lastimar a otro y estoy segura de que le dijiste que no con sutileza. Entonces, si Ruben está actuando con frialdad, eso habla más de él que de ti.

—Sí.

—Además, el estrés de la gira puede estar afectándolo. La gente es complicada, a menudo suele ser más de una cosa lo que los afecta.

—Sí, quizás sea eso.

—Entonces, no seas tan duro contigo mismo, ¿está bien? Parece que no hiciste nada malo. Y Ruben lo entenderá. Solo déjale en claro que estás para él, solo como un amigo.

—Lo haré. De todos modos, perdón por descargarme contigo.

—No te preocupes. Lamento que haya pasado todo esto. Espero que mejore.

—Yo también. Gracias, ma. Me sirvió mucho, gracias.

—¡Claro! Siempre estaré para ti. Y si alguna vez quieres hablar, sabes que puedes hacerlo, ¿está bien? Sobre cualquier cosa.

—Sí, lo sé.

—Está bien. Cuídate, ¿sí?

—Sí. Ve a dormir. Buenas noches.

—Buenas noches. O, más bien, buen día. Te quiero.

—Yo también.

Cuelgo el teléfono. La energía abandona mi cuerpo y no puedo moverme. Me muerdo el labio e intento evitar que las lágrimas broten de mis ojos, pero no lo logro.

Tantas mentiras, y no sé por qué las digo.

Miro a mi alrededor. La habitación está oscura y vacía.

Estoy completamente solo.

NUEVE

RUBEN

Estoy en medio de mi rutina de ejercicios en el gimnasio del hotel en Amberes cuando me llama mi mamá.

Por alguna extraña razón, casi estaba esperando su llamada. Con los años, me empecé a dar cuenta de que trabajar en mí casi funciona como un hechizo para invocarla. Es como si se materializara de la nada, así esté ocupado con cualquier cosa, lista para hacerme esos comentarios que a ella le gusta llamar críticas constructivas. Interminables e inagotables críticas constructivas.

No estás articulando bien. No se entiende lo que dices, solo es "muh muh meh meh muh".

No sé cómo esperas que esto progrese cuando apenas puedes hacer cuatro pasos sin perder el ritmo. ¿Por qué quieres seguir superándote cuando aún no dominas lo básico?

¿Dónde está la emoción? Pareces como si estuvieras viendo secarse una

pintura. No me importa si nadie está mirando, tienes que practicar cómo vas a hacerlo en público.

Todo el tiempo dice que nunca presto atención, pero la verdad es que sí lo hago. Escucho todo lo que me dice nuestro equipo y siempre oigo comentarios al pasar sobre lo receptivo que soy a las críticas. Y que *nunca* me tienen que repetir lo mismo dos veces. Claro que no lo necesito. Aprendí hace mucho tiempo que tener que escuchar dos veces lo mismo trae consecuencias y no es una lección que quiera desaprender ahora. El asunto con mi mamá es que no juzga el producto final, sino el proceso. Es como si no creyera en el "aprendizaje".

Por ejemplo, si quieres mejorar tu registro agudo, que es justamente lo que estaba trabajando esta mañana para liberar estrés, tienes que hacerlo gradualmente y llevar tu voz más allá de tu zona de confort. Solo sigo las instrucciones de mi entrenadora vocal y *ella* siempre me asegura que para que salga bien, tengo que practicar y equivocarme, es normal que la voz se quiebre, no afinar las notas y realizar un montón de otros sonidos vergonzosos cuantas veces sea necesario hasta que, en algún momento, lo logras de manera consistente y con facilidad. Pero cuando era más chico, me avergonzaba de este proceso. ¿Cómo podía sonar tan mal, mi mamá me preguntaba, cuando ella estaba pagando *tanto* por *el mejor entrenamiento posible*? ¿Por qué no escuchaba a mis profesores? ¿Por qué no lo hacía *bien*?

Entonces, aprendí a mejorar mi registro solo cuando mis padres no estaban cerca para escuchar cómo me equivocaba. Me servía hacerlo en privado. Al menos, al principio. Significaba que yo era el único que sabía lo horrible que podía sonar. Pero eso significaba que la única voz que me azotaba, que se incomodaba cada vez que me equivocaba y me decía que nunca lo lograría a la primera, era la voz que vivía dentro de mi cabeza.

La única voz de la que nunca podría escapar.

Claro, esta mañana soy consciente de que mi mamá no me llama desde el otro lado del Atlántico para decirme que estoy cantando como una cabra hambrienta, pero mis mejillas se sonrojan de inmediato. Una vez que te avergüenzas por algo, esa incomodidad queda tatuada en tu piel. Puedes taparla, pero no puedes quitarte esa sensación de incompetencia.

El álbum *In This House*, con el que estaba practicando, se interrumpe abruptamente cuando atiendo el teléfono.

—Hola —digo—. Sigues despierta tan tarde. —Ya es pasada la medianoche allá.

Cuando habla, recuerdo esa sensación familiar de amabilidad y miedo. Ese amor genuino por mi propia madre, mezclado con la inquietud de no saber dónde terminará todo esto. No estoy con ganas de tener más conflictos ahora, incluso habría ignorado la llamada, pero lo único que irrita a mi mamá más que alguien le responda mal es que la ignoren.

—Hola, cariño. Qué lindo escuchar tu voz. Salí a cenar con las chicas después del trabajo y se hizo tarde, así que se me ocurrió llamarte antes de ir a la cama.

Todavía no me relajo.

—De hecho, me alegra que hayas llamado ahora. En media hora tenemos una entrevista.

—Ah, una mañana tranquila, ¿entonces? —pregunta con un tono alegre. Pero yo entiendo el doble sentido. Traducción: espero encontrarte no haciendo nada para poder darte una lección sobre compromiso y oportunidades perdidas.

—No, estoy en el gimnasio. Me pasé toda la mañana practicando —digo y caigo directo en otra trampa.

—Ah, bien, ¿estás practicando ese Mi en *Unrequitedly*?

Empiezo. Nunca tuve problema con *Unrequitedly*.

—Ah, mmm, no —río, pero sueno tenso—. ¿Debería?

Gracias a Dios que el gimnasio está vacío, salvo por Keegan que me acompañó y espera junto a la puerta, levantando una mancuerna sin prestar mucha atención y mirándose ocasionalmente en el espejo. Tengo la sensación de que esto está a punto de convertirse en una conversación que *no* quiero tener en público.

—Suena un poco inconsistente, sí. Le estaba mostrando a Joan un video ayer y fue un poco vergonzoso. Creí que ya habías superado ese Mi.

Espera, ¿de qué video está hablando? ¿Cuándo *demonios* arruiné un Mi? Mis líneas son demasiado fáciles como para arruinaras de ese modo, ¿verdad?

¿O no?

—Eh… sí. Nunca nadie me dijo nada.

—Bueno, *yo* te lo estoy diciendo. —Ríe de un modo tenso. Una risa casual aireada que esconde cierta malicia—. ¿Yo no cuento?

Mi mente empieza a adelantarse a planear posibles respuestas y sus posibles réplicas a mis respuestas hipotéticas, intentando encontrar una manera de bajar el tono de la conversación. Me debo haber tomado demasiado tiempo en responder porque la falsa amabilidad desaparece con su insistencia.

—Siempre te pones a la *defensiva* cuando alguien te hace una crítica, Ruben. ¿Esta actitud tienes con tus entrenadores cuando te dan sus notas? ¿Crees que ya eres exitoso o algo? "Ruben no puede haberse equivocado porque está en una *gira internacional*". Porque créeme, esto solo es el *comienzo* para que empieces a mostrar quién eres realmente, no creas que no te abandonaran en…

—No, tienes razón —la interrumpo abruptamente. *Por favor*, ruego en silencio, *solo déjame descansar hoy*–. Claro que tienes razón. Por eso estoy practicando. Sé que puedo mejorar. De hecho, el resto se juntó a mirar una película esta mañana, pero yo elegí no hacerlo porque sabía que debía practicar antes de que…

–Entonces, eres antisocial –me interrumpe con un tono alegre–. Ruben, ser parte de un equipo significa que *eres parte del equipo*. No puedes quedarte escondido en tu cuarto todo el tiempo. Necesitas fortalecer esos lazos y dar una buena impresión.

No puedo ganar. No tiene sentido. ¿Por qué sigo intentándolo?

–Soy parte del equipo. Siempre paso tiempo con ellos.

–Bueno, asegúrate de que no sea *siempre*. Tienes que dedicarle tiempo a la práctica.

Y volvemos al círculo otra vez. Y ni siquiera lo nota.

–Eso hago –respondo con sutileza.

–Me enteré de que se pelearon.

Ahí está. El verdadero motivo de la llamada. Presuntamente, vio algo cuando salió con sus amigas. O alguien lo mencionó y se sintió avergonzada de no saber nada al respecto. Y ahora empiezo a pensar en Zach otra vez y lo único que quiero es colgar el teléfono y entrenar las piernas hasta que el dolor haya sido reemplazado por el cansancio muscular.

–No, nada de peleas –digo–. Solo son rumores.

–Bien. –No tiene nada de bien que me haya peleado con mi mejor amigo, claro. Pero bien porque…–. No puedes tener una mala reputación por ser difícil. Incluso si pasa algo detrás de escena, tienes que ser profesional.

Lo estoy *intentando*. Quizás necesita llamar a Zach y regañarlo a él.

–*Totalmente*.

–¿Por qué respondes con una sola palabra?

—Lo siento, no quise hacerlo —hurgo en lo más profundo de mi cerebro para encontrar un cambio de tema seguro—. ¿Qué bebiste cuando salieron?

—¿Quién dijo que bebí algo?

Pongo los ojos en blanco mirando a la ventana.

—Nadie. Pero es la una de la mañana, asumí que lo habías hecho.

—¿Qué? ¿No puedo salir con mis amigas sin ser una alcohólica empedernida?

No puedo salvar esto.

—Claro que sí. Pero debes haberte pedido un trago o dos. Mereces una buena noche para divertirte. No tiene nada de malo. Desearía poder hacerlo.

Ríe de un modo genuino.

—Bueno, me pedí un par. ¿Sueno ebria?

—No, suenas feliz —miento, porque es una forma de relajarla. Me hace *críticas constructivas* todo el tiempo, pero incluso imaginar esas críticas es suficiente para hacerla enfadar. Los cumplidos, el afecto y el entusiasmo son las únicas herramientas en mi arsenal para hacer que retraiga sus garras. A veces, incluso darle la razón también es autocuidado.

—*Estoy* feliz. Fue una noche encantadora —dice y finalmente me relajo. Logré navegar con éxito hacia aguas más calmas.

Alguien entra al gimnasio y levanto la vista. Es Jon. Se acerca y se acomoda en una de las máquinas a mi lado en silencio. Cuando está lo suficientemente cerca de mí como para tocarlo, sujeto su brazo y articulo "Ayuda" con los labios.

Frunce el ceño y da algunos pasos hacia atrás.

—¡Ruben! —grita cuando está a una distancia que no destruya el micrófono de mi celular—. ¡Tenemos que *irnos*!

—Espera un segundo, mamá —digo rápido—. Solo un minuto —grito.

—El autobús se está *yendo* —canta Jon.

—Dios —siseo nervioso para que mi mamá me escuche, como si fuera un conspirador.

—Ah, no —dice con calidez—. Parece que tienes que seguir trabajando.

—Sí, lo sé, lo sé —digo—. ¿Podemos hablar en el autobús? Aunque dudo que tengamos privacidad.

—No, ve, de todos modos, necesito dormir.

Es una de nuestras conversaciones más tranquilas. Por lo general, se da cuenta cuando estoy inventando una excusa para cortarle el teléfono y empieza una discusión. Gracias a Dios por Jon.

Arrojo mi teléfono dentro de mi bolso a penas terminamos la llamada y suelto un quejido gutural mirando hacia el techo. Una conversación de diez minutos y me siento como si hubiera dado una de esas entrevistas de alto nivel para uno de esos programas de televisión ruidosos.

Al menos me embarqué en esta gira con una vida de experiencias navegando conversaciones minadas de temas controvertidos y percibiendo las trampas antes de activarlas. Creo que debería enviarle unas flores a mamá para agradecerle por eso.

A la mierda con tu mamá, dice el recuerdo de Zach que vive en mi cabeza. Estamos en el castillo inflable en la fiesta de Angel y él está arrodillado frente a mí con una mirada intensa, y sé que todo estará bien. Él hará que todo esté bien.

Luego vuelvo al presente. Zach no está aquí.

—¿Tus padres? —pregunta Jon, regresando a su máquina.

—Mamá.

—*Peor* —dice. Todos en la banda tienen sus opiniones sobre mi mamá. Van desde un amable "No" hasta un "*Mierda*, por Dios, no".

—Se enteró de "La tensión" —digo. Ese es el nombre que le pusimos.

Si bien Zach y yo no les dimos mucha información, tanto Jon como Angel son conscientes de que las cosas con Zach no están bien, y que es inexplicablemente más profundo que solo un comentario en un vivo de internet. Angel dejó de bromear con que no le parecía sexy a Zach, lo que significa que toda esta mierda se volvió *seria*.

—Lo iba a descubrir tarde o temprano, supongo. ¿Te dio algún consejo? —Le lanzo *esa* mirada—. Entendido. ¿Estás seguro de que *yo* no puedo darte ningún consejo?

—Ni siquiera sabes lo que pasa, ¿cómo podrías darme un consejo?

—Exacto.

—*Jon...*

—¡No tienes que contarme todos los detalles! Solo dame el panorama general. La esencia.

—No puedo.

—El *aderezo* —me suplica—. Ni siquiera te pido el plato entero. Solo la pimienta y la paprika.

—Qué poético.

—Gracias —dice, enderezándose con una sonrisa agradecida—. Se me acaba de ocurrir.

De ninguna manera puedo darle un leve indicio de lo que ocurrió sin arriesgarme a que ate los cabos y se entere de todo. Incluso explicaciones inocentes y vagas como, "Hice algo que no debería haber hecho" o "Tuvimos un momento incómodo", arriesga a que Angel y Jon descubran algo que podría llevarlos a descifrar todo. Puede que a mí no me avergüence, pero a Zach seguro que sí. Entonces, no importa qué tan lastimado me sienta o qué tanto resienta que Zach ni siquiera se moleste en *intentar* resolver esto. Es una línea que no pienso cruzar, fin. Así que simplemente levanto uno de mis hombros.

—Está bien, Ruben —dice y puedo notar cierta molestia en su voz. Me enojo.

—¿Me preguntas porque te importa o porque Erin o Geoff te lo pidieron? —le pregunto.

—¿*Qué?* —pregunta—. Porque me *importa*, obviamente.

—¿En serio? Porque estás presionando demasiado con todo este asunto para ser alguien que solo quiere que estemos bien, más aún cuando dije que no queremos hablar sobre eso.

—Solo quiero ayudarte.

—No —digo, acomodándome en la prensa para piernas mientras hablamos—. Quieres obligarnos a solucionar las cosas.

—¡Claro que quiero que solucionen sus cosas! Son mis amigos.

—Y estamos haciendo quedar mal a la banda —digo, levantando las cejas.

Jon me estudia y luego se encoge levemente de hombros.

—¿Qué quieres que haga? ¿Decir que no es verdad? *Sabes* que es verdad.

—Ahí está —digo. La aspereza de mi mamá se apodera de mi voz. Siempre pasa cuando termino de hablar con ella. Es como si me infectara.

—Por Dios, Ruben, no todo es una conspiración en tu contra. No todo el mundo tiene un plan oculto.

—Pero sí sé que tú ocultas algo —digo—. Tu herencia. —Guau eso sonó mucho más cruel en voz alta de lo que tenía en mente. Me retracto—. No quise decir eso. Es solo que, tu papá te pone mucha presión. Sabemos que lo hace y sé que no puedes evitarlo. Pero yo… solo necesito que no actúes como mi representante ahora mismo. Necesito que seas mi amigo.

Deja salir un largo y lento suspiro, y casi puedo verlo contar hasta cinco en su cabeza.

—Lo estoy *intentando* —dice lentamente.

—Dime que no importa si Zach y yo nunca volvemos a ser amigos. Dime que no lo usarás en mi contra.

Parece confundido y supongo que no lo culpo. Todo está enredado en mi cabeza, y no sé cómo es que llegué a este lugar, pero de repente es importante que sepa que nuestra amistad no se basa en lo bien que yo trate esta situación. Necesito saber si está bien, porque no creo poder controlar esto. Se me fue de control.

—Aún puedo ser tu amigo, si eso es a lo que te refieres —dice con cuidado—. Pero yo no diría que no *importa*.

—Necesito que no importe.

—Pero sí lo hará. No puedo evitarlo. Apesta quedar en el medio de ustedes dos todo el tiempo. No quiero elegir.

—Nadie te pide que elijas.

—Tal vez, pero así es cómo se siente a veces.

Empujo las piernas con más fuerza.

—No sé cómo solucionar esto —digo entre dientes.

—Podrías intentar tratarlo mejor.

—*¿Qué?* —pregunto, pausando—. Él es el que sigue haciendo esos comentarios sobre *mí*.

—La verdad es cincuenta y cincuenta. —Sacudo la cabeza sin hablar y Jon se encoge de hombros—. Es solo una opinión. No hace falta que lo tomes en serio.

Siempre te pones a la defensiva *cuando alguien te hace una crítica, Ruben.*

A la mierda. Levanto las manos, desconcertando a Jon.

—Está bien. Sí, supongo que yo soy el hijo de puta. Zach no hace nada mal, todo es mi culpa.

—Ruben…

–¿Quieres que lo trate *mejor*? Lo trataré de la mejor manera posible. Seré la persona más agradable que jamás hayas visto y, si eso no lo convierte mágicamente de nuevo en mi amigo, quizás finalmente puedas darte cuenta de que no soy *yo* el que está causando todo esto. Simplemente *respondo* y lo hago de la mejor manera que *puedo*.

–Me tengo que ir.

Resoplo mientras junta sus cosas.

–Sí, está bien. Vete. Lamento no tratarte tan bien a ti.

–Está bien, Ruben.

–Dile a tu papá que no se preocupe. ¡Ya entendí su *crítica*! Estaré tan *agradecido de ahora en más* que no *me reconocerás*.

Grito la segunda mitad de la oración solo a una puerta cerrada.

Keegan me observa y levanta una ceja.

–Sabes, hijo, podrías haber manejado mejor eso –dice, bajando la pesa a un lado de su cuerpo. Mis mejillas están que arden. Suelto un quejido y sigo entrenando.

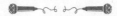

Es muy difícil mantener la tranquilidad durante la entrevista. Pero lo logro. Porque, a diferencia de algunas personas, entiendo la importancia de dejar las emociones de lado en el trabajo.

Fui lo más *agradable* que pude ser con Zach desde que nos fuimos del hotel. En el trayecto en minibús hasta aquí, le pregunté cómo estaba (bien, gracias). Le pregunté cómo había dormido (sí, bien). Le pregunté si había escuchado hablar de las fresas bañadas en chocolate que venden en Bélgica y si creía que tendríamos oportunidad de probarlas (no sé, supongo).

Con cada pregunta, más parecía alejarse de mí y me miraba con sus ojos castaños de un modo precavido. Como si estuviera amenazándolo con un arma y no solo sacándole charla con preguntas triviales. En ocasiones, miré a Jon para ver si lo notaba, pero se pasó todo el viaje mirando fijo por la ventana, mordiéndose frenéticamente el labio inferior. Angel se pasó todo el trayecto con su teléfono.

De hecho, la entrevista fue el primer momento en el que alguien me trató como una persona desde que Jon me abandonó en el gimnasio.

Estoy sentado con Jon en un sofá color crema, mientras Angel y Zach ocupan unos sillones a cada lado. Sentada contra la pared, Erin revisa su iPad, Keegan está cruzado de piernas, inspeccionando la habitación, y Penny nos mira con entusiasmo. Nuestras entrevistadoras son dos mujeres de unos veinte años, ambas vestidas de gala de pies a cabeza. Son dulces y, por suerte, no parecen tener intenciones de llevarnos hacia donde ellas quieren con sus preguntas, como suele hacer el resto.

Pero hoy no hay mucho de qué hablar como en otras ocasiones. "La tensión" empezó a caer sobre nosotros como una manta que absorbe todo el oxígeno y apaga nuestro fuego.

Jon es el que mejor la ignora. En este momento, está contando con mucho entusiasmo nuestra historia. Toma muchas preguntas sobre la banda. Después de todo, se pasó una vida entrenando para esto.

—De hecho, no conecté mucho con Angel al principio —dice—. Ruben era mi mejor amigo, así que él me introdujo al grupo para el concierto de fin de año. —Hace un gesto como si estuviera metiendo algo en un hueco pequeño y las entrevistadoras ríen.

—¿No querían tocar con el hijo de un productor famoso? —pregunta una de las entrevistadoras con sus ojos brillando. Puf. Hablemos de un tema sensible. Pero Jon no retrocede.

—¡No lo sabían! Lo mantuve en secreto, usé nombre falso y todo. Por eso sé que les caigo bien. —Guiña un ojo.

—Excepto, quizás, ¿Angel? —pregunta la otra entrevistadora.

Angel levanta la mano.

—¿Puedo decir para que conste que Jon es mi favorito?

—¿Tu favorito? —repite, insegura.

—Está todo bien con Jon. Es lo máximo. —Lo entrega todo con esta "confesión" y Jon forma un corazón con los dedos sobre su pecho.

La entrevistadora esboza una sonrisa y se inclina hacia adelante.

—Ahora, cuando se conocieron, te conocían como Reece. ¿Ese era tu nombre?

—Sí, todavía lo es, si le preguntas al gobierno. Pero ¿qué saben ellos?

Jon esboza una sonrisa.

—¿Por qué te lo cambiaste?

—De hecho, es una historia divertida. Un día, una chica me reconoció en la calle y se desmayó, ¿sí? Así, sin más, se desplomó en medio de la acera. Pero entonces se levantó y me dijo "Ah, por Dios, eres tan hermoso, creí haber visto un ángel en la vida real". Y el nombre quedó.

Cuenta todo de un modo inexpresivo. Es una broma interna para los fans que cuente una historia distinta cada vez que le preguntan sobre el origen de su apodo y estoy bastante segura de que estas mujeres se la creyeron, porque no parecen para nada confundidas.

—Entonces, ¿ustedes dos son buenos amigos? —pregunta una de ellas y nota el cambio de tono de inmediato. Hago una mueca de incomodidad.

—Sí.

—¿Todos son amigos? Escuchamos rumores que decían que algunos de ustedes no se agradaban tanto.

Bueno, *esa* es una forma delicada de ponerlo. No hay manera de que esta pregunta haya salido por accidente. Si Chorus no quisiera que habláramos sobre los rumores, habrían borrado esa pregunta. Obviamente quieren que aprovechemos esta oportunidad para calmar esos rumores.

Jon, obviamente, lo nota. No parece ni siquiera sorprendido de escuchar una pregunta tan peligrosa. Me hace sospechar que su padre le pidió que descartara los rumores antes de que viniéramos. Como si esta interacción estuviera planificada.

—No tiene nada de verdad. Somos como una familia. Más cercanos incluso. Nos elegimos, ¿sabes? Siempre fuimos compatibles, pero estar de gira nos acerca de maneras que nunca hubiéramos imaginado. Es una proximidad obligada, supongo —bromea.

¿Me veo tan alarmado como me siento? Porque si estuviera bebiendo un vaso de agua habría escupido todo.

Miro mucho a Zach y veo que perdió todo el color de su cara, como si estuviera a punto de desmayarse.

Zach y yo estamos sentados en silencio, así que Angel interviene.

—Ni siquiera sé a qué rumor se *refieren* —dice, exagerando el asombro—. Zach, ¿sabes qué pueden haber escuchado estas adorables señoritas? Estoy perdido.

Zach parece desconcertado y se ahoga con la primera palabra.

—Ni idea. —Se aclara la garganta y Erin le entrega una botella de agua. La acepta pero no bebe—. No, pero en serio, es solo un rumor tonto. No creo que ninguno de nosotros se enoje porque otro apareció en una lista.

Es otra de sus indirectas que solo duele en contexto. Ni siquiera puedo decirle nada, porque soy el único que sabe lo que realmente significa. *No estamos peleados por eso. No me gusta porque nos besamos y significó más para él que para mí, e hizo que todo quede incómodo.*

Los bordes de mi visión empiezan a nublarse.

En algún lugar desde la distancia, Angel señala a Zach con ambas manos.

–Eso, exacto. No voy a enojarme con mis amigos porque la gente no tiene buen gusto.

La entrevistadora ríe a carcajadas y parece que lo hace en cámara lenta. Angel también ríe y sacude la cabeza. *Estoy bromeando. Estoy bromeando. Solo un poco.*

Abro la boca y todo regresa a su lugar.

–Exacto –digo un poco demasiado fuerte. Todas las cabezas voltean hacia mí–. Estoy seguro de que hablo por todos cuando digo que no me parece sensato romper una amistad por cosas que no importan. Pero ¿honestamente? Si fuera el caso de que *no* nos lleváramos bien, no seríamos tan obvios. Quiero decir, trabajé de manera profesional en el mundo de los musicales durante años. Cualquiera que estuvo cerca de un teatro sabe cuántos dramas sin sentido pueden generarse ahí. –Ambas mujeres asienten comprensivamente y alguien ríe, pero no puedo ver quien es–. Pero el show debe continuar, ¿saben? No puedes hacer un escándalo en medio del escenario porque tienes que hacer una escena con alguien que no te agrada. Y, en lo personal, ya saben, *yo* no soy un niñito. Siempre trataré a mis colegas con respeto.

Listo. Yo también puedo hablar con doble sentido.

Estoy tan lleno de satisfacción y una sensación triunfante que me toma un segundo darme cuenta de que las entrevistadoras me están mirando de un modo extraño. Sonriendo, sí, pero es diferente. Una sonrisa hambrienta.

Repaso las palabras en mi cabeza y noto cierto enfado en mi voz. Esa crueldad pasivo agresiva.

Sueno como mi madre.

Hay un silencio horrible hasta que Angel ríe con fuerza.

–*Colegas* –dice–. Ven, Ruben es el mejor, siempre tan tranquilo. Cuando conoces a Ruben, sabes que cuando dice la palabra "colegas" se refiere a los mejores amigos que jamás podría tener en toda una vida. En serio, una vez tuvo una cita y no sabía que era eso hasta después, porque nos dijo que tenía una *reunión*.

La historia es una total mentira, pero me siento algo aliviado por la habilidad de Angel de inventar cualquier mierda de la nada.

–¡Ah! –Una de las mujeres se queda con esto y puedo ver sus ojos brillando–. ¿Tienes novia, Ruben?

Ya casi puedo sentir los ojos de Erin clavándose en mí. *No te atrevas.*

Por supuesto que *no* me atrevo. Sigo su juego, como siempre, por más que duela.

–No, ahora no. Todavía sigo buscando a la indicada.

La entrevista avanza, pero sé que la arruiné. "La tensión" es más pesada que nunca y se abrió camino hasta la boca de mi estómago, donde se asentó como un ancla.

Apenas hablo por lo que resta de la entrevista. Lo único que puedo hacer es repasar mis propias palabras sin parar. Ya sé cuál será la respuesta a ese fragmento. Y lo peor de todo es que será verdad. Me quebré y lo arruiné, y ahora la gente sabrá la verdad. Y no puedo culpar a nadie.

Cincuenta y cincuenta, dijo Jon.

¿Tenía razón? ¿Estuve siendo agresivo todo este tiempo? ¿Haciendo cortes pequeños y filosos a cada persona a mi alrededor sin siquiera notarlo?

¿Así se siente ser mi mamá? ¿Ella también lo hace sin darse cuenta?

Creo que estoy enfermo.

Apenas puedo mirar a los demás una vez que la entrevista termina. Y no me sorprende que Erin me lleve hacia un lado cuando nos preparamos para subir al autobús y partir hacia nuestro próximo compromiso.

—Geoff quiere hablar contigo y Zach cuando regresemos al hotel esta tarde —dice. Mantiene un tono tolerante y cuidadoso. Una advertencia.

Esta mierda está a punto de estallar.

DIEZ

ZACH

Nunca tuve tantos problemas con Chorus.

Ni con nadie, a decir verdad.

Sé que es serio por la forma fría y distante en que todo el mundo empezó a tratarnos a Ruben y a mí. Como si estar cerca de nosotros significara que ellos también están en problemas. Empezó ni bien nos subimos al autobús para regresar al hotel y nos acompañó durante todo el viaje. Erin está siendo extremadamente cuidadosa con sus palabras y Jon y Angel no nos hablan mucho. Pero lo peor de todo es Ruben, que me sigue ignorando. No sé qué odio más, la forma en la que me habló esta mañana en el autobús, con un tono que estaba viciosamente disfrazado de amabilidad o esto. El interminable y frío silencio. En el pasado, quizás estar en problemas juntos nos habría unido más, pero esta vez me trató como si fuera completamente invisible.

Ya en mi habitación, me lavo la cara. La reunión es en un minuto.

Me dijo niñito. Y solo les confirmó a las entrevistadoras que la tensión entre nosotros es real. Que ahora estemos en problemas es su culpa.

Me lavo la cara. Ponerme mal no servirá de nada y no puedo arruinar esto.

Ruben me espera al final del pasillo cuando salgo de mi habitación. Temprano, claro. Pero lo que siento no es enojo, sino un leve dolor. Como si algo me faltara. Como si esto no fuera tan malo si lo estuviéramos sobrellevando como amigos.

Cuando llegamos al hotel, Erin nos dio media hora para prepararnos antes de la llamada y su tono dejó bien en claro que debíamos vernos impecables *o nada*. Entonces, ahora parecemos más bien empresarios jóvenes en lugar de superestrellas pop, pero tiene sentido porque vamos a hablar con Geoff. Y para él, el pop *es* un negocio.

Al fin y al cabo, eso es lo único que es. No creo que entienda lo que yo siento por la música. Cuán importante es para mí. La facilidad con la que nos puede hacer sentir cualquier emoción posible y lo poderosa y *necesaria* que me resulta. Es mucho más que algo para ganar dinero.

Me acerco a Ruben y solo inclina la cabeza para saludarme. Claro. La ley del silencio sigue en pie. Es bueno saberlo y que los dos podamos jugar a esto. Entramos al elevador y subimos en silencio. Me cruzo de brazos y me apoyo contra la pared.

El ambiente se siente sofocante. Mantiene la mirada fija hacia adelante, la mandíbula tensa y ninguna expresión en su rostro. Está perfecto para una foto. Si está nervioso, o cualquier cosa, nadie se daría cuenta. ¿De verdad no le importa lo que pueda pasar? ¿O está actuando? Abro la boca y me mira como si sus ojos me estuvieran diciendo que ni siquiera lo intente, entonces la cierro.

Nunca lo vi actuar del modo que se comportó en la entrevista. Dios, todos se dieron cuenta. Si bien nadie dijo nada, las entrevistadoras claramente podían ver que pasaba algo entre nosotros. Es tan impropio de Ruben hacer algo que dañe la reputación de la banda o de cualquiera de nosotros, pero creo que estaba intentando lastimarme a mí.

Cuando transmitan la entrevista esta noche, solo complicará más las historias que ya están circulando por todos lados. Ya lo vi antes y siempre sucede a una velocidad tenebrosa. Una historia puede pasar de ser un rumor a un hecho en cuestión de segundos. No solo eso, puede convertirse en un hecho *irrefutable*. La clase de cosas que la gente piensa cuando piensan en Saturday.

Podríamos ser conocidos como la banda que en secreto se odia entre sí y solo nos mantenemos unidos por nuestros contratos.

Volteo la cabeza y siento que me mira.

Suena la campanilla del elevador.

—Después de ti —dice, sonriendo amablemente.

Ignoro el fuego en mi pecho y salgo caminando.

Al final del pasillo, Erin nos espera frente a su habitación. Abre la puerta y entramos. El aire se siente pesado y tenebroso. Su computadora está sobre el escritorio, aunque tranquilamente podría ser una guillotina.

—Tomen asiento —dice Erin con una expresión sombría.

Ruben y yo cruzamos la habitación y nos sentamos frente a la computadora.

En la pantalla sobre el escritorio, está Geoff.

—¿Asumo que saben por qué están aquí? —pregunta con una voz grave y profunda.

Ninguno de los dos dice nada por un largo rato. Y eso ya dice mucho.

—Lo siento —agrega Ruben.

Geoff baja las cejas. Si bien está en un país completamente diferente, empiezo a sudar de todos modos. Si con esto decide dejar de apoyarnos, podríamos desvanecernos y convertirnos en una banda que el público apenas recuerde.

—Esta vez, no es suficiente que se *disculpen*. Tienen que ser mejores. Déjenme dejarlo bien en claro, ustedes dos están hundidos en mierda hasta el cuello. Lo entienden, ¿verdad?

—Sí —dice Ruben.

—Por supuesto —digo.

—No, no parece —agrega Geoff, levantando su tono de voz—. Lo arruinaron todo. *Tienen* que prometerme que lograrán tener todo bajo su control. Tienen que hacerlo.

—Lo haremos —dice Ruben.

—De verdad, lo haremos.

—Ya sé que lo harán. Trabajaron demasiado como para arriesgar todo ahora. —Mira directo a la cámara y, por un momento, se siente como si hubiera hecho contacto visual conmigo directamente—. Piensen en Jon y Angel. ¿Cómo pueden decepcionarlos así? Son una banda y eso significa que tienen que trabajar juntos.

Bajo la cabeza porque tiene razón.

—Y piensen en todas las personas que trabajan para ustedes, intentando hacer *su* sueño realidad. ¿Siquiera les importa? ¿Les importa que puedan perder sus trabajos por esto? Si la banda cae, ellos también caerán con ustedes.

—Claro que lo entendemos —dice Ruben.

—Entonces, compórtense como si así fuera. Porque les digo la verdad, si no controlan esto, mucha gente perderá sus trabajos. Me estuvieron llamando sin parar desde Galactic para que arregle este desastre.

Apenas puedo respirar.

Ya sé que tengo un cerebro que se ataca a sí mismo constantemente, lo que significa que nunca sé cuándo los pensamientos negativos son reales o no. Cuestionarlos es una de las mejores cosas que mi psicóloga me enseñó cuando era niño.

Pero ahora...

Geoff acaba de confirmar uno de mis mayores miedos.

La banda está en peligro por mí. Mucha gente podría perder sus trabajos porque besé a Ruben y no lo supe manejar. Podría haber causado el final de la banda.

Me empiezan a arder los ojos, pero logro controlarlos. Geoff no tolera las lágrimas.

—Ahora bien —dice Geoff—. Cuéntenme por qué estuvieron peleando y no mientan.

—No estuvimos peleando —dice Ruben—. Supongo que solo estamos un poco nerviosos. Estamos pasando mucho tiempo juntos.

—¿Zach? Ruben es el único que está hablando.

—Lo siento, ehm...

Mi voz tiembla.

—No digas "ehm", sabes que odio eso.

Respiro hondo para controlar mi voz.

—Lo siento. Ruben tiene razón, solo son discusiones pequeñas que se salieron un poco de control. Ya sé que nos equivocamos y estamos trabajando en ello, lo prometo.

—Bien. Si esto no lo solucionan de inmediato, el infierno caerá sobre ustedes. ¿Quedó claro?

Ruben asiente.

—Sí.

—Definitivamente. —Mi voz tiembla otra vez.

–Bien. Debo irme, tengo una reunión. Hablamos pronto.

Geoff hace clic con su mouse y la videollamada termina.

Bueno. Eso estuvo tan mal como esperaba.

–Bueno... –dice Ruben–. Creo que te debo una disculpa.

Algo en mi interior se enciende, algo que no me gusta. No *estaría* en este lugar si no fuera por Ruben. No quiero que empiece a actuar con altura y me pida disculpas, quiero que sea diferente; quiero que nada de esto se hubiera dado de este modo. Sé que soy culpable de haberlo evitado después del beso, pero le pedí que me diera espacio y no lo hizo. Y ahora se la pasa de entrevista en entrevista lanzándome indirectas y, de algún modo, siento que yo estoy en más problemas que él. Odio eso, pero estoy furioso ahora.

No. Es solo el miedo hablando. Ya se me va a pasar.

Solo necesito mantener la boca cerrada hasta que pase, porque sacarme de quicio con Ruben ahora empeorará todo. Así que hago a un lado las emociones y sonrío.

–Está bien –digo–. No tienes que disculparte, no es tu culpa.

–Bueno, un poco sí.

–Sí, pero ¿qué sentido tiene estar mal?

Me mira por un largo rato.

–¿Sabes qué? A veces me pregunto si siquiera te importa algo. –Se levanta de la silla y se marcha.

¿Cree que no me importa nada?

Si tan solo supiera las cosas que tengo en la cabeza.

Es mi última noche en Ámsterdam y todavía no vi los canales.

Mis padres se comprometieron en este lugar y, si bien terminó muy mal, sigue siendo mi historia de amor favorita. Fue completamente improvisada. Papá ni siquiera tenía un anillo. Estaban de vacaciones y encontraron un lugar que les pareció el más hermoso de todo el planeta y, en ese mismo instante, papá se arrodilló. Ya había decidido proponerle matrimonio una vez que volvieran a casa, pero luego comprendió que ningún otro lugar podría estar a la altura de donde estaban en ese mismo instante, así que decidió hacerlo.

Mamá dijo que sí. Siempre dice que los canales influenciaron en gran parte esa decisión, ya que estaba embelesada por la belleza del lugar. Nunca planeó casarse del modo que lo suelen hacer algunas personas, pero entonces simplemente ocurrió.

Siempre quise conocer ese lugar y esta noche es la única oportunidad que tengo. Pero no tenemos permitido salir del hotel sin supervisión. Y esta es la clase de cosas que quiero hacer sin un guardia de seguridad. Quiero conocerlo como Zach, no como "Zach Knight: el chico malo de Saturday".

Alguien llama a mi puerta.

Frunzo el ceño y reviso el teléfono, en caso de que se me haya pasado algún mensaje. No hay nada. No tengo idea de quién puede estar llamando a esta hora de la noche. La abro un poco.

Es Ruben.

Está vestido para salir con uno de sus largos abrigos de lana, esta vez de un color café oscuro.

–Hola –dice.

–¿Hola?

–Lamento lo que dije durante la entrevista.

Me encojo de hombros y me aparto de la puerta para dejarlo entrar.

Obviamente, no esperaba compañía, así que todo el lugar es un desastre, con ropa tirada por todos lados y las sábanas completamente deshechas. Levanto una camisa del suelo y la arrojo al interior de mi maleta.

—Mira —dice—. Ya sé que las cosas han estado bastante raras entre nosotros, pero este es el único lugar de toda la gira que querías conocer. Si no vamos ahora, te lo perderás.

—Pero…

—O sino puedes quedarte sentado solo en tu cuarto toda la noche, supongo. No voy a obligarte. —Su voz tiene cierto enfado, pero luego se suaviza—. Pero creo que deberíamos ir. Quizás podamos intentar… no sé, ¿solucionar las cosas? —Me cruzo de brazos y agrega a toda prisa—. Ya sé que es lo que Geoff quiere. Pero también es lo que yo quiero. Lo prometo. Incluso si no podemos hacer que todo sea como antes, ¿al menos podemos intentar una nueva normalidad? ¿O una que no sea tan incómoda?

Levanto otra camisa del suelo y la enrollo en mis manos.

—Está bien.

—¿Está bien que quieres venir o está bien que quieres quedarte pensando en todo esto?

Agarro mi chaqueta como respuesta.

Quiero resolver todo esto. Y también me gustaría ver la clase de lugar que haría que mi increíblemente pragmática madre aceptara una propuesta improvisada. Creo que me pasé toda mi vida idealizando mucho este lugar y, ahora que estoy aquí, necesito verlo.

—Es un muy mal momento —digo cuando me pongo la chaqueta.

—¿Por qué?

—Si nos atrapan escabulléndonos, todo podría salir mal.

—No nos atraparán. Hay una forma de salir. ¿Tienes más excusas o…?

Resoplo y me pongo un par de botas.

Ruben claramente no sabe qué hacer mientras espera. Se queda parado junto a la puerta, frotándose la nuca. Todavía sigo un poco enojado por lo de la entrevista y el miedo por Geoff sigue revolviéndome el estómago.

Pero son los canales. Esto importa.

Además, lo extraño y quiero hacer algo con él. Incluso después de todo.

Me pongo una bufanda azul y un gorro. Estoy listo. Listo para escapar.

—Entonces, ¿cuál es el plan? —pregunto, mientras meto mis manos debajo de mis brazos para mantenerlas cálidas—. Keegan o Pauline estarán en el vestíbulo, ¿verdad? Dudo que nos dejen salir tan tarde.

—Hay una escalera de incendios en la azotea —dice—. Bajaremos por ahí y seremos libres.

Al igual que la mayoría de los edificios aquí, este hotel no es muy alto. Podremos llegar a la calle con bastante facilidad.

El mayor problema sigue siendo Keegan y Pauline. Revisan los pasillos todas las noches en momentos al azar y, si nos los cruzamos, no terminará bien. Tendrán que contarle a Chorus que nos vieron; es parte de sus contratos y nunca podría pedirles que se arriesguen a perder sus trabajos por nosotros.

—Estará todo bien —dice—. Solo sígueme.

El pasillo afuera está vacío, por lo que vamos hasta el final y nos subimos al elevador. Ruben presiona el botón que nos lleva a la azotea. Subimos en silencio hasta que la puerta se abre y revela la terraza del edificio. A todo nuestro alrededor se pueden ver las luces de Ámsterdam. Las estrellas se ven increíbles. Está algo fresco afuera, pero la vista es tan asombrosa que no me importa.

—¿No te tranquiliza que hagamos esto ahora? —pregunta.

—Un poco.

Ruben cruza la azotea, sus pies crujen sobre la grava. Hay una escalera de metal a un lado del edificio. Sin miedo, Ruben se acerca y luego gira sobre la cornisa. Mi corazón se detiene, pero él sonríe.

En serio: ¿nada lo asusta?

Bajo después de él. El metal está tan frío que me quema los dedos. Cuando llegamos al final, lo escucho saltar y aterrizar con pesadez.

Mierda. Está bastante alto. Me aferro al metal con fuerza.

—Es fácil —dice.

Salto. Cuando caigo sobre el pavimento, me tropiezo, pero Ruben me atrapa. Me mantiene firme por un momento, su mano sobre mi pecho. Me pregunto si puede sentir cómo mi corazón late con fuerza sobre mis costillas.

—¿Estás bien? —me pregunta.

Me alejo de él.

—Sí.

Se pone la capucha y yo hago lo mismo. Hace suficiente frío como para que tenga sentido hacerlo y además nos ayudará a mantenernos un poco más en el anonimato.

Juntos, caminamos por la calle.

La ciudad es hermosa, como algo salido de un cuento de hadas. Las calles son anchas y espaciosas, y están iluminadas por faroles de metal. Todo es suave, dorado y negro. Las calles están tranquilas, salvo por algunos restaurantes llenos de gente, donde muchos hablan y ríen. Tomamos una esquina y, a lo lejos, puedo ver el canal. Cruza toda la ciudad y está dividido por varios puentes de piedra cada dos calles. Avanzamos en esa dirección.

—¿En qué estás pensando? —me pregunta Ruben, volteando la cabeza hacia mí.

Me encojo de hombros, porque es mi respuesta predeterminada para cuando me preguntan eso. Pero ahora estamos empezando de nuevo. Lo que significa que debería comportarme distinto.

—En mi madre —contesto—. Estaba pensando si tomarle una foto a esto y enviársela, pero creo que mejor no.

—¿Por qué no?

Me encojo de hombros otra vez. Es una maldita enfermedad.

—No creo que le guste que esté aquí.

—¿Por qué?

—No creo que este lugar le traiga buenos recuerdos después de todo lo que pasó.

—Ah. Entonces… ¿por qué tenías tantas ganas de verlo?

—No sé. Siempre quise conocerlo.

Me mira con intriga, pero no contesta.

Adelante hay un pequeño puesto que vende algo llamado *stroopwafels*.

—¿Qué rayos es un *stroopwafel*? —pregunto, señalando al puesto.

—¿Quieres averiguarlo?

Asiento y me acerco. Le compro un paquete para dos a una señora excesivamente carismática con un atuendo cuadriculado azul. Por suerte, acepta tarjeta de crédito, de modo que regreso hacia donde está Ruben con mi botín. Parecen waffles muy pequeños y comprimidos, pero crujientes y los venden envueltos en un film plástico transparente.

—Me encanta la palabra —digo—. *Stroopwafel*.

—Por favor, no escribas una canción que se llame *Stroopwafel*.

Esbozo una sonrisa y toco el cuaderno que llevo en el bolsillo de mi chaqueta.

—No me tientes.

Más adelante hay un banco de metal que da hacia el canal. Está iluminado por un único farol de metal.

Es el lugar perfecto.

Sabemos que no tenemos mucho tiempo, pero sentarnos en el banco con un *stroopwafel* parece exactamente lo que tenemos que hacer, la clase de momento que siempre quise tener en este lugar. Puedo visualizar a mis padres y todo lo que ocurrió ese día y, con suerte, entenderlos un poco mejor. Por lo general, suelo ver a mi padre como una basura, pero tal vez no siempre fue así. Quizás era un tipo diferente cuando estaba aquí. Logró que mamá gustara de él, así que no debe haber sido siempre un maldito egoísta.

Las luces doradas se ubican a los bordes del canal y cruzan el puente más cercano. Puedo oír el suave vaivén del agua y el motor ocasional de un auto.

—¿*Stroopwafel*? —digo, ofreciéndole a Ruben el paquete y el plástico cruje.

Lo abre y toma uno de los waffles. Yo también agarro uno.

Le doy una mordida y dejo salir un gemido, mientras me reclino sobre el banco. Ruben prueba el suyo y hace exactamente lo mismo. Es azucarado y crujiente, y tiene la cantidad justa de crocante.

—Okey, esta mierda es deliciosa —dice.

—¿Verdad?

Nos quedamos en silencio mientras comemos.

Dijo que no hacía fata que habláramos, pero creo que si tiene que pasar, espero que sea aquí. Quizás ahora sí entiendo el poder de este lugar.

—Por cierto, perdona por todo lo que pasó —dice de la nada.

—Ah, no pasa nada. Las entrevistas son estresantes, lo entiendo.

—No me refiero a la entrevista.

—Ah, ¿a qué entonces?

—A esa noche.

Ah.

Ah.

Si bien es aterrador, no puedo seguir escapando de eso. Ya lo hice por demasiado tiempo. Conozco a Ruben desde hace años. Solía ser mi mejor amigo. Puedo y debo ser capaz de hablar con él sobre cualquier cosa.

Pero también es *él*. De algún modo, se siente como la persona más fácil y difícil con la que hablar de este tema.

—No tienes que pedirme perdón. —En realidad quiero decir: *me gustó porque soy bisexual.*

—Claro que sí. Ambos estábamos ebrios y no fue la gran cosa. No debería habérmelo tomado tan personal. Quiero decir, ya *sé* que eres heterosexual. No creo que me hayas mentido sobre eso. Y quiero que sepas que no tenemos que hablar de esto si no quieres, pero quería quitar eso del camino primero. —Toma su waffle y luego ríe tenso—. Podemos cambiar de tema si quieres.

Me cruzo de brazos. Espero que, si nota que estoy temblando, piense que es por el frío, no porque estoy nervioso. Lo que quiero decir es: *no soy heterosexual.*

—No me molesta lo que ocurrió ni nada por el estilo —es lo que digo.

—¿En serio?

—No.

—Parecías bastante enfadado.

—No estaba enfadado. Estaba… mmm… asustado, supongo.

—Ah. *Ah.*

Me muerdo el labio.

—Zach, sabes que puedes hablar conmigo sobre lo que sea, ¿verdad? Incluso aunque estemos peleados. Si es importante, estoy aquí para ti, sin importar qué.

—Sí, supongo que por eso mantuve la distancia, porque sé que podemos hablar sobre eso y me vuelve loco.

—¿Por qué?

Me encorvo hacia adelante y, de pronto, me distraigo con mi brazalete.

—Ya sé que no es normal, pero hablar sobre esas cosas me da mucho miedo.

—¿A qué te refieres? ¿A tus sentimientos?

—Sí.

—¿Qué te asusta?

—Tengo miedo, supongo. No sé, me asusta contarle a alguien que me preocupa algo de mí y que se me quede mirando. O que me señale y se ría y no quiera ser más mi amigo.

—¿Crees que te señalaré con el dedo y me reiré de ti?

—Bueno, no, pero la ansiedad no es precisamente racional, ¿sabes? Creo que en parte es eso. Creo que la gente me quiere por lo que soy. Y si cambio, podría dejar de quererme.

—Es verdad. —Se inclina hacia atrás—. Bueno, yo nunca voy a hacer eso.

—Eso no es verdad. Ya lo hiciste.

Ruben hace una pausa y noto cierta intriga en sus ojos.

—Escucha —dice—. Puede que tenga mis opiniones al respecto de lo que pasó, pero nunca dejé de quererte. No puedo prometerte que lo seguiría haciendo si te convirtieras en un asesino serial o, no sé, un neonazi o algo por el estilo, pero en general estás bastante bien.

—Está bien. —Hago una pausa y me armo de coraje—. Hay algo que quiero decirte, bueno, sobre mí, pero es demasiado difícil.

—Sabes, me pasé *mucho* tiempo teorizando sobre lo que *podría* estar pasando por tu cabeza esta última semana. Te propongo algo. Tengo algunas teorías y, si alguna de ellas suena apropiada, puedes asentir o hacer algún gesto. ¿Te sería más fácil?

Meto las manos en los bolsillos de mi chaqueta y asiento.

—Entonces. —Se aclara la garganta—. Me besaste porque estabas ebrio y habrías besado a cualquier otra persona que estuviera en la misma habitación que tú.

No me muevo.

—¿Tenías "besar a un chico" en tu lista de pendientes y viste la oportunidad de tacharlo, pero lo odiaste y no sabes cómo decírmelo?

Me mantengo quieto otra vez.

—Estabas tan ebrio que pensaste que era una chica y cuando te despertaste por la mañana te asustaste porque habías besado a un chico.

—Sigue intentando —digo—. Esto ayuda.

—Está bien. —Frunce el ceño—. Te sentías mal por no haber aparecido en esa lista estúpida y yo te hice sentir atractivo, entonces en tu estado de ebriedad confundiste esa sensación con atracción real.

—O sea, quizás es un poco de eso, pero hay más.

Hay una larga pausa y, cuando habla, es básicamente un susurro.

—¿Qué tal si descubriste que quizás te gustan los chicos, pero te asustó hacer algo al respecto porque entonces eso lo volvería real?

No puedo mentir.

Claramente, lo sabe. Me pregunto si pasó por una etapa similar cuando era más joven. Me pregunto si todas las personas queer se sienten así.

Entonces, asiento.

—Okey, guau —dice—. ¿Crees que puedes ser queer?

—Sí. —Hago una mueca de incomodidad—. Creo que soy bisexual.

—Guau. Mierda.

—¿Te sorprende?

—Supongo que no debería, dado todo lo que pasó esta última semana —dice con una sonrisa traviesa—. ¿Pero sí? Supongo que debería haberlo sabido para este entonces. Obviamente *lo pensé*, pero decidí que quería... Decidí seguir pensando que quizás no lo eras.

—Claro.

Espera, ¿quería qué? ¿Que fuera bisexual? ¿Por qué...?

Y entonces lo entiendo. Lo besé y todo quedó incómodo entre nosotros porque yo fui frío y distante. Lo que sería un desastre si alguien que te gusta actúa de ese modo después de besarlo. Su reacción tiene más sentido si consideramos que yo le gusto. O al menos que comencé a gustarle. Dios, soy un idiota. Nunca en un millón de años creí que Ruben siquiera podría sentir algo por mí, pero ahora... tiene sentido.

Sonríe.

—Pero esto no se trata de mí. Mierda, esto es gigante, Zach. ¿Cómo te sientes al respecto?

Lo miro a los ojos. El contacto visual se mantiene firme, inmutable. Se siente un poco mágico, de hecho. Que sepa y que las cosas no estén incómodas entre nosotros. Se siente *bien*. Y debajo de todo esto está la idea de que quizás a él sí le gusto.

—No sé, es aterrador, pero en el buen sentido. ¿Tiene sentido?

—Sí, claro que sí. Pero... mmm, ¿te refieres al hecho de que me gusten los chicos en general? ¿O...?

Levanta la vista, una clara señal.

Y en verdad quiero que así sea.

Entonces, me acerco a él, asiente un poco y sonríe, así que levanto mis manos hasta apoyarlas sobre su cara. Los nervios se apoderan de mí.

¿Qué tal si todo esto no es real? ¿Qué tal si lo beso y no me gusta? Aparto mi mano un centímetro y Ruben abre los ojos, frunce el ceño y arruino el momento. Mierda. Lo arruino como arruino todo últimamente y...

Ah, mierda.

Pero entonces, lo beso y lo doy todo. Paso una mano por su cabello, su hermoso cabello y huelo su colonia y saboreo el azúcar en sus labios.

Me siento como si un centenar de fuegos artificiales hubieran estallado en mi pecho. No hay duda de que esto es real.

Levanta una mano y la apoya sobre mi corazón.

—Espera —dice, apartándome levemente. Su mano aún reposa sobre mi pecho—. No deberíamos hacer esto afuera. La gente podría vernos.

—Sí.

Regresamos al hotel, caminando más cerca de lo que deberíamos, de modo que nuestras manos ocasionalmente se rozan antes de apartarse. Finalmente llegamos al hotel y subimos por la escalera contra incendios, mucho más rápido que cuando bajamos. En la azotea, presiono con fuerza el botón del elevador. Luego Ruben me sujeta de la chaqueta, me gira y me empuja contra la fría pared de ladrillos.

—Oye —digo, riendo por lo inesperado de la situación.

—Oye.

Me besa y me siento mareado. Se siente tan fantástico como lo recuerdo. Mejor, quizás.

—Lo siento —dice, presionando su frente contra la mía, aún sujetándome de las manos—. No podía esperar.

—No dije nada.

La puerta del elevador se abre y entramos.

Ni bien se cierra, nos caemos el uno sobre el otro. Nuestras manos son un desastre y el beso es frenético, pero en el mejor de los sentidos.

Me acerca hacia él, de modo que nuestros cuerpos queden fusionados entre sí, su pecho contra el mío.

La campanilla del elevador suena y nos apartamos de repente. No hay nadie en el pasillo, así que empezamos otra vez. De pronto, está contra la pared, mientras yo beso su cuello. Luego me gira y soy yo el que está contra la pared, mientras él me besa. Presiona todo su cuerpo contra el mío, cadera con cadera, y creo que debemos entrar al cuarto antes de que pierda la cabeza por completo.

—Oye —dice, presionando su nariz contra la mía—. ¿Estás bien?

—Muy bien.

Llegamos a la puerta de su habitación. La abre y entramos a toda prisa. Nos quitamos el abrigo de inmediato. El cuarto está oscuro, iluminado solo por la luz que entra por el balcón a través de las puertas corredizas de cristal. Miro nuevamente para asegurarme de que la puerta está cerrada. Si alguien de Chorus se entera de esto… mierda. Ni siquiera quiero imaginarlo. No ahora.

—Mucha ropa —digo y ríe, quitándose el suéter.

Nos acercamos a la cama. Empiezo a desabrochar su camisa completamente para que quede abierta. Se la quita y se sube a la cama de un salto, ahora solo con sus jeans.

Me esboza una sonrisa diabólica.

Me quito la camisa y lo acompaño.

ONCE

RUBEN

–¿Cuál te parece mejor? –me pregunta Zach, leyendo de su libreta–. ¿"Tu sonrisa irradia el secreto que no puedes ocultar de mí" o "Tu sonrisa me dice que eres para mí"?

Estamos acostados uno junto al otro sobre mi cama hecha, apoyados sobre una montaña de almohadas. Nos quedan veinte minutos antes del ensayo, pero aunque le rogamos a Erin que nos dejara explorar Colonia, la respuesta fue no, como siempre. Dijo que no teníamos tiempo para organizar a los guardias para salir en público sin tanta antelación. (Cuando salimos a la calle, Chorus insiste con asignar al menos un guardia para cada uno, a diferencia de otros momentos más tranquilos como las entrevistas o hacemos sesiones de fotos en algún lugar cerrado. Una parte de mí lo entiende, pero otra detesta que nos traten como si fuéramos de porcelana. Nunca nos hicieron esto durante nuestra gira por Estados Unidos, y eso que Angel y Zach todavía tenían diecisiete años).

Entonces, le dijimos al resto que ayudaría a Zach con sus letras en mi cuarto mientras esperábamos. Esperaba que Zach entendiera que con eso me refería a "besarnos hasta perder la consciencia", pero resultó que de hecho *sí* quería que lo ayudara con algunas de sus letras nuevas. Por suerte, incluso estar recostado a su lado en la cama es más entretenido que cualquier otra cosa que podamos hacer afuera, así que no me molesta. De hecho, me agrada. Rebaso de alegría cuando estoy cerca de él y sé que él también quiere estar cerca de mí. Estar solo *conmigo*.

Miro las palabras diminutas que Zach escribió con prolijidad en su cuaderno. Justo encima de estas hay otras palabras que probó, pero rechazó, porque se ven apenas garabateadas. Logro distinguir las palabras *explosión nuclear, cortinas flameantes* y *fetas de queso* debajo de todo el desastre de tinta.

—Riman —digo y me acerco para pasar un dedo sobre la página para señalarle las dos oraciones legibles que quedan visibles—. Solo necesitan un poco de edición para que vayan bien juntas. Pero no entiendo por qué tachaste la de las fetas de queso, creo que tenías algo profundo ahí.

Aparta mi mano y resopla. El contacto es breve, pero el tiempo se detiene por un segundo.

¿Cómo es que tiene el poder para calmar todo en mi interior solo tocándome? Ya me enamoré de otras personas antes. Otros novios. Pero siempre me sentí bajo control. Completamente separado de ellos. Yo, el individuo, feliz de estar con esta otra persona, este otro individuo. Contento, pero no sobrepasado.

Pero cuando Zach me toca, siento como si mi piel dejara de ser esa barrera que me separa del mundo exterior. Se siente como un límite que puede cruzar a voluntad para que se fusione conmigo y llenarme de su *fuego*, desde las profundidades de mi pecho hasta la superficie de mi piel.

Para hacerme sentir a mí, el individuo, más grande, capaz de romper las costuras para emerger con algo indefinible y aterrador de perder.

Lo que quiero decir es que creo que me convirtió en un maldito romántico. Si no fuera por el hecho de que disfruto cada segundo de esto, creo que estaría indignado conmigo mismo.

—Sí, creo que tienes razón —dice, frunciendo el ceño. Tiene esa cara seria, la que pone cuando su mente aterriza en otro lugar, en una tierra mágica donde las letras de su canción flotan a su alrededor mientras las agarra de las nubes y las transcribe en el papel. O al menos, así es como suena cuando describe su proceso creativo. Me parece como algo de ciencia ficción.

Mientras lo veo trabajar, una puñalada de tristeza y agitación se apodera de mis entrañas. Me gustan nuestras canciones; Galactic Records contrata a los mejores compositores y siempre logran mantener el equilibrio perfecto entre una canción pegadiza, cercana e interesante. Pero me encantaría que esto, *especialmente esto,* funcione. Vi los borradores de Zach y sé que tiene el talento para producir un hit, pero solo necesita que Chorus y Galactic se lo permitan.

Me preocupa que ponga tanto de sí para conseguir la aprobación de Geoff para escribir una canción y se olvide la cuota de escepticismo que *debe* tener cuando Chorus le hace alguna promesa.

Lo dejo regresar a donde sea que esté y me pongo a mirar mi teléfono. Mi mamá me envió un artículo que, a juzgar por el título, parece hablar sobre por qué soy el peor bailarín de Saturday. Algunas cosas para que les prestes atención, dice el mensaje. Gracias, le respondo. Solía rogarle que no me enviara estas cosas, pero solo le daba el pie para que empezara a decirme que necesitaba hacer más ejercicio si quería estar en la industria del entretenimiento. Zach me dijo más de una vez que debería dejar todas esas cosas de lado, pero no tengo demasiada energía para levantar mis límites una y otra vez, y ver cómo los derriba cuando quiere.

A veces, fantaseo con el día en que sea fuerte y corte todo lazo con ella de una vez por todas. Quizás. Si fuera lo suficientemente valiente. Si decido que vale la pena perderla. Y soy consciente de que habrá una gran cuota de pérdida, me guste o no. Por ella y los buenos tiempos, aunque sean pocos. Por papá, a quien no quiero perder, pero que viene en el paquete completo con ella. Incluso por el resto de mi familia, si se ponen de su lado, lo que de seguro harán cuando les cuente su versión de los hechos.

Se siente demasiado grande para contemplar por tanto tiempo, pero eso no significa que nunca lo haga.

Solo que hoy no. Todavía no estoy listo para eso.

—Estuviste escribiendo mucho últimamente —le digo a Zach para distraerme.

No parece molestarle que lo saque de su ensoñación. Apoya su hombro sobre el mío y levanta la vista.

—Lo sé, estuve inspirado. —Mis cejas se levantan por voluntad propia y él empieza a reír a carcajadas hasta quedar completamente sonrojado—. Lo *siento*.

—No, no, es verdad.

—Mmm… estaba intentando responder de un modo que no sonara cursi.

—Fallaste.

—Fallé *por completo*, eso fue demasiado cursi.

—No es la mejor forma de empezar una relación.

Vacilo al pronunciar la última palabra y me percato demasiado tarde de lo que sale de mi boca. Se queda congelado con los ojos bien abiertos y mi aliento se queda atrapado en mi garganta mientras parpadeo a toda velocidad. Mierda. *Dios. No* quise decir eso. Es como si mi boca se hubiera adelantado y pronunció algo sin detenerse a esperar que mi cerebro lo revisara y aprobara primero.

Pasaron varios días desde la visita a los canales y, si bien nos escabullimos en nuestras habitaciones para besarnos al menos una vez por día (luego del desayuno, luego de las entrevistas, antes de los conciertos), ninguno de los dos intentó definir exactamente qué es lo que estamos haciendo.

Zach no podría verse más alarmado ni aunque lo hubiera arrojado por la ventana a la merced de los fans que acamparon afuera.

—O sea, no lo dije de *ese* modo —tartamudeo antes de que pueda decirme algo—. Me refería a, ya sabes, una relación como la que pueden tener dos cosas cuando tienen una... relación... entre sí.

—Está bien, ya sé a qué te refieres. —Se relaja un poco, pero no por completo.

—Dos cosas que están relacionadas. Eso es... una relación.

—Lo estás sobreanalizando, no pasa nada —dice, sonriendo con cierta incomodidad. El último rastro de tensión abandona su postura y le devuelvo la sonrisa, un poco avergonzado.

Honestamente, fue un desliz (y uno bastante inesperado, considerando que no veía a Zach como alguien con quien estaba saliendo). Al menos, *no hasta ahora*. Obviamente, a juzgar por su reacción, es demasiado temprano para explorar eso. Parece más bien un tema para guardar en el cajón de "Cosas para revisar más tarde".

Aun así. Ahora que la idea flota en la periferia de mi mente... mentiría si dijera que la idea de tener una *relación* con Zach algún día no irradiara calidez desde el centro de mi pecho hasta la punta de mis dedos.

Jon parece estar a punto de hacer combustión espontánea.

Nuestra coreógrafa, Valeria, lo eligió para que ensayara un leve cambio en su rutina de *Guilty*. No sabemos a qué se debe el cambio repentino, pero a ninguno de nosotros le sorprende que quieran cambiar una rutina que ya sabemos de memoria. No se puede hacer algo así. Pero aquí estamos.

—Necesito que muevas más la cadera —le dice Valeria a Jon, pasando sus manos por todo el largo de su cuerpo, arrastrando piel y ropa con sus uñas hasta detenerse justo por debajo de su cadera.

Jon la imita, pero con muchísima menos pasión y sensualidad. Y eso que Jon baila mejor que cualquiera de nosotros. No es un error.

—¿Por qué el cambio? —pregunta mientras Valeria manipula sus manos para mostrarle lo que quiere.

—Solo para probar algo distinto —dice con alegría.

Zach me mira y pone una cara. Sí, Geoff. Es una orden de Geoff.

—Es *así*, Jon —dice Angel, pasando sus manos desde su cuello hasta su entrepierna y arrodillándose en el escenario. Incluso se levanta la camisa hasta el cuello y deja su pecho al descubierto, mientras respira como si estuviera en medio de una película pornográfica.

Valeria nos observa con el ceño fruncido.

—Ustedes tres descansen mientras yo trabajo con Jon.

Los tres estuvimos parados sin nada que hacer durante diez minutos mientras Jon se resistía a los nuevos pasos, así que nos apartamos a toda prisa hacia un lado del escenario y tomamos nuestras botellas de agua.

—¿Creen que Geoff lo está castigando por algo? —pregunta Zach, abriendo la botella con sus dientes.

—No —contesto—. Geoff no hace nada que crea que nos hará quedar mal. Es como si… últimamente quisiera sexo.

Zach me mira de un modo extraño cuando digo la palabra *sexo* y empieza a interesarse mucho por la etiqueta de su botella.

–Oye, si quiere sexo, yo tengo mucho de eso –anuncia Angel, guardando su teléfono en el bolsillo–. Hablando de eso, voy al baño. Ya vuelvo.

–¿Hablando de eso? –repito–. ¿Qué...? *Angel*, ¿qué vas a hacer al baño?

En el escenario, Valeria le muestra a Jon cómo quitarse la chaqueta accidentalmente a propósito desde sus hombros. Hasta ahora nunca vi esa expresión en su cara, aunque sí vi la mía en varias fotos familiares. Esa expresión que se puede describir mejor como "rogar en silencio por el dulce descanso de la muerte".

–¿Crees que podemos salvarlo? –pregunta Zach después de un rato.

–¿Qué piensas? ¿Una intervención con Geoff?

–Estaba pensando algo más rápido. No sé... ¿una distracción?

–¿Como en *El fantasma de la ópera*? –pregunto de un modo animado–. No hay ningún candelabro para estrellar contra el suelo, pero quizás...

–*No*, no tienes mi permiso para destruir la escenografía –dice Zach rápidamente–. ¿Quizás un grito o algo?

–¿Quieres que me pare aquí y grite? Creo que eso solo los molestará, si te soy sincero.

–No, ve por el pasillo. Puedes aparentar que te secuestraron.

Espera. Hablando de secuestros.

–Aguarda un segundo. Ya sé que no es de mi incumbencia, pero hace un *largo rato* que Angel está en el baño.

Los ojos de Zach se apartan de Jon, quien ahora está haciendo ondas con su cuerpo.

–No crees que hablaba en serio, ¿verdad?

Empiezo a dirigirme hacia la parte trasera del escenario y Zach me sigue justo por detrás.

–Mira, *asumo* que no. Me preocupa más que un grupo de fanáticas se lo haya llevado o algo.

–Hablas de él como si fuera un objeto de colección.

Levanto una ceja.

–No puedes quedarte ahí parado y decirme que nunca te sentiste como un objeto de colección.

–¿Puedo contar la primera vez que vi un muñeco increíblemente tenebroso de Zach?

–Yo me quedo con la vez que perdí una bandita adhesiva entre la multitud y terminó en eBay.

Suelta una carcajada.

–Ay, amigo, me había olvidado de eso. *Touché.*

Asomo la cabeza al interior del baño de hombres.

–Vacío –anuncio. Zach echa un vistazo por sobre mi hombro–. ¿Quieres revisarlo otra vez? –bromeo y entro para que él me siga por detrás. Pero no tiene ningún interés en revisar los cubículos vacíos. En su lugar, se me acerca y me lleva hacia atrás hasta que me choco con la puerta cerrada.

–La verdad que no –dice–. Lo único que quiero es besarte.

–Ah.

Creo que eso podría ser lo mejor que alguien jamás me dijo.

Me besa rápido y con ferocidad, sus manos suben enseguida hacia mi cuello y sus dedos sujetan con fuerza mi cabello. Luego se aparta y me besa la quijada, y sus labios avanzan por mi cuello, cálidos en su beso, seguidos de una ráfaga de aire frío cuando se aparta de mi piel. Entonces, justo cuando mis rodillas empiezan a ceder, se endereza y se aparta.

–Perdón por la emboscada –susurra–. Es que llevo *horas* queriendo hacer esto.

Me quedo sin palabras por los próximos treinta segundos. Por primera vez, soy yo quien lo sigue a *él*, acomodándome los jeans de la mejor manera posible y rogando no cruzarnos con nadie antes de recuperar el control de mi presión arterial.

Revisa el baño de mujeres, tampoco nada, y volvemos hacia el escenario en caso de que Angel haya regresado después de hacer lo que sea que lo tuviera tan *ansioso*. Pero no volvió. Le envío un mensaje e incluso intento llamarlo, pero no responde.

—¿Quizás debamos preguntarles a los guardias si salió? —sugiero con inseguridad mientras merodeamos por el pasillo vacío.

—Quizás... —dice Zach, encogiéndose de hombros—. Démosle un minuto. Todavía no pasaron diez minutos desde que se fue. No quiero meterlo en problemas por nada si solo salió a echar un vistazo.

—¿Crees que está afuera? —pregunto con cierto escepticismo—. No hay chance de que Keegan no lo haya visto.

Entonces lo entiendo. Claro. Zach y yo no somos los únicos que saben cómo funciona una salida de emergencia.

Al cabo de un minuto, la encontramos. Avanzamos por un corredor blanco con el suelo de concreto, abrimos una segunda puerta y el sol de la media tarde entra por la abertura.

—Espera, espera, espera, ¡no la cierres! —grita una voz familiar. Abro la puerta un poco más y encuentro a Angel al otro lado—. ¡Se me cerró y no pude volver a entrar!

Al menos, lleva sus gafas y la capucha sobre su cabeza, pero sigue siendo un milagro que no lo haya acosado una horda de fans. Aunque ahora que veo bien, no hay nadie cerca. Solo un tipo que no reconozco con pantalones deportivos y una camiseta, alejándose a toda prisa de nosotros.

–¿Qué hacías ahí afuera? –le pregunta Zach como si lo estuviera regañando–. Erin te habría asesinado.

–Nada importante –dice Angel, lo que me hace pensar que, probablemente, *sí* sea algo importante–. Vamos. Regresemos antes de que Jon empiece a hacer el Avemaría en penitencia por tocarse los muslos en público.

Se quita las gafas y las guarda en su bolsillo.

No puedo evitar notar que cubre sus gafas con las manos con *demasiado* cuidado mientras regresamos al escenario.

Estamos por la mitad de la actuación de esta noche cuando empiezo a estar bastante seguro de que Angel salió para comprar droga. Porque es bastante obvio que está más drogado que la mierda.

Por suerte para nosotros, no creo que el público lo note. Quizás solo crean que está *muy* compenetrado con las canciones. Pero desde donde estoy, puedo ver su mirada maníaca en sus ojos increíblemente dilatados, la forma en que se muerde el labio inferior y el incesante temblor de sus piernas.

Ni bien tenemos un descanso entre las canciones, me acerco a Zach y bajo la cabeza.

–Mira a Angel. Creo que consumió algo.

Zach pone una cara seria cuando me aparto y en las profundidades de mi mente ya veo los titulares. *¿Qué insulto le susurró Ruben a Zach arriba del escenario anoche? Una fuente interna revela los horribles detalles de su dramática disputa.*

Llegó el momento de que toquemos *Guilty* con la coreografía actualizada de Jon. Si bien se aprendió los nuevos pasos hace unas pocas horas, los ejecuta a la perfección y le agrega tanta pasión y carisma que estoy seguro de que Valeria está a un lado del escenario con una sonrisa de oreja a oreja. Jon es como el resto de nosotros en ese sentido. Opondrá resistencia todo lo que pueda, pero, al final del día, saltará en el momento y la forma exacta en que le dicen que lo haga. Supongo que puede reconciliarlo con su moral porque lo obligaron, pero sabe que lo hace por el bien de todos.

Me siento identificado con eso.

Estoy tan concentrado en mis propios pasos y mirando a Jon para admirar su nueva coreografía, que me toman varios segundos notar que Angel cambió su forma de bailar. Se supone que debe seguirnos a Zach y a mí como una unidad simétrica por detrás de Jon, pero esta noche está agregando más... *cosas*. Más que las que usualmente agrega para llevar todo al límite. Veo que se detiene y le guiña un ojo al público, luego mueve el cuello cuando se supone que debemos mantener las manos abajo, se muerde el labio y lanza una patada cuando debemos mantenernos quietos con la cabeza hacia un lado.

¿Es su forma de decirle a Valeria "Yo soy el más atractivo aquí"? ¿O está tan fuera de sí que hace cosas sin motivo alguno?

Agradezco no tener que hacer ningún paso nuevo esta noche porque estoy tan distraído que confío completamente en mi memoria muscular para seguir adelante. Esbozo una sonrisa y empiezo a rezar (al Dios de Jon, por conveniencia, porque estoy seguro de que Él ya sabe tanto de nosotros que no creo que necesite ninguna información extra) para que Angel termine su coreografía sin hacer nada de lo que pueda arrepentirse.

Cuando termina el concierto, estoy aliviado de decir que podría haber sido peor. No se arrojó al público, ni se lastimo a sí mismo ni gritó algo inapropiado que pudiera ponernos en la primera plana de todos los periódicos. Pero, de todos modos, estoy tan tenso que apenas puedo respirar con tranquilidad cuando nos despedimos de Colonia y volvemos detrás del escenario, entre láseres y oscuridad.

Erin nos espera para saludarnos, como de costumbre, pero esta vez, también está Valeria.

—Gran trabajo —le dice Valeria a Jon, presionando uno de sus hombros—. No tengo ningún comentario. Sabía que podías hacerlo. No estuvo tan mal, ¿verdad?

Jon le esboza una sonrisa tensa en respuesta. En lo personal, solo estoy agradecido de que esa mirada no esté dirigida hacia mí. Empezamos a tener un mejor trato desde mi berrinche al comienzo de esta semana, a pesar de decirme que no pasaba nada cuando me disculpé con él a la mañana siguiente.

Veo los ojos de Jon y articulo "¿Estás bien?" en silencio. Se pone bizco en respuesta. Sí. Eso lo resume todo.

Valeria voltea hacia Angel y recibe una enorme y descuidada sonrisa. Aparentemente está bastante satisfecho consigo mismo.

—La próxima vez —le dice ella con frialdad—, sigue la coreografía. Hiciste que todos se vieran mal esta noche. Parecía como si no supieras qué estaba pasando.

—Ah, pero sabía lo que estaba pasando —dice—. Estaba bailando las partes de Jon con él.

—Baila *tus* partes.

—Me gustan más las de Jon.

Valeria divisa a Erin en busca de ayuda y ella se acerca.

—Angel —dice Erin mientras caminamos—. Ya sé que todos están cansados, pero te avergonzaste a ti mismo frente a todos. Tienes que atenerte a lo que acordamos, ¿está bien? Eres un adulto ahora, espero que actúes como uno.

Me preparo para que le haga algún comentario sobre las drogas. Dios, es tan evidente, maldición. Sus pupilas están tan dilatadas que el iris casi parece haber desaparecido y su mandíbula se mueve frenéticamente de un lado a otro. Pero no le dice nada. ¿Acaso... no lo *nota*? ¿O tan solo no le importa?

Mientras seguimos con nuestra rutina usual de cambiarnos de ropa y entregarle nuestros atuendos al equipo, Jon se acerca a Angel y le pregunta por lo bajo:

—¿Qué consumiste?

—¿No escuchaste a Erin? —dice Angel entusiasmado, pero con cierta ira—. Solo estoy *cansado*.

Veo por la forma en la que lo observa Jon que la conversación no terminó. Pero como estamos rodeados por nuestro equipo, no hay mucho que podamos hablar ahora.

Si ellos lo ignoran, nosotros también tendremos que hacerlo.

Una negación coreografiada y sincronizada.

DOCE

ZACH

Hoy, 10:36 (hace 12 horas)

Geoff <geoffbraxton@chorusproducciones.com>

Para: mí

Querido Zach:

¡Grandes noticias! Estuve hablando con Galactic y decidieron que les encantaría escuchar tu opinión sobre una de nuestras próximas canciones, *End of Everything*. Estábamos pensando que podría ser un gran segundo sencillo para The Town Red, y agregarte como escritor le daría un giro narrativo que permitirá llevarlo al siguiente nivel para que se convierta en un hit. Fíjate si quieres cambiar algo y envíamelo para pasárselo; nos encantaría que funcione ¡y así poder sumarte como letrista en los créditos!

Saludos,

Geoff

Todo en este último tiempo es… maravilloso. Completa y totalmente.

Sí, el correo es fantástico y ya estuve pensando algunas cosas para la letra. Pero estar con Ruben hace que eso sea solo una nimiedad. No recuerdo la última vez que haya sonreído tanto.

Acabamos de dar otro concierto en Colonia y lo sentí como una de mis mejores actuaciones en años. Lo di *todo*. Afiné cada nota a la perfección y me divertí demasiado arriba del escenario. La multitud respondió gritando más fuerte de lo que puedo recordar en meses, así que la mayoría de los aplausos al final se sintieron eternos.

Ahora mismo Ruben y yo estamos sentados en el asiento trasero de otro minibús oscuro y anónimo, compartiendo unas mantas que Erin nos consiguió. Lo hacemos en parte porque hace frío, pero también para que podamos tocarnos sin que nadie lo note.

Intento mantener la guardia en alto sobre qué tan obvios somos, más de lo que creo que hace Ruben. Tiene su mano apoyada sobre mi pierna y sigue subiendo lentamente.

El único problema es que yo *quiero* tocarlo. Por todos lados. Entonces, si bien el corazón me palpita por estar haciendo esto, en especial tan cerca de los demás, no le quito la mano de mi pierna. No debería haber problema. Ambos estamos mirando en dirección opuesta, aparentando estar cautivados por la ciudad, además no sería la primera vez que compartimos una manta en la parte trasera de un autobús. Somos una banda. Compartimos casi todo. Si alguien nos mira, solo verían algo de todos los días.

Ruben quita su mano de mi pierna y la extraño, pero luego roza sus dedos sobre mi brazo y empieza a dibujar círculos sobre mi muñeca. Giro la mano y nuestros dedos se entrelazan, de modo que puedo sentir el calor de su palma contra la mía.

–Oigan, chicos –dice Erin desde el frente.

Del modo más casual que puedo, aparto mi mano. Miro a Ruben, intentando disculparme en silencio. Pero en cualquiera de los casos, sus ojos inmensos lo hacen parecer como si estuviera tan alarmado como yo.

–Bajen sus celulares y miren por la ventana un segundo –dice–. Estamos llegando a la Catedral de Colonia.

El minibús toma una curva y, a través del parabrisas al frente vemos la que quizás sea la construcción más espectacular que vi en mi vida. Es una catedral inmensa de estilo gótico, una que probablemente podría aparecer sin mucho problema en una película de terror. Sus torres de piedra están iluminadas por cientos de luces cálidas desde abajo. No estoy seguro si esto es algo ofensivo, pero parece el castillo donde viviría un monstruo. Como Drácula o alguna de esas cosas. Es extravagante de un modo genial y espeluznante.

Estoy obsesionado.

El chofer se detiene y empiezo a sonreír. Otra vez. Maldita sea. Si bien me requiere un esfuerzo descomunal mantener los ojos abiertos, siento una chispa de esperanza en mi pecho. Si por fuera es así de fantástica, ¿quién sabe cómo será por dentro? Apuesto a que es maravillosa.

–Es increíble, ¿verdad? –dice Erin–. Sabía que te gustaría, Zach.

–Me encanta.

–A mí también –dice Jon, embelesado. Quizás tenga mucha importancia para su religión. Quizás para él sea mucho más que solo un edificio que se ve fantástico, no sé–. No puedo creer que no supiera que esto existiera.

El resto de nosotros solo murmuramos en concordancia. Angel toma una foto con su teléfono y veo que se la envía por Snapchat a alguien. Probablemente a alguna modelo.

Ruben estaba mirándola hasta hace solo unos minutos, pero ahora tiene su atención nuevamente en su teléfono, cuya pantalla ilumina toda su cara. Tiene el ceño fruncido y eso me dice todo lo que necesito saber. Su madre debe haberle escrito otra vez. Está recibiendo muchos mensajes de ella todos los días este último tiempo y nunca son para preguntarle cómo está. Siempre son enlaces a artículos donde lo critican.

—Oye —digo—. Ignórala.

Presiona sus labios y guarda su teléfono nuevamente en su bolsillo. Pero lo conozco y sé que leerá ese artículo que su madre le envió ni bien esté solo. No puede evitar abrir esa herida.

Erin le asiente al chofer y nos apartamos de la acera.

Espera, no.

Me inclino hacia adelante para preguntarle si podemos entrar.

—Oye, Erin.

—¿Sí?

Todos me miran y ya sabemos que la respuesta será no. Ya lo sé.

—No importa —digo, sentándome nuevamente.

No debería ilusionarme tanto. Era muy improbable que pasara.

—Ya volveremos —dice Ruben, su voz apenas más fuerte que un susurro—. Y entraremos.

Debajo de la manta, extiende una mano. Apoyo mi mano sobre la suya y la sujeta con fuerza.

Me pregunto si habla en plural por "nosotros" como banda o "nosotros" como *nosotros*. Usó la palabra "relación" para describir esto que tenemos, pero solo fue un error, al menos él dice que fue eso. Pero estoy bastante convencido de que tiene un gramo de verdad.

Lo más extraño de todo es que esa idea no me asusta para nada. Esto es lo que estuve esperando encontrar desde mi relación con Hannah.

Algo que simplemente encajara. La idea de ser pareja de Ruben, no solo salir con él, sino tener nuestras propias vacaciones por Europa juntos, se siente genial. Tendremos que hacer muchas cosas en privado, al menos por ahora, pero sé que valdrá la pena. Además, me gusta hacer *cosas* en privado con Ruben. Mucho.

Pero para viajar como pareja necesitamos anunciar nuestro romance en público en algún momento. Ruben todavía no lo hizo. Y sé que a mucha gente le importará, pero ahora mismo, la idea de ser una pareja me parece linda. Estar para él y que él esté para mí, y pasarla bien juntos, besarnos siempre que tengamos oportunidad... Simplemente suena lindo.

Ruben y yo nos tomamos la mano en secreto durante todo el viaje de regreso al hotel y solo nos soltamos cuando tenemos que bajarnos. Como todos los lugares en los que nos quedamos en esta gira, este hotel, el Hotel Excelsior Ernst, es uno de los mejores en la ciudad, por no decir quizás el único. Y lo deja bien en claro. Sin embargo, esta vez, me molesta un poco. Si bien es agradable conocer un nuevo lugar, los hoteles empiezan a verse todos iguales después de un tiempo. Esto no es Colonia, es solo otro hotel de lujo. Podríamos estar en cualquier otro lugar. Quizás sea un cretino, pero todo esto empieza a sentirse un poco anónimo. Como si fuera lo mismo estar de gira en Estados Unidos que aquí.

Ruben me empuja con el codo levemente.

—¿Todavía estás molesto por lo de la catedral?

Me quedo congelado. Me había olvidado de que aún podíamos *hablar* en público.

—Es que se veía tan fantástica —digo—. Me fascinan esas cosas góticas.

—Eres tan raro.

—Dice el músico que se la pasa escuchando el mismo álbum una y otra vez.

Noto que Angel y Jon nos miran. Jon parece bastante complacido y Angel sonríe. Me pregunto cómo reaccionarían si supieran la verdad. Estoy seguro de que al menos nos darán todo su apoyo, pero supongo que no hay manera de saberlo hasta que eso ocurra.

El agotamiento me convirtió en un troll gruñón para cuando llegamos a nuestro pasillo y lo único que quiero hacer es tirarme en la cama, ponerme los auriculares y escuchar música. Mi estilo de música. Puede que sea el más equilibrado de la banda, excepto por Jon, pero sigo siendo humano y tengo mis momentos en donde soy una pesadilla y odio todo. Solo que la gente no los ve. Angel y Jon entran a sus habitaciones y veo que el corredor queda vacío.

Ruben está holgazaneando en la puerta de su cuarto. Señala hacia atrás con la cabeza.

Está bien.

Esto es mejor que mi plan original.

Voy en su dirección y me acerco a su cuerpo cuando cruzo la puerta. Aunque en realidad *no* es tan cerca. Porque esto está bien ahora. Ruben a menudo esboza esta pequeña sonrisa traviesa cuando estoy a punto de besarlo. Ni siquiera sé si sabe que la hace, pero verla es suficiente para excitarme. ¿Otra vez? Maldición. Soy consciente de que lo ve y mis jeans ajustados definitivamente no ayudan.

Cierra la puerta y, ni bien lo hace, me lanzo sobre su cuerpo. Llevo mis manos a su cintura y lo sujeto con fuerza.

—Oye —dice, mirándome con los ojos bien abiertos.

Lo beso tan fuerte que cae sobre el marco de la puerta. Estaba cansado, pero ya no. Quiero esto. Lo necesito. Cualquier frustración que sentía por no poder conocer ninguno de los lugares que visitamos desaparece; este es el único lugar en el que quiero estar ahora. Me pierdo por un instante. Ruben pasa su mano por mi antebrazo y luego la aparta. Empieza a sacarme la camisa y la arroja hacia un lado.

Toca mi pecho desnudo y empiezo a quitarle su camisa para estar en igualdad de condiciones, pero me detiene.

—Eres hermoso —dice. Pasa un dedo sobre mi abdomen. Besa mi cuello y cierro los ojos, disfrutando la sensación. Empieza a besarme con mayor intensidad, apenas rozando el límite entre el dolor y el placer, pero sin lastimarme.

—Tú también.

Para distraerlo, lo beso una vez más y presiono mi cuerpo contra el suyo. Pasa los brazos por debajo de los míos y me toca la espalda. Luego levanta las piernas y las envuelve alrededor de mi cuerpo, entonces lo mantengo levantado con su espalda contra la pared.

—No sabía que podía hacer esto —digo.

Ríe y apoya la cabeza sobre mi hombro desnudo.

—Eres tan divertido.

Me quedo sin aliento. Nadie sabe esto. Es una de las primeras cosas privadas que tengo desde que comenzó Saturday.

Inclina la cabeza y paso mi lengua sobre su piel, respirando levemente. Deja salir el más suave de los gemidos y me gusta tanto que se siente salvaje. Quiero más, pero tampoco quiero dejarle un chupón en el cuello. O, quizás sí, es solo que no quiero enfrentarme a las preguntas que seguirán si alguien lo ve. Entonces, levanto una mano y la paso sobre su pecho y luego por su cabello. Enredo mis dedos entre sus mechones y llevo su cabeza hacia el otro lado para poder besar su cuello allí también.

Empieza a reír.

Me aparto. Si bien estoy soportando la mayor parte de su peso, se siente cómodo.

—¿Qué?

—Nada.

—No, ¿qué?

—Creía que eras *muy* heterosexual.

—Yo también –digo, riendo.

Lo bajo y apoyo mis manos sobre el dobladillo de su camisa con una pregunta implícita en el gesto. Levanta los brazos para que pueda quitársela y mis dedos rozan levemente su piel.

Lo empujo con suavidad hacia la cama.

Cae de espalda, sonriendo. Y yo también. Quedo arriba, con su cara entre mis manos, sintiendo que la está pasando tan bien como yo.

Necesito un segundo, me muevo hacia un lado y quedo recostado a su lado. Ambos respiramos con dificultad.

Es hermoso.

Su pecho desnudo sube y baja rítmicamente. Aún es una novedad permitirme mirarlo sin sentir vergüenza o distraerme con cualquier otra cosa para alimentar mi negación. Su pecho tonificado y su piel se ven tan perfectos, tan suave, tan bronceado.

Empieza a frotarme el brazo con el dorso de su mano. Es algo tenebroso, pero me estoy empezando a acercar por nuestro tacto y sus besos, y siento que debería bajar la intensidad, pero no quiero. Me acuesto sobre él y sigo besándolo, atrapando sus brazos entre nuestros cuerpos.

—¿Alguna vez hiciste esto antes? –me pregunta.

Tiene los ojos medio cerrados.

—¿A qué te refieres?

—Ya sabes, ¿alguna vez… –se queda en silencio, buscando las palabras correctas–, hiciste… esto con un chico?

Mis mejillas están que arden.

–Ah, no. ¿Te molesta?

–No, para nada. Solo quería saber.

Me acuesto nuevamente y apoyo una mano por detrás de mi cabeza.

–Bueno.

–Entonces… si hiciéramos algo más, sería completamente nuevo para ti.

Mi respiración empieza a entrecortarse. Creo que sé a dónde quiere llegar y sé lo que pasará.

–Sí. –Mi voz suena aguda y entrecortada, así que me aclaro la garganta.

–¿Cómo te sientes con eso?

Apenas logro que las palabras broten de mi boca; estoy sin aliento.

–Muy, muy bien.

–Bien –susurra.

Desabrocho mi jean con dedos temblorosos, intentando no mirarlo fijo a los ojos mientras él lentamente se quita el suyo, pero no lo logro. Una vez que estamos en ropa interior, ambos nos detenemos. De algún modo, se siente como un punto de inflexión en nuestras vidas. Nunca estuvimos desnudos en el mismo lugar.

–¿Qué? –pregunta. Parece cohibido, lo cual es extraño, porque es perfecto.

–Nada, te ves bien.

Sonríe.

–Bueno. Gracias. Tú también –pausa–. En serio, ¿seguro que estás bien? Entiendo que esto es algo nuevo para ti y no quiero presionarte…

–No me presionas. Ya hice cosas antes, solo que no con un chico.

–¿Y cómo se sintió?

–No muy diferente. –Su expresión cae. Le doy un beso en el hombro–. No de ese modo. Tan solo se siente natural. ¿Cómo lo sientes tú?

—Ah, sí, creo que bastante bien, ¿no te parece? Tengo a Zach Knight en mi cama. ¿Sabes cuánta gente mataría por estar en mi lugar ahora mismo?

—Eso me deja tranquilo. —Empiezo a besarlo más cerca del cuello—. Ten cuidado, podría decidir ampliar mis horizontes. ¿Qué es esa cosa de Grindr de la que todo el mundo habla?

—Cierra la boca —dice, besándome, sus manos bajando cada vez más sobre mi pecho—. Además, creo que tengo una razón por la que no deberías estar en Grindr.

El mundo se desvanece.

Me siento y voy al baño. Cuando entro, me miro en el espejo. Mi cabello es un desastre y mis mejillas están sonrojadas.

Acabo de tener sexo con un chico.

Ya sé que solo nos tocamos, pero aún cuenta. Ruben se acerca y me abraza por la espalda. Luego me voltea y me besa.

—Debería irme —digo—. Para que nadie sospeche.

—No, quédate.

—Quiero… pero…

—Está bien, lo entiendo —dice, bajando la cabeza—. Ve.

Le doy un beso en los labios y salgo del baño para vestirme. Me aseguro de tener mis llaves y cartera.

Salgo de la habitación, sonrojado por la emoción.

Ah, no.

Afuera, al fondo del pasillo, está Keegan haciendo su rutina diaria. En serio, ¿*otra vez*? Por alguna razón, me lo cruzo a él o a Pauline *cada vez* que salgo del cuarto de Ruben. Empiezo a creer que el universo me está jugando una broma cruel.

Keegan se me queda mirando.

Regreso a mi habitación de la manera más casual que puedo.

–Ruben me estaba mostrando… algo –digo cuando llego a la puerta de mi cuarto.

–¿Otra vez? –pregunta Keegan con una voz demasiado casual como para ser realmente casual–. Me impresiona cómo hacen para estar despiertos todo el día.

–¿A qué te refieres? –le pregunto con una voz algo quebradiza. Siempre me traiciona. No debería haber hablado. Debería haber asentido y marcharme del lugar y…

–No sé, es la tercera vez esta semana que Ruben *te muestra algo* en su habitación a la una de la mañana. ¿No se levantan cuando sale el sol?

Ignóralo, ignóralo.

–Yo… ¿A qué te refieres?

–Ah, nada. Es solo que no sé de dónde sacan su energía infinita. Apenas duermen últimamente. Si tú no estás en su habitación a cualquier hora de la noche, él está en la tuya. –Me lo quedo mirando y se encoge de hombros–. ¿Puedo apostar a que ya solucionaron sus problemas?

No debería confiarme de nada.

Solo voy a empeorar las cosas si me quedo aquí, así que entro a mi habitación y cierro la puerta.

Mierda. Lo sabe. Me acabo de delatar. Y ahora le contará todo a Geoff y todo será horrible.

Apago las luces y me tiro en la cama. Todo estalla a mi alrededor.

¿Qué he hecho?

Siento que tengo mucha claridad ahora y con ella llega el miedo. Acabo de tener sexo con mi mejor amigo, pero también con un compañero de trabajo. Puede que todo vaya bien por el momento, pero si algo llega a cambiar, podría ser catastrófico. Y encima me *descubrieron*.

Otra persona además de nosotros sabe.

Le escribo a Ruben.

> Oye. Keegan sabe. Parecía sospechar algo cuando me lo crucé hace un rato.

¿Cómo? ¿¿Qué??

> Sí. Básicamente, me dijo que estamos pasando todas las noches juntos.

Mierda.

Está bien.

Mierda.

¿¿¿¿¿Qué hacemos?????

> No sé. ¿Crees que nos delatará?

Me muerdo el labio mientras espero una respuesta.

Mi teléfono se enciende.

> Si sabe la verdad, no pasará mucho para que el resto se

entere. Supongo que fuimos bastante optimistas al pensar que podríamos ocultarlo para siempre.

Tengo un mal presentimiento de que lo descubrirán antes de lo esperado. La pregunta es, ¿queremos controlar cómo se van a enterar?

Entiendo a dónde quiere ir con eso. Mis manos tiemblan cuando le contesto:

Prefiero que se enteren por nosotros. Si se enteran de otra manera, tendremos muchos problemas. ¿Quizás podemos contarles mañana?

Pero no lo envío. Si hago esto, la gente sabrá la verdad sobre mí y lo que tengo con Ruben. Pero, a la vez, ninguna parte de mí se siente avergonzada por lo nuestro y considerarme bisexual se está empezando a sentir mejor con el paso del tiempo.

Y Chorus dejó bien en claro lo que piensan de los secretos. Necesitan que les contemos todo lo que pasa en nuestras vidas para poder organizarse de la mejor manera y asegurarse de que nuestra identidad narrativa nunca se aparte de nosotros. Si quiero conservar lo que tengo con Ruben, no puede seguir siendo un secreto. De otro modo, alguien lo descubrirá y será una explosión masiva. Debemos adelantarnos.

Además, Angel y Jon son mis dos mejores amigos. Quiero hablar con ellos sobre mí. Es solo que creí que tendría más tiempo para contarles la verdad.

Pero... supongo que no será el caso.

Envío el mensaje.

¿¿Estás seguro??

Sí. Desearía que tuviéramos más tiempo, pero tienes razón.
No quiero que lo descubran por otra persona.

Es verdad. Bueno, quizás podamos hablarlo por la mañana y, si aún quieres hacerlo, podemos contarles durante el
desayuno.

Me parece buena idea. Hasta mañana.

Hasta mañana. Descansa. 😍

NOOO, QUISE ENVIAR ESTE 🙂

Seguro. 😍

😂

Como era de esperar, no dormí en toda la noche.

Ahora estoy en la ducha. Debería haber salido hace cinco minutos,
pero todavía no lo hice. Sigo repitiéndome que unos pocos minutos más
no le harán mal a nadie.

No estoy seguro de por qué estoy tardando tanto. Salir con Ruben fue increíblemente maravilloso y ahora que una persona además de nosotros lo sabe, contarle la verdad al resto se siente mucho más fácil. Para nada espontáneo, de ninguna manera, pero definitivamente más fácil.

Sin embargo, Ruben me mostró lo agradable que es que las personas conozcan este lado de mí.

Me preguntó en múltiples ocasiones si estaba seguro y, honestamente, lo estoy. Quizás no sea precisamente algo que quiera hacer, pero sé que es lo indicado. Creo que le sorprende la velocidad con la que se dio todo y lo entiendo por completo. Creo que con el tiempo que me pasé ocultando mis sentimientos hacia él, no hablar puede ser más devastador que tan solo decir la verdad.

Así que, sí. Por lo que tengo entendido, no existe ninguna razón para no contarle la verdad al equipo, quizás incluso pueda ganar mucho más si lo hago.

Pero al mismo tiempo, no puedo salir de la ducha. Creo que es porque una vez que lo diga no podré habrá vuelta atrás, así que quiero estar seguro.

Anoche me pasé horas leyendo cada hilo de Reddit y artículo de internet sobre este momento. Descubrí un subreddit llamado Gaybros que tenía un montón de consejos. Ver una infinidad de chicos como yo en internet hablando sobre sus experiencias a la hora de contar la verdad me dio el consuelo que necesitaba. Las únicas personas que aparentemente tuvieron muchos problemas fueron las que venían de familias bastante religiosas, lo que me hizo entrar un poco en pánico, considerando lo católicos que son los Braxton. Pero entonces recuerdo que Jon es un gran aliado. Nunca trató a Ruben diferente a como nos trata al resto de nosotros, y sé que Ruben y Jon mantienen muchas conversaciones profundas sobre religión y sexualidad. La postura de Jon siempre fue que el Dios en el que él cree nos ama a todos. Ruben tiene algunos problemas con la manera en la que la iglesia trató a las personas homosexuales a lo largo de la historia, pero sabe que Jon, y muchos otros cristianos, lo apoyan. Solo dice que desearía que él y las personas que son como él cambiaran un poco su *status quo* y, en gran medida, Jon está de acuerdo.

Geoff, por otro lado…

No creo que se enoje conmigo por ser queer. Pero esto definitivamente cambiará la narrativa de la banda una vez que sea de público conocimiento. Por lo que tengo entendido, nunca hubo una *boyband* en la que dos miembros tuvieran una historia romántica. O lo hicieran en el momento de máximo estrellato del grupo. Si se descubre, será una noticia *enorme*. Fácilmente podría convertirse en el rasgo distintivo de Saturday.

Además, no soy tonto. Sé qué clase de personas escuchan nuestra música y, en su mayoría, son chicas adolescentes. Nuestras fans no tienen problemas con estas cosas y, por lo general, están muy unidas a la comunidad LGBT+. Pero una de las grandes razones por la que nos siguen es porque nos ven como sus novios de fantasía. Hay una razón por la que cada uno de nosotros cumple con un estereotipo: para que la mayor variedad de chicas pueda tener a uno de nosotros con quien sentirse identificada y enamorarse. Es una ciencia; Geoff nos creó para ser lo más atractivos para las masas como fuera posible. Si la mitad de nosotros es queer, eso podría entrar en conflicto con esa narrativa. Tenemos algunos seguidores hombres heterosexuales y queer, claro, pero sin las chicas heterosexuales y bisexuales perderíamos una parte importante del público.

Está bien.

Tengo que dejar de retrasar esto.

Cierro la ducha.

Puedo hacerlo. Esto no tiene que ser por mi marca y Saturday. Esto tiene que ser sobre mí y cómo les cuento a mis dos mejores amigos algo que acabo de descubrir. Le contaré a mamá la próxima vez que hablemos, probablemente en algunos días. Por lo menos no tengo que hacerlo ahora, porque, sinceramente, ya estoy con muchas cosas en este momento.

Mientras elijo qué ropa ponerme, le presto más atención que lo que jamás hice. ¿Es esta la clase de ropa que un chico bisexual usaría? Termino decidiendo usar una camiseta, unos jeans con roturas y un cinturón con tachas, porque me hace sentir como la versión más auténtica de Zach. Así que supongo que esa sería la clase de ropa que usaría un chico bisexual.

Reviso mi teléfono. Tengo un mensaje nuevo de Ruben.

Hola, ¿estás viniendo? Estamos desayunando. Y, otra vez, ¿¿estás seguro de que quieres contarles??

Sí, estoy en camino, lo siento. Perdí la noción del tiempo.
Y sí, confía en mí.

Solo quiero asegurarme de que sea tu decisión, Zach.
Chorus no debería obligarte a hacerlo.

Un poco lo hicieron. Pero no importa.
Le respondo:

No me obligaron a nada, quiero hacerlo.

Bajo al buffet en la planta baja. Los chicos de Saturday están sentados en una mesa en la parte más alejada del salón, cada uno con una porción cuidadosamente medida de proteínas en sus platos. Me sirvo un pan de trigo integral, un poco de mantequilla de maní natural, un poco de huevos revueltos y algunas salchichas, y me uno al resto.

–*Guten Morgen* –dice Angel, mordiendo una salchicha.

Nadie parece notar que hay algo fuera de lo común. Angel revisa su teléfono mientras se atraganta con la comida y Jon tiene consigo la inmensa novela *La rueda del tiempo* que lee cada vez que tiene un poco de tiempo libre. Le doy un mordisco a mi pan.

Ahora es el momento perfecto. Estamos bastante lejos del resto, así que solo puedo contárselo a ellos dos.

–Ehm –digo–. Tengo algo para decirles.

Jon levanta la vista. Angel no.

–¿Qué pasa? –pregunta Jon.

Aquí vamos…

–Ehm, bueno, sí, hay algo que me gustaría que ustedes dos sepan.

Eso finalmente despierta el interés de Angel.

–¿Qué hiciste? ¿Tuviste sexo con una prostituta? Ya sé, robaste algo, ¿verdad?

–¿Qué? No, nada de eso.

–Mierda –dice y luego me mira con los ojos bien abiertos–. Mierda, ¿te gustan los chicos?

Bueno, es una forma de verlo.

–Ehm, de hecho, sí. Soy bisexual.

–Lo sabía –dice y le da otra mordida a su salchicha. Jon se queda inmóvil.

–Lamento no habérselos contado antes, es solo que estaba procesándolo y… bueno. Jon, estás muy callado.

–¿Sí? Lo siento, estaba escuchando. –Mi expresión debió haber cambiado, porque abre los ojos bien en grande–. Sabes que te quiero sin importar tu sexualidad, ¿verdad?

–Sí y yo te quiero a ti.

Esboza una sonrisa y me da un golpecito ligero en el hombro.

–Es grandioso. Me alegro mucho por ti, Zach.

Angel me echa un vistazo y luego a Ruben, quien evita mirarlo a los ojos.

–*No*.

–¿Qué? –pregunta Jon.

–Están saliendo.

Jon voltea la cabeza tan rápido que me preocupa que se haga daño.

–*¿Qué?*

Ruben me pregunta con la mirada: *¿Puedo decirles?*

Asiento. Aquí vamos.

–Angel tiene razón –dice.

–Mierda –dice Angel–. Esto es *inmenso*.

–Mantén la voz baja –sisea Jon–. ¿Le contaron a Erin?

–Todavía no, pero tenemos que hacerlo –digo–. Keegan nos atrapó anoche.

–¡Es un escándalo! –dice Angel–. Ah, me encanta. El guardia los atrapó teniendo sexo, el drama del año.

Empiezo a sonrojarme.

Jon frunce el ceño.

–Eso significa que básicamente los están obligando a contar la verdad, Zach.

–No, quiero decir…

–A mí me suena a eso.

–Estoy de acuerdo –dice Angel–. Es pura mierda.

—No me molesta que la gente lo sepa –digo–. En serio. Claro, no es el momento que hubiera deseado, pero está bien. No me avergüenza ser bisexual.

—Y no debería –dice Ruben.

—¿Sabes que mi papá se va a volver loco cuando se entere de esto? –dice Jon, mirándome a mí y a Ruben–. Pero me alegro por ustedes. En serio. Hacen una linda pareja.

Ruben se sonroja.

—No somos pareja.

—Amigos con beneficios, lo que sea –interviene Angel–. No deja de ser lindo. –Se pone de pie–. ¿Saben qué necesitamos? Abrazo grupaaaal.

—¿En serio? –se queja Ruben, pero cuando Angel nos envuelve con sus brazos, una pequeña sonrisa aparece en su rostro.

Es gracioso. Los abrazos grupales solían ser algo que hacíamos antes. No me había dado cuenta de cuánto los extrañaba.

Sabía que Angel y Jon iban a darnos todo su apoyo, pero es agradable saber que ya no es solo una teoría. Mis instintos no me fallaron.

Al otro lado del bufet, veo a Erin. Pronto, también tendré que contarle a ella. Pero puedo esperar unos segundos.

Quiero disfrutar este momento.

TRECE

RUBEN

—Bueno, por supuesto que esto es maravilloso.

De todas las cosas que esperaba escuchar de la boca de Geoff en esta llamada, esta está completamente en el último lugar, justo entre "Les pasaremos todo el control creativo a ustedes, muchachos" y "Decidí convertirme en el quinto miembro de Saturday".

En la silla a mi lado, el rostro de Zach se ilumina. No estoy seguro de que tenga un gramo de sospechas en su cuerpo.

—¿En serio? —pregunta.

—¡Claro! —En la pantalla, Geoff se reclina sobre su silla, su asombro se convierte en una sonrisa más grande. Una sonrisa peligrosa. La sonrisa de alguien que mira a su oponente antes de hacer una jugada fatal en una partida de ajedrez. La sonrisa de alguien que observa a su enemigo firmar su propia sentencia de muerte.

O… o… solo estoy siendo paranoico por haberme criado en una

casa llena de sonrisas peligrosas, por lo que es imposible que confíe en que una figura de autoridad esté genuinamente contenta conmigo cuando yo, en lo personal, siento que hice algo que atenta contra sus deseos. Una o la otra.

Erin está sentada al borde de la cama y nosotros en las dos sillas junto a la mesa. Levanta los pulgares y *su* sonrisa definitivamente no parece peligrosa. Así que debería relajarme.

—El amor adolescente es una cosa hermosa, muchachos –agrega Geoff, ahora un poeta romántico, aparentemente–. Aunque, estoy seguro de que tengo que recordarles la importancia de mantener una relación de trabajo profesional, sin importar a dónde vayan las cosas.

Desearía que no hubiera usado la palabra "amor". Es un sentimiento un poco intenso. Pero asiento con firmeza, haciendo a un lado mi vergüenza.

—Absolutamente. La banda es lo primero para los dos.

—Me alegra oír eso. –Esa sonrisa otra vez. Mis brazos se aferran a mi cuerpo en contra de mi voluntad, como si estuvieran levantando la protección necesaria.

Zach se endereza y apoya ambas manos sobre sus rodillas.

—Eh, necesito saber algo, no estoy listo para… Bueno, hay mucha gente que no sabe. Como mis padres. ¿Podemos mantenerlo solo dentro de Chorus por ahora?

Por primera vez, Geoff parece sincero.

—Zach, *por supuesto*. Ni en sueños te pasaría por encima de ese modo. Tu vida privada no es asunto mío.

Zach parece derretirse y me esboza una sonrisa aliviada. Intento devolverle el gesto, pero mis labios están sellados con plomo.

Luego Geoff continúa.

—De hecho, creo que deberían tomarse su tiempo. Esta no es la clase de cosa que queremos que se haga pública en este mismo instante.

—¿No? —pregunto, intentando mantener una voz serena.

El asunto es que esto se siente como un *déjà vu*. En especial, porque entrevistadores que seguro *saben* que soy gay nunca preguntan sobre eso, como si les hubieran pedido que no lo hicieran. Incluso considerando las "fuentes internas" que continuamente "filtran" historias sobre mis novias o las docenas de artículos de último momento que pasan cuando nos piden que compartamos cómo sería nuestra *mujer* ideal. No hace falta ser un genio para darse cuenta qué implica todo esto. En público, eres heterosexual. En privado, haz lo que quieras con tu vida.

Zach tiene que ser consciente de esto. Estuvo ahí cuando pasé por todo eso. Pero quizás por eso logré avanzar a los tropezones con tanta eficiencia, porque no parece notar nada alarmante aquí. Por el contrario, parece contento.

Pero entonces, quizás esté bien que se sienta así. Yo particularmente nunca quise mantener mi sexualidad en secreto; pero para Zach esto es algo nuevo y confuso, y es probable que lo que precisamente necesita sea esa discreción. Entonces, ¿es el fin del mundo si Geoff quiere mantener esto en secreto por ahora? Si es lo que Zach necesita, ¿quién soy yo para armar un escándalo?

De todos modos, en pos de la claridad…

—Estoy de acuerdo —digo con un entusiasmo falso—. No hay que apresurarlo. Pero ¿cuando dices este mismo instante…?

—Estoy pensando en Rusia —agrega rápido Geoff—. Debido al clima político en ese país, nuestra prioridad es mantenerlos a salvo. Tenemos la obligación de cuidarlos. No puedo decir con exactitud qué pasaría si esto sale a la luz antes de esa parada de la gira…

—Cierto —dice Zach—. Podrían cancelar el recital.

—Podrían hacerlo —dice Geoff—. Hay muchas leyes contra la propaganda homosexual, en especial en lo que respecta a los menores, que resultan ser la mayor parte de su público. Pero incluso si logramos encontrar una forma de sortear eso, viajar allí en medio de una tormenta mediática sobre su relación... Bueno, mucha gente podría objetar tanto nuestra presencia que podríamos terminar en una situación complicada.

"Nuestra" presencia, dice. Como si él estuviera allí con nosotros. Qué buen chiste.

Zach abre los ojos bien en grande.

—Mierda.

—Exacto. Pero en el panorama general, esa parada está a solo segundos de distancia. Una vez que termine, podemos hablar sobre cuáles serán los mejores pasos a seguir. ¿Les parece bien?

Zach asiente entusiasmado. Vacilo por un segundo y luego asiento una única vez.

Hay un cuento de hadas que papá solía leerme antes de ir a dormir que narraba la historia de un hombre de jengibre que necesitaba cruzar un río. Un zorro le ofrece cargarlo sobre su cabeza mientras nada.

Pero entonces el zorro lo destroza mientras el hombre de jengibre grita consciente cada vez que pierde una de sus extremidades.

"Perdí un cuarto de mi cuerpo. Perdí la mitad. Perdí tres cuartos. Perdí todo".

Cuando Erin nos libera de su habitación, nos encontramos con Jon y Angel parados justo al otro lado de la puerta. Jon levanta un dedo sobre sus labios y nos lleva hasta su cuarto. Los cuatro nos sentamos en la cama y Zach se deja caer hacia atrás, dejando sus piernas colgando a un lado, mientras esboza una amplia sonrisa.

—¡Salió bien! —dice—. Nos trató *tan bien*.

Las cejas de Angel se disparan hacia arriba y Jon me mira para que aclare. Me encojo de hombros y esbozo una leve sonrisa. Algo en sus ojos luce tenso. Si alguien sabe cómo es Geoff, esa persona es Jon.

Cuando te cría un zorro, sabes que no debes confiar si te ofrece cargarte sobre su cabeza.

Yo también debería haberlo sabido. Jon no es el único que creció en la madriguera de un zorro.

—Qué… bueno —dice Jon.

—¡Sí! —exclama Zach, inclinando levemente la cabeza para mirarme, y extiende una mano en mi dirección. La sujeto con fuerza. Creo que lo hago demasiado fuerte.

Angel salta y se acerca a la ventana para mirar a la multitud.

—Bueno —dice—. A la mierda. Si Geoff se va a comportar como un ser humano por primera vez, hay que aprovecharlo, supongo.

—Exacto —dice Zach.

—Entonces, ¿cuándo piensan contarles a todos? —pregunta Jon.

—Lo resolveremos más adelante —contesto enseguida—. Quizás después de la gira.

Jon levanta la barbilla lentamente con comprensión, esbozando una sonrisa amarga. Me encojo de hombros de inmediato. *Lo sé*. Lo anunciaremos cuando Geoff decida que podemos anunciarlo. No cuando estemos listos.

—Entonces, ¿saldrán en secreto? —pregunta Angel, apartándose de la ventana y apoyándose con sus manos sobre el cristal—. Escandaloso.

—Por ahora —dice Zach—. Solo estamos aceptando esto. Quién sabe lo que pueda pasar.

—Cierto —dice Jon con delicadeza—. Solo... tengan cuidado, ¿está bien? Si se separan y todo empieza a volverse incómodo, las cosas podrían empeorar rápido.

—¿Sobre qué sustentas eso, Jon? —pregunta Angel sin expresión, apartándose de la pared y empezando a correr por toda la habitación—. Creo que *nunca* vi a Zach y Ruben tratándose como enemigos mortales cuando las cosas empezaron a ponerse incómodas entre ellos.

—No podemos cortar —digo—. Porque no estamos en una relación. Solo somos dos personas que existen en relación a la otra.

Zach baja la cabeza para ocultar una risa. Angel abre los ojos de un modo inocente.

—Ah, lo siento, ¿tenían una relación *la última vez* que su "discusión" se convirtió en tendencia?

—Ya sé —agrega Zach, levantándose y sentándose en la cama—. Lo prometo. No dejaremos que todo se vuelva incómodo otra vez. Quédense tranquilos.

—Lo haremos —dice Jon. No hay ningún rastro de entusiasmo en su voz.

—Solo no sean *demasiado* empalagosos, ¿está bien? —dice Angel, volteando lentamente en medio de la habitación como si estuviera haciendo una rutina de baile para nosotros—. No me gusta no ser el centro del universo, así que voy a necesitar que tengan consideración con mis sentimientos.

—No te preocupes —dice Zach—. Siempre serás el centro del universo de Jon.

Jon pone los ojos en blanco y Angel no parece impresionado.

–Sí. Pero en serio. Nada de citas sin mí, ¿está bien? Yo puedo acceder a todas las citas.

–Cuidado con lo que deseas –digo–. Algunas cosas funcionan mejor entre dos personas.

De pronto, Zach parece demasiado interesado en el techo y se aleja un poco de mí en la cama, su cara entera se sonroja por completo hasta quedar roja como un tomate.

Angel parpadea, alterna la vista entre Zach y yo, y luego hace la mímica como si estuviera vomitando.

–No. Esto ya es demasiado para mí. Jon, no nos tenemos que preocupar por ellos. Esto es incómodo para *mí*.

Me encojo de hombros.

–¡Bueno, no hables de nuestras citas si no quieres escuchar nada!

–Al menos, manténgalo apto para todo público –pide Angel–. *Dios*.

–¿A qué citas *creíste* que los acompañarías? –pregunta Jon, riendo–. Considerando que no pueden ir a tomar un café a ninguna parte.

Intento mantener mi expresión lo más neutral posible, pero no lo logro, porque Angel se lanza contra mí de inmediato.

–¿Qué no sabemos? –demanda, sujetando el respaldo de la cama.

Miro a Zach sin poder hacer nada. Esto parece algo que no debería compartir en su nombre. Después de todo, solo me contó sobre los canales.

Por suerte, no parece muy cómodo. De hecho, tiene una sonrisa forzada.

–*Quizás* nos escabullimos en Ámsterdam una noche.

–¿*Qué*? –grita Angel–. ¿*Cómo*?

–¿En serio? –pregunta Jon al mismo tiempo–. ¡Los podrían haber *atrapado*!

Miro a Zach y sonreímos. Su sonrisa es suave y afectiva.

—Ruben propuso usar la escalera de incendios —dice—. Nadie nos vio, está bien.

Jon parece confundido, pero Angel estalla a carcajadas.

—Mierda. Me siento como si estuviera conociendo un lado que nunca conocí de ustedes dos.

—Creo que estás más sorprendido de que hayamos escapado del hotel que de que estemos juntos —digo con indiferencia.

Angel se cruza de brazos.

—Bueno, nadie *nunca* me preguntó si quería escaparme con alguno de ustedes dos.

—Supongo —agrega Jon—, que ninguno de ellos tampoco te pidió que lo besaras, ¿entonces?

—Desafortunadamente, nunca lo sabrán —dice Angel con dignidad—. Yo no ando hablando de la vida privada de los demás.

Zach me mira y levanta una ceja inquisidora. Sacudo la cabeza como diciéndole que no, aguantando una risa.

—Y, para ser justo, Zach no me *preguntó* si quería besarlo, en sí —empiezo, pero Angel se tapa las orejas y empieza a cantar su parte de *Guilty* lo suficientemente alto como para tapar mi voz.

No puedo decir que no se me ocurrió pensar que era una mala idea plantar la idea de escapar del hotel en la cabeza de Angel.

Me parece poco probable que nunca se le haya ocurrido antes, dado que literalmente lo atrapamos usando la salida de emergencia hace solo una semana. Pero supongo que escabullirse para comprar droga por cinco minutos es una historia diferente a la de escapar una noche para tener una aventura. De todos modos, pasaron *días* desde que le contamos sobre nuestro escape y, por lo que sé, hasta ahora no lo intentó. O, al menos, si lo hizo, no lo atraparon.

De hecho, Angel ha mantenido un perfil bastante bajo desde que arruinó la coreografía en Colonia. No tengo idea si se lo hicieron saber a Geoff o si la desaprobación de Erin fue, inexplicablemente, suficiente para hacerlo entrar en razón, pero no ha hecho nada fuera de lo común.

Razón por la cual, cuando envía un mensaje a nuestro grupo contándonos sobre los "pocos amigos" que tiene en su habitación esta noche, me toma un poco por sorpresa.

Zach, cuyo teléfono sonó al mismo tiempo que el mío, levanta la sábana hasta su barbilla y se hunde más en su montaña de almohadas.

–No quiero ir, quiero quedarme aquí y mirar una película. –De pronto, levanta la cabeza–. ¿A menos que tú quieras ir? Podemos ir si quieres. Soy fácil de convencer.

–No, estoy bien aquí –digo, dejando mi teléfono sobre la mesa de noche y acercándome a él para robarle el calor de su cuerpo. Es una noche particularmente fría en Berlín y, si bien todas las habitaciones cuentan con calefacción, la llovizna firme sobre la ventana es suficiente para darme sueño y ganas de quedarme en la cama. Lo lamento por el grupo de fanáticos acurrucados en la puerta del hotel con la esperanza de vernos. Espero que tengan mantas. Y paraguas.

–No escucho música –dice Zach–. Quizás de verdad son pocos amigos.

–Sí, seguro –digo, pasando mis dedos por su hombro desnudo hasta su cuello. Tiembla de la risa y sus ojos se oscurecen al mirarme–. Seguro que llamó a uno o dos amigos para jugar Monopoly.

Se aclara la garganta y toca mis dedos, llevando la cabeza hacia atrás. Verlo así, sin camisa y relajado, enciende algo en mi interior. El asunto es que estoy bastante seguro de que es la persona más imposiblemente hermosa que jamás haya visto. Estoy a punto de acercarme para besarlo en los labios, o en el cuello, o en cualquier parte de su cuerpo que él me permita, cuando cierra su mano alrededor de mi muñeca y me aparta para levantarse. De repente, parece preocupado.

—¿Crees que está bien?

Suelto una risa corta.

—Ah, sí, estoy seguro de que la está pasando genial.

Pero Zach no ríe. En cambio, frunce el ceño y presiona sus labios con fuerza. Me levanto para sentarme a medias como él y me inclino hacia adelante.

—Aguarda, ¿a qué te refieres?

—No sé, es solo que… estuvo drogado varias veces y si ahora está con amigos… No sé, supongo que lo estoy sobreanalizando.

Pero el asunto es que, hasta ahora Zach estuvo mucho menos preocupado por el bienestar de Angel que Jon y yo. Si, de todas las personas, Zach piensa que hay algo que no encaja y quiere tomar cartas en el asunto, estoy dispuesto a prestarle atención.

—¿Crees que deberíamos ir a verlo? —pregunto.

Sus ojos se posan sobre los míos.

—¿No te molesta?

Pongo los ojos en blanco y me levanto de la cama para buscar su camisa y se la arrojo.

—Un día harás algo sin pedirle permiso a nadie y voy a desmayarme por la conmoción.

—¿Soy tan malo? —pregunta cuando pasa la camisa sobre su cabeza.

Me acerco a su lado de la cama y le ofrezco una mano para ayudarlo a levantarse.

—El peor. Pero no te asustes, sigues siendo el mejor.

Jon ya está en la habitación de Angel cuando llegamos. Como Zach hubiera esperado, solo que hay algunos pocos visitantes esta vez. Nada parecido a lo de París. Pero a diferencia de París, no reconozco a nadie y todos parecen estar frenéticos. Las conversaciones pasan al doble de velocidad y la mayoría de las personas habla sin esperar a que el otro termine. Y ya sea que estén junto a la ventana o arrodillados en la cama, sus brazos y piernas tiemblan, sus posturas son extrañas y sus ojos están demasiado abiertos.

Angel, que está hablando entusiasmado con Jon junto a la puerta del baño, se lanza hacia nosotros cuando entramos. Innumerables gotas de sudor brillan sobre su frente y su cabello cuelga completamente mojado.

—*Vinieron* —grita, lanzando sus brazos alrededor de los dos de modo que nuestras cabezas se chocan—. Creí que nos iban a abandonar y hacer sus *cositas* esta noche.

Me rasco la cabeza mientras Zach sujeta a Angel para mantenerlo firme.

—Angel, no le contaste a nadie sobre… eso, ¿verdad? —susurra.

Angel entrecierra los ojos y hace puchero.

—Es un secreto —dice—. No soy estúpido. Ni una mierda de persona.

Su voz se vuelve más fuerte con esa última parte y me pregunto, por un segundo, si le ofendió que Zach dudara de él. Pero no hay tiempo para preguntar, porque se puso a hablar con una chica desconocida de rizos negros y baja estatura.

Jon se acerca a donde estamos junto a la puerta.

—Creo que me iré a dormir pronto —dice con una voz pesada.

Sé cómo se siente.

Dos chicos vestidos de pies a cabeza con ropa llamativa de diseñador se acercan en nuestra dirección. Están llenos de logos e insignias, en caso de que nadie haya notado que, de hecho, son prendas *muy caras*; irónicamente, la clase de atuendo que grita que son ricos desde hace solo cinco minutos, como máximo. El más alto de los dos se acerca para estrecharnos la mano y se presenta como Elias, como si estuviéramos llegando a una maldita reunión de negocios.

–Me alegra tanto verlos –dice con calidez.

Habla como si fuéramos viejos amigos, pero estoy bastante seguro de no habérmelo cruzado nunca. Supongo que se pasará el próximo año de su vida contándole a todo el mundo sobre la vez que pasó una noche con los chicos de Saturday y cómo cambió para siempre nuestras vidas gracias al mero poder de su carisma y sabiduría y toda esa mierda. Solo Dios sabe cómo conoce a Angel. Como *alguna* de estas personas conoce a Angel

Elias nos muestra una bolsita transparente con lo que solo puede ser cocaína. Lo hace de un modo tan casual que bien podría estar ofreciéndonos un cigarrillo.

–¿Quieren un poco? –nos pregunta con alegría.

Los tres nos miramos.

–Ah, no, *gracias*, muy agradable de tu parte.

–Tienen un gran día mañana.

–Eso es extremadamente ilegal.

Todos voltean hacia Jon y los dos chicos dudan de un modo que sus expresiones quedan ilegibles. Sacudo una mano con la esperanza de hacer desaparecer toda tensión.

–Ustedes dos sigan, después hablamos –digo con una sonrisa forzada y desaparecen en el baño, cerrando la puerta con firmeza por detrás. Supongo que querían usar la superficie del estante de madera que está a nuestro lado. Si alguna vez siento la necesidad de probar una línea de cocaína, tampoco querría hacerlo bajo la atenta mirada acusadora de Jon, así que no los juzgo.

Angel se acerca bailando el vals con la chica bonita de cabello largo.

—Iremos a la azotea —dice.

—¿La *azotea*? —pregunta Zach—. Hace mucho frío afuera.

—Está bien, ¡solo queremos saludar a los fans!

—¿Desde la azotea? —repito.

—Sí, Lina quiere saludarlos. —La señala como si fuera la reina, con sus labios presionados, y la chica, quien asumo que es Lina, estalla a carcajadas—. Y no se puede ver bien a la multitud desde esta ventana, Ruben, mi amor.

—Los acompañamos —dice Zach, mirándome como si me estuviera diciendo algo—. Podemos saludarlos juntos.

—Sin ofender, Zachy, pero no necesito que nos estorbes —dice Angel pellizcándole una mejilla a Jon y luego a mí—. Ni a ti. Ni a ti tampoco. Vuelvo en un minuto, búsquense algo para *beber*, *diviértanse*, por Dios. No tenemos muchas oportunidades para hacerlo.

Antes de que podamos protestar, Angel pasa por al lado nuestro con Lina y sale por la puerta.

Los tres nos quedamos en grupo, sin saber qué hacer, viendo cómo se va. Le robo una mirada a Zach. Se está mordiendo el labio inferior con tanta fuerza que parece estar a punto de desaparecer.

—No van a ir a la azotea, ¿verdad? —pregunto.

Zach sacude la cabeza lentamente. Jon parece confundido, luego lo entiendo.

—Ay, *no*.

Cuando salimos al pasillo, Angel y Lina no están por ninguna parte.

—Busquemos a Keegan y Pauline —dice Jon.

Zach voltea sobre su hombro, alarmado.

—¡Pero se meterá en muchos problemas!

—Ehm, no tantos como si tuvieran un accidente porque están más drogados que la mierda.

Voltean y me miran a la vez. Ah. Supongo que lo tengo que hacer yo.

—Vamos —digo, ya moviéndome—. Si los alcanzamos, nadie tiene por qué enterarse. Llamaremos al equipo si no nos queda otra opción.

En nuestro pánico, nos toma más tiempo del que debería el encontrar la salida de emergencia. Lo cual me preocupa, dado que es una maldita *salida de emergencia*, pero ya estoy divagando. Podemos probar usar el elevador, pero solo perderemos tiempo intentando averiguar dónde está la escalera de incendios. Eso sin considerar que, si tomamos el elevador, tendremos que cruzar la horda de fans reunidos en la entrada principal, así como también nuestros guardias berlineses ubicados en el lobby.

—¿No deberíamos revisar la azotea primero? —pregunta Jon cuando entramos. Nos detenemos. Quizás tenga más sentido revisar ese lugar primero antes de salir. Pero si subimos, perderemos toda esperanza de encontrar a Angel si de hecho *abandonó* el hotel.

—No tenemos tiempo —digo—. Zach, escríbele un mensaje. Ve si puedes hacer que te atienda. Si *está* en la azotea, no te ignorará.

Bajamos por la escalera a toda prisa, lo que no es una tarea sencilla, dado que empezamos en el piso cuarenta y uno. Gracias a Dios por nuestra rutina opresiva de ejercicios.

Zach se asoma por la puerta para hacerse una idea de dónde estamos antes de salir. Por suerte, la puerta lleva al aparcamiento. Está lo suficientemente cerrado como para que no nos vea la multitud que acampa frente al hotel, pero lo suficientemente abierto como para que podamos ver una manera de salir a la calle.

El aire nos golpea con su frialdad y el viento sopla con suficiente fuerza como para llevarse nuestras palabras. Algunas gotas de lluvia congelada golpean cada centímetro de nuestra piel expuesta. Llevo un suéter de cachemira con cuello redondo, adecuado para una fiesta dentro del hotel, pero no tanto para este tipo de condiciones. Desearía haber podido tomar un abrigo. Corremos por el suelo pavimentado junto a una serie de edificios con paredes de mampostería y mi corazón se detiene cada vez que veo un auto pasar. ¿Alguien nos reconocerá? ¿Entonces qué?

—¡Angel! —grita Zach, mirando desesperadamente por las calles. Las únicas personas cerca son una pareja de ancianos acurrucados bajo un paraguas, pero ni siquiera se detienen a mirarnos.

—No lo llames por su nombre —susurro. Con la cantidad de fans que acamparon en la puerta del hotel, la posibilidad de que alguien nos escuche es *demasiado* alta. Y Angel no es precisamente un nombre muy común.

Zach asiente y lentamente nos detenemos, luego damos vuelta en un círculo.

—¡Reece! —grita hacia el cielo—. ¡REECE!

—Sigue llamando mucho la atención —murmura Jon.

Zach baja la vista y frunce el ceño.

—¿Entonces cómo se supone que obtenga la atención de Angel sin llamar la atención?

Empezamos a caminar otra vez y Jon sacude la cabeza.

—Voy a llamar a Keegan —dice.

—Espera —dice Zach—. *Por favor*, Jon. ¿No podemos…?

–¡Podrían *lastimarlo*, Zach!

–Solo déjame intentar llamarlo una vez más.

Doblamos en la esquina y tomamos una avenida bastante concurrida. El relativo anonimato del callejón de hacía solo unos minutos queda perdido en el momento en que los faroles nos cubren con su resplandor anaranjado. Miro a nuestro alrededor, a las hileras de árboles uniformes, los restaurantes llenos de gente y los antiguos edificios de piedra decorados con columnas inmensas color crema. Luego sujeto a Zach de los hombros con mucha energía. Justo en el medio de la avenida con numerosos carriles hay un largo camino de peatones con algunos asientos y arbustos, y caminando justo por ese sendero están Angel y Lina.

Empezamos a correr otra vez. Nos dan la espalda, de modo que no nos escuchan acercándonos hasta que estamos prácticamente sobre ellos. Cuando finalmente nos ve, Angel no parece precisamente agradecido por nuestra compañía.

–¿No puedo tener cinco minutos solo? –pregunta furioso, apartando su mano de Lina. Ella lo mira herida cuando Angel empieza a levantar la voz–. ¿Ni siquiera cinco minutos?

Nos detenemos lentamente y él da algunos pasos hacia atrás. Sus ojos lucen salvajes y fuera de foco, y respira con pesadez. Jon tenía razón. No deberíamos estar aquí afuera solos por una serie de motivos, pero Angel, en particular, *no* debería estar afuera ahora mismo.

Algo en mi mirada periférica me dice que ya hay algunos ojos curiosos, observándonos con atención. Los ignoro por el momento. El tiempo se detiene lentamente y solo es mensurable a través de tareas en una lista. Primera tarea: intentar calmar a Angel.

–Invitaste a todos a tu habitación –le recuerdo con un tono de voz compuesto–. Te extrañan.

Me mira a mí, luego a Zach y a Jon, y aparta sus pies.

–Paso todo el día, todos los días, con ustedes tres –contesta a toda prisa–. *Nadie más.* ¿No puedo divertirme con otros amigos en algún momento? ¿No puedo tener eso?

–Claro que sí –contesta Zach–. Eso es lo que te estamos diciendo. Todos tus amigos están en tu cuarto esperándote.

–No son mis amigos. Lina es mi amiga. Y Lina y yo queremos explorar Berlín. Ya sabes, dado que viajé miles de kilómetros y todavía no vi *nada de Europa.*

–Ya lo sabemos –digo, dando un paso hacia adelante. Angel retrocede nuevamente. Sus rodillas están levemente dobladas, como si estuviera listo para salir corriendo–. Es una mierda. Es una *completa* mierda. Quizás deberíamos hablar con Erin para ver si podemos…

–*Ustedes dos* –grita Angel, interrumpiéndome–, ya *salieron.* Estuvieron *divirtiéndose.* ¿Y no me dejan a mí hacerlo? ¿Por qué se creen tan especiales?

–Angel, la gente nos está mirando –le ruega Jon. Y tiene razón. Llamamos la atención de varias personas en la calle, algunas sentadas en la puerta de algunas cafeterías. Una cierta cantidad ya sacó sus celulares.

Angel se lleva los brazos hacia un lado de su cuerpo.

–*¡Míralos, Jon!* Te preocupa demasiado lo que la gente piense de nosotros. Relájate, cambia tu maldita cara, *por favor.*

–Se preocupa por *nosotros,* no por él –interrumpo con una voz firme–. Nos estás avergonzando a todos ahora mismo.

–Ah, ahora yo les doy *vergüenza,* Lina –grita Angel–. Yo soy el único que no se comporta como un maldito robot y ¡soy el que da vergüenza! Ah, Geoff dice que tengo que hacer que la gente quiera llevarme a la cama, así que me desnudaré. Geoff dice que no puedo escribir mis propias canciones, así que entonces escribiré las *suyas*. Geoff dice que no puedo contarle a nadie sobre nuestro secreto…

–*Angel* –grita Zach.

–MALDITA MIERDA, ZACH –grita Angel–. LITERALMENTE ACABO DE DECIRLE QUE NO LE CONTARÉ A NADIE. ¿Por qué crees que soy tan idiota?

Hay unas dos docenas de teléfonos ahora a nuestro alrededor. En la calle, varias personas corren hacia nosotros. La mayoría son chicas adolescentes.

Mierda.

Nos alcanzarán en un minuto o menos. Divulgarán todo rápido.

–Jon –digo en voz baja–. Creo que ya puedes llamar a Keegan.

–¿Te *parece*? –sisea.

–Angel, tenemos que irnos –dice Zach al ver a la horda avecinarse.

Empiezan a llamarnos por nuestros nombres. De hecho, a gritar nuestros nombres. Cada vez más fuerte a medida que se acercan. Las personas que pasan alternan la mirada entre las chicas y nosotros, atando cabos. Más teléfonos apuntan en nuestra dirección como una reacción en cadena. Las luces aumentan su intensidad hasta hacerme sentir que necesito cerrar los ojos para que mi visión no termine asfixiada.

Zach da un paso hacia adelante, los brazos extendidos y es demasiado lejos para Angel. Con un sonido estrangulado que no suena en absoluto humano, Angel sujeta el brazo de Lina y empiezan a correr directo hacia la calle. El tiempo se detiene aún más. Las luces de los autos destellan, las bocinas suenan a todo volumen y la gente grita nuestros nombres. Gritan por Angel. Y creo que yo también estoy gritando.

Zach y yo nos tropezamos juntos y logro mantener el equilibrio antes de golpear el suelo.

Finalmente, el tiempo vuelve a la normalidad.

—*Dios*, Zach —estoy gritando, aún sujetándolo—. ¡Cuidado con lo que haces!

Angel logró llegar al otro lado de la calle. Vacila cuando nota que hay grupos de fans a cada lado. Lina mira las cámaras como si fuera un conejo preocupado en busca de una ruta de escape que no existe.

Recuerdo cuando ver tantos fotógrafos también me alteraba. Ahora solo me preocupa si están grabando, ah, una discusión acalorada entre el grupo en el medio de la noche, y uno de nosotros está obviamente drogado y peligrosamente cerca de manchar el nombre de nuestro equipo de producción. *Esa* es la clase de incumplimiento de contrato que nos dejaría en banca rota en un abrir y cerrar de ojos.

Uno de los autos se detiene en la calle junto a Angel. Mi corazón está a punto de salirse de mi pecho cuando suelto a Zach. ¿Es un fan? ¿O alguien que conoce a Angel y también sabe cuánto dinero puede conseguir si lo mete en su auto? Probablemente no sería difícil hacerlo con Angel en este estado.

Pero cuando el conductor se baja, casi me desmayo aliviado. Es Keegan.

—Eso fue rápido —le digo a Jon.

Jon sacude la cabeza.

—No pude hablar con él. Supongo que es por eso.

Por suerte, Angel no hace una escena con Keegan. Ya sea porque sabe que Keegan es más fuerte que él o entendió que quiere abandonar esta calle cada vez más llena de gente, no lo sé. Zach me toca el brazo y volteo para encontrarme con Pauline detenida en otro auto con las luces intermitentes encendidas junto a la acera.

No hace falta que nos lo pida. Subimos al asiento trasero tan rápido como podemos y cerramos fuerte la puerta en medio de un crescendo eufórico de gente que grita nuestros nombres. Tengo el corazón en la garganta y busco tomar a Zach de la mano tan pronto estamos ocultos. Lo sujeto con fuerza, obviamente tan conmovido como yo.

—No es difícil encontrarte —le dice Pauline a Jon cuando mi mente empieza a procesar nuevamente las palabras—. Sus fotos están por todo Twitter. No pueden *toser* sin que aparezca algo de ustedes en internet, ¿por qué creen que no tienen permitido salir sin nosotros? Si querían un poco de aire, podrían habernos *preguntado*, podríamos haber salido a caminar por aquí cerca. ¡Ni siquiera se lo habríamos contado a Erin! ¡Miren ahora!

Claro que nos encontraron. Estuvimos desaparecidos por casi quince minutos y nos rastrearon.

Estuvimos desaparecidos por casi quince minutos y estuvimos a nada de que una multitud entera nos acosara. O peor.

Nunca estuve tan consciente de lo vigilado que estoy. Pero a la vez, nunca estuve tan agradecido por eso. Claro, la contracara es que nos están llevando nuevamente al hotel, donde todo el equipo se enterará de lo que hicimos.

Sube a mi cabeza. Te ayudaré a cruzar el río.

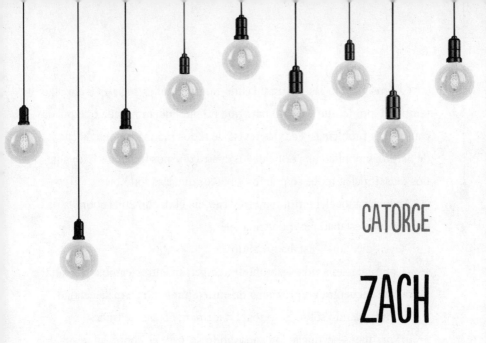

ZACH

Saturday sigue siendo tendencia.

Sigo esperando que se termine, que otra cosa lo reemplace. Dios, que las Kardashian hagan algo, *lo que sea*, para quitar la atención sobre nosotros.

Pero no. Parece que todo el mundo decidió ponerse en pausa para que todos puedan opinar sobre lo que ahora llaman "El descenso de Angel".

Y vaya que la gente disfruta opinar al respecto.

Hoy se supone que es un día de descanso antes de nuestro segundo concierto en Berlín, pero nadie está tranquilo. La mayor parte del día, los cuatro estuvimos caminando de un lado a otro en el cuarto de Jon porque es el que está más ordenado, siendo honesto. Yo estoy en el escritorio, repasando la letra de *End of Everything*. Ruben, Jon y Angel están en la cama, intentando mirar la tele o hacer cosas con sus laptops.

Chorus cambió las contraseñas de nuestras redes sociales (solo algo temporal, por lo que dijeron) para que no publiquemos nada que pueda causar más problemas. Pero las revisé de todos modos y vi que la cuenta de Saturday publicó una selfie de los cuatro que nos tomamos hace algunos días. En ella, todos sonreímos y parece que está todo bien.

Angel levanta el control remoto y cambia el documental sobre la naturaleza que estaban pasando en la tele.

—Oye —dice Jon—. Estaba mirando.

—Cómprate una vida —le contesta Angel, mientras cambia de canal hasta que encuentra un programa de entretenimiento de mala calidad.

Están hablando sobre nosotros. En alemán. Es muy extraño.

—¿Por qué? —se queja Jon, apoyando la cabeza contra el respaldo mientras Angel activa los subtítulos.

—Solo quiero ver qué está pasando —dice Angel—. Si están hablando sobre mí, me parece sensato escuchar qué dicen.

Jon finge tener tos.

—Narcisista —dice, tosiendo.

—Mira quién habla. Por lo menos, no soy un cobarde.

El programa es uno de esos paneles que hablan sobre celebridades, la clase de cosa que pasarían por el canal *E!* en Estados Unidos. Detrás de los panelistas, hay una pantalla con las palabras *ANGEL: DURCHGE-DREHT?* en unas letras blancas gigantes, seguido de una foto de Angel completamente fuera de sí.

Leemos los subtítulos: *Angel: ¿Se volvió loco?* Prestamos atención.

—Ya hemos visto esto antes, es algo típico de Hollywood. Se vuelven famosos muy jóvenes, el poder se les sube a la cabeza y termina pasando esto. ¿Es inevitable? ¿Opiniones?

—Mira, no, yo no diría que es inevitable. Hay cientos de niños que crecieron en el mismo ambiente y nunca hicieron nada de este estilo. Desearía que habláramos más de ellos.

La audiencia aplaude.

—Angel evidentemente tiene dos caminos por delante. Uno es recomponerse y volver a encaminar su vida. Y el otro... bueno, no quiero ni pensarlo, pero ya lo hemos visto en el pasado.

—Pero ¿qué podría detenerlo?

—Él es el único que puede hacerlo. Hasta que haga la conexión de que está arruinando su vida, no hay manera de ayudarlo.

—Váyanse a la mierda —dice Angel, apagando el televisor—. Apuesto a que todos esos se drogan a penas terminan el programa. Hipócritas.

Vuelvo a mi computadora y reviso Twitter. Obviamente, es peor. No sé qué esperaba encontrar.

Twitter de mierda. Si desapareciera como Vine no me molestaría ni un poquito.

Hay algunos videos del brote de Angel por todo internet. Angel Phan es tendencia junto al hashtag principal de Saturday. Una imagen de Angel gritando se hizo meme y otra foto que muestra mi reacción y la de Ruben horrorizados se volvió un GIF bastante popular.

Obviamente, la gente de Chorus está descontrolada. Nos mantienen encerrados aquí hasta que se les ocurra algo "por nuestra propia seguridad", lo que en realidad significa que esperaremos todo lo que sea necesario y más. Como siempre, solo nos dicen qué hacer cuando toman una decisión, porque claro, ellos son más inteligentes que nosotros.

Hago clic en el hashtag de Saturday, todavía número uno en todo el mundo. No estoy seguro de por qué sigo revisándolo. Es como si creyera que si sigo mirando, tal vez se detenga o desaparezca. Pero todavía no lo hizo.

El tweet principal es de la mierda de TMZ y dice así: ANGEL CAÍDO: ¡el impoluto Angel Phan de Saturday es CULPABLE de drogarse en Berlín! ¡Mira las fotos de la discordia!

Empiezo a leer los comentarios.

Mierda.

Todos dicen lo que más temía. Su brote es la confirmación de que todos en Saturday nos odiamos en secreto. Odiamos la banda y queremos escapar. Incluso la gente que nos tiene en sus fotos de perfil parece estar haciéndose un festín con todo esto. Uno con más de tres mil "Me gusta" dice: SABÍA QUE ODIABA A SATURDAY LMAOOOOOO.

Sigo leyendo.

¿¿¿A quién le importa???

Honestamente, desearía que hubieran abandonado todo y empezado sus proyectos solistas, todos sabemos que lo harán en algún momento. Quizás entonces mi querido Ruben pueda abandonar este desastre.

No sacan nada bueno desde REDZONE

¡Quiero recordarles a todos que es legal que los chicos beban en Berlín! O sea, ¿quién no se emborrachó alguna vez? Dios mío.

¿¿Dónde está Jon?? Su trasero está en peligro #anjon

Quizás está enojado porque "Signature" no funcionó jajajajaja

Mis ojos empiezan a arder. Es un desastre. Solo son críticas interminables.

Somos una *boyband*, el odio viene con la descripción del empleo, y luego de dos años enteros de constantes abusos en línea, ya me acostumbré lo mejor que pude. Aprendí a evitar las redes sociales siempre que puedo e intento no leer los comentarios. Porque de algo estoy seguro, la música que hacemos está bien, aunque no sea lo que más disfrute, y eso ayuda.

En segundo lugar, toda persona famosa que conozco tuvo que lidiar con esto. Algunos más que otros, claro, pero nadie le puede agradar a todo el mundo. Es imposible. Antes de volverte famoso, todo el mundo cree que serás ese *único* artista que todo el mundo amará, pero nunca funciona de ese modo. Nunca. Todos tenemos al menos una cosa que a mucha gente no le gustará. Dios, incluso Beyoncé recibe odio por ser *demasiado* perfecta.

El punto es que los *haters* y los *trolls* no importan, incluso aunque parezca lo contrario. Las ventas son lo más importante y todavía seguimos rompiendo récords. Siempre y cuando tengamos eso, los *trolls* pueden decir toda la mierda que quieran, pero nosotros estaremos a salvo. De eso estoy seguro.

Exhalo.

Siempre y cuando no alteremos tanto a Geoff, sobreviviremos a todo esto. Su opinión es la única que importa.

Paso una mano por mi cabello, llevándolo hacia atrás, lejos de mi frente. Últimamente no deja de caerse sobre mis ojos. Sin duda me lo cortaría si pudiera. Leo más comentarios, intentando encontrar alguno positivo. O al menos uno lo suficientemente positivo como para sacar entre tanta basura. Más abajo aparecen muchos fans que apoyan a Angel, pero por alguna razón no tienen la misma repercusión que los *haters*. No debería ser así. Deberían ser igual de importantes.

Ruben se baja de la cama y se me acerca. Minimizo el navegador.

Empieza a frotarme los hombros. No me había dado cuenta de lo tenso que estaba.

—¿Qué mirabas?

—Porno.

—Genial, muéstrame.

Pongo los ojos en blanco y abro el navegador.

—Ah, Dios, ¿estabas leyendo los comentarios?

—No puedo evitarlo.

—Zach.

—Ya sé.

Angel se baja de la cama y se nos acerca.

—¿Qué dicen?

—¿Estás seguro de que es una buena idea? —pregunta Jon, luego hace una pausa, al tener un momento de iluminación—. ¿Siempre soy tan aguafiestas?

—La mayor parte del tiempo —dice Angel—. Pero te queremos igual.

Los cuatro nos acomodamos alrededor de mi computadora y revisamos el inicio antes de que Angel haga clic en el hashtag #angelphanterminólafiesta, que, para la sorpresa de nadie, es mucho más tóxico que el resto.

—Es demasiado —dice Angel—. ¿Me cancelaron?

De hecho, me da mucha curiosidad saber cómo se siente con todo esto, pero aún no da indicio de nada. En todo caso, sonríe y tiene los ojos iluminados. No estoy seguro de confiar en esto. A veces siento que Angel actúa incluso cuando no está arriba del escenario. Solo que es un papel diferente al de Saturday.

Alguien llama a la puerta.

Nos dispersamos enseguida. Jon salta a la cama y cambia el canal en el televisor. Yo me quedo concentrado en mi frustrante página inalterada con la letra de *End of Everything* y Angel simula estar mirando por la ventana. Ruben se acerca a la puerta y la abre de un modo casual.

—¿Qué onda?

Es Erin y, ni bien entra, inspecciona toda la habitación. Nos vemos completamente casual. ¡Nada que ver por aquí!

–*Fiu* –dice–. Me alegra que estén todos aquí.

–Nos tienen encerrados –dice Angel–. ¿En dónde más podríamos estar?

Escribo eso en mi cuaderno. Me parece una idea interesante. *¿Mi corazón está encerrado por ti?*

–Conociéndote, en cualquier lugar –dice, sonriendo gustosamente cuando se sienta al borde de la cama.

–Entonces, ¿qué ocurre? –pregunta Jon, apoyando las piernas sobre la cama–. ¿Mi papá está enojado?

–Sí, pero más que eso, está preocupado, todos lo estamos. Podría haber pasado cualquier cosa mientras estaban ahí afuera.

Todos se quedan en silencio.

–Es mi culpa –dice Angel–. Me hago cargo, perdí la cabeza por un minuto ahí afuera. Nadie más debería estar en problemas, ellos solo fueron a buscarme.

–Es bueno saberlo, pero no será suficiente.

Ruben entrecierra los ojos. Siempre fue mucho más escéptico que yo, algo que siempre me gustó de él. Significa que es más difícil meterse con él, porque yo tiendo a aceptar todo sin cuestionarlo. Veo su punto ahora. Empiezo a creer que Geoff está más que furioso con nosotros y Erin lo está suavizando. Pero ¿por qué haría eso?

–Entonces, ¿en cuántos problemas me metí? –pregunta Angel–. Dímelo sin rodeos.

–No te mentiré, es malo.

–Oye, ¿un poco de controversia nunca lastimó a nadie, ¿no crees? –dice Angel.

–La controversia planificada está bien. Esto es una pesadilla para Chorus. Todo el mundo cree que odias a la banda.

—¡Pero no la odio!

—No importa. Lo que piensa la gente es lo que importa. Y están pasando tu video por todas partes.

—¿Qué podemos hacer? —pregunta Jon.

—Solo danos tiempo para descifrar cómo resolverlo. Y tendremos que hacer algunos cambios a nuestra seguridad. Es obvio que las cosas con Keegan y Pauline fueron demasiado laxas.

—¿Cómo que "fueron"? —pregunta Jon.

—Tuvimos que dejarlos ir —dice Erin.

No. No tiene sentido. Keegan y Pauline han sido nuestros guardias desde hace dos años. De hecho, ya consideraba que habíamos formado una amistad. Conozco a sus familias. Me importan.

—Resulta evidente que se volvieron demasiado cercanos a ustedes como para hacer su trabajo de manera adecuada —dice, como si no fuera la gran cosa—. Terminamos el contrato con Tungsten. Tal como hablamos, ya están volviendo a Estados Unidos.

—¿Ni siquiera podemos despedirnos? —pregunta Angel.

—Decidimos que los estresaría de manera innecesaria.

—No pueden hacernos esto —dice Ruben.

—Es una decisión ya tomada. Ahora contratamos a Chase Servicios de Protección, son muy recomendados. Ellos los mantendrán a salvo.

—Más bien nos mantendrán prisioneros —dice Angel en voz baja.

Erin lo ignora.

—Algo más. Ya no tienen permitido tener visitas. No podemos confiar en otras personas.

—No estás hablando en serio —dice Angel.

—Oye, no me hables con ese tono. Hicimos esto porque *tú* te fuiste. Confiábamos en ti y nos demostraste que eso fue un error.

Angel la mira con una expresión tensa.

—Lo siento —continúa—. Fue un día largo. Solo intenten comportarse, ¿está bien? Los dejaré descansar. Les espera un gran día mañana.

Se levanta de la cama y se marcha. Ni bien cierra la puerta, Angel se pone de pie y empieza a caminar de un lado a otro.

—Esto es una *mierda*.

—No está tan equivocada —dice Ruben.

Angel voltea directo hacia él.

—¿Qué?

—Estabas completamente drogado en una ciudad desconocida sin protección —dice—. Podría haber pasado cualquier cosa.

—No soy el único.

—¿Qué quieres decir?

—Solo digo que tú tienes tus formas de descargar energía —dice Angel y me mira directo a mí—. Y yo tengo las mías.

—Guau —dice Jon—. Retira lo dicho.

Me cruzo de brazos. ¿Es lo único que soy para Ruben? ¿Una forma de descargar energía, solo para llegar al final de esta gira? No, Angel solo lo dice para lastimarlo.

—No peleemos —agrega Jon—. Intentemos…

—Ser buenos chicos —termina Angel, volteando hacia Jon—. Para que tu papi pueda quedarse sentado en su oficina llenándose los bolsillos con nosotros cuatro.

—Eso no…

—¿No te parece que es extraño que *tú* seas el que quiere que nos comportemos? Solo piensas en tu herencia.

—Vete a la mierda, Angel.

—Ah, entonces sí sabe insultar, qué duro. Yo…

Una idea aparece en mi mente y, antes de poder pensarla con claridad, me levanto, me acerco al minibar y lo abro. Saco cada una de las botellas diminutas y las arroja sobre la cama, todo el mundo se queda en silencio.

—Eso es —digo y tomo una de las botellas de whiskey—. Hagamos una tregua. Necesitamos descansar una noche.

Todos me miran.

—No hay manera de que puedas beber eso sin ahogarte —dice Angel.

Cierro los ojos por un segundo y lo dejo pasar. Si le respondo, solamente seguiremos discutiendo hasta la eternidad.

—Puede que no tengamos permitido salir del hotel —digo, mientras abro la botella—. Pero eso no significa que no podamos divertirnos aquí. Además, Chorus invita.

—Cuenta conmigo —dice Angel—. Como si hubiera alguna duda.

—¿Estás seguro? —pregunta Jon.

Para responderle, levanto la botella y bebo un trago.

Ah, por Dios. Fue un error.

Arde.

Toso y escupo todo, y todos empiezan a reír mientras me golpeo el pecho para quitar el ardor de mi garganta.

—Toma —dice Ruben, tomando una lata de Coca-Cola dietética y sirviéndola en dos vasos. Luego me quita la botella de whiskey y sirve lo que queda en otro vaso, antes de devolvérmela.

Bebo un sorbo. Todavía puedo sentir el whiskey, pero no es tan intenso como antes. De hecho, se siente bastante bien.

—¿Mejor? —pregunta, mientras se prepara el suyo.

—Mucho mejor.

—Admiro tu intento de dar el primer paso —dice—. Me sentí intimidado hasta que lo bebiste.

—Mentira.

—No, la verdad que no, pero eres *lindo* cuando intentas ser malote.

Esbozo una sonrisa, un poco mareado por el trago.

—Cuenta conmigo —dice Jon—. No tolero estar así de sobrio.

—Amén —dice Angel.

—Quién lo habría creído —dice Ruben, mientras empieza a acariciarme la cabeza—. Lo único que teníamos que hacer era tener un amorío para que se llevaran bien.

—Quizás deberíamos haberlo hecho antes.

—Tú —dice Angel, señalándome a mí antes de beber otro trago de vodka. Lo traga como agua—. Deja de ser adorable y pon algo de música.

—Ahí voy.

Abro mi Spotify. Estuve escuchando una compilación de lados B y rarezas de una de mis bandas favoritas, que no es precisamente la mejor música para una fiesta. Lo que quiero es una canción para beber y poder olvidarme de todo. Termino eligiendo una canción de hiperpop que sé que Angel ama. Le doy a reproducir.

—Gran elección —dice Angel y empieza a disfrutar la música—. Parece que tienes *algo* de buen gusto.

—Ja.

Ruben se sienta a mi lado.

—Tú fallaste, por cierto —dice, manteniendo la voz baja.

—¿Por qué?

—Sigues siendo adorable.

Hago un gesto como si estuviera vomitando, porque estoy bastante seguro de que tengo que hacer eso cuando alguien dice algo así de cursi, incluso aunque me trasmita calidez por dentro.

De todos modos, se siente bien.

Todos terminamos destruidos.

Resulta que el whiskey es *fuerte*.

Ruben y yo estamos sentados en el suelo a los pies de la cama con las piernas estiradas por delante, tomados de las manos. Angel está en el baño, vomitando. Estoy tan ebrio que apenas puedo concentrarme en los sonidos por encima de la música y el zumbido en mi oído. Jon está junto a Ruben, tiene los ojos cerrados, la nuca apoyada sobre la cama.

El cuarto no deja de moverse y los bordes de mi visión están borrosos.

—¿Estás… bien? —pregunta Ruben, luego ríe—. Estoy tan… ebrio.

Sonrío. Siempre que está ebrio se lo cuenta a todo el mundo.

—Estoy bien. Solo ebrio.

—Dios, yo igual. Muy ebrio. —Levanta mi mano y la besa.

La canción cambia, se vuelve más lenta, un poco indecente. Las luces están apagadas y todo tiene un tinte azul en la oscuridad, como si girara. ¡Ah! Conozco esta canción. Es muy sexy. Las canciones pueden ser sexys. Las canciones de Saturday son lindas, pero a veces me gustan las canciones que son ardientes. Canciones sobre sexo y esas cosas. Quizás podría escribir una canción sobre sexo. Aunque quizás sea un poco extraño llevársela a Geoff. Como diciendo, "Aquí tienes, esto es lo que pienso o siento de salir con un chico, espero que te guste".

Hablando de eso, Ruben está a mi lado.

—Deberíamos volver a mi cuarto —digo, tocándole levemente la nariz—. Quiero dormir.

Nunca pudimos dormir en la misma cama y, mierda, no puedo creer que mi versión ebria lo acaba de invitar a dormir conmigo.

—No quiero dormir, pero ir a tu habitación suena bien.

En el baño, Angel vomita otra vez. Qué asco.

Ruben y yo nos ponemos de pie con nuestro mayor esfuerzo y Jon abre los ojos.

—¿Se van? —pregunta.

—Sí, es tarde —dice Ruben.

Jon se pone de pie y nos abrazamos como un trípode, usándonos a cada uno como soporte.

—Está bien —dice Jon, haciendo puchero con la boca, y luego presiona su frente contra la mía y frota una mano sobre mi nuca.

—Ustedes dos se ven tan bien juntos. En serio, no lo arruinen, porque es especial. Ahora vayan, yo me encargo del desastre que es nuestro residente.

—¡Te escuché!

Ruben y yo salimos al pasillo.

Y mierda.

Hay dos guardias de seguridad desconocidos al final del corredor. Llevan trajes grises claro y corbatas blancas. Sus expresiones estoicas no cambian cuando nos ven.

Siento que estoy en problemas, aunque no haya hecho nada malo. Beber a los dieciocho es legal aquí. Y de seguro les contaron sobre Ruben y yo, y firmaron un acuerdo de confidencialidad.

Vamos a mi cuarto y entramos. Ruben estuvo quedándose en mi cuarto muchísimas veces últimamente, así que está más ordenado que de costumbre.

Nos acostamos sobre la cama y entrelazamos nuestras manos.

—Eres hermoso —le digo—. Lo sabes, ¿verdad?

—¿De dónde viene eso?

—No sé. Supongo que solo me siento afortunado. Y entiendo lo que Jon dice. Esto es... ya sabes.

Me besa la frente y cierro los ojos.

—Estuve pensando una cosa hoy —dice Ruben—. Y no deja de molestarme.

—¿Qué cosa?

—Es algo que nunca te conté. Y quiero hacerlo, pero tampoco quiero que me veas como un cretino.

Si bien estoy completa y totalmente destruido, eso es suficiente para que intente recobrar la compostura.

—Dime.

—¿Estás seguro?

—Sí.

—¿Estás seguro de que estás seguro?

—Sí.

—Está bien, prepárate. El primer día en el campamento de Hollow Rock, con mi mamá llegamos estúpidamente temprano y no había nadie más ahí. Luego aparece un auto elegante y mi mamá me dice "Ese es Jonathan Braxton. Su padre es Geoff Braxton. Asegúrate de hacerte amigo de él".

Parpadeo. Todos los años, Jon se anotaba al campamento con un apellido falso para evitar ese tipo de situaciones. Si la gente en el campamento hubiera sabido que era Jon Braxton, nunca lo habrían dejado un segundo en paz, y nunca podría haber confiado que alguien quisiera ser realmente su amigo. Yo no supe que era el hijo de Geoff Braxton hasta que Geoff nos llamó a nosotros y a nuestros padres para tener una reunión la noche que siguió al último show.

—Entonces, ¿ya conocías a Jon?

—Sí.

—¿Él lo sabe?

–Sí. Dios, sí, lo sabe. Me pidió que no le dijera a nadie quién era y así es como nos hicimos amigos. Y me agradó mucho más una vez que pude conocerlo. Pero ¿crees que alguna vez podemos…? O sea… ¿Cuál es la palabra que estoy buscando, Zach? ¿Sabes a lo que me refiero? –Se queda con la mirada perdida–. *¡Sesgo!* ¿Puedes quitar ese sesgo cuando tienes información como esa sobre otra persona? O sea, *creo* que cuando tú y Angel me pidieron que participáramos juntos en el último show, habría dicho "No, Jon tiene que venir", incluso aunque no supiera quién era su papá. Zachary, me *gustaría* creer eso. Me *gustaría* hacerlo. Pero quizás no es lo que hubiera hecho. Quizás hubiera actuado como "Bueno, Jon encontrará a otra persona. Además, él y Angel no se llevan *para nada* bien, será muy incómodo, bla bla". ¿Quién sabe?

Mi cerebro ebrio intenta seguir la conversación.

–Pero ahora le cae bien. Están bien ahora.

Suspira.

–Ese no es el punto.

–¿Entonces cuál?

–¿Qué tal si lo usé? –susurra Ruben–. ¿Qué tal si me hice su amigo para poder cantar frente a su padre?

–Pero no fue el caso. Era evidente que le agradaste.

–Sí, pero *sabía*. Y no podía olvidarlo. Entonces todo esto no ocurrió porque fuimos buenas personas ni porque trabajamos más duro que el resto, ni siquiera fue porque tuvimos suerte. Ocurrió porque mi mamá es despiadada y quizás yo también lo sea.

Lo estudio detenidamente.

–No eres insensible. Eres una buena persona.

–Espera, espera. Hay otra cosa. El *punto* es que, cuando me besaste, pensé que me estabas usando. Creo que ya te lo dije. ¿Te lo dije? No importa. Pensé que me estabas usando, como *todo el mundo*. Como todos los tipos que conocí. Siempre son heterosexuales que quieren experimentar con su sexualidad o son gais pero quieren convertirse en estrellas pop. Entonces creí que *tú* también hiciste eso y yo me quedé como, *mierda*. Esto ya tiene que ser karma. Fui un idiota con Jon y ahora tengo que pagar por eso hasta la eternidad. Nunca le voy a agradar a nadie. Siempre me van a usar. Y bueno, *eso* –termina, su cabeza inclinada hacia un lado–. Por eso me sentía tan mal. En mayor medida.

Paso una mano por debajo de su camisa.

–Sin ofender –digo–, pero es una estupidez. No es karma porque no eres un mal tipo. Lo único que hiciste fue hacerte amigo de alguien después de que tu mamá te obligara a hacerlo. Son cosas que pasan. Incluso aunque *sí* estuvieras maldito o lo que sea, debo haber roto esa maldición, porque no te estoy usando para nada. –Desliza sus dedos sobre mis piernas y llevo mi cabeza hacia atrás–. Aunque no me molestaría usarte para *otras* cosas…

–Estás ebrio.

–Estás sexy.

Sonríe con tristeza.

–¿Qué tal si me estoy convirtiendo en mi mamá, Zach?

Lo acerco más a mí.

–Escúchame. Tu mamá es el peor ser humano del mundo. Tú eres el mejor. No te pareces en nada a ella.

–Gracias –se queja–. Guau, okey. Estoy en la cama con un chico atractivo y lo único que hago es hablar sobre mi mamá.

–¿Qué prefieres hacer?

–No sé. Pero creo que sería mejor que te quitaras la camisa.

Río y empiezo a quitármela y la arrojo hacia un lado. Me desplomo sobre la cama, deslizando una mano nuevamente hacia el mismo lugar en el que estaba antes, por debajo de su camisa.

–¿Mejor? –pregunto.

Me besa, su mano apoyada por completo sobre mi pecho. Se recuesta y me acerco más a él, hasta estar sobre su cuerpo y tener sus piernas sobre mi cadera. Todavía está vestido y yo tengo los jeans, pero no importa.

Creo que me gusta estar así.

Ruben se detiene.

–Gracias por ser el mejor. No sabía si le contaría a alguien lo que te acabo de contar.

–Me alegra que lo hayas hecho –digo.

Toca mi collar de plata que cuelga entre ambos.

–Y sabes, lo entiendo –digo–. Sé que es horrible sentirse usado. De verdad quiero que sepas que nunca te haría eso y lamento que el Adonis te tratara de ese modo.

–Mmmmm. Solo es un ejemplo de mierda entre *un millón*.

–Pero era bastante sexy.

–Ah, ¿lo notaste?

–Definitivamente –digo–. No lo sabía en ese momento, pero estaba celoso.

–Tú eres más mi tipo. Además, más importante aún, tú no eres un cretino. –Cierra los ojos por un momento–. Oye, ¿recuerdas cuando me conociste?

–Es difícil de olvidar.

Estaba llegando tarde al campamento y entro a mi cabaña para dejar las cosas antes de salir corriendo a la reunión de orientación. Pero entonces, por accidente, me choqué con Ruben, que había regresado a buscar su inhalador. Gritó y luego me arrojó una almohada, pidiéndome que *nunca* más volviera a hacer eso. Mas tarde me contó que se había asustado tanto porque había visto *Viernes trece* justo antes de ir al campamento.

—¿Cuál fue tu primera impresión de mí? –pregunta.

Intento recordar y, para mi sorpresa, lo recuerdo con mucha claridad. Yo entrando a la cabaña y sintiendo cómo se me congelaba la sangre cuando entendí que me había chocado con un chico que no conocía. Incluso a primera vista, sabía que Ruben era alguien que quería que me agradara.

—Recuerdo que me pareciste especial –digo–. De inmediato, supe que serías bastante importante en el campamento, tenías esa vibra.

—Qué lindo –dice con suavidad.

—¿Recuerdas cuando me conociste?

—Sí.

—¿Y?

—Recuerdo que pensé: ¿cómo voy a mantener la calma compartiendo cabaña con un chico así de atractivo?

Apenas puedo contener mi sonrisa.

—¿Y ahora? –le pregunto, besándolo justo por debajo de su oreja.

—Creo que lo manejé bien.

—Yo también.

Estoy muy ebrio, pero no puedo evitar quedarme pensando en eso. ¿Entonces Ruben gustaba de mí desde hacía mucho más tiempo del que sabía? ¿Y desde hace cuánto me gusta a *mí*? Lo que confesé ebrio era verdad; estaba celoso del tipo con el que estaba hablando en la fiesta de Angel. Siempre sentí algo intenso por Ruben, pero la serenidad con la que se da ahora me hace pensar que siempre hubo algo romántico en esos sentimientos.

Quizás tan solo no estaba listo para aceptarlos hasta ahora.

—Oye –dice–. ¿Alguna vez pensaste en nosotros como…?

–¿Novios? –termino la pregunta.

–Sí.

–Definitivamente.

Levanta las cejas.

–¿Y?

–Bueno, no tengo intenciones de dejar de verte de *este modo*, así que se siente un poco inevitable.

–Lo mismo digo.

–Entonces... –río–. Sí.

Se muerde el labio.

–Ser novios sería agradable. Solo digo.

–Sí, es verdad –digo, manteniendo la voz grave y mesurada.

–No tenemos que hacerlo –dice–. Pero, para que conste, si me lo preguntaras, diría que sí.

–Si me lo preguntaras a mí, también diría que sí. Para que conste.

Eso queda flotando entre ambos.

–Entonces, lo dejamos así –dice, sonriendo–. Ambos lo queremos, así que solo uno tiene que preguntárselo al otro.

–Sí. ¿Quieres que lo haga yo o quieres hacerlo tú?

Sus ojos se iluminan.

–¿Qué tal si lo preguntamos al mismo tiempo? ¿O es demasiado cursi? Ah, Dios, sí, lo es. Estoy demasiado ebrio. Ignórame.

Se tapa la cara con una mano.

–Oye, Ruben –digo.

–¿Sí? –Mueve sus dedos, asomándose.

–¿No querías preguntarme algo?

Su sonrisa mejora mi día.

Y lo que me pregunta ilumina toda mi vida.

QUINCE

RUBEN

Estoy sentado en el cuarto de Penny en un hotel en Praga, mientras me cortan el cabello y me lo tiñen para el concierto de esta noche, y recibo un mensaje de mamá.

> Mira este artículo interesante sobre cómo los metales pesados del agua de grifo pueden matar bacterias necesarias para el organismo y causar sarpullidos. Revísalo. ¿Cómo están tus problemas de piel?

—¿Problemas de piel? —lee Penny por detrás de mi hombro con suspicacia—. ¿Qué problemas de piel?

Zach, a quien ya terminaron de hacerle su peinado perfectamente desprolijo con un estilo barrido al viento, está sentado contra la pared con un cuaderno y golpea el suelo alfombrado con una mano.

–¿En serio? –pregunta. Aparentemente, no necesita contexto.

Angel y Jon están tirados sobre la cama recién hecha esperando su turno para cortarse el cabello. Gruñen al unísono y Angel hace una mímica bastante convincente como si le estuviera estrujando el cuello a alguien. Parece que ellos tampoco lo necesitan.

Penny, que no tiene ningún tipo de contexto y claramente lo necesita, baja las tijeras.

–¿Me estoy perdiendo de algo? –pregunta. Cierro el mensaje ofensivo y guardo el celular nuevamente en mi bolsillo.

–Es solo mi mamá. Aparentemente publicaron un artículo que dice que estamos muy estresados en esta gira y por eso pasó lo de Berlín, y agregaron que mi sarpullido es evidencia de ello.

Me lo envió hace algunos días y, por supuesto, no pude evitar mirarlo. Fue demasiado duro. Hicieron un zoom tan tremendo que algunos granos en mi frente y barbilla quedaron más pixelados que un demonio y cubrieron toda la pantalla. Eso es lo que pasa por cambiar mi rutina de limpieza de maquillaje rigurosa por las sesiones de besos con Zach, supongo.

–¿Qué? ¿Esas dos cositas? –pregunta Penny, acercándose para ver mi cara con detenimiento–. Eso no es porque estás estresado ni porque bebiste agua del grifo. Es porque eres adolescente.

–Bueno, en defensa de Veronica, también estamos estresados –agrega Angel, moviendo sus piernas por el aire como si estuviera andando en bicicleta mientras sigue recostado de espalda sobre la cama–. Ya no tenemos permitido relajarnos, en caso de que no te hayas enterado.

–En defensa de Veronica –repite Zach, cerrando el cuaderno sobre sus piernas para un mayor énfasis–. No es algo que esperara escuchar alguna vez.

—Oye, ahora es tu suegra –bromea Jon–. Muéstrale un poco de respeto.

—Ah, vaya que le mostraré respeto –gruñe Zach–. Incluso le escribí una canción.

Angel se entusiasma cuando escucha esto y voltea hacia Zach.

—¿Es la que estabas escribiendo ayer? ¿Esa que decía algo como "Te arrojaría a una jauría de lobos, pero eres demasiado asquerosa como para que te coman"?

—Es "La putrefacción de tu alma brotó hacia tu piel", pero sí.

—Ay, ¿le escribiste una canción a mi mamá antes que a mí? –Me soplo un mechón que cuelga sobre mi cara–. ¿Dónde quedó el romance?

Zach vacila, inocente.

—Yo… ¿querías una canción?

Mi corazón se llena de esperanza. Cómo es que alguien puede ser tan dulce y complaciente, nunca lo sabré.

—Hazlo –dice Jon, riendo–. Son tan sensibleros que papá quizás los deje usarla en el próximo álbum. –Luego empieza a cantar la parte de Zach en *Unsaid*. "Eres la explosión que me desgarra y lamento decirte que mi corazón te reclama…". –Mira a Angel y le hace un gesto para que lo acompañe–. *Ruben* –cantan en una armonía perfecta, en lugar de "amor".

Zach se ve como si quisiera que el suelo se lo tragara vivo.

—En lo personal, me gusta más la de los lobos –digo–. Deberíamos usarla.

—Si esa canción llega al próximo álbum, entonces también tendrán que usar mis canciones –dice Angel, sentándose con las piernas cruzadas.

—¿Escribiste una canción? –pregunta Zach con cierto interés y un poco de preocupación.

—Sí, esta mañana. –Se aclara la garganta–. "Una chica de Virginia, se metió ajo en la vagina. Dijo que era natural…".

–*Listo*, suficiente –dice Penny enseguida, dándome una palmada en el hombro para que me levante de la silla–. Angel, sigues tú.

Angel la mira furioso mientras se baja de la cama.

–Qué irrespetuosa.

–Sigue trabajando –dice Zach inexpresivamente, centrando nuevamente la atención en su cuaderno mientras me siento en el suelo a su lado–. Creo que tiene mucho potencial.

–Algunas personas –dice Angel, victimizado, mientras se sienta cuidadosamente en la silla–, simplemente no saben apreciar la vanguardia.

Creo que estoy un poco exhausto.

Creo que todos lo estamos.

No es tanto porque la energía de este concierto haya sido horrible. Sino más bien porque la vibra tras bastidores no fue la mejor. Supongo que no debería sorprenderme, considerando el tiempo que pasó desde que tuvimos ese problema, pero debo admitir que agradezco que la próxima semana tengamos cosas más variadas para hacer. No tendremos que dar ningún concierto por casi una semana, ya que filmaremos el video musical de *Overdrive*. Sigue siendo trabajo, pero es un cambio agradable de la monotonía robótica de las promociones, los conciertos, los cuartos de hotel y todo eso mismo, una y otra vez.

Lo único que nos separa de eso son solo unos pocos shows, incluido el de esta noche.

Entonces me obligo a saltar con mucho entusiasmo y cantar la misma melodía de las notas fáciles. Bailo los mismos pasos. Miro a la misma multitud anónima. Leo los mismos carteles (TE AMO RUBEN. ZACH

KNIGHT, TE QUIERO CONMIGO ESTA NOCHE. ¡ANJON!). Cierro a medias los ojos por las mismas luces y respiro el mismo humo en el mismo instante todas las noches. Paso a paso, ordenado milimétricamente.

Luego pasamos a *Unsaid* y regreso a mi cuerpo. Jon mueve las cejas al inicio de la canción y no puedo evitar sonreír. Claro, la canción no tiene nada que ver con Zach y conmigo, pero ahora se siente como si fuera *nuestra* canción.

De pronto, las luces destellantes y los colores pierden su encanto. Ansío hasta mis huesos, con toda el *alma*, la libertad que merecemos. Poder hablar con la multitud sobre cosas que no han sido preaprobadas. Compartir esta historia con ellos, un pequeño momento agradable entre nuestro grupo, y el nuevo significado de la canción que les cantamos. Contarles sobre Zach y yo. Oír sus gritos, su aliento, y dejarlos entrar a nuestras vidas, para que puedan querernos a *nosotros* y celebrar con *nosotros*, no las imágenes curadas de nuestra identidad que nos vemos obligados a exhibir.

Estoy cansado de estar tan encerrado en mí mismo que ya ni siquiera sé si es publicidad engañosa, porque lo que ven *es* lo que reciben.

Perdí la mitad.

Unsaid es una canción con una coreografía particularmente compleja, de modo que no puedo quedarme pensando en esto por mucho tiempo antes de dejarme llevar por la música, girando, saltando, agachándome, volteando a tiempo. Sin embargo, los pasos me transportan a Zach cuando canta su parte y no puedo evitar quedarme mirándolo fijo mientras lo hace.

—"Eres la explosión que me desgarra" —empieza con su voz áspera y fuerte, mirando directo a la audiencia sin notar mi presencia—, "y lamento decirte que mi corazón te reclama…".

Y luego, *ja*, sus ojos vuelven hacia mí.

—Amor —termina, sus ojos iluminados con una sonrisa pronunciada. Le devuelvo el gesto y dejo salir una risa ahogada y agradable. Presiona los labios en un intento por apagar su sonrisa, pero no logra hacerlo; su boca prácticamente irradia la luz del sol. Estamos tan ocupados mirándonos que casi, *casi*, no le prestamos atención a nuestra señal para retomar la coreografía. Pero entramos a tiempo. La canción sigue tal como todas las noches, aunque esta vez se siente diferente, porque por encima de las luces, la multitud, los movimientos, el humo, las canciones y los pasos está la sonrisa de Zach y sus ojos fijos sobre mí, mirándome por encima de todo el ruido.

Esbozo una sonrisa emocionada y una risita amenaza con brotar de mis labios en las canciones que siguen. Y se siente *bien*.

Pero entonces, cuando bajamos del escenario al final de la noche, encontrarme con Erin y Valeria con expresiones severas me agarra con la guardia baja. Es casi como si pudiera sentir a la banda reduciéndose solo a nosotros dos mientras intentamos descifrar qué fue lo que hicimos mal y con quién están enojadas.

Erin me mira directo a los ojos primero a mí y obtengo la respuesta a esa pregunta. Vaya suerte.

—Camina y hablaremos —me ordena y avanzamos, pero me quedo levemente rezagado detrás de ella. Zach aparece a mi lado de inmediato y, si bien no me toca porque todavía hay mucha gente que puede vernos, su codo se roza con el mío, y estoy bastante seguro de que no fue accidental.

—¿Qué era tan divertido? —me pregunta Erin sin mirarme a los ojos.

Por una fracción de segundo, siento que es mi mamá y yo soy varios años más joven, y estoy atrapado en el auto a su lado mientras se prepara para regañarme a los gritos por mi comportamiento. Pero ella no es mi madre y no tengo por qué entrar en pánico, porque esto es trabajo y todos somos profesionales, y es solo una crítica constructiva.

Pero entonces, ¿por qué siento un nudo en el estómago y por qué tengo la punta de los dedos frías? ¿Por qué mis ojos se disparan en todas direcciones en busca de una ruta de escape por si acaso?

—Nada —contesto. Mi voz suena insegura.

—Sabes —dice—, entiendo que todo se sienta grandioso ahora. *Recuerdo* bien lo que es estar en tu primera relación seria. Pero ustedes dos tienen que trabajar duro para mantenerse profesionales.

Algo muy parecido al miedo atraviesa mi corazón.

—Ah, pensé que lo estábamos haciendo.

—¿Crees que sonreír como un niñito durante tres canciones y media en el escenario, durante un concierto donde la gente pagó una buena cantidad de dinero para verlos es profesional? —pregunta Erin, ahora sí mirándome. No sonríe—. Sé que puedes hacerlo mejor que eso, Ruben. Tú no eres así.

Siento que me estoy muriendo. Me invade una necesidad urgente de encontrar un pequeño hueco silencioso en algún lugar perdido y acurrucarme en su interior para esperar a que pase el día o quizás la semana. Tiene razón. Mi mamá me mataría si descubre que hice eso. Debería esclarecer mi mente. No vinimos a divertirnos. Vinimos a dar un show.

¿Cómo puedo olvidarme de eso?

El brazo de Zach se roza con el mío una vez más, esta vez con más firmeza.

—Pero cantamos bien —dice—. No lo arruinamos.

Lo miro a los ojos y sacudo la cabeza. Lo último que quiero ahora es empeorar las cosas. Solo quiero que Erin se vaya para que podamos olvidarnos de esto y pueda mejorar la próxima vez para demostrarle que *sí* soy profesional y no cometo errores estúpidos y tontos, como un niño que juega en su clase de teatro.

Erin voltea hacia él con firmeza.

—No te conviertes en el mejor poniendo el mínimo esfuerzo —dice—. No estás haciendo lo que tienes que hacer para ganar lo que ganas. ¿Viste a esa gente allí afuera? Te adoran. Para muchos esta es la única oportunidad de sus vidas para verte. Algunos incluso estuvieron esperando años. No les faltes el respeto improvisando o perdiendo el foco porque tienes una nueva distracción. Si esto vuelve a ocurrir, los tendremos que poner en puntas opuestas del escenario por lo que queda de la gira.

Un segundo, ¿está amenazándonos con separarnos como si fuéramos un par de niños que no pueden prestar atención si sus amigos están cerca? Puede que lo hayamos arruinado esta noche, pero no creo que nos merezcamos que nos hable así. Mi vergüenza se mezcla con indignación, pero mi ansiedad interviene antes de que pueda formular una respuesta. *Solo sonríe. Asiente. Discúlpate. No le des una razón para castigarte.*

Me muerdo la lengua y asiento una única vez.

—Lo siento. No volverá a pasar. No te preocupes.

Erin se emociona con mucha energía.

—Bien, eso es todo lo que quería escuchar.

Justo por detrás de nosotros, aparece Valeria.

—Zach, ¿puedo hablar contigo un segundo?

Regresar hacia ella con el ceño fruncido. Aminora bastante la marcha, de modo que quedan a varios metros por detrás de nosotros y no puedo escuchar nada. Pero, a juzgar por la expresión en su cara, ya sé que no me gusta lo que le están diciendo.

Cuando finalmente se aparta de Valeria y nos acompaña, ya estamos cambiándonos en el vestuario. Levanto las cejas con curiosidad, pero solo esboza una sonrisa forzada y sacude la cabeza mientras se quita la chaqueta para entregársela a Viktor. *Más tarde.*

Más tarde termina siendo una vez que regresamos al hotel.

Zach se pasa el resto de la noche cerrado a sí mismo, callado y distante. Incluso en el autobús se sienta a mi lado en silencio. Obviamente no es el mismo silencio que la vez pasada, porque cuando acaricio su brazo con mi pulgar, inclina su cuerpo con fuerza hacia mi lado y me presiona contra la ventana. Es evidente que necesita algo de mí, pero no quiere decirlo en frente de los demás.

Entonces, ni bien salimos del elevador y los guardias de Chase se ubican en sus puestos de trabajo en la puerta de nuestros cuartos, le esbozo una sonrisa de falso entusiasmo.

—¿Quieres venir a ver una película o algo? —le pregunto. Asiente con entusiasmo, una expresión de alivio en su mirada.

—Ah, ¿a nosotros no nos invitan? —pregunta Angel con un tono burlón.

Jon suspira.

—Angel.

—Solo digo, nosotros siempre tenemos que quedarnos sentados solos en nuestras habitaciones porque nadie puede venir a visitarnos y nadie les pidió a ellos que dejaran de *visitarse.* Y a ti te gusta estar solo. Así que básicamente yo soy el único que tiene que cambiar mi comportamiento.

Zach parece angustiarse más con cada segundo que pasa y eso oficialmente me quita la paciencia.

—Nadie te impide pasar tiempo con Jon si te sientes solo —digo—, y nadie te impide invitarnos a pasar el rato contigo *sin* que haya una fiesta. No nos culpes a nosotros porque te prohibieron tener visitas, Angel. Nosotros intentamos detenerte.

—No se habrían enterado si ustedes no nos hubieran perseguido para hacer una escena —dice con frialdad.

—No lo sabes —dice Jon, mirándonos y levantando las cejas alarmado—. Quizás no habría salido bien de ninguna forma. Además, ya está hecho.

Zach se envuelve con sus brazos.

—¿Quieren venir? —pregunta, un poco desesperado. Estoy bastante seguro de que no quiere pasar tiempo con Angel y Jon, de otro modo lo habría mencionado en el autobús. Pero intentar hacer que Zach priorice sus necesidades por sobre las de los demás es como rogarle a una abeja que no se sacrifique por su colmena.

Miro furioso a Angel y él me mira a mí y luego a Zach, entonces levanta una mano.

—Nah, estoy cansado.

Él y Jon se marchan a sus habitaciones y Zach frunce el ceño.

—¿Mañana? —pregunta.

—Claro. Puede ser. —No podría sonar menos entusiasmado.

Cuando entramos a mi cuarto, Zach se queda deambulando junto a la puerta, subiendo y bajando sobre la punta de sus pies como si se estuviera preparando para levantar vuelo. Me desplomo con pesadez sobre la cama y los resortes crujen.

—¿Qué pasó?

Da algunos pasos por la habitación y se queda mirando por la ventana a las luces brillantes de Praga.

—Nada. Valeria quería marcarme algunas cosas sobre mi coreografía.

En algún lugar dentro de mí, se activa mi sexto sentido. Cuando sobreviviste una vida entera de comentario pasivo agresivos y amenazas veladas, tu estómago empieza a reconocerlas antes de que tu mente sepa siquiera por qué. Y ya lo veo, este es uno de esos momentos.

—¿Qué clase de cosas?

Se encoge de hombros, como si no tuviera tanta importancia. Pero sí la tiene, de lo contrario no estaría tan callado.

—Dijo que me distrajiste esta noche y eso hizo que perdiera el ritmo. Parece que últimamente lo pierdo mucho y necesito trabajar con ella en mis tiempos libres durante la filmación del videoclip.

Valeria tiene mucha suerte de no estar en la misma habitación que nosotros ahora mismo, porque tendría que escuchar algunas cosas que tengo para decirle.

—No pierdes el ritmo —digo, intentando mantener la calma.

—¿Cómo lo sabes? Tampoco es que me miras cuando bailamos.

Me pongo de pie y me acerco a toda prisa a él.

—Eh, ¿porque trabajo contigo desde hace años? ¿Y te vi bailar un millón de veces?

Empieza a juguetear con la cortina.

—Sí, pero es el trabajo de Valeria marcarnos cuando estamos haciendo algo mal. Y *yo* soy el peor bailarín de los cuatro. Me frustra mucho. Créeme que lo *intento*. Pero no tengo el carisma ni el cuerpo perfecto, o lo que sea. Solo quiero escribir música y cantar, y lo saben desde el principio, pero siguen insistiendo con que sea un chico pop. Es solo que no soy... tan bueno como... —se queda sin palabras, ningún músculo de su boca funciona.

Tomo su mano.

—Oye, sí que lo eres —digo—. Eres grandioso, de hecho. Y toda esa reunión no tuvo nada que ver con tu forma de bailar.

Presiona con fuerza mi mano, pero sigue mirando por la ventana.

—¿Entonces por qué crees que fue?

¿Honestamente? Creo que se enfadaron porque nos atrevimos a interactuar un poco en el escenario y están asustados por los rumores, pero no quieren dejarlo en claro. Creo que están empezando a encontrar cualquier excusa para separarnos tanto como sea posible, y creen que, si lo llevan por el lado del profesionalismo y las distracciones, no podemos acusarlos de que estén haciendo algo mal. No lo noté cuando Erin me estaba gritando, porque en parte creía que me lo merecía.

Debería decirle todo esto a Zach, pero dudo. *Recién* acaba de contar la verdad sobre su identidad sexual. Y todavía sigue procesándolo, por Dios. Ni siquiera le contó a su *mamá*. Entonces, sí, una parte de mí quiere protegerlo de todo lo que significa ser queer y cómo cambia las cosas de un millón de maneras sutiles. Cómo siempre tienes la incertidumbre de si muchas cosas son justas o si están teñidas de odio. Cómo la mayoría de las veces no puedes levantar la voz sin que la gente se ponga en tu contra y te empiece a llamar sensible y exagerado, porque puede ser tan traicionero que tú eres el único que nota lo que realmente es.

Si puedo protegerlo del lado oscuro de la realidad, al menos por un poco más… lo haré.

Entonces, a pesar de mis reservas, bajo la mano y retrocedo.

—Estamos todos muy cansados. Y nos prestaron mucha más atención a ti a mí porque nos estábamos riendo y lo notaron. Si no fuera por eso, no habrían visto nada, te lo aseguro.

Zach finalmente se aparta de la ventana.

—¿Puedes ayudarme? ¿Ahora?

Parpadeo.

—Zach…

—Solo déjame mostrártelo. Dime si estoy fuera de tiempo y no vale mentir.

Nos quedamos mirando fijo por un rato, hasta que termino cediendo y saco mi teléfono para buscar nuestra discografía.

–Está bien. ¿Qué canción?

–*Unsaid.*

Mi boca se curva levemente mientras busco la canción. Tenía el presentimiento de que elegiría esa.

Me quito los zapatos y me acomodo en la cama mientras la música suena a todo volumen por la bocina de mi móvil y Zach se mueve hacia el centro de la habitación. Empieza a bailar con destreza, volando con cada paso que ambos sabemos de memoria. En ningún momento trastabilla ni parece inseguro. Aunque no esperaba que lo hiciera. Nos hicieron estudiar a fondo estas canciones antes de empezar la gira. Se siente como hace una eternidad. En casa. Antes de… todo.

Para ser justo, pasó mucho tiempo desde la última vez que me detuve a mirar a Zach bailar. Desde hace semanas, meses, incluso años… lo hace bien. Estuvimos lado a lado en sincronía.

Al principio, necesitaba más ayuda que yo. Yo tuve una vida de musicales en el teatro y clases de jazz gracias a mi mamá. Pero Zach tenía… el fútbol. Entonces, mis recuerdos de Zach bailando son completamente diferentes, quizás no tan fluidos.

¿Pero ahora? Lo hace ver tan fácil como respirar. No luce tenso en ningún momento y no tiene ninguna expresión de concentración. Solo destreza. Luego de una vuelta particularmente fluida, me mira a los ojos y sonríe consciente, pero no se detiene.

Estoy contento. No quiero que se detenga.

Es hipnóticamente hermoso.

Cuando la canción termina, se queda quieto, esperando mis comentarios. Ni siquiera está sin aliento. Supongo que esta clase de cosas está por debajo de nuestro nivel ahora. En algún otro momento, apenas podíamos terminar una canción sin terminar muertos en el suelo, suplicando por un poco de agua. Pero ahora lo hacemos mientras cantamos sin parar, noche tras noche.

–¿Y bien? –pregunta impaciente.

Me levanto lentamente y cruzo la habitación en su dirección.

–Entonces –digo, alzando la vista desde sus calcetines hasta sus ojos, los cuales tienen un tono caramelo derretido en miel bajo esta luz. Con una sonrisa suave, ubico mis manos a cada lado de su cintura mientras bajo la voz hasta que es un susurro–. No perdiste el ritmo.

Hace una pausa y me mira en busca de alguna señal de que esté mintiendo o que quizás esté siendo más sutil de lo que debería, supongo. Pero entonces, exhalando con pesadez, me besa con intensidad y sus brazos se envuelven a mi alrededor. Su pecho se presiona contra el mío y puedo sentir el calor de su piel a través del algodón fino de su camisa y el latido acelerado de su corazón, y de pronto apenas puedo evitarlo.

Me besa como si pudiera borrar las frustraciones y el dolor del día, con un frenesí y una profundidad que se intensifica con cada segundo que pasa, hasta que no puedo seguirle el ritmo. Camino hacia atrás, trayéndolo conmigo, hasta que mis piernas golpean la cama y ambos caemos sobre las suaves sábanas, suspirando. No se detiene, simplemente me toma del rostro y me besa entre sus manos.

Aceleramos de cero a cien kilómetros por hora en cuestión de segundos, pero mi cuerpo no pierde el ritmo. Mi respiración se siente pesada y rápida, y sujeto su cintura y lo acerco con firmeza hacia mí. El peso de su cuerpo deja mi mente en blanco. Solo hay lugar para él y su esencia y el satín de su espalda donde mis manos navegan por debajo de su camisa y la levantan sobre su cabeza.

Entonces nos deslizamos hacia atrás, aún sobre la cama, y envuelvo las rodillas alrededor de su cintura para mantener la estabilidad mientras me quito la camisa y sus manos deambulan sobre mis piernas con una presión firme. Mi respiración se vuelve más intensa y pesada hasta ser embarazosamente fuerte, y ya no puedo mantenerme en silencio, y quiero estar tranquilo con todo esto, pero no puedo. No es posible calmarme y alejarme de él. Cambio de posición levemente, de modo que ahora soy yo el que toca sus piernas y luego, lentamente, me bajo de la cama y me arrodillo frente a él. Es un poder de dinámicas al que estoy acostumbrado. Ya practiqué sexo oral antes, a algunos novios en el pasado.

Entiende de inmediato lo que quiero decirle, porque traga saliva y agrega:

–Nunca lo hice.

–¿No quieres?

–No, sí, quiero. Solo te… decía.

Empiezo a desabrochar sus pantalones y empiezo a notarlo inquieto.

–¿Puedo preguntarte algo?

Está bien. Algo me dice que no es el momento indicado para desvestirlo. Me levanto y me siento a su lado en la cama.

–¿Sí? –Mi voz suena insegura. Nunca es una *buena* señal que alguien te interrumpa a la mitad de un beso para HABLAR, en mayúsculas.

–No es nada malo. Es solo que… soy consciente de que tuviste otros novios antes. Y no necesito saber todos los detalles ni nada por el estilo. Pero muchas de las cosas que estoy haciendo contigo es la primera vez que las hago. Me preguntaba si tú alguna vez… ya sabes…

–¿Si soy virgen? –termino por él–. No.

–Entonces, ¿ya no tienes la primera vez de nada? –pregunta.

–Lo siento.

—No, no pasa nada. Solo quería saber si sería el primero en hacer algunas cosas. Eso es todo. No me *molesta*.

Vacilo y aparto la mirada de él.

—Bueno, técnicamente, todavía me queda algo que nunca hice.

Inclina la cabeza con curiosidad.

No debería ser difícil, pero de pronto siento un gran aluvión de vergüenza. Con el estómago cerrado y las mejillas rojas como un tomate, digo las palabras, teniendo cuidado de no mirarlo a los ojos.

—Nunca me hicieron sexo oral.

No es un accidente.

Nathaniel, un chico con el que salí durante un tiempo, esperaba que yo fuera el que lo hiciera, y si bien nunca lo hablamos, se sentía como si estuviera haciendo *lo correcto* si yo lo iniciaba. Como si fuera un buen novio que pensaba en el otro antes que en mí mismo, como *debería ser*. Supongo que se me quedó grabado en la mente, porque cada vez que llegaba ese momento con un chico, me aseguraba de ser yo el que lo hacía. De todas las cosas que hay para hacer, esa es la que más vulnerable me hace sentir. Recostarme y no devolver nada. Confiar de algún modo que todavía tengo valor para la otra persona, aunque no me lo esté ganando.

Si bien mi mente sabe que eso es una mierda, no estoy seguro de que mi corazón se haya subido a ese tren de la confianza. Estoy tan acostumbrado a las condiciones. Mi vida entera estuvo repleta de ellas.

Para mi sorpresa, Zach sonríe.

—Yo podría cambiar eso.

—Eh. ¿Supongo? Podrías.

Capta el leve pánico en mi voz.

—O no —dice—. Está bien.

Me relajo una vez más y me besa suavemente en los labios. Sentir su sabor, junto con su tranquilidad, me hace sentir a salvo y seguro. Terminamos acostados sobre las almohadas, besándonos con tanta intensidad que nos quedamos sin aliento. Luego mueve su rodilla sobre mi muslo y un pequeño sonido escapa mi garganta antes de poder evitarlo.

Y entiendo con una chispa de claridad que me siento completamente a salvo. No tengo miedo de lo que pueda ocurrir si hacemos esto.

Algo en mi interior se despierta. Placer. Entusiasmo. El anhelo de que me toquen así.

–De hecho, está bien –susurro, mi corazón late como un martillo. Se siente como si se hubiera caído en algún lugar dentro de mi estómago–. Si tú mmm… ¿si tú quieres?

El cabello de Zach me hace cosquillas en la frente.

–Sí –murmura entre bocanadas de aire–. Quiero. Quiero.

Sujeto las sábanas debajo de mis puños y llevo la cabeza hacia atrás. El momento se siente enorme. Lo último que nunca hice. Pero los nervios se evaporan en cuestión de segundos y quedan reemplazados por expectativa.

Y luego lo reemplaza algo completamente diferente. Y podría ser el calor de todo, la adrenalina, pero en algún lugar turbulento de mi mente, un pensamiento aparece. Un pensamiento sobre Zach y lo *necesario* que se volvió para mí en tan poco tiempo. Como si fuera lo único que me mantiene conectado a la tierra. Como si perderlo fuera perder lo más importante y necesario que jamás me tuve en mi vida.

Pero es solo un pensamiento rumiante.

Cuando termina y nuestra respiración se tranquiliza, Zach apoya su cuello completamente sonrojado sobre mi pecho húmedo. Su cabello castaño está mojado por la transpiración y sus hombros desnudos están cubiertos en pecas que se están volviendo tan familiares como las propias, y tiene una sonrisa suave jugando sobre sus labios, enrojecidos por los besos.

Presiono mis labios sobre la maraña suave de su cabello.

—No voy a dejar que te hagan nada. ¿Está bien?

No pregunta a *quién* me refiero. No hace falta.

—Está bien.

—Hablo en serio. Pueden hacer lo que quieran conmigo, pero a penas te toquen a ti, será la guerra.

—Suena serio.

—Hablo en serio.

Su sonrisa desaparece.

—Bueno —susurra—. Con suerte no llegaremos a eso.

Tengo la misma esperanza.

Es solo que no estoy seguro de creerla.

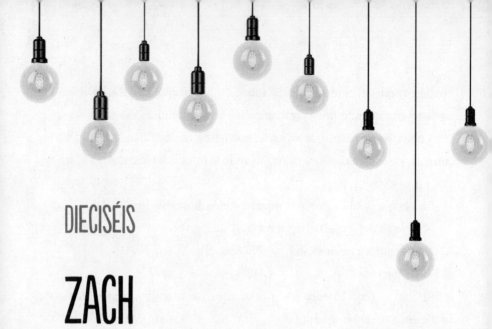

DIECISÉIS

ZACH

Agradezco tanto el ensayo de baile.

Esto definitivamente no es algo que un Zach de quince años alguna vez hubiera creído, ni en un millón de años, pero ahora estoy tan agradecido por ellos. Estoy con Valeria en un estudio de baile una hora más temprano que el resto para repasar mis pasos antes de que los demás lleguen para aprender la rutina del videoclip de *Overdrive*. Ahora mismo estamos nosotros solos en este inmenso espacio espejado.

Pero lo necesito. Porque temprano recibí un correo.

Hoy, 13:17 (hace 1 hora)
Geoff <geoffbraxton@chorusproducciones.com>
Para: mí

Hola Zach:

Galactic leyó tus sugerencias para *End of Everything* y decidieron que quizás no es tan fuerte como el borrador original. Como muestra de agradecimiento, agregaremos tu nombre a los créditos de la canción como letrista. No te pongas mal por esto, ¡les gustaron tus sugerencias y esperan poder involucrarte más en el futuro cercano!

Saludos,

Geoff

–Okey, Zach, vamos.

El estribillo de *Yours, Mine, Ours* empieza y bailo de la mejor manera que puedo.

No pienses en eso. Pero cuanto más me obligo a no hacerlo, más rápido regresan los pensamientos. Conseguí que me agregaran a los créditos, pero la canción de ninguna manera es mía. Es una canción de Galactic, pero tendrá mi nombre y ahora todo el mundo pensará que yo escribí *End of Everything*, una balada cursi y lenta que no se parece en nada a la música que disfruto escuchar o escribir.

Escribir canciones es lo *mío*. Y me siento como si lo hubieran arrancado de mi vida, del mismo modo que lo hicieron con mi apariencia y mi forma de cantar. Todo este asunto se mueve demasiado rápido como para detenerlo. Mañana la grabaremos.

Basta. No. Pienses. Más. En. Eso.

Hago cada paso sin perder el ritmo, con intensidad y más rápido que de costumbre. Resulta que la frustración es un gran motivador. Termino con un giro de mi cuerpo, el último paso de la rutina. Termino y no puedo evitar respirar con pesadez para recuperar el aliento.

–¡Perfecto! –dice Val, levantando una mano para chocarla con la mía–. Amigo, eso te salió perfecto.

Poso mis manos en la cintura e intento tomar tanto aire como puedo.

—¿En serio?

—Si haces eso en el escenario podrías provocar un incendio.

Esbozo una sonrisa.

Tomo mi botella de agua. Quizás estoy exagerando. Es solo una canción y, quién sabe, quizás sea el comienzo de algo. Geoff dijo que quiere que me involucre cada vez más en las letras. Es un pie en la puerta.

—¡Ya vuelvo! —grita Valeria y se marcha caminando, dejándome completamente solo.

El salón queda en completo silencio. Uso mi camiseta para secarme un poco el sudor de la cara y luego reviso mi teléfono. Mierda, nos pasamos diez minutos. Debo haber dejado al resto esperando.

Tengo un mensaje de Ruben.

Oye, oye, ¿cómo va?

¡Genial! ¡¡Recién terminamos y Val me dijo
que me salió perfecto!!

Todavía no le conté nada sobre el correo. No encontré el momento indicado. Escucho la puerta abrirse, interrumpiendo mi respuesta.

Ruben y Angel entran caminando. Ruben lleva una camiseta de fútbol que saca a relucir sus brazos, unos pantalones negros de entrenamiento y unas Nike relucientes. El mundo se detiene.

Solo debería tener permitido usar esa ropa.

—Hola —dice, saludándome con un gesto lindo y levantando la cabeza.

Quiero acercarme corriendo hacia él, levantarlo y besarlo. Pero como no sé si hay cámaras en este salón, no lo hago. Es difícil porque Ruben está con ropa de entrenamiento y... mierda. Tan solo, mierda. No sé cómo hace para ser cada vez más sexy, pero encuentra la forma. En serio, ¿cuándo empezó a tener los brazos así? ¿Cuándo empezó a tener la capacidad de hacerme sentir así?

Hacemos contacto visual y sus ojos se iluminan. Quiero presionarlo contra el espejo y sentir sus manos sobre mi espalda. Quiero que susurre mi nombre. No me importa que alguien pueda vernos, porque sé con todo lo que tengo que valdría la pena. Qué le den al mundo. Qué le den a todos menos Ruben.

O quizás, a Ruben sí. Si quisiera eso.

—¿En qué estás pensando? —pregunta. Se muerde el labio inferior, como si supiera que estoy pensando en tener sexo.

Me froto la nuca. Mantén la compostura, amigo.

—Nada.

—Nada, ¿eh?

Mi pecho se cierra, lo que hace que sea más difícil respirar. ¿Acaso sabe cómo me hace sentir que me mire tanto? ¿Acaso sabe cuántas veces deseé que lo hiciera?

Veo a Angel poner los ojos en blanco.

—Ustedes dos de verdad tienen que aprender el significado de "relación secreta".

—Lo que digas, Angel —dice Ruben—. Tú no entenderías lo que es ser sutil ni aunque te lo gritaran en la cara.

—Por lo que recuerdo, yo no soy el que tiene un secreto inmenso de… *fromage*, ah sí, esa era la palabra que quería.

Se cambia de camiseta ni bien abren la puerta. Pero solo es Valeria. Ahora tiene su cabello rosa suelto. Mira a todos en el salón.

—¿De qué me perdí?

—Nada —contesta Angel.

Resopla.

—Como si creyera eso. ¿Dónde está Jon?

Buena pregunta.

—Estaba hablando con Geoff —dice Angel, mientras estira sus geme-los—. Pidió privacidad. Así que estuve más que dispuesto a dársela por-que soy un tipo con altura.

—Pfff. Será mejor que se apure. El resto de los bailarines llegarán en media hora y tenemos que practicar muchas cosas antes.

La puerta se abre nuevamente y Jon aparece a toda prisa.

—¡Lo siento! —dice, arrojando a toda prisa su bolso y desabrochándose su chaqueta. De hecho, es el que menos piel muestra de todos, ya que tiene una camiseta negra lisa. Me pregunto si es intencional.

Me paro a un lado de Ruben, como en nuestra formación usual.

—De hecho —dice Valeria—. Se me ocurre que podríamos cambiar un poco las cosas para este video. Ya saben, para mantener una imagen fres-ca. Ruben, ¿puedes pararte al lado de Jon?

—Claro.

Camina hacia la otra punta de la formación. Se siente extraño. Nunca bailamos así.

Están tramando algo.

—Grandioso —dice—. Empecemos.

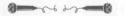

Es oficial.

Me van a mantener lejos de Ruben.

Lo noté por primera vez en la primera noche de grabación. El tema del video es que somos pilotos de carreras con una estética futurista y, por alguna razón, bailamos. Incluso construyeron una escenografía impresionante en el estudio.

Durante ese primer ensayo, Ruben y yo estábamos en puntas opuestas de la formación. Supuse que podría ser solo Valeria que quería probar algo distinto.

¿Pero ahora? Estoy seguro de que se traen algo más malicioso entre manos.

Pasamos los últimos dos días filmando nuestras escenas en solitario, cada uno frente a una escenografía parcial con una pantalla verde por detrás. Posé junto a un Lamborghini Aventador futurista azul con una chaqueta de cuero negra y azul como las que usan en las carreras de automóviles y que parecía como si fuera una segunda piel. Mi cabello estaba peinado con algunos mechones hacia arriba y teñidos temporalmente de azul, cortesía de Penny. Cada uno de nosotros tiene un color asignado para el video: Ruben es rojo, Jon es dorado y Angel es blanco.

Para cada estribillo, tenemos una coreografía en grupo. En la primera, Ruben y yo estuvimos alejados, en puntas opuestas. Y ahora vamos por la mitad de la filmación en la segunda escena grupal y es lo mismo. Durante todo el videoclip, nos mantienen tan alejados como sea posible, cuando siempre estuvimos acostumbrados a estar uno al lado del otro.

Pasamos la rutina por lo que se siente unas quinientas mil veces. Erin también está en el set, observándonos con cuidado con los brazos cruzados.

—Y corte —dice la directora—. Creo que lo tenemos.

—Hora de ir a casa, muchachos —agrega Angel.

La energía en el lugar cambia repentinamente, ya que ahora es evidente que lo que todo el mundo quiere hacer es salir de este lugar. Los tipos que manejan la iluminación apagan las docenas de luces que apuntan directo a nosotros, los encargados del sonido empiezan a empaquetar sus equipos y nuestra directora se desploma sobre la silla.

—Oye, Zach —dice Ruben—. ¿Tienes un segundo?

Asiento y lo sigo hacia un lugar más tranquilo del set.

—¿No notaste algo raro en este video? —pregunta.

—¿Te refieres a que nos mantienen alejados?

—Sí. Dime, ¿soy el único que cree que fue bastante obvio?

—No sé. ¿Quizás? Puede que solo sea una coincidencia.

—No tuviste que lidiar con estas cosas tanto como yo, pero confía, nunca hay coincidencias con Chorus.

—Es verdad.

—Pero no sé, quizás lo estamos sobreanalizando.

Parece poco probable. Confío en el juicio de Ruben. Si ambos lo notamos, entonces existe una gran probabilidad de que de verdad sea algo que está pasando y nos están alejando para mantener nuestra relación en secreto.

—Tengo una idea —digo—. ¿Quieres averiguar si están tramando algo?

Pausa por un momento.

—Sí.

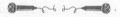

Mi plan es bastante simple, pero creo que funcionará.

Al final de este video, hay un momento "espontáneo". Sucede una vez que terminamos de nuestra rutina y se resuelve la trama. El personaje de Angel gana la carrera y hay una toma de todos celebrando con él.

El plan es que interactuemos mientras nos filman para ver cómo responden.

El set en el que estamos es otra pantalla verde. Esta vez, nos dijeron que estaríamos en la meta.

—¡Y acción!

Angel, que tiene un trofeo de neón esboza una sonrisa mientras Jon aplaude. Me acerco a Ruben y paso un brazo sobre su hombro.

Puedo sentir la tensión al otro lado de la cámara. Erin claramente se está mordiendo la lengua.

—Gran trabajo —dice la directora—. Hagamos otra toma.

Penny se me acerca y empieza a repasarme el maquillaje con una esponja.

—¿Qué estás tramando? —pregunta, susurrando—. Creo que Erin está a punto de romper su iPad.

—Sería como si asesinara a su hijo, ¿no crees?

Penny ríe.

—Solo ten cuidado. Te están mirando.

Se acerca a Angel para retocarle el maquillaje.

Una vez que empiezan a rodar la segunda toma, me acerco a Ruben, solo que esta vez no lo toco, simplemente me quedo parado a su lado, aplaudiendo a Angel.

El cambio de ánimo en el salón se siente notablemente.

Pero solo estamos parados uno al lado del otro. No es que nos estamos besando o tomándonos de las manos o proclamando nuestro amor mutuo por Lady Gaga. ¿Por qué tendrían problema con esto? De cierto modo, entiendo que no debemos decir nada hasta una vez que terminemos de tocar en Rusia, pero esto se siente excesivo.

La directora se frota la frente.

—Lo haremos una vez más, luego tendremos un descanso.

Ahora llega el momento de poner a prueba nuestra hipótesis.

—¡Acción!

Esta vez, Ruben y yo no interactuamos para nada.

—¡Y corte! ¡Gran trabajo, muchachos, lo conseguimos!

Tengo un nudo en el estómago.

La filmación del videoclip se pasó por casi media hora, lo que significa que estamos yendo al *meet and greet* a toda prisa.

En este punto, los encuentros con los fans no son algo súper común para nosotros. Solían serlo: en cada show la gente puede comprar una entrada VIP con la que pueden conocernos. Siempre me hizo sentir algo entusiasmado e incómodo. Es fantástico ver a los y las fans, pero se hace tan rápido que me hace sentir incómodo. Además, la gente suele contarme cosas muy traumáticas de sus vidas, antes de tomarse una foto con nosotros y seguir adelante. Nunca sé qué quieren que les responda y me siento culpable por no poder decirles nada sobre las noticias devastadoras que me cuentan.

Entonces, no me decepciona precisamente que con nuestra creciente fama lleguen mayores riesgos de seguridad, así que estos encuentros quedaron guardados para ocasiones especiales.

Esta ocasión especial es un sorteo realizado por Prosper, el mega conglomerado que tiene acciones de Galactic Records así como también una docena de otras compañías. Una revista que pertenece a una dependencia de Prosper realizó un concurso en el que el ganador podría conocernos y, para mantenerlos felices, Geoff nos envió a nosotros.

Nuestro autobús se detiene en la parte trasera del teatro. Dos guardias de Chase se bajan primero para revisar la zona y, una vez que dicen que está todo bien, salimos y vamos directo al área de los camerinos del teatro. Nos llevan directo por un pasillo hacia el escenario.

Erin voltea y nos bloquea el paso.

—Oigan, chicos. Dada nuestra situación, cambiaremos un poco las fotos grupales. Ruben, tú te pararás junto a Jon, y Zach, tú estarás junto a Angel.

Ah.

Nuestra nueva formación.

Parece que se extiende más allá del video.

—Okey —dice Ruben—. Esto es ridículo. Ya sabemos lo que están haciendo.

—Es solo hasta que pase Rusia —dice—. Por su seguridad, queremos asegurarnos de que nadie se entere de nada hasta entonces.

Apesta, pero tiene sentido.

Ruben se cruza de brazos, pero no dice nada. Erin voltea y nos lleva directo al escenario. En los asientos, hay una línea formada con los cincuenta ganadores del concurso, la mayoría chicas adolescentes con sus padres. Están cercadas por una docena de guardias de seguridad, como si fueran peligrosas.

Empiezan los gritos.

Es casi ensordecedor. Algunas incluso empiezan a llorar. Un puñado tiene letreros caseros, junto con bolsos llenos de cosas que trajeron para regalarnos pero que no podremos conservar. Deben saberlo, pero aun así las trajeron. Quizás sea porque para ellas lo más importante es el acto de regalarnos algo. O quizás crean que sus regalos podrán romper la barrera y conocer nuestra verdadera identidad, aunque, honestamente, nunca lo hacen, y esa es otra cosa que me hace sentir culpable.

El fotógrafo ya está en posición, entonces los cuatro nos acomodamos con nuestra nueva formación recién aprobada, Ruben y yo separados tanto como sea posible.

La primera chica se sube al escenario. Está vestida de negro y su cabello está claramente teñido del mismo negro azabache. Su máscara de pestañas está bastante marcada y tiene brazaletes de cuero.

Moriría por ella.

—Hola —dice, asintiéndole al resto antes de acercarse a mí—. Zach, te hice algo.

—Ah, ¡qué lindo! Gracias.

Me entrega una bolsa de papel. La abro y saco un parche de tela bordado a mano con la letra del estribillo de *Fight Back*, mi canción favorita. Me siento identificado con cada línea que Randy Kehoe escribió. Hace *años* en una entrevista dije cuáles eran mis letras favoritas y claramente lo recordó.

—Ah, por Dios —digo—. ¡Me encanta!

—¿En serio? No soy la mejor con las costuras, está un poco irregular en las esquinas, lo siento.

Me llevo una mano al pecho.

—No te preocupes, me encanta, gracias.

—Falling for Alice es mi banda favorita —dice, antes de abrir los ojos bien en grande—. ¡Además de ustedes!

Rio.

—También es mi banda favorita.

Erin se aclara la garganta.

—Lo siento —dice la muchacha y nos preparamos para la foto. La cámara nos destella con su flash y la chica se va del escenario—. ¡Fue muy lindo conocerte!

—¡Lo mismo digo!

Ya sé que Erin me regañará luego por lo que acaba de pasar. Por darle tanto tiempo a ella, senté un precedente de que cada persona recibirá la misma atención. Y no podemos hacerlo, porque tenemos un concierto esta noche, y eso significa que debemos estar en el estadio dentro de una hora. Mucha gente se molestará, y fans molestos molestan a Chorus.

Lo entiendo. Y enfurecer a Erin es aterrador.

Solo que no estoy seguro de haber hecho algo mal.

DIECISIETE

RUBEN

–¡La próxima pregunta es sobre el romance dentro de la banda!

Cuando esas palabras salen de la boca de Elisa, nuestra entrevistadora, el tiempo se ralentiza hasta detenerse por completo. A su lado, su colega muy rubio, Moritz, junta sus manos, aparentemente entusiasmado de ver hacia dónde se encamina esta conversación.

Estamos en *Array Magazine* en Viena y los cuatros estamos sentados en unas sillas de metal, Zach y yo ubicados en cada punta, según las instrucciones de Erin. Si bien las cámaras están apuntadas a nosotros, nada de este material saldrá al público, por eso hasta este momento estábamos relajados. Pero ahora, me siento más recto, los pies firmes en el suelo y las manos sobre las rodillas. Veo al resto que también se sientan más firmes en mi visión periférica.

–Estoy seguro de que saben que todas las bandas reciben su cuota de emparejamientos y rumores…

Esto no puede estar pasando.

—…¡y nuestros lectores quieren saber la verdad!

No lo negamos, claro. Pero ¿cómo se enteraron de esto para empezar? ¿Quién filtró algo? ¿O se nos escapó a nosotros?

Miro a Erin de reojo y la veo escribir frenéticamente en su iPad, una expresión furiosa en su rostro.

—¿Saben algo del término "Anjon"? —termina Elisa.

Agradezco con todo mi ser que este material no se haga público, porque estoy bastante seguro de que mi expresión pasó de "completo horror" a "total perplejidad" con bastante obviedad.

Jon, sentado a mi derecha, ríe.

—Eh, vi a algunas personas usándolo en los comentarios.

Angel, desplomado sobre su silla con unas ojeras inmensas bajo sus ojos, se levanta por primera vez en una hora.

—¿Tenemos un nombre de relación? ¿Por qué no me dijeron esto?

Jon les levanta un dedo a los entrevistadores.

—Un segundo, quiero decir algo extraoficial por un segundo. —Luego inclina la cabeza y voltea hacia Angel—. Tenemos acceso a las mismas publicaciones. Aparece debajo de cada foto grupal. ¿Por qué no le prestas atención a nada?

—¡Creí que estaban obsesionados con un tipo llamado Anjon! Creí que querían que se uniera a la banda o algo, no sé.

—Ah, entonces, básicamente, pensaste que como no era sobre ti, ¿no lo procesaste?

—Sí, exactamente eso, gracias.

Jon le esboza una sonrisa larga y tensa, parpadea rápido y luego mira nuevamente hacia el frente.

—Está bien, estamos listos para responder. Nosotros…

—No, no van a *responder* –lo interrumpe Erin, blandiendo su iPad cuando se acerca a Elisa y Moritz–. Tengan. Su revista accedió, por escrito, a la lista de temas prohibidos. Esta pregunta está fuera de esos límites.

Elisa no se inmuta.

—Nos comunicaron que cualquier pregunta sobre Zach, Ruben y romance estaban prohibidas. Pero no nos dijeron nada sobre Jon y Angel.

Miro al resto. Zach se encoge en su asiento, mientras juguetea con la cremallera de su chaqueta de cuero. Lo único que quiero es acercarme por encima de Jon y Angel y tomarlo de la mano, o al *menos* sujetar su brazo, pero el metro y medio que nos separa se siente como océano fuera de nuestros cuartos de hotel.

—*Obviamente* cualquier pregunta sobre romance dentro de la banda levantará sospechas en internet.

—No sé a qué te refieres –dice Elisa, encogiéndose de hombros con inocencia–. No lo entiendo.

—Pero, en serio, ¿*Anjon*? –susurra Angel, frotándose una mano sobre sus ojos para despertarse. Se ve como si se estuviera recuperando de una gripe bastante mala–. Ya sé que somos los más atractivos, pero aun así. ¿Por qué nos emparejan a *nosotros*, de todas las personas? ¡Jon es católico!

Jon suspira.

—Estoy bastante seguro de que puedo ser católico y gay, Angel.

Angel lo mira con una intensidad exagerada.

—¿Estás intentando decirme algo, amigo?

—¡No!

Moritz enseguida se pone a la defensiva.

—Si me lo preguntan a mí, podría ser una buena idea que nos concentremos en Anjon –dice–. Podría ayudarlos a quitar la atención de los otros dos, ¿no crees?

–Nadie te preguntó –espeta Erin.

–¿Por qué siquiera están hablando de esto? –pregunta Zach con un susurro que suena desesperado–. Nunca nos hicieron esas preguntas.

–Sí, pero si prohíben hacer preguntas sobre romances dentro de la banda, es bastante obvio por qué lo hacen –murmuro.

Zach está pálido.

–Entonces, qué, ¿todo el mundo se enterará? ¿Qué *demonios*? Ni siquiera se lo conté a mi mamá, todavía no…

Me inclino hacia adelante tanto como puedo, invadiendo el espacio persona de Jon.

–Oye, respira. Está bien. No *saben* nada. Y no le dirán a nadie porque les harán una demanda *gigantesca*. No tienen permitido preguntar sobre mi sexualidad desde el principio y el público aún cree que soy heterosexual.

Zach asiente, pero respira rápido y sus ojos están abiertos como dos platos. Jon hace lo que no puedo, se extiende por detrás de Angel y toca por un breve instante el hombro de Zach. Más allá de cuánto quiera hacer eso, estoy eternamente agradecido con Jon por haberle dado un breve momento de confort.

Erin se aleja de Elisa, sacudiendo la cabeza con el ceño fruncido. Eliza y Moritz no parecen satisfecho por estas cosas, pero se obligan a sonreír cuando retoman su lista de preguntas.

–Bien –dice Elisa–. Mmm… ¿qué es lo que más les entusiasma hacer en Europa?

Jon está listo.

–Ver a todos nuestros fans. Estoy *súper* entusiasmado por nuestro concierto esta noche. Escuché que Viena tiene uno de los mejores públicos del mundo.

Elisa ríe y luego voltea hacia Zach para que haga algún comentario. Está con la vista perdida en la distancia con una expresión de pánico y no nota la indicación. Angel interviene, aunque con intensidad.

—No tenemos mucho tiempo para hacer nada —dice. Erin queda pálida. Respuesta incorrecta. Angel nota su expresión y algo en su postura cambia—. Estamos muy focalizados en dar el mejor show posible. Pero vi muchas cosas increíbles, definitivamente planeo volver para recorrer Europa con más tiempo.

Mucho mejor. Mucho más ensayada. Por un momento, casi sonó como si tuviera una opinión negativa al respecto.

Ahora es mi turno.

—El Burgtheater —digo, intentando mantener un tono alegre en mi voz—. Escuché que es espectacular, siempre me fascinó la historia del teatro.

No les digo que Erin se me acercó unos días atrás para hacerme saber que no tendríamos tiempo para visitarlo después de todo.

De todos modos, no esperaba nada.

O bueno, solo un poco, quizás.

—Voy a matar a David —dice Erin furiosa desde su asiento en el minibús cuando nos detenemos en el aparcamiento—. Imaginen los nervios…

Zach está sentado al otro lado y ambos estamos solos. La semana pasada, Erin nos pidió que mantuviéramos la distancia en público y el minibús definitivamente también cuenta. Aunque ahora estamos avanzando particularmente lento para evitar a la multitud de fans que se reunieron en la puerta afuera con la esperanza de ver nuestras caras detrás de las ventanillas polarizadas. Los gritos desenfrenados quedan apagados por el metal y el cristal. Solo puedo imaginar cómo se debe escuchar estar en medio de esa multitud sin paredes.

Cruzamos la puerta automática y, *de algún modo*, se vuelve más fuerte. Saludo a algunas personas que hacen contacto visual conmigo y gritan extasiadas. Me atraviesa una sensación conflictiva y familiar de gratitud y amor hacia ellos y su apoyo, mezclado con la sensación de que si salgo de este vehículo me arrancarán cada una de mis extremidades con tal de tenerme cerca.

Es maravilloso pasar tiempo con ellos de manera individual, pero hay algo sorprendente cuando están en grupo. Juntos tienen más poder que nosotros cuatro y nuestro equipo juntos. Supongo que así es cómo logran elevarnos tanto como lo hacen. Pero el lado negativo es que también tienen el poder de destruirnos si quisieran.

Una vez que salimos a la calle y avanzamos por el tráfico de Viena, Erin camina precariamente por el pasillo, tambaleándose de un lado a otro por el vaivén de la camioneta, y se detiene junto a Zach y a mí.

–¿Están bien? –pregunta–. Zach, sé que eso te agarró con la guardia baja.

Zach esboza una sonrisa demasiado alegre, la que usa cuando miente para decir que está bien. Y así es.

–Está bien –dice–. Lo entiendo.

–No, de hecho, no está bien –dice Erin. Me transmite la energía de una figura materna en este momento, llena de preocupación y furiosa en nombre de Zach. Pero hay algo extraño, algo que me incomoda. El asunto es que Erin no es una mala persona. Pero es una persona que valora su trabajo más que cualquier otra cosa. Viéndole el lado positivo, significa que no podríamos encontrar una persona que trabaje tanto como mánager de la gira. Pero, por otro lado, significa que, si tiene que elegir entre nosotros y lo que Chorus espera de ella, elegirá a Chorus.

No sé dónde está su límite. Aquello que no nos haría a nosotros, aunque Chorus se lo pidiera.

Me asusta considerar que quizás no tenga ningún límite.

—Vamos a ser mucho más claros de ahora en más —agrega—. Nada de preguntas sobre romances, parejas ni nada sobre quién está más cerca de quién. Punto. Nunca más.

Inclino la cabeza hacia un lado.

—Bueno, *nunca* no —digo—. ¿Verdad? ¿Solo hasta que salgamos de Rusia y estemos listos para anunciarlo? ¿Verdad?

Erin duda. La *veo* dudar. Y luego sonríe.

—Sí. Por supuesto, Ruben, no te mantendremos encerrado una vez que estés listo para anunciarlo. Pero, Zach, tú *no* tienes que apresurarte, ¿está bien? Queremos que esperes hasta que estés absoluta y completamente listo para hacerlo público. No importa cuánto tiempo te lleve, mientras tanto, nos *aseguraremos* de que tengas privacidad.

Miro a Zach y noto que está un poco preocupado. Pero entonces, ¿entendió el mensaje de fondo? ¿Ahora inventan la narrativa de que lo mantendrán en secreto por su bien para que pueda tener privacidad cuando la semana pasada lo estaban haciendo por el bien de la *banda* y nuestra seguridad?

Bien por ellos que se preocupen tanto por cada aspecto de nuestro bienestar. Tan considerados, tan responsables.

Es una lástima que no me lo crea.

—Oye, entonces —dice Angel, ignorante de toda tensión en este lado de la camioneta—. Estoy buscando las parejas que arman conmigo. Es una locura.

—La pregunta es cómo hiciste para no darte cuenta en todo este tiempo —dice Jon. Está sentado de lado en su asiento, con la espalda apoyada contra la ventana y las piernas asomadas por el pasillo.

Angel se apoya en sus rodillas para poder vernos a todos mientras Erin regresa al frente.

—Sabía que era una cosa, *Jonathan*, vi algunas cosas con Zach y conmigo antes. Pero la gente está *muy* entusiasmada con lo nuestro.

—Sí. —Por la forma en que le contesta Jon, no parece sorprendido.

—¿Siempre fue así?

Jon suspira y apoya la cabeza sobre la ventana.

—¿Supongo? Pero estalló luego del video en el castillo inflable en tu fiesta, creo.

—Ah, por *Dios* —dice Angel, genuinamente complacido—. Es tan halagador.

—Es incómodo —responde Jon con una voz cantada.

—Es… ah, mierda, mira esta foto editada. Lo siento, Jon, pero ya te he visto en ropa interior y debo admitir que se equivocaron en *todo*. Pero valoro la creatividad, supongo. Espera. Guau, esta creo que es bastante precisa, de hecho, no vi *esas* partes tuyas —dice Angel, levantando las cejas sin apartar la vista de su teléfono antes de pasárselo a Jon—. ¿Tienes un *lunar* ahí?

Jon gruñe y cierra los ojos con fuerza.

—¿Qué hay de nosotros? —pregunta Zach.

Justo lo que quería saber. Ya nos busqué en Google varias veces, pero más que nada para estar alerta en caso de que hubiera alguna filtración, aunque no creo que David y el resto del equipo de publicidad dejarían que algo como eso saliera a la luz, pero no importa. Siempre revisé los resultados en la página de noticias. Intento evitar todo tipo de contenido de los fans en los que no estoy etiquetado, pero, si lo hiciera, me tomaría horas de cada día leer cada cosa que escriben sobre nosotros.

Angel mira su teléfono, aún con una sonrisa de autocomplacencia.

—Veamos… Anjon… Zachathan… Zangel… Jonben… Rungel… Zuben. También tienen sus relaciones —anuncia luego de una pausa—. Pero son muy pocas. No compiten con la intensidad del romance de Anjon.

—*¡Saludl!* —exclamo—. Por la pareja feliz.

—¿No les parece gracioso que Zuben sea una de las opciones con menos resultados?

—No creo que sea coincidencia —digo.

Desde el frente del autobús, Erin me mira de reojo. Mantengo su mirada con una expresión vacía.

Debería estar orgullosa. Al igual que Chorus. El control de daños, o más bien, la prevención de daños, está funcionando de maravillas.

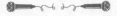

Estamos en el camarín unas noches más tarde, cuando Zach me lleva hacia un lado para decirme algo en privado. Estamos arreglados con nuestros estilos, listos para salir en veinte minutos, y luego de un día lleno de entrevistas y sesiones de foto, es el primer segundo libre que tenemos para hablar.

Encontramos un rincón en el que nuestro equipo no está trabajando y nos sentamos en el suelo con la espalda contra la pared.

—Bueno —murmura Zach, presionando su brazo contra el mío—. Creo que voy a contarle a mi mamá.

—Ah, guau. Mierda, esto es enorme.

—Estaba pensando que quizás podría hacerlo, no sé, ¿mañana? ¿O en estos días? O quizás el fin de semana. No sé. Cuando junte el valor suficiente, supongo. –Me esboza una sonrisa tímida y resisto la urgencia de envolverlo en un abrazo de oso.

Me toma un segundo encontrar las palabras correctas.

–Eso… mira, me parece grandioso, pero… ¿es lo que quieres? ¿O lo haces porque estás preocupado? Porque…

–No, quiero hacerlo –suena inseguro, pero entonces asiente con firmeza–. Lo estuve pensando desde hace un tiempo y no quiero que se entere de otra manera.

Vacilo por un segundo.

–Lo entiendo, pero… no sé, para mí suena a que te estás apresurando.

Se encoge de hombros.

–La verdad es que no. No es como cuando se lo contamos al resto de la banda.

Hago una pausa.

–¿A qué te refieres?

–Bueno, en ese momento nos tenían arrinconados. No quería hacerlo, pero si la única opción que tenía era que me sacaran de la banda, supuse que tendríamos que hacerlo. Supongo que esto es parecido, ¿de cierto modo? Pero se siente diferente. Siento que esta vez es mi decisión.

–¿No querías contarle a nadie? –Lo miro. Se me congela la sangre.

Titubea al escuchar el tono horrorizado de mi voz.

–Está bien. No es la gran cosa. Solo te estaba contando.

–Zach, sí lo es. No tenía idea de eso. Podrías habérmelo dicho, podríamos haber encontrado otra manera, no sé, hablar con Keegan u ocultarlo mejor, o lo que fuera que tuviéramos que hacer.

–Por favor, no te preocupes. Tomé una decisión. Nadie me obligó a hacerlo.

Parpadeo, atónito. Porque ahora siento como si lo hubiera obligado. Repaso en mi cabeza todo lo que puedo recordar de esa noche. ¿Qué dije que lo hizo sentirse atrapado? ¿Le di el espacio suficiente para que me compartiera su opinión? ¿Lo conversé con él? ¿O asumí que estaba de acuerdo con lo que opinaba y lo arrollé? Honestamente, no sé nada y la idea de que quizás haya arrastrado a mi novio a contarle al resto sobre su identidad, incluso aunque no tuviera esa intención, me revuelve el estómago.

¿Lo lastimé?

Me sujeta la mano.

—Ruben —dice con una risa nerviosa—. Respira. Todo está bien.

Hago a un lado esos pensamientos aterradores e intento prestarle atención al presente. Quiere contarle a su mamá. Está bien. ¿Qué necesita de mí entonces? ¿Quiere que lo convenza de que no lo haga y le asegure que puede esperar un año para contarle si es lo que necesita? ¿O necesita que lo felicite y lo acompañe durante el proceso?

En el mejor de los casos, me cuesta saber si Zach hace algo porque quiere o porque quiere causar el menor revuelo posible. Ahora, con esta nueva información, me siento menos confiado que nunca de estar leyendo bien la situación. Quiere que entienda lo que quiere, pero no puedo, simplemente *no puedo*, y ¿cómo puedo ayudarlo si no sé qué quiere?

Al final, simplemente le pregunto:

—¿Necesitas que te acompañe? ¿Para apoyarte?

Sacude la cabeza lentamente.

—Creo que necesito hacerlo solo. Pero gracias por ofrecerte. En serio. Significa mucho.

Nos quedamos sentados en silencio y luego inhala profundo.

—¿Ruben?

—¿Mmm?

—Todo estará bien, ¿verdad?

A la mierda con el espacio personal. Además, todos en el salón saben de lo nuestro. Giro hacia él y apoyo mis manos sobre sus hombros.

—Oye, sí. Te prometo que todo estará bien. Sin importar lo que ocurra, me tienes a mí. Eso no cambiará. Siempre y cuando me quieras contigo.

Sus ojos están vidriosos y resaltan el verde intenso de sus iris, pero presiona su mandíbula para contenerse.

—Siempre te querré conmigo.

—Entonces siempre me tendrás.

El resto de la habitación se desvanece en una nube borrosa y él es la única persona en este lugar. Me quedo quieto, dejando que él nos guíe, aunque no sepa con tanta seguridad qué tan cómodo se siente con las muestras de afecto públicas. De todos modos, se inclina hacia adelante con la cabeza baja para… ¿abrazarme? ¿Para estar cerca de mí? Y yo inclino mi cuello hacia él para encontrarlo y apoyo mi frente contra la suya.

—Okey —susurra, respirando suavemente sobre mi cara.

Okey.

Nos acercamos a Jon una vez que Zach recupera la compostura y se desploma sobre una de los sillones duros ubicados alrededor de una mesa de café con frutas y botellas excesivamente caras de agua de manantial y una selección de todos los sabores de Doritos disponibles, excepto el Cool Ranch (a pedido de Angel).

—Angel fue al baño —dice Jon.

—Ah, gracias por avisar —dice Zach, agarrando una botella de agua. Todo rastro de vulnerabilidad desaparece y tiene nuevamente esa sonrisa que usa cuando miente.

—No —dice Jon—. Fue *al baño*. Por segunda vez en quince minutos.

Ah. Entonces, tiene pensado drogarse otra vez para este show. Maravilloso.

—Además —agrega Jon—. Tengo varios comentarios en la selfie que publiqué hoy temprano.

Se refiere a la que nos sacamos los cuatro en los pasillos tras bastidores cuando terminaron de maquillarnos. *¡¡¡Listos para el segundo round, Viena!!!*

—Y todos preguntaban por las mismas chicas, así que nos busqué en Google y subieron esto hoy.

Me pasa su teléfono y reviso el artículo. Zach lo lee por detrás de mi hombro.

> ¡El amor está en el aire! ¡Un vistazo a los
> romances pasados (y presentes) de los
> chicos de Saturday!

Hay una fotografía de Jon unos años más joven junto a una chica que no reconozco. Dios, ¿qué edad tendría? ¿Catorce años? Al lado de esta foto hay otra foto suya con Imani Peters, una amiga de la infancia, con quien está caminando por la calle en algún lugar. A juzgar por su peinado, creo que esta foto la sacaron apenas antes de que empezáramos la gira por Estados Unidos.

> No se sabe mucho sobre la relación de
> Jon con Imani Peters, pero una fuente
> confirma que tuvieron un amorío meses
> atrás. ¿Podría ser algo serio? No lo sabe-
> mos, ¡pero estamos seguro de que miles

de chicas de todo el mundo ruegan que
no sea así!

Bueno, sería una completa mierda para Imani si leyera que *está* con Jon. Lo que estoy bastante seguro no es así, dado que Jon la mencionó exactamente cero veces en los últimos meses.

Luego hay unas pocas fotos de Angel con diferentes chicas. Una de ellas es Rosie, una muchacha con la que salió durante un mes o dos cuando tenía dieciséis; robaron una foto empalagosamente linda de su Instagram, lo que no es para nada raro; la siguiente es otra chica que tampoco reconozco y la otra es una fotografía borrosa de Angel y Lina en la calle durante nuestra confrontación en Berlín.

Diversas fuentes confirman que Angel y
Lina Weber han sido inseparables durante este último mes ¡y él está volando por
toda Europa en la segunda mitad de la
gira Months by Years de Saturday! ¿Podría ser esta la pareja definitiva? Solo el
tiempo lo dirá. ¡Pero estamos seguro de
que Angel nunca miró a nadie con tanta
calidez antes! Lo siento, señoritas. ¡Ya tiene dueña!

Esa mirada no era de calidez, eran los ojos híper dilatados de una persona drogada, aterrada y paranoica. Un error fácil que cometería cualquiera.

La que sigue es una fotografía de Zach almorzando con...

—¡Esa es mi *prima*! —grita, espantado—. ¿Qué *carajos*?

—Prima, "chica misteriosa", lo que sea, no importa —digo, frunciendo los labios.

—¿Qué "fuentes" dicen que nos vieron en una cita relámpago en un carruaje tirado por caballos? —pregunta Zach con un tono demandante—. Nos juntamos a almorzar para que ella pudiera mostrarme sus *ecografías*. Porque está *embarazada*. De su *novio*.

Estoy demasiado ocupado viendo mi sección para responder, mientras siento un ladrillo asentado en la boca de mi estómago. Exactamente lo que esperaba, yo y todas mis "novias". Hay una foto de Amaya, la chica que interpretó a Mimi en Rent donde yo hice de Roger un año antes de que se formara Saturday. Molly, una amiga que hice en el campamento de Hollow Rock, con quién perdí contacto. Otra foto mía en donde Penny, por todos los cielos, *Penny*, me está peinando "con mucho cariño", porque aparentemente la persona que escribió este artículo ni siquiera se molestó en investigar quién es nuestra *estilista y maquilladora*, o simplemente no le importó.

En ese instante, Angel reaparece, desbordando una energía renovada. Parece estar saltando con cada paso que da y no deja de pasar la lengua sobre sus dientes. Su delineador ya está completamente corrido.

—¿Qué hacen? —pregunta, sentándose en el respaldo de mi asiento y agarrando el teléfono de Jon.

—Leíamos un artículo sobre todas las chicas con las que interactuamos en nuestras vidas y, por lo tanto, con quienes tuvimos un amorío —contesto.

Angel revisa el artículo.

—Ah, Dios. *Dios*. Yo… bueno, saben qué, por lo menos estos *hijos de puta* reconocen que estoy buenísimo —grita a todo volumen. Luego levanta los brazos para que toda la habitación note su presencia–. ¡Último momento! ¡Chorus reconoce que es posible que alguien encuentre a Angel atractivo! ¡Llamen a la prensa, esto cambia todo!

Algunos miembros del equipo, incluyendo a Erin, miran en nuestra dirección, pero nadie responde ni se nos acerca.

Zach tararea.

–Entonces, ¿creen que la fuente sea David? Me pregunto si solo es mi imaginación.

Angel ríe a todo volumen y por un rato bastante largo. Suena más como la risa de un villano.

–No, Zachy, no eres solo tú. Si David no está detrás de todo esto, saltaré del escenario y surfearé sobre la multitud esta noche. Es demasiado obvio. Zach y Ruben son súper no-homosexuales y súper heterosexuales, ¿escucharon todos?

–Yo probablemente estoy disponible con suficientes preguntas para verme más agradable –dice Jon con un tono bastante aburrido.

–Yo también soy definitivamente heterosexual, pero no lo suficiente para nuestras fans –agrega Angel, con cierta ira en su tono de voz.

–Entonces, no hay razón para siquiera *pensar* en emparejar a nadie –termino y Angel me da una palmada sobre el hombro en señal de aprobación.

–David envió una fotografía mía con mi *prima embarazada* –dice Zach, indignado, y Angel empieza a reír a carcajadas hasta que se cae del sillón.

Jon lo ayuda a ponerse de pie y me paro a su lado.

–Oye, ¿estás bien? –pregunto.

Angel junta las manos.

–Absolutamente fantabuloso. Estoy tan *tan* listo. *Vamos*, mierda, vamos al *escenario*, ¡soy una *bomba*!

Está saltando en el lugar.

Pero no parece importarle a ningún miembro del equipo. Tienen que haberlo notado; es imposible que no lo hayan visto. Pero si no les importa, ¿qué podemos hacer? Angel no nos escucha.

Le alcanzo una botella de agua y fuerzo una sonrisa.

—Está bien. Bueno. Si estás bien, no hay problema.

Su rostro se nubla y le quita la tapa a la botella con los dientes.

—Estoy *bien*, Ruben. No lo arruines.

Miro a Zach y a Jon. Tienen la misma expresión de preocupación. Pero sus ojos me dicen que tengo razón. No hay nada que podamos hacer que no hayamos intentado. Y francamente con nuestro cronograma y toda la incomodidad que genera que hayamos contado la verdad con Zach, y la preocupación de Zach por su mamá, y mi mamá y sus críticas en cada segundo del día, no tengo la capacidad para lidiar con esto. Es demasiado grande como para saber por dónde empezar.

Entonces, cuando Erin nos llama para subir al escenario, hago lo único que puedo hacer. Me digo a mí mismo que Angel está bien y que no es el fin del mundo que tenga más energía que de costumbre arriba del escenario, y lo entierro en las profundidades de mi mente y sigo con el show.

Porque no sé qué más *puedo* hacer.

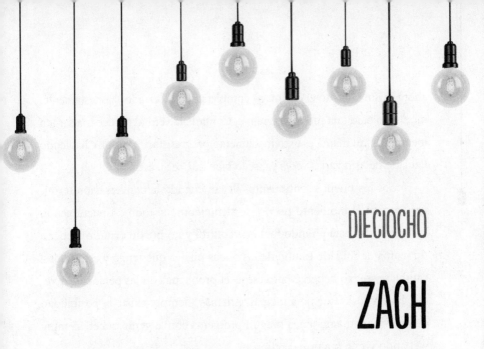

DIECIOCHO

ZACH

Llegó la hora.

Necesito contarle a mi mamá lo que está pasando con Ruben.

Tengo todo listo para la videollamada que pactamos. Ya me peiné, esta vez me lo dejé suelto, en lugar de llevarlo hacia arriba, y me puse una camiseta grande que últimamente solo uso para dormir: una de Falling for Alice. Supongo que hice todo esto para mostrarle que, si bien está a punto de conocer un lado muy personal de mí, sigo siendo yo. Sigo siendo su hijo raro que le gustan las bandas pop punk con toda su alma. Nada en mí cambió y quiero dejarle en claro eso. Miro el parche bordado que me regaló la fan en el *meet and greet* con la letra de *Fight Back*.

Mi teléfono empieza a sonar.

Ah, mierda.

Ah, maldita mierda.

Me quedo congelado. En cuanto atienda, tendré *la* conversación. Y ahora mismo, siento el estómago completamente cerrado. Honestamente, me siento bajo una presión increíble. Contarle la verdad no debería ser tan incómodo; mi mamá es extremadamente progresista, en serio. Y habiendo hablado de esto varias veces ya, sé lo bien que se siente.

Todos los buenos sentimientos llegan cuando la conversación termina. Pero en el momento previo, se siente como si todo estuviera yendo mal. Saturday está girando fuera de control y no puedo evitarlo. Tener a mi mamá de mi lado es uno de los pocos pilares que tengo y esto podría cambiar eso. No debería, pero ese es el problema con las personas. A veces, hacen cosas que no anticipas. Además, siempre existe la posibilidad de que mi mamá no tenga ningún problema con la gente queer, siempre y cuando yo no sea uno de ellos.

Pero con todo lo que está pasando, quiero que sepa la verdad, incluso si no puedo predecir su reacción. Soy bisexual y tengo novio. Tiene que saberlo. Además, tampoco es que me avergüence que me gusten los hombres o estar saliendo con Ruben.

Es solo que no quiero decepcionarla.

Corta la llamada.

La perdí.

Suspiro y sacudo los hombros. Canto frente a miles de personas y en ningún momento me siento nervioso, pero elegiría un concierto por sobre todo esto sin duda. Incluso elegiría uno en el que tenga que cantar en ropa interior y me olvido la letra.

Levanto una mano temblorosa y la llamo por videollamada. No hacíamos esto hasta que empezó la gira, pero hablar cara a cara es mejor ahora que estamos lejos.

Suena una vez.

–¡Hola! –atiende. Tiene su uniforme de trabajo, pero lleva el cabello suelto sobre sus hombros en una maraña despeinada de rizos castaños claros. Debe haberme llamado apenas llegó del trabajo–. ¿Cómo estás?

–Bien, ¿y tú?

Frunce el ceño.

–Bueno, ¿qué pasa?

–¿Qué?

–Tienes esa camiseta que usas cuando estás raro.

–¡No estoy raro!

Trabajar en el sistema de salud le quitó toda tolerancia a las mentiras. Los pacientes que le ocultan cosas por vergüenza o lo que sea la hacen enojar porque vuelven su trabajo más difícil.

–Está bien, tienes razón. De hecho, tengo algo que quiero decirte.

–Me sorprende.

–¿Podemos hablar en serio por cinco segundos?

–Lo siento, ya pongo mi cara de mamá seria. ¿Qué ocurre, cosita preciosa?

–Eres la peor.

–Vamos, dime. Déjame adivinar, ¿estás saliendo con alguien?

Hago una pausa.

–Eh…

–¡Ah, sí! Qué bien, ¿quién es la afortunada? Mírate, todo sonrojado, esto es precioso. Sabes, creí que esto pasaría mientras estabas afuera, travieso.

–Mamá, basta. Ehm…

Mis ojos se llenan de lágrimas.

Decirlo en voz alta es muy difícil. Mucho más de lo que esperaba. Pero quiero hacerlo porque sé que si no lo hago ahora voy a convencerme de no hacerlo, y contarle la verdad es el único motivo de esta llamada. Debería hacerlo de una vez por todas.

—El asunto es que… creo que me gustan los chicos. Soy bisexual.

—Ah.

Sé por el resto del tiempo que me queda en la tierra que voy a recordar sus próximas palabras.

—¿Hace cuánto tiempo te sientes así?

—Bastante.

—Está bien, guau. No tenía idea.

—¿En serio?

—Bueno, quizás sí. Algunas amigas me dijeron que era posible, pero nunca me transmitiste esa vibra. No tenía idea.

—¿Pero lo pensaste?

—Como cualquier madre.

—¿Entonces por qué dijiste que no tenías idea?

—Creí que querías escuchar eso.

—¿Por qué querría escuchar eso?

—No sé, Zach. No esperaba esto ahora. Estoy exhausta.

—Ah. Lo siento. Es que creí que sería un buen momento porque…

No sé cómo terminar la oración, porque ni siquiera estoy seguro de por qué creía que este era un buen momento. Claramente, lo pensé mal.

—No tienes que disculparte, está bien. —Se le llenan los ojos de lágrimas—. Siento que te decepcioné. No me importa que seas bisexual, gay o cualquier otra cosa, es solo que desearía que me lo hubieras contado antes. Podría haberte ayudado a atravesarlo. Dios, Zach, ni siquiera estamos en el mismo país.

—Lo sé. Creo que es una de esas cosas que necesito procesar por mi cuenta. Estar al otro lado del mundo ayuda, supongo.

—Ah. Pero sabes que podrías habérmelo contado en cualquier momento, ¿verdad? —Su voz tiene cierto filo.

—Definitivamente.

—¿Cuánta gente sabe?

—Eh, la banda y tuve que contarle a Chorus porque es mi trabajo, ¿sabes?

—Cierto —resuella—. Lo siento, es solo que me hizo recordar a tu papá. Te pareces tanto a él ahora que a veces me asusta.

—¿Cómo que me parezco a papá?

—Creí que les había dejado en claro a ambos que podrían hablar conmigo sobre *cualquier cosa*, pero ambos deciden ocultarme esos secretos inmensos y no sé por qué.

Guau.

Suena como si acabara de poner al mismo nivel mi sexualidad y al hecho de que él la haya engañado.

—Escucha, Zach, estoy muy cansada y no quiero arruinarlo. Creo que iré a dormir, podemos hablar más tarde.

—Claro, está bien.

—Te quiero mucho, lo sabes, ¿verdad?

—Sí.

—Está bien. Hablaremos más tarde.

—Está bien, adiós.

Cuelga.

Eso no salió como esperaba. Para nada. Me quedo sentado quieto, completamente adormecido.

No puedo creer que me haya dicho que soy como mi papá.

Ni siquiera alcancé a contarle lo de Ruben. Salir con él es una de las cosas más maravillosas que jamás me pasaron en la vida. Aunque quizás sea para mejor, considerando su reacción. Casi todos los artículos que leí en internet sobre este momento mencionan que es una mala idea presentarle tu compañero a tu mamá o papá. Es mejor contarles sobre tu sexualidad y luego hablarles sobre tu pareja una vez que las cosas se hayan acomodado.

De pronto, me invaden las emociones y mis ojos se llenan de lágrimas. Nunca creí que fuera a decir en serio que soy como mi papá, pero supongo que es lo que piensa ahora. Soy como él. Solo otro tipo que le oculta cosas.

Ruben me pidió que le escribiera una vez que lo hiciera, así que le envío un mensaje.

Oye, ya lo hice.

¿Cómo te fue?

Honestamente, podría haber sido mejor.

Ah. ¿Quieres hablar?

Si estás libre, sí.

Unos segundos más tarde, alguien llama a mi puerta. La abro y entra Ruben.

—Entonces, ¿estuvo tan mal? —pregunta, mientras cierro la puerta detrás de él.

—Sí.

—Oye, ¿estuviste llorando?

—Un poco quizás.

—Oh, Zach.

Se acerca y me abraza. Lo presiono con fuerza, sujetando el suave material de su camisa. No quiero soltarlo.

—Lamento que no haya salido del modo que esperabas —dice—. Todo estará bien, te lo prometo.

—Está bien.

Apoya su mano sobre mi hombro y lo miro a los ojos. Hay certeza en ellos. Algo que no da lugar a duda.

—Sabes que está bien si no está bien, ¿verdad?

Me sorbo la nariz, me seco los ojos y levanto los hombros.

—Oye, mírame —dice, llevando una mano hacia mis mejillas—. También estoy aquí para los momentos difíciles. Lo nuestro no es solo para pasarla bien. Si quieres eso.

—¿Seguro que no te molesta? Puedes decirme la verdad.

—Estoy seguro. ¿Podemos acostarnos un rato o algo?

—Claro.

Nos pasamos a la cama y nos recostamos haciendo cucharita. Me acerca a su pecho, de modo que nuestros cuerpos se presionen entre sí.

—Nunca me molestas, sabes —dice, dándome un beso en la nuca—. No tienes que aparentar estar feliz si no te sientes de ese modo. Eres perfecto así como eres.

Cierro los ojos.

Soy tan afortunado de tener a Ruben. Sin él, en este momento... no sabría qué hacer.

Pero sí sé que haré todo lo que sea necesario para proteger lo nuestro.

Por fin nos permitieron salir de nuestros cuartos. Solo es para dar una entrevista en una revista y almorzar, pero es mejor que nada. En este punto, me viene bien cualquier cosa.

Entonces los cuatro estamos caminando por el paseo de la Langelinie en Copenhague. Se supone que tenemos que aparentar estar pasándola bien, mientras admiramos el paisaje, pero es toda una farsa. Erin se estuvo asegurando de que nos tomemos muchas selfies "casuales y espontáneas" para subir a nuestras redes si Chorus decide que son lo suficientemente buenas. Incluso le llamó la atención a Jon por no tomar suficientes fotos.

Camino a un lado de Ruben, pero se siente diferente. Un escuadrón entero de guardias de Chase nos sigue a nuestro alrededor. Pero oigan, al menos salimos del hotel. Por fin.

Ruben ve que lo estoy mirando y sonríe. De verdad desearía poder tomarlo de la mano.

Mi teléfono empieza a vibrar en mi bolsillo. Lo reviso y veo que es mi mamá, así que lo dejo sonar.

Sé que estoy siendo un poco inmaduro y que debería hablar con ella. O, al menos, devolverle la llamada. Pero decido escribirle un mensaje, mientras intento no sentirme mal por las respuestas cortas y frías que le estuve dando desde que le conté la verdad el otro día.

Perdón. Tengo una entrevista.

Te llamo luego.

Okey, buena suerte. Te irá de maravillas.

Con amor, mamá.

–Oigan, Ruben, ¿Zach? –nos llama Erin por detrás–. ¿Podemos hablar?

–Claro.

Aminoramos la marcha para poder hablar con ella, apartados del resto. A solo pocos metros por detrás, inquietantemente cerca, nos siguen los guardias.

–Están siendo demasiado obvios –nos dice en voz baja.

Solo estábamos caminando.

No estábamos haciendo nada.

Pero no importa. Esto no es sobre mí. También es sobre Angel y Jon. Y, honestamente, no estoy con ánimos de iniciar una discusión ahora. No tengo mucha energía para eso.

Ruben y yo nos apartamos.

Jon ve lo que está pasando y camina más lento para estar a mi lado. Ruben guarda ambas manos en sus bolsillos, pero no dice nada, como si estuviera compenetrado por el paisaje.

–¿Estás bien? –pregunta Jon.

Presiono mis labios. No quiero mentir.

–Zach, espera –dice Erin.

¿Ahora qué?, pienso.

–Tú sigues –dice, entregándome un teléfono–. Tú y Jon se ven geniales juntos. Nos gustaría que te saques una selfie haciendo el gesto de la paz con Jon de fondo. ¿Creen que puedan hacer eso?

–Claro.

Tomo mi teléfono. Erin levanta un anillo de luz portátil para que tengamos la iluminación perfecta, y tomo varias fotos, y le devuelvo el teléfono.

Unos minutos más tarde, llegamos a la cafetería. Hay varios guardias ubicados en la puerta. Cuando entramos, un reportero se pone de pie. Es un tipo robusto y lleva una camisa casual y un moño. Es bastante lindo.

Algunas de las otras mesas están ocupadas. Siento que alguien nos está mirando y, cuando volteo, veo a una chica de cabello castaño largo y un maquillaje perfecto, sentada junto a un chico de cabello negro despeinado con una chaqueta extra grande sobre su cuerpo musculoso. A decir verdad, ambos podrían ser modelos. Me acostumbré bastante a cómo nos miran los fans, pero de ellos recibo una vibra completamente diferente, mucho más fría.

Estrechamos la mano con el entrevistador y luego nos sentamos. Se acerca una mesera.

–Un Bloody Mary, por favor –dice Angel.

El reportero escribe una nota.

–Tacha eso –dice Erin–. Pedirá una Pepsi.

La mesera no tiene ni idea de a quién hacerle caso y alterna la vista entre Angel y Erin.

–A menos que hayas traído tu pasaporte, claro –le dice Erin a Angel–. La ley aquí dice que necesitas mostrar una identificación si pareces menor de edad, por lo que tengo entendido.

–Eh, sí...

Erin asiente, como si todo el asunto estuviera resuelto.

–Entonces una Pepsi. Yo pediré un café con leche.

Angel se cruza de brazos y solo habla para decir que no tiene hambre cuando le preguntan si le gustaría pedir algo para comer.

El entrevistador claramente está emocionado por todo este despliegue. Pobre, pobre hombre. Claramente no tiene idea de que no podrá escribir sobre nada de esto. Chorus nunca aceptaría la entrevista si no tuvieran esa clase de poder por escrito. Cree que podrá publicar un artículo fantástico en el que revele que nos tratan como niños, pero esta historia no irá en esa dirección.

—Entonces, muchachos —dice, apenas logrando ocultar su sonrisa—. ¿Están disfrutando Copenhague?

—Mucho —contesta Ruben—. Es una ciudad maravillosa y estamos agradecidos de tener la oportunidad de conocerla con nuestros propios ojos.

Afuera, al otro lado de la puerta de cristal, hay una pequeña multitud de fans reunidos. Mierda, ¿tan rápido? No tardaron nada. Ya sé que están todos conectados por Twitter, pero igual, maldición. Algunas chicas tienen presionadas sus caras contra el cristal y creo que es la primera vez que realmente me siento como si estuviera en un zoológico.

El entrevistador toca los temas de siempre. Nos pregunta sobre nuestra ropa, cómo manejamos nuestro cronograma y cómo esperamos que se sientan nuestras fans cuando nos vean en vivo. No parece estar muy consciente de que las preguntas sean siempre las mismas. O quizás porque nuestro equipo tiene tantos temas prohibidos que solo pregunta lo que puede.

Mientras Jon responde a la pregunta "Entonces, ¿qué futuro le depara a Saturday?", veo que el tipo de cabello oscuro se pone de pie. Cruza la cafetería y entra al baño. Miro hacia el fondo y veo a la chica que está con él. Está golpeteando sus uñas perfectas contra su bolso de cuero blanco. Ve que la estoy mirando y su mirada se siente oscura, como si no me deparara un buen destino si siguiera observándola.

Vuelvo a concentrarme en la entrevista.

—Zach, me enteré que apareces en los créditos del nuevo álbum. ¡Es fabuloso! ¿Puedes contarme un poco sobre ese proceso?

Pronuncio las palabras que Geoff me pidió que dijera cuando me hicieran esta pregunta.

–Eh, bueno, escribí una canción y se la mostré a nuestro equipo y les gustó tanto que decidieron usarla. El resto es historia. Se llama *End of Everything* y estoy realmente orgulloso de ella.

Empezamos a grabarla la semana pasada, sin ninguno de mis aportes. Intento no pensar en ello.

–¡Fantástico! Estoy seguro de que tus fans se mueren por escucharla.

–Bueno, espero que no se *mueran*, ninguna canción vale tanto. Pero me entusiasma mucho que la conozcan. Me parece una gran canción y creo que es un poco diferente para Saturday. Además, es agradable cantar algo que se sienta un poco más personal, ¿sabes? Quiero que nuestros oyentes conozcan ese lado de mí.

–Disculpen –dice Angel, poniéndose de pie y yendo al baño, su Pepsi intacta sobre la mesa. Un guardia lo sigue por la cafetería, pero entra al baño solo. Uno segundos más tarde, el tipo que parece modelo sale.

Puede que solo sea una coincidencia.

Pero mi instinto me dice que Angel está tramando algo.

DIECINUEVE

RUBEN

La noche en la que todo nuestro mundo se desmorona, me paso la mayor parte del concierto perdido en mis pensamientos.

Empieza con Zach. Desde que lo vi esa noche en el cuarto de hotel, intenté mirarlo más en el escenario. Aunque tengo que hacerlo con cierta sutileza, en caso de que se vuelva demasiado obvio y alguien de Chorus nos regañe.

Entonces, con el mayor cuidado, le robo algunas miradas, maravillándome por la forma en que se muerde el labio inconscientemente cuando el tempo y la coreografía se aceleran. Sus sonrisas al público. El cabello mojado que se lleva hacia atrás con sus dedos separados.

Y mientras hago esto, una sensación de amargura empieza a crecer en la boca de mi estómago. Porque no debería entrenar a mis ojos para que miren a cualquier otro lado excepto él, cuando lo único que quieren es gravitar en torno a él y su pulso magnético.

Intento imaginar cómo es que Chorus anunciará nuestra relación. Intento imaginarnos tomados de la mano en este mismo escenario. Pero no puedo.

Luego centro toda mi atención en Jon. En la forma en que él se muerde los labios a propósito para seducir al público, tal como le enseñaron a hacer. En su sonrisa torcida llena de lujuria, dirigida a alguna chica afortunada que encuentre sobre la valla. En la forma en que abre sus dedos cuando pasa su mano sobre sus muslos, enviando una descarga de electricidad por toda la multitud.

Y la amargura crece. Porque es una marioneta carente de voluntad.

Luego miro a Angel. La forma en que sus labios se separan con respiraciones laboriosas y exhaustas; esta noche no está drogado, pero parece como si la hubiera pasado increíble *anoche*. Sus sonrisas parecen ser muecas de superioridad, como si no pudiera comprometerse a que se vean genuinas. La forma en que cierra sus manos en puños cada vez que dejamos de bailar se ve como si estuviera lleno de una tensión que no puede sacar de ninguna otra manera.

Y la amargura alcanza su punto máximo. Porque no creo que esté bien. Y no hay nada que se me ocurra para evitar que este tren descarrile.

La amargura debe ser bastante obvia en mi cara, porque muchos me evitan cuando bajamos del escenario. Zach me pregunta varias veces si estoy bien mientras nos cambiamos, y en el camino al hotel, pero solo sonrío con firmeza y respondo que *sí*.

Recibo un mensaje de mi mamá y le envío una respuesta rápida. Luego de varios idas y vueltas, me doy un descanso breve. No tengo la capacidad para esto en este momento. Le escribiré en veinte minutos más o menos, antes de que se empiece a poner nerviosa, y le diré que mi teléfono se quedó sin batería o algo por el estilo.

En el hotel, ubicado en el centro concurrido de Budapest, Angel desaparece en su cuarto y Jon en el suyo, y Zach y yo escapamos en el mío. Una vez que estamos solos, siento cómo la amargura empieza a disiparse un poco. Las cosas parecen más manejables cuando estoy a solas con él.

Se quita los zapatos de una patada y se sienta en la cama, extendiendo sus brazos.

—¿Quieres hablar?

Me encojo de hombros y me subo a la cama junto a él, dejando que me envuelva entre sus brazos como una crisálida. La presión de su tacto derrite un poco la tensión de mi espalda. Nos sentamos en silencio por un largo rato, Zach revisa su teléfono con su mano libre, mientras yo respiro la esencia de su pecho hasta que el ritmo de mis latidos lentamente acompaña al suyo. Por lo general, a estas alturas ya estaríamos arrancándonos la ropa. Pero esta noche, por ahora al menos, solo quiero estar cerca de él en silencio.

Luego de un rato, Zach baja el teléfono y pasa sus dedos sobre mi cabello. Podría quedarme dormido con la cabeza apoyada sobre su pecho. Pero creo que necesitamos hablar.

—Es solo que me preocupa todo este asunto de contar la verdad —digo finalmente—. ¿Qué tal si no nos dejan contarle a nadie después de Rusia?

Se detiene como en medio de un leve infarto.

—Dijeron que sí.

—Ya lo sé. Pero ¿qué tal si *no*?

Zach se aleja de mí. Dejando atrás el fantasma de su tacto sobre mi piel. Desearía no haber dicho nada y dejarlo sostenerme por horas.

—Bueno —dice—. No sé. ¿Qué *podemos* hacer si no lo hacen?

Me muerdo la uña del pulgar.

—Esa no es precisamente una respuesta reconfortante.

La sonrisa de Zach es suave y cálida.

—Escúchame, ¿sí? ¿Qué importa que ni siquiera nos dejen contar la verdad?

Ja. No me acaba de decir eso a mí, ¿verdad?

—¿Cómo que "qué importa"? —pregunto débilmente.

—Quiero decir, supongamos que dicen que no. No significa que nos perdamos el uno al otro. Me tendrás a mí, sin importar qué. Más allá de que el mundo lo sepa o no.

Intento procesar sus palabras. ¿De dónde rayos viene todo esto?

—No se trata de eso. Es por estar controlados.

—Ya mantuvimos otras cosas en privado.

—Sí, pero esta es nuestra *identidad* —le respondo—. Es el principio.

—No creo que te moleste tanto un principio, Ruben. ¿Qué es lo que realmente te preocupa? O sea, *en verdad*.

Bueno. No creo que necesite una razón que justifique que me sienta molesto por estar obligado a ocultar mi sexualidad del mundo indefinidamente. Pero bueno, seguiré el juego.

—¿Dónde dibujo la línea? No se trata solo de lo que digamos en las entrevistas. ¿Qué tal si la gente empieza a preguntarse por qué nunca aparecemos con una novia y nos obligan a mentir para apagar los rumores? ¿Qué tal si uno de nosotros se enferma y no nos permiten visitarlo al hospital sin que vaya toda la banda porque la gente empezará a hacerse preguntas? Esto nos afectará *mucho*, Zach.

—Ah. —Se queda en silencio y mira la cama con el ceño fruncido. No puedo leer su expresión.

Ah, por Dios. ¿Así se sintió cuando le contamos lo nuestro a la banda? ¿Solo está dejándose llevar?

—¿Tú… no quieres hacerlo público?

—No, sí. No es eso. Es solo que me pregunto si sería tanto problema no hacerlo.

—Si no quieres hacerlo, es otra historia diferente. Lo sabes, ¿verdad?

—Sí, totalmente. Es solo que… olvídalo. No había pensado en todas esas cosas que dijiste. Tienes un buen punto.

Lo estudio detenidamente.

—¿Estás seguro?

—Estoy seguro. —Sujeta mi mano con fuerza—. Espero que podamos hacerlo entonces.

Algo parece estar fuera de lugar. Zach es incómodamente indiferente y no sé con certeza si acepta lo que digo porque de verdad lo cree así o porque sabe que yo *quiero* que esté de acuerdo conmigo. Con un tema tan inmenso como este, el hecho de que no sienta que puede expresar su opinión me preocupa. Tiene que saber que este es el único tema con el que no puede aceptar lo que diga cualquier otra persona solo para mantener la paz y hacer como si no hubiera pasado nada, ¿verdad?

Frunzo el ceño y tomo mi teléfono. Me encuentro con una catarata de mensajes de mi mamá y Jon.

Los de mi mamá eran esperables.

¿Por qué no respondes?

¿Hola? Te veo en línea.

Okey, ahora te desconectaste.

Supongo que no te gusta mi nuevo vestido entonces, ¡¡jaja!

Sabes, podemos hablar sobre otra cosa que no seas tú,
Ruben.

¡Quizás la próxima vez que quieras hablar esté ocupada!

Recibo una puñalada de miedo familiar en la boca del estómago al ver
esto. Mi primer instinto me pide que le responda para calmarla antes de
que se enoje *en serio*. Pero entonces abro los mensajes de Jon.

¿Estás viendo esto?

Angel está haciendo un vivo solo. Está raro.

Creo que está drogado...

Voy a ver cómo está.

¿Vienes?

¿Ruben?

¿Zach está contigo? ¿Pueden venir los dos a ver esto?

¿AHORA?

Zach también revisa su teléfono. Asumo que está leyendo una lluvia
de mensajes similar.

—Vamos —digo, poniéndome de pie.

—¿Qué crees que haya dicho en el vivo? —pregunta Zach, siguiéndome.

—No tengo idea, pero no suena bien.

Recibo otro mensaje. No de Jon. Mamá.

> Vi que leíste mi último mensaje.

Por primera vez, algo me asusta más que la ira de mi madre.

> Lo siento, no te estoy ignorando. Estoy en el medio de algo.
> Te lo explicaré cuando me libere. Nada de qué preocuparse.

Les asentimos a los guardias desconocidos de Chase cuando pasamos a su lado, intercambiando sonrisas tensas. Jon nos abre la puerta cuando llamamos a la habitación de Angel. Tiene una expresión seria.

—¿Por qué tardaron tanto? —demanda.

En el interior, Angel está caminando de un lado a otro. Está temblando demasiado y cierra sus manos frenéticamente mientras mastica algo. Me toma un segundo comprender que no está comiendo nada. Solo está abriendo y cerrando la mandíbula sin parar.

—Tenemos que salir de aquí —dice, medio para sí mismo—. Ahora. Esta noche. Es nuestra última oportunidad.

—¿A qué te refieres? —le pregunta Zach.

Jon suspira.

—Está paranoico por Chorus.

—¡Y lo bien que hago! —le grita Angel a Jon—. Les lavaron el cerebro. Pero solo porque los hayan atrapado a ustedes en sus pequeñas redes no significa que me vayan a atrapar a mí. No voy a permitírselos. No me tendrán.

—Angel —intento hablar—. ¿Qué tal si nos sentamos y hablamos? Quizás puedas contarnos qué te molesta tanto.

—Todo. Me molesta… ¿no lo *ven*? —grita, aun deambulando de un lado a otro—. Quieren quitárnoslo todo. No quieren que nos vayamos nunca. Quieren asesinarnos. Quieren matarnos hasta no ser nada más que un trozo de carne. Eso es lo único que quieren de nosotros. No quieren… no nos permitirán seguir con vida. Tenemos que irnos. Esta noche. Son ellos o nosotros. Yo me elijo a mí. No me atraparán.

—¿A dónde iremos? —pregunta Zach.

En ese momento, Angel gira sobre su propio eje, abre la puerta del balcón y sale a toda prisa.

—¡Angel! —grita Zach corriendo tras él—. ¿Qué haces?

—No voy a dejar que me lleven. No pueden llevarme —sigue repitiendo con una voz temblorosa. Luego se sube al borde del balcón y todo en mi interior se revuelve como si me hubieran estrellado contra una pared.

—¡Angel, no! —grita Zach y Jon empieza a susurrar *no, no, no* como una letanía frenética.

Ninguno de nosotros hace movimiento repentino alguno. No nos atrevemos. No tienes que acercarte corriendo a un suicida cuando está a punto de saltar al vacío. Espero oír gritos de terror desde la calle abajo, pero entonces recuerdo que las habitaciones dan hacia el patio del hotel y no a la calle principal.

Nadie lo verá.

—Estoy bien —dice Angel, mirando directo hacia abajo. No al suelo, sino al balcón que está justo por debajo.

Entonces comprendo que no quiere saltar.

Quiere escapar.

Angel desciende lentamente, sujetándose del pasamano. El viento sacude su cabello negro sobre su cara, haciendo que se vea aún más salvaje. Pasa sus pies por el espacio entre las barras del balcón. Luego nos esboza una sonrisa.

Jon reacciona primero.

—Vuelve —dice, tendiéndole una mano—. Podemos… oye, ¿qué tal si nos pedimos unos tragos? Podemos tener una fiesta. Solo nosotros.

Angel dobla sus rodillas. Jon avanza a toda prisa.

—*Alto* —grita Angel.

Jon se detiene.

—¿Puedes ponerme ebrio? —sugiere—. ¿Qué tal si averiguamos cuántos tragos son suficientes para… para…? Angel, por favor, *por favor*.

Asoma un pie por el balcón. Luego otro. Se queda ahí por un segundo, sujetándose del pasamano y una de sus manos cae a su lado. Una sola lo mantiene en su lugar.

Jon corre hacia adelante. Zach y yo lo seguimos justo por detrás. Jon se apoya sobre el pasamano y arroja una mano hacia abajo.

Pero Angel no la toma. Se queda colgado con las piernas en el aire. Luego se balancea con un gruñido y sujeta el pasamano.

Y entonces se suelta por completo.

Los tres dejamos salir un único grito ahogado mientras lo vemos caer.

Pero entonces aterriza a salvo en el balcón de abajo.

—*Mierda* —sisea Zach.

Entonces, todo parece tener sentido. La última vez que dejamos suelto a Angel, casi no pudimos encontrarlo. Y no fue nada comparado con esto. En ese momento, estaba drogado. Pero esta noche es diferente. Ahora no solo está drogado, está teniendo un episodio de paranoia errática. No podemos perderlo en las calles así.

Y si damos la vuelta, lo perderemos.

—Traigan a los guardias —le digo a Zach y Jon, antes de arrojarme hacia la cornisa.

—Ruben, no —grita Zach, pero ya giré. Mi teléfono empieza a vibrar sobre mi pierna repetidas veces. Seguramente sea mi mamá llamando.

—Estaré bien —digo—. *Vayan.*

—Regresa aquí, demonios —me suplica Zach—. Te caerás.

No me caeré. Si Angel pudo hacer esto más drogado que el carajo, yo también puedo.

Siempre y cuando no mire hacia abajo. Siempre y cuando no piense en cuántos pisos subimos por el elevador hace media hora. Ni en lo que le pasaría a mi cuerpo si se cayera desde esta altura. Y lo fácil que sería pisar en falso.

Quizás debería volver.

Pero entonces miro hacia abajo y veo a Angel parado contra la pared del balcón, mirándome. Parece estar listo para correr.

Desde este ángulo, también veo lo que debió haber visto cuando se colgó desde aquí. El balcón abajo sobresale un poco. Ni siquiera necesito balancearme para caer bien. Solo tengo que dejarme caer.

Entonces, sin pensarlo dos veces, respiro hondo y me suelto, mientras escucho los gritos de Zach como una serenata de fondo.

Aterrizo con fuerza y me tropiezo, pero estoy a salvo.

Angel esboza una sonrisa torcida y maniática.

—¿Vienes conmigo? —pregunta.

—Sí, voy contigo.

—Sabía que lo entenderías. Todavía no te chuparon el alma.

Sus ojos se quedan perdidos por detrás de mí mientras habla. Creo que está mirando el cielo, pero entonces Zach empieza a llamarme alarmado. Volteo y veo un par de piernas colgadas desde el balcón superior.

–¡Dios, Zach! –Me lanzo hacia adelante y me paro entre sus piernas desde la cornisa de mi balcón para poder guiar su aterrizaje. La cara preocupada de Jon se asoma por el borde del balcón y extiende una mano hacia Zach por si acaso.

–Está bien –digo–. Suéltate. Te tengo.

Zach aterriza entre mis brazos. Ambos volteamos hacia Angel, quien decide intentar abrir la puerta del balcón y, para mi alivio, se abre. Un único salto entre balcones es suficiente para esta noche.

Entra de un tropezón y lo seguimos con Zach hacia la habitación oscura. La cama está deshecha, pero la habitación está vacía. Gracias a Dios por la vida nocturna de Budapest. *Saturday: invasión de propiedad privada* es el último titular que necesitamos ahora.

–Saben –dice Zach fuerte–, creo que la idea de Jon era mejor. ¡Subamos y pongámoslo ebrio!

Angel no lo escucha, o lo ignora, mientras sigue murmurando cosas para sí mismo sobre Chorus. Atraviesa la puerta del frente y sale al pasillo, Zach y yo lo seguimos justo sobre sus talones. Ya sé hacia dónde estamos yendo. La salida de emergencias.

Zach toma su teléfono. Espero que le escriba a Jon, pero en su lugar inicia una videollamada con él. Claro. De este modo, Jon y los guardias sabrán exactamente dónde estamos. Estoy impresionado.

Jon atiende y empezamos a bajar por la escalera contra incendios, pero antes de hablar, Zach se lleva un dedo hacia sus labios. Luego presiona la pantalla para voltear la cámara y filmar mientras corremos.

La puerta de emergencias nos lleva hacia un aparcamiento subterráneo levemente iluminado con muchos autos. Angel da vueltas en círculos en busca de una salida y me pregunto si Zach y yo deberíamos derribarlo. Juntos, podríamos hacerlo. Pero no estoy seguro de cuán violento puede ser en este estado. No quiero lastimarlo. Y si lastima a Zach por una decisión mía, nunca me perdonaría. Entonces, decido que simplemente lo sigamos. Jon y los guardias no deben estar tan lejos. Los guardias sabrán cómo controlar esto.

–Y bien, ¿a dónde quieres ir? –le pregunto a Angel con el tono más tranquilo que puedo invocar. Mi teléfono empieza a vibrar nuevamente y mi corazón se acelera aún más. Concéntrate, necesitas *concéntrate*, pero no puedo hacerlo si mi mamá insiste con hablar conmigo, porque cuando se enoja, ocurren cosas malas. Intento ignorarla. *Intento*.

Angel deja de girar y me mira con los ojos entreabiertos.

–Lejos. Necesitamos irnos lejos. A algún lugar en donde no puedan encontrarnos. Andando.

Ni bien termina de decir la última palabra, sale corriendo a toda prisa entre los autos aparcados. Mierda.

–Espera –digo–. ¿Dónde está la salida? ¿A dónde vamos?

–Sí... tiene que haber una. Ayúdenme. Tenemos que encontrar una. Ahora, Ruben, apresúrate. Nos van a encontrar y nos van a encerrar. Tenemos que salir de aquí.

–Es solo una restricción temporal, Angel. No es para siempre.

–*Es* para siempre. Nunca nos dejarán ir, Ruben.

–Vamos. Sabes que eso no es verdad.

Angel lentamente se queda sin aliento y se vuelve hacia mí.

–Tú no eres tonto. Lo sabes. Tú... lo sabes y no dices nada. Pero yo sé que lo ves. Sabes lo que nos están haciendo.

Zach sujeta la manga de mi abrigo cuando me alcanza.

–Están en la escalera contra incendios –dice en voz baja. Asiento con toda la sutileza que puedo manejar.

–¿Qué nos están haciendo? –pregunto suavemente. Ya sé la respuesta, pero hacer que siga repitiendo sus sin sentidos es la única forma de retrasarlo.

La risa de Angel es aguda y frenética. Brota como un aullido.

—¡Somos sus prisioneros! Y no se detendrán, por eso debemos correr. Ayúdenme a encontrar una salida. ¡Rápido!

Zach baja su teléfono y avanza.

—Solo tenemos que atravesar la última parte de la gira. Luego todo volverá a la normalidad.

—¿Normalidad? —espeta Angel—. ¿En algún momento *fue* normal?

—Antes no estaba tan mal.

—Antes. —Pasa una mano por su cabello mojado y mira a su alrededor en busca de algún espía. Parece asustado. Aterrado, más bien—. Hace tres años me llamaba Reece.

—Angel… —digo.

—*Me llamaba Reece* —grita, su rostro completamente contorsionado—. ¡Me quitaron hasta *mi nombre*! ¿Y crees que te dejarán contar la verdad cuando tú quieras? ¡Ustedes dos están *delirando, maldita sea*!

Una puerta se abre con un sonido metálico fuerte justo por detrás de nosotros. Los tres levantamos la cabeza enseguida. Pasando varias hileras de autos aparecen Erin, Jon y cuatro guardias.

—No —dice Angel, girando sobre sus talones.

Zach, quien aún está recuperando su aliento, deja salir un suspiro de frustración cuando empezamos a correr una vez más.

—Voy a matarlo por la mañana —dice respirando con dificultad—. Me hizo saltar… desde un maldito balcón… y correr por un maldito aparcamiento…

Doblamos en una esquina y, de repente, un letrero de salida aparece a la vista. El grito de Erin resuena por todo el lugar mientras le ruega a

Angel que se calme. Angel se estrella contra la puerta con todo su cuerpo y Zach y yo lo seguimos por detrás. La voz de Erin queda abruptamente apagada por la puerta cerrada.

El aire de la noche se siente congelado. No lo suficiente como para que nieve, pero el viento se siente como punzadas en mis mejillas, y puedo sentir a mi aliento viajar hacia el interior de mi pecho y al aire frío arañar mis pulmones. Cierro mi abrigo con mis dedos congelados y me protejo de la ventisca. Zach se envuelve con sus propios brazos y se ubica detrás de mí para escudarse de las ráfagas de viento.

Angel no lleva ningún abrigo. Dudo que siquiera tenga frío. Sus ojos se disparan rápidamente en todas direcciones y luego empieza a correr hacia la calle. Hacia la luz.

No me gusta hacia dónde se está encaminando todo esto.

—Angel —grito con urgencia—. Por ahí no. Esa es la calle principal.

Me ignora.

—Hay gente acampando ahí.

—Podemos ocultarnos entre la multitud. Sí. No... no podrán encontrarnos ahí.

—No, nos *acosará* toda la multitud.

La voz de Angel suena temblorosa, desesperada.

—Cierra la boca.

—Tiene razón, Angel —agrega Zach.

—¡CIERRA LA BOCA! —Empieza a correr una vez más y dobla a la derecha en la calle.

Ahora el resto también está afuera y no dejan de correr. Nos alcanzarán antes de que algo malo pase. Solo tenemos que asegurarnos de no perder a Angel.

Zach gruñe cuando aumento la velocidad. Tal como lo predije, una marea de fans empieza a perseguir a Angel. Cuando me ven a mí y a Zach doblando la esquina, sus gritos de entusiasmo y sorpresa se vuelven un rugido ensordecedor. Angel corre hacia ellos y ellos corren hacia Angel, hasta que colisionan. Y termina tragado por la multitud.

Es como si lo hubieran consumido.

Zach y yo intercambiamos miradas de preocupación. Quiero tomarlo de la mano para no perderlo. Necesita estar aferrado a mí para mantenerse a salvo, en caso de que algo ocurra.

Pero no lo hago. No lo hago porque hay cámaras y testigos y porque Geoff y Chorus dijeron que no lo hiciera. Incluso en este momento de pánico absoluto, donde el miedo es cada vez mayor y una multitud está a punto de atropellarnos, no desobedezco a Chorus.

Quizás nunca sea lo suficientemente valiente. Quizás solo quiero creer que lo soy.

Entonces, cuando la multitud nos envuelve, me quedo parado solo, rodeado por docenas de extraños.

Ruben.

Ruben.

Ruben.

Ruben.

No hay malicia en sus ojos. Solo amor en su tacto. Admiración en sus voces. Pero se presionan contra mí hasta respirar mi aire. Sus manos, docenas de ellas, y cientos de dedos se clavan en cualquier parte de mi cuerpo como garras. Mi cuello, mi cabello, mis labios, mis brazos, mis piernas, mi pecho. Una mano se desliza hacia el interior de mi abrigo. Y labios húmedos se presionan contra mis muñecas.

Mi nombre empieza a sonar fuerte, cada vez más y *MÁS FUERTE*.

Algunos intentan alejar a otros de mí.

Denle espacio.

Atrás, chicas.

No puede respirar.

Pero sus voces quedan ahogadas entre los gritos. Del mismo modo que yo.

–Por favor, déjenme pasar –les suplico–. Por favor, necesito irme. Necesito moverme. Por favor. Solo… déjenme *mover, suéltenme,* ¡necesito PASAR!

Alguien me escucha. Sus manos toman las mías. Un pequeño grupo me lleva hacia adelante y el grupo crece a medida que corre la voz. *Necesito su ayuda. Necesito que me salven de ellos mismos.*

La marea empieza a moverse y es como si me estuviera hundiendo en arena movediza, aunque, gradualmente, empiezan a soltarme y me arrastran colectivamente antes de que pueda volver a caer en sus profundidades.

Y vuelvo a sentir el aire frío sobre mi cara. Y las luces. Las luces de la calle titilantes y enceguecedoras, faroles y luces de neón en los frentes de las tiendas. Estoy cantando *Gracias, gracias,* a todos y a nadie en particular mientras busco a Zach, Angel, Jon.

–*¡Ruben!* –Es Zach quien me encuentra primero, abriéndose paso entre la multitud. Se arroja hacia mí y toma mi brazo porque está bien, pienso, es seguro, y necesito tocarlo, no puedo no hacerlo. La multitud sigue ahí, creciendo, pero partida en dos. Una mitad quiere alcanzarlos y la otra la retiene. Lucha contra sí misma, furiosa, aplastante.

–¡Angel!

Es Jon y está parado con firmeza con los pies separados, a un metro y medio de nosotros. Sigo sus ojos y encuentro a Angel, deambulando por el borde de la multitud. La piel de Angel destella naranja y blanca mientras observa las luces a nuestro alrededor con una mirada ciega. El tráfico se siente denso y furioso. Si bien es de noche, la ciudad está más viva y estruendosa que nunca. Los gritos y la multitud y las luces enceguecedoras de los autos pasando sin parar a nuestro alrededor. Debe ser demasiado desorientador para él.

—¡No voy a volver ahí! —grita Angel, pero no está mirando a Jon. No está mirando a nadie.

Erin y los guardias aparecen desde el interior de la multitud. No fueron consumidos. Son inmunes.

Erin se para a un lado de Jon.

—Angel —dice con la voz más casual del mundo. Para las cámaras. Para todos los presentes—. ¿Por qué mejor no volvemos al hotel? Tenemos que levantarnos muy temprano.

Es toda una fachada. Solo una actuación. Las actuaciones nunca terminan. Solo siguen y siguen y…

—Tiene que dejar de hablar —dice Zach—. Lo está sacando de quicio.

Tiene razón. Angel alterna la mirada entre Erin y la multitud, como si estuviera considerando arrojarse hacia el mar de gente. Pasa su mano sobre su cara y su cuello, arañando y estirando toda su piel. Su pecho sube y baja como un hombre ahogado que necesita respirar, pero no puede.

—A ti te conoce desde antes —digo, presionando el brazo de Zach—. Si alguien puede calmarlo, ese eres tú.

Asiente con tristeza y da un paso hacia adelante.

—Oye, amigo —dice—. Está bien. En serio. Pero hace demasiado frío afuera, ¿por qué mejor no salimos mañana todos juntos? ¡Yo también quiero conocer Budapest!

Es un buen intento para hablarle sin que sea demasiado obvio para las cientos de personas presentes de que hay un problema. Pero no creo que se lo crean. Necesita apoyo. Necesita algo sustancial a lo cual aferrarse. Una promesa de que las cosas serán diferentes si regresa.

Tal como lo sospeché, empieza a sacudir la cabeza.

—Erin —la llamo—. ¿Podemos salir a recorrer Budapest mañana verdad? ¿Quizás podamos visitar el castillo?

Solo di que sí. Sígueme el juego hasta que podamos llevarlo al hotel a salvo. Solo necesita atravesar esto a salvo.

Pero no lo hace y en su lugar dice:

—Angel, si regresamos ahora, no habrá necesidad de involucrar a Geoff. No tiene por qué enterarse.

Una amenaza velada. Angel queda tenso. Algunas lágrimas caen por sus mejillas enrojecidas.

—No —dice.

Entonces Erin da un paso hacia adelante.

Y él retrocede levemente, gritando con la mayor de las crudezas.

—¡NO!

Pero más atrás está la calle.

Y veo lo que está a punto de pasar justo antes de que ocurra, entonces levanto la mano hacia mi boca. Un claxon irrumpe el aire y el sonido del caucho rechinando sobre el asfalto. El auto lo arrolla con un golpe seco y su cuerpo sale disparado hacia arriba. Gira en el aire. *Pum*, contra el techo. *Pum*, contra la cajuela.

Queda tendido, quieto y sin vida, sobre el camino negro.

Los gritos se elevan a nuestro alrededor.

Angel está tirado en la calle y no se mueve.

Zach se desploma de rodillas.

Mi teléfono empieza a sonar otra vez.

Angel está tirado en la calle y no se mueve.

Lucho contra la avalancha de gente cuando me alcanza otra vez, porque tengo que llegar hasta Zach, tengo que hacerlo.

Los gritos no se detienen.

Angel está tirado en la calle y no se mueve.

Me acerco a Zach y lo envuelvo entre mis brazos. Así de cerca puedo diferenciar sus gritos de los demás. No está gritando Angel. Está gritando *Reece*. Una y otra vez, al suelo, agachado con los ojos cerrados para no tener que presenciar todo esto.

De todos modos, no hay nada que se pueda ver. Solo una pared de cuerpos, a medida que la multitud se acerca para compartir nuestro dolor. Todo se siente distante y flotante.

Creo que me están sofocando. Creo que nos están ahogando.

El peso de la multitud sobre nosotros es aplanador. No puedo respirar. No puedo concentrarme, no sé qué responder, no puedo pensar, porque…

Angel está tirado en la calle y no se mueve.

No quiero ponerme de pie. Solo quiero arrodillarme, aferrarme a Zach, mantenerlo firme mientras grita el nombre de alguien que conoce desde niño. No quiero aire y no lo necesito. No me importa que me aplasten.

Luego unas manos fuertes me sujetan y me liberan de la locura. Es uno de los guardias de Chase. Otro guardia aparece a mi lado y se para entre la multitud y yo, para que pueda respirar. Antes de temer por el bienestar de Zach, otro guardia emerge de la multitud con él. Está a salvo. Bien.

Pero…

Angel está tirado en la calle y no se mueve.

No puedo llorar. Quiero, pero no puedo. No siento nada. No veo nada, solo el cuerpo inmóvil de Angel, aunque en realidad no puedo verlo por la multitud. No puedo ver a Erin ni a Jon. Llamo a Zach, pero el guardia sacude la cabeza de lado a lado.

—Ahora no –dice.

—¿Angel está bien? Tenemos que regresar.

—Ahora no.

—Déjame ir a buscar a Zach entonces. Necesito estar con él.

—Ahora no.

Los gritos no se desvanecen a medida que el guardia me guía con firmeza hacia la seguridad del hotel.

No importa qué tan lejos lleguemos.

Los gritos no se desvanecen.

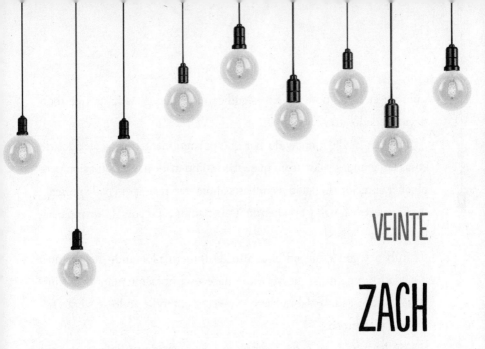

VEINTE

ZACH

No nos dejan ver a Angel.

Erin estuvo enviándonos todas las novedades por mensaje: está vivo y bien, eso es todo lo que sabemos. Bueno, todo lo "bien" que puede estar con una fractura expuesta, algunas costillas fisuradas, algunos cortes y una posible contusión en la cabeza. Todavía no saben qué tan malo es.

Pero está despierto y, en gran medida, bien. Tiene suerte, eso está más que claro.

Eso claro, si nos están diciendo la verdad. No lo podemos saber con certeza, porque lo único que tenemos son sus palabras; no tenemos permitido visitarlo. Aparentemente, eso causaría mucho revuelo y llamaría mucho más la atención sobre lo ocurrido, algo que Chorus quiere evitar a toda costa. En internet ya hay algunos videos del accidente que se esparcieron tan rápido como cualquier cosa que nos involucrara a nosotros, pero Chorus está haciendo su mejor esfuerzo para asegurarse de que solo dure un ciclo de noticias. Eso significa nada de visitas hasta que todo haya quedado atrás.

En gran medida, entiendo por qué quieren mantenernos alejados de cosas tan grandes y confío en que saben cómo manejar esta situación para obtener el mejor resultado. Pero hasta ahora esto no es para nada normal.

Es nuestro amigo y está herido. Deberíamos estar con él. Acompañarlo si se siente mal.

Ruben y Jon están en el cuarto de Ruben, esperando recibir más novedades, mientras que yo estoy hace una hora intentando dormir. "Intentando" es la palabra clave. No estoy cómodo, todo se siente sofocante y caluroso.

Me levanto de la cama y empiezo a caminar de un lado a otro. El reloj sobre la mesa de noche dice que apenas pasaron unos minutos de las cuatro de la mañana, lo que me hace pensar que dormir ahora será prácticamente imposible.

El accidente se reproduce en mi cabeza una y otra vez. Tan vivo y detallado. Todavía puedo escuchar el golpe seco cuando chocó con el capó y giró hasta caer sobre el asfalto cara abajo.

Y luego silencio.

Hasta que empezaron los gritos.

Estaba tan quieto y tenía el cuerpo torcido de un modo extraño con el brazo extendido. En ese momento, todos los que estábamos ahí creímos que había muerto. Lo sabía. Podía sentir la sangre. Su sangre. Incluso la vi, roja, sobre su rostro antes de que los guardias nos sacaran del lugar. Jon intentó soltarse de ellos para quedarse con Angel, pero no fue lo suficientemente fuerte. Yo simplemente me dejé llevar. No tenía la energía para oponer resistencia. Quizás debería haberlo hecho. Quizás entonces no me sentiría así y Angel no estaría solo.

Presiono la punta de mis dedos sobre un lado de mis ojos para contener las lágrimas. No me avergüenza llorar, es solo que estoy harto de hacerlo. Pero no puedo evitarlo, porque creo que debería haber estado más alerta. Debería haberlo anticipado. Debería haber estado para Angel y evitado todo esto.

Voy al baño y me reclino sobre el lavabo. Mi reflejo no se parece en lo absoluto a mí. Al menos, no últimamente. Mis ojos están rojos y tengo unas ojeras bastante marcadas debajo de ellos. Me arrojo un poco de agua en la cara, luego salgo y veo la habitación vacía. Está oscura y desordenada.

Siento dolor. Necesito estar con el resto. Quizás no pueda ver a Angel, pero aún puedo ver a Ruben y a Jon.

En el pasillo, hay un escuadrón completo de guardias de Chase, más de los que jamás vi, bloqueando cada entrada. Sus miradas son frías, desprovistas por completo de emoción. Estoy seguro de que tienen órdenes de detenernos por cualquier medio necesario si intentamos marcharnos.

Llamo a la puerta de Ruben y Jon me deja entrar.

—¿No puedes dormir? —me pregunta Ruben.

—No. —Me siento junto a él al pie de la cama. Apoya una mano sobre mi pierna, su tacto reconfortante—. ¿Hay alguna noticia?

Sacude la cabeza.

—No puedo comunicarme con papá —dice Jon—. Creo que me está ignorando.

Hago una mueca de dolor. Jon acaba de ver a uno de sus mejores amigos tener un accidente horrible y Geoff lo ignora.

Me pregunto si siquiera le importa Angel. O alguno de nosotros, más allá del valor que le demos a su empresa.

Desearía poder decir que sí.

Pero creo que ya no puedo más.

Le toma más de cinco horas a Geoff convocarnos a una reunión para contarnos las novedades sobre Angel. Ocho horas después del accidente.

Ocho. Malditas. Horas.

Honestamente, en todo este tiempo empecé a sentirme como si los cuatro fuéramos los miembros menos importantes de Saturday. Solo marionetas que los peces gordos de Chorus pueden manipular a su gusto. Pueden vestirnos o desvestirnos como quieran para satisfacer los deseos del público. Todo rastro humano que podamos tener solo nos hace ver difíciles a sus ojos. Todo lo real es horrible y rompe la ilusión.

Entramos al cuarto de Erin.

Hay una laptop sobre su escritorio con la cara de Geoff en su oficina. En la habitación también hay un grupo de personas de traje, la mayoría son publicistas y otras personas con quienes no suelo tener mucha relación.

—Bueno —dice Geoff. Claramente, llegamos en medio de una conversación, de modo que nos mira y continúa—. No sabemos cuándo podrá regresar a los escenarios, pero tenemos algunas opciones. Podemos cambiar la coreografía considerando sus heridas.

—Espera —dice Jon antes de siquiera tomar asiento. Infla el pecho—. No estás considerando seguir con la gira, ¿verdad?

Eso finalmente consigue toda su atención.

—Con respeto, Jon, no es tu decisión. Solo concéntrense en ayudarse entre ustedes para atravesar este contratiempo de la mejor manera y dejen que nosotros nos encarguemos de la logística. Ahora, toma asiento.

Jon resopla, sus ojos prendidos fuego. Avanza hacia un asiento vacío, pero luego se detiene y se queda parado de un modo desafiante.

—¿Sabes qué? No. Angel necesita ayuda. Sabes que estuvo drogado casi todos los días, ¿verdad? No está actuando. ¡Papá, casi se muere!

—Estamos al tanto de la naturaleza de este lamentable accidente, pero nos aseguraron que podrá volver a cantar una vez que se haya recuperado...

—¿Qué hace falta para que te importe? Esta gira no puede continuar. Angel tiene que estar en un solo lugar ahora y es recibiendo toda la ayuda que el dinero pueda conseguir. De otro modo, no quedará nada de Saturday para que puedas aprovechar por mucho más tiempo.

La habitación se queda en silencio. Un encargado de relaciones públicas se acomoda el cuello de su camisa.

—Está bien —dice Geoff—. Queríamos incluirte en nuestras discusiones sobre el futuro inmediato, pero tus emociones están bastante fuera de control ahora. Podemos hablar de esto más tarde.

Geoff se prepara para terminar la llamada.

—¿Qué hay de la gira? —pregunta Ruben—. Tenemos un show en dos días.

—Lo discutiremos en privado y les contaremos las novedades en cuanto tengamos un plan de acción.

La pantalla queda negra.

Y eso es todo, supongo.

Miro a Erin, estimo que en busca de consuelo o al menos alguna respuesta.

—Entonces, ¿qué hacemos? —pregunto—. ¿Nos van a obligar a cantar sin Angel?

—Lo siento mucho, Zach —dice, frunciendo el ceño—. Pero no puedo hablar sobre esto.

Guau. Okey. Entonces esa es su postura.

Ruben y yo volvemos a su cuarto.

—Esto es una mierda —dice.

Asiento. Porque sí. Los chicos de Saturday quizás no tengan permitido usar esa palabra en público, pero es la única adecuada para describir esta situación.

—¿Quieres estar solo? —le pregunto—. Puedo irme si quieres.

Sacude la cabeza.

—Quédate.

Nos subimos a la cama. Me recuesto sobre el respaldo y Ruben se sienta sobre mi regazo, sus piernas dobladas por debajo de su cuerpo. Lo miro a los ojos y le acomodo un mechón de su cabello. Sonríe con suavidad ante el contacto, lo que me hace sentir mariposas en el estómago. Me pregunto si siquiera sabe lo lindo que se ve cuando tiene el cabello un poco despeinado. O lo hermoso que me parece.

—¿Estás bien? —pregunto.

—La verdad que no. ¿Y tú?

—Tampoco.

—Sigo pensando en lo que pasó anoche. Sigo *viéndolo*, repitiéndose una y otra vez. Y no puedo dejar de pensar en lo que dijo.

—¿Qué cosa?

Apoyo mis manos sobre su cintura y lo atraigo más a mí. Quizás a veces no sea el mejor para comunicar lo que quiero, pero espero poder mostrárselo haciendo esto, escuchándolo. Quizás sea suficiente para que lo sepa. Empiezo a acariciarlo con el pulgar, sintiendo cuán cálido está su cuerpo a través de la tela suave de su camisa.

—Todo, supongo —dice.

—Lamento que sean una mierda.

Me acomodo, acostándome y llevando una mano por detrás de mi cabeza. Ruben empieza a tocarme el cuello, como si eso fuera lo único que quisiera hacer, pero sé que, a juzgar por su ceño fruncido, lo hace para hacerme una de esas preguntas que quiere hacerme desde hace tiempo, pero que se contuvo a la espera del momento indicado.

—Zach, ¿cómo te sientes realmente sobre contar la verdad sobre tu identidad después de Rusia?

—¿Por qué preguntas?

—Sabes que *yo* quiero hacerlo y sabes que dicen que vamos a poder hacerlo después de Rusia, pero ¿qué hay de ti? Solo porque tengamos permitido hacerlo no significa que sea lo que quieras.

Me levanto con el ceño fruncido.

—Quiero hacerlo.

—¿De verdad quieres? ¿O solo me sigues la corriente porque crees que es lo que yo quiero? Sabes que no estás obligado, ¿verdad?

—No lo hago por eso. No me asusta contar la verdad.

—No estar asustado por algo y querer hacerlo son dos cosas muy diferentes.

—Ya lo sé, pero… no me molesta contarlo. En muchos sentidos es un alivio. Está bien. —Su mirada decae y sus hombros se desploman leve-mente—. ¿Qué? —pregunto—. ¿Dije algo mal?

—Nunca dices nada.

—Espera, ¿qué?

—Perdón, eso sonó mucho peor de lo que creí. Estoy cansado y malhumorado.

—¿Quieres dormir? —Sonrío, pero no me devuelve el gesto.

—Sí.

—Está bien, lo entiendo.

Frunce el ceño y voltea hacia su lado. Me acuesto y me acerco a su lado. Le doy un beso sobre la nuca.

—Es que nunca sé qué es lo que quieres —dice en voz baja.

Oigo una advertencia.

—¿A qué te refieres?

Suspira.

—Nada. No te preocupes.

Suena como algo de lo que debería preocuparme, pero también estoy cansado y no estoy de humor para realizar una evaluación intensiva de mis sentimientos y motivaciones en este momento. No *ahora*.

—Quizás deba irme, así puedes dormir.

Hay una larga pausa. Cuando Ruben contesta, su voz suena pequeña.

—No.

Lo acerco más a mi cuerpo, intentando ignorar el hecho de que, claramente, hice algo mal y no sé qué es.

—Está bien.

—Hola, amigos —dice Angel con una voz vacía.

Los tres estamos sentados en la cama de Ruben con una tablet sobre su regazo. Para ser honesto, esperaba que hiciera alguna broma, o al menos que sonriera, pero parece una persona completamente diferente.

Uno de sus brazos y su pierna están enyesados y tiene una venda sobre un lado de la frente. Pero, más allá de todo, está despierto y eso es algo que alivia levemente la tensión de estos últimos días.

—Entonces —dice Angel—. ¿Quién de ustedes les dijo que tengo un problema con las drogas?

Miro al resto, todos evitando su mirada.

Finalmente, Jon habla.

—Yo les dije que necesitabas ayuda.

Angel pone los ojos en blanco y se inclina hacia atrás.

—Lo sabía. Lo *sabía*...

—Y es verdad —dice Jon sobre su voz—. Casi te *mueres*, Angel.

—Podría haberle pasado a cualquiera.

—Te pasó a ti porque estabas *drogado*. Saltaste de un *balcón*, Angel. Porque estabas *drogado*.

—Zach y Ruben también lo hicieron.

—Y si hubieran salido heridos habría sido *tu culpa*.

Angel se desconcierta al escuchar esto y mira a la cámara sorprendido y dolido.

—Lo disfrutas, ¿verdad?

—¿A qué te refieres?

—Vamos. Siempre estás dando clases de moral y sobre ser *maduro* y lo *horrible* que es que quiera divertirme un poco mientras pueda, y en la primera oportunidad que se te presenta, me arrojas frente al autobús de Chorus. Ni siquiera tengo un problema con las drogas, solo fue una mala noche.

—Tuviste muchas malas noches últimamente.

Angel ríe con amargura y de un modo punzante.

—Sabes qué, vete a la mierda, Jon. Eres un cretino pretensioso. Sabes que la gente solo te tolera porque eres el hijo de Geoff, ¿verdad?

—No voy a pelearme contigo.

—¿Sabes por qué creo que me odias tanto? No es por toda tu *moral* y estar en *conexión con Dios*. Es porque sabes que, si nos hubieras acompañado para pasarla bien, no querrían tenerte cerca y no quieres darles una razón para que te saquen del proyecto. Solo eres otro niño rico desagradable que va llorando con su papi cada vez que no está de acuerdo con otro y todo el mundo *te odia*.

El rostro de Jon está completamente vacío.

–No lo dices en serio.

–Sí, por supuesto que sí. Te odio.

–Estás enojado conmigo porque sabes que *tengo razón* y no quieres aceptarlo...

–Creo que te odio desde que te conocí.

–...y no me voy a disculpar por esto. No me voy a disculpar por pedir ayuda para no tener que quedarnos sentados y ver cómo te matas.

–Sabes que lo nuestro se acabó después de esto, ¿verdad? No quiero tener más nada que ver contigo. *Se acabó.*

–Prefiero eso a que termines *muerto* –le grita Jon a la pantalla, su voz suena cruda y ahogada.

La pantalla queda en negro cuando Angel termina la llamada. Jon tiene la respiración entrecortada y se cubre la boca con una mano temblorosa.

Solo entonces entiendo que estoy sujetando con fuerza la mano de Ruben, tanto que las puntas de sus dedos se están empezando a poner moradas. Relajo la mano.

–No lo dice en serio –susurro–. Conozco a Angel, ¿está bien? Solo está enojado.

Jon no responde. Solo se queda mirando la pantalla.

Ruben me suelta y envuelve a Jon en un abrazo por detrás. Jon sujeta los brazos de Ruben y sus nudillos quedan pálidos.

Alguien llama a la puerta. Es Erin. Abro la puerta para que pase y se acerca a Ruben y Jon en la cama. Mi expresión afligida. La tablet aún lista.

–Llamó Angel, ¿verdad? –pregunta. Todos asentimos. Nadie dice nada–. Bueno, como sé que ya saben, Chorus y Galactic tomaron una decisión sobre la gira.

–¿Y? –se obliga a decir Jon.

—Acordaron que tienes razón, Jon. Angel necesita tiempo para poder recuperarse. Se pospuso.

Desearía que se sintiera como una victoria.

Pero no es el caso.

Nada más alejado de la realidad.

VEINTIUNO

RUBEN

El vuelo a casa es todo menos silencioso.

Esperaba poder dormir, porque solo Dios sabe que no he podido dormir mucho últimamente, pero como de costumbre, si bien mis ojos están cerrados, mi mente se rehúsa a mantenerse tranquila. Borbotea y estalla, pasando de tema en tema con la energía de un colibrí.

Angel y su recuperación, y el hecho de que aún no sabemos tanto sobre la situación más allá de vagas suposiciones.

Los medios y sus debates ahora empáticos sobre Angel y cómo su aparente fatiga lo llevó a caer en el tráfico.

Jon y la manera en la que se cerró a sí mismo desde que finalmente se impuso a su padre. Acompañado por el conocido miedo a las consecuencias de levantarle la voz a un padre.

Zach y la manera en que su sonrisa empezó a vacilar cuando le contó la verdad a su madre y cómo desapareció por completo luego del accidente. Cómo está a punto de hablar con su madre cara a cara por primera vez desde esa conversación, mientras que yo voy a estar en un lugar completamente diferente, sin poder tomarlo de la mano o correr a su lado para ayudarlo si algo sale mal.

Mi mamá y cómo es que parece menos preocupada por lo que le ocurrió a Angel esa noche y más por cómo terminó afectando a la gira.

Eso y el hecho de que la *dejé en visto* en todos sus mensajes. Cómo, aparentemente, el trauma por el que pasé esa noche no fue suficiente para convertirse en la carta "Salir de la cárcel gratis" del Monopoly por mi comportamiento.

Cómo tengo que intentar volver a la normalidad en su casa. Cerca de ella. Sin la banda. Sin Zach.

Temas, estática y más temas. Como si mi cerebro estuviera intentando en vano sintonizar la estación de radio correcta. Intento ahogar mi cerebro con música y *In This House*, pero solo funciona a medias.

Se siente como si hubiéramos estado en el aire por una eternidad, hasta el punto en que empiezo a considerar seriamente que, quizás, Geoff nunca planeó liberarnos y desvió el avión en secreto a último momento para aprovechar una oportunidad de último minuto con los medios o algo por el estilo. O quizás sea menos complejo que eso. Quizás solo estamos colgados inmóviles, suspendidos en un mismo lugar, para nunca regresar a nuestros hogares. Quizás esperar sentados, sumidos en nuestro dolor, es lo único que nos queda por ahora.

Pero entonces el piloto anuncia que estamos por aterrizar en Los Ángeles y finalmente abro los ojos. Zach, cuyo hombro estuvo presionado con fuerza contra el mío durante todo el vuelo, me mira directo a los ojos, pero no dice nada. Tampoco sonríe.

Por lo general, Angel y Zach se quedan en el avión juntos mientras el resto desembarca. Sin embargo, hoy se queda solo. El equipo pasa junto a Zach y se despiden de él con una alegría forzada. Jon lo abraza con fuerza y siento cómo se me forma un nudo en la garganta. Los segundos pasan volando.

Y desaparecen. Es hora de nuestra despedida.

No estoy listo para esto.

No estuve lejos de él por más que algunas horas desde que empezamos esta parte de la gira. Pero ahora siento que me están quitando algo importante de mi vida. ¿Cómo se supone que me baje de este avión solo y vaya a casa sin él y duerma sin su esencia sobre mi almohada y despierte únicamente para oír el eco de la sinfonía que creamos juntos?

Siento que la vida está a punto de entrar en un contratiempo. Y me hace perder el ritmo.

Presiono los dientes con fuerza y lo acerco con firmeza hacia mí, respirando su aire y sintiendo su cabello entre mis dedos, para refrescar la memoria de sus abrazos y poder vivir hasta verlo otra vez.

—¿Nos vemos pronto? —pregunto cuando nos separamos.

Traga saliva y la comisura de sus labios se tuerce.

—Pronto. ¿Me escribes cuando llegues a tu casa?

Asiento en lugar de responder, porque me preocupa que, si abro la boca, las palabras se derrumben.

Respirando profundo, voy hacia la salida con Jon y bajo por la escalera hacia la pista. Intento reconfortarme a mí mismo mientras camino. Tenemos nuestros números. Tenemos internet. Todo estará bien. Solo será por un tiempo.

Esta vez no hay ningún espectáculo de fans a medida que avanzamos, gracias a que dos guardias de Chase guían a todo el equipo hacia el interior del aeropuerto. Por el contrario, nos llevan por una puerta trasera hacia un área privada, lejos de las multitudes con sus fotos y videos y gritos. Solo un zumbido vacío y grave interrumpido por los anuncios de la sala de embarque y saludos ensayados con el personal aeroportuario. Apenas tengo tiempo de frotarme los ojos y despertar mis extremidades adormecidas antes de despedirme de Jon. Entonces lo llevan hacia su propio auto y a mí hacia el mío y se terminó. Estoy solo. Regreso a lo de mis padres y ya no hay manera de evitarlo. Nada se interpone entre ellos y yo. Ya no más diferencia horaria.

¿Pasó solo un mes desde que me preocupaba abandonar su huso horario?

Estabilizo la respiración cuando el auto abandona el aparcamiento. Luego de medio minuto, tomo mi teléfono y desactivo el modo avión para escribirle a Zach. Pero ni bien recupero la señal, me llega un mensaje suyo. Debe haberlo enviado cuando el avión seguía en la pista.

Oye, te extraño.

Y a pesar del dolor pesado en mi pecho, sonrío.

VEINTIDÓS

ZACH

De regreso en mi país, estoy parado frente a la puerta de la casa de mi mamá y me resulta obvio que no puedo seguir con esto.

La incomodidad de mi mamá finalmente alcanzó un punto que ya no puedo seguir ignorando. Transformó su casa de un lugar seguro a uno en el que, honestamente, no quiero estar.

Me da asco.

Estuve haciendo lo mejor para que la pared que ella misma levantó entre nosotros no me afectara, porque creía que era la mejor opción. Creía que era una buena idea darle su espacio para que se amigara con mi nueva sexualidad.

Pero al final decidí que todo eso es una mierda. Me está empezando a hacer sentir como si le hubiera dicho que soy un asesino serial, no solo bisexual, y verla me causa mucho temor. Y eso significa que tengo que solucionarlo.

Abro la puerta y entro.

—Hola —me saluda, apagando el televisor. Tiene una camiseta unos talles más grandes y unos pantalones para hacer ejercicio, y su cabello está atado sin mucho cuidado hacia atrás.

Nos abrazamos. Pero se siente frío, ya que ambos mantenemos una distancia segura.

—¿Cómo estuvo el vuelo? —pregunta.

—Bien.

—¿En serio? Te ves cansado.

Hago una mueca.

—Sí, estoy cansado. Me voy a dormir.

—Lamento el desastre —dice, levantando un cárdigan del sofá y doblándolo. Mamá, al igual que yo, puede generar un increíble desastre en tiempo récord—. El trabajo estuvo bastante descontrolado hoy.

—No está tan mal.

—Ves, ahora sé que estás mintiendo.

Quiero creer que lo quiso decir a modo de broma, pero sonó demasiado duro. Me muerdo el labio.

Sigue limpiando, como si no estuviera aquí.

Podría simplemente ir a mi habitación, pero no puedo evitar pensar en la última vez que la visité cuando terminó la primera parte de la gira. Ahora actúa como si fuera su hermano. Una molestia. Ya sé que su vida no gira en torno a mí, pero no puedo evitar sentirme así porque le conté la verdad sobre mi sexualidad. Es el mayor cambio que se me ocurre desde aquella vez y ahora.

Pero esto no puede seguir así. Necesito hablar con ella.

—Oye, ¿quieres un café? —le pregunto.

—Ah, sí, por favor.

Enciendo su cafetera. Se la regalé para Navidad, la primera luego de que Saturday empezara a ganar mucho dinero, momento en que ambos gastamos una increíble cantidad de dinero en nosotros. En aquel entonces, cada compra grande se sentía escandalosa, y aún sigue sintiéndose así. Ese es el problema con ser pobre, nunca te abandona. Se siente con cada dólar que gastas, aunque ya no signifique una diferencia. Mi primer impulso siempre es conseguir lo más barato posible *porque es lo mismo*. Recuerdo querer ropa nueva o un videojuego o incluso algo en una cafetería, pero no tener el dinero disponible para comprarlo. Incluso si lo conseguía, siempre me acompañaba una sensación de culpa. Durante toda su vida, mamá siempre quiso, en sus palabras, una "cafetera estrafalaria", pero se abstuvo de comprarla porque debía atender otros asuntos más importantes como el alquiler y las cuentas.

Esa Navidad fue, honestamente, uno de los mejores momentos del primer año de Saturday y, quizás, de mi vida. Esta cafetera era la perla más preciada; se volvió loca de un modo en el que nunca suelo verla. Perdió la cabeza, básicamente.

Coloco algunos granos de café en el molinillo y los muelo, lo que hace que todo el lugar huela a cafetería.

Quiero hablar sobre su distancia, para resolver todo esto de una vez por todas, pero las palabras están atascadas en mi garganta.

Hablar con mi mamá sobre lo mal que me hizo su forma de manejar lo que le conté se siente casi invasivo. Parecido a como si estuviera por mostrarle mis búsquedas de incógnito en internet de anoche. Se siente como algo que nunca haría.

Pongo las dos tasas debajo de la boquilla. Y manos a la obra. La máquina empieza a sacudirse, toda la cosa tiembla. No recuerdo que hiciera esto. Quizás necesite reparación. Odio eso, porque la compré en los tiempos dorados, cuando las cosas con Saturday eran más divertidas y menos estresantes, y ahora empiezan a desmoronarse. Con todo lo que está pasando, esto parece una señal.

—¿Cómo está Angel? —pregunta.

—Bien.

Resopla.

—Bueno, Zach, ¿qué te pasa?

—¿Eh?

—Desde hace una semana que solo me hablas monosilábico. ¿Qué ocurre? ¿Hice algo que te molestó?

—No estoy molesto, exactamente. Es solo que...

Vamos, Zach. Dilo. No te hizo bien su reacción cuando le contaste sobre tu sexualidad. Es lo que Ruben te diría que hicieras.

—Desde que te hablé sobre mi sexualidad, me empezaste a tratar raro, y quiero que sepas que no me parece que esté bien.

—¿Crees que te estuve tratando raro?

—Sí.

—Zach, últimamente eres una persona diferente. Te alejaste, lo puedo notar.

—Y es por tu culpa, no mía.

Ah, Dios, eso claramente no estuvo bien, a juzgar por sus ojos tan abiertos.

—¿Cómo es que tu comportamiento es mi culpa?

—Porque te conté que soy bisexual y empezaste a actuar raro, te enojaste, y nunca más me volviste a hablar sobre el tema.

—¡Porque creí que tú querías eso!

—¿Que estuvieras enojada conmigo?

—No, cielo santo, que lo tratáramos como si no fuera la gran cosa.

—Solo lo dices porque te digo que empezaste a actuar raro.

Apoya una mano sobre su cintura y me estudia con detenimiento.

—Aguarda un segundo, ¿por eso me estabas ignorando?

—No te estuve ignorando.

Levanta su teléfono y me muestra la pantalla. Estuvo escribiéndome casi constantemente y mis respuestas siempre fueron frías y cortantes, en el mejor de los casos.

—Estaba ocupado —agrego.

—Estás ocupado desde el campamento. Pero te hacías tiempo antes.

—Bueno, quizás eso fue antes de contarte la verdad y que me empezaras a tratar como si te estuviera traicionando.

—No hice nada de eso.

—¿Puedes dejar de decirme cómo me siento? Es como si no me aceptaras y yo...

—Oh, Zach —dice, acercándose—. ¿De verdad sientes eso?

Asiento y algunas lágrimas amenazan con brotar de mis ojos.

—Todos los años voy a la Marcha del Orgullo, ¿recuerdas?

—Sí, pero...

—¿Y sabes que algunos de mis mejores amigos y amigas son queer?

—Sí.

—¿Y no te dije un montón de veces que te apoyaría sin importar tu género o tu orientación sexual?

—Bueno, sí, pero entonces, ¿por qué empezaste a actuar raro cuando te conté eso?

Eso la agarra con la guardia baja.

—No tenía intenciones de actuar raro. Solo me sorprendió, eso es todo. Y, por un segundo, solo por un segundo, empecé a cuestionarme toda nuestra relación. Es decir, siempre creí que me contabas todo.

—Es lo que estaba *intentando hacer*. —Empieza a sonreír—. ¿Qué?

—¿Nada?

—No, vamos, ¿qué?

—Ah, te estás comportando como un adolescente ahora. Eres adorable. Está bien, hablando en serio. Bien. Mmm... sí, angustia de adolescente queer, adelante.

Sacudo la cabeza y río. Por primera vez en semanas, me siento bien.

—Eres la peor.

—Ya lo sé. Pero, para dejarlo en claro, que te gusten los chicos es al mismo tiempo maravilloso y algo que no creo que haga falta celebrar. ¿Está bien?

—Está bien. Y, ya sabes, deberías saber que no lo sé desde hace mucho tiempo, así que te lo conté bastante rápido. Lo descubrí en la gira.

—Debes haber tenido una corazonada antes, ¿no crees? Ser bisexual no es algo que aparece de la nada.

—Sí, pero creí que solo era una fase, supongo. Algo que desaparecería con el tiempo.

—Eso me parece problemático.

—¿Me vas a cancelar?

—Ahora sí.

—Maldición. —Me rasco la nuca—. Pero, en serio, te cuento casi todo, a los demás les parece preocupante. Solo quería tomarme un tiempo para entenderlo antes de contártelo. Lo siento, es solo que me convencí de que estabas molesta y, honestamente, me asustó demasiado.

—Oh, Zach —dice, abrazándome—. No tenía idea y lamento mucho arruinarlo tanto.

—Solo digamos que ambos lo arruinamos y sigamos adelante. ¿Trato hecho?

–Trato hecho.

Tomamos las tazas de café y nos acercamos a la mesa de café. Cleo se sube y se sienta entre nosotros. Le acaricio la cabeza y ella se estira.

–Entonces –dice mamá, bebiendo un sorbo de su café–. ¿Algún chico te visitó en el camarín?

Casi me ahogo con mi café.

–*¡Mamá!*

–Vamos, cuéntame. ¿Qué hizo que te dieras cuenta? O, mejor dicho, *¿quién?*

Golpeteo mis dedos sobre la pierna.

–Ehm, bueno, ¿sabes que Ruben es gay?

Se queda boquiabierta.

–*No.*

Sonrío.

–Ajam.

–No bromees. Zach, Ruben es *sexy*.

Mi mamá diciendo que mi novio es sexy es un poco extraño y espero que nunca más lo vuelva a hacer. Pero esta vez, lo dejo pasar.

–Ya lo sé.

Se acomoda en el sofá.

–Vamos, cuéntamelo to-do.

No estaba esperando hacer esto ahora.

Pero ¿saben qué?

Creo que voy a hacerlo.

VEINTITRÉS

RUBEN

Le hago una mueca a papá ni bien llega del trabajo.

—Por fin nos contaron algo —digo cuando se quita el abrigo junto a la puerta del frente—. Supuestamente, Angel está en el Armstrong Center. Dicen que es demasiado temprano como para saber si se recuperará cuando salga, pero *está* haciendo un tratamiento de ejercicios diarios, lo que significa que está bien, ¿cierto?

No es mucha información, pero en comparación con las actualizaciones vagas que recibimos de Chorus durante las últimas dos semanas desde que llegamos a Estados Unidos, prácticamente es una mina de oro. Mucho más que esperanzador que "Angel está progresando bien" y "Podemos confirmar que tendrá que hacer rehabilitación por narcóticos" y "Nos contactaremos con ustedes lo antes posible".

En cuanto a Angel, hablamos con él por videollamada en varias ocasiones mientras aún se encontraba en su camilla en el hospital, pero la última vez, justo antes de que le dieran el alta, tampoco sabía nada sobre cuánto tiempo le tomaría la recuperación. Entonces, una vez que abandonó el hospital, dejamos de tener novedades de él. Seguro es porque entró a algún centro de rehabilitación, pero sin saber exactamente dónde estaba ni cuánto tiempo estaría allí, se sentía como si Chorus lo hubiera "desaparecido".

Papá frunce el ceño.

—Hola, bien, gracias. Tuve un buen día, gracias por preguntar.

—Lo siento. Hola. —Camino con él por el pasillo espacioso y limpio que nos lleva hacia la sala—. Me entusiasmé demasiado. ¿Qué piensas?

Hasta ahora, las ventajas de tener un papá fisioterapeuta incluyeron, en su mayoría, una serie de ejercicios de precalentamiento para antes de cada ensayo de baile. Pero tenerlo aquí para compartirme sus ideas sin censura sobre la recuperación de Angel me hace apreciar su caudal de conocimiento de una nueva manera.

—¿Qué pienso? —repite—. No tengo mucha información.

—Pero sabemos que salió del hospital hace una semana y ya está trabajando para recuperar la movilidad —insisto.

Papá se encoge de hombros y se desploma sobre el sofá cuando mamá entra a la sala para saludarlo.

—Depende de muchos factores —dice—. Qué tan severas fueron las heridas, cómo sanaron, si siguió las indicaciones de los médicos, si hubo alguna herida que pasaron por alto durante la primera inspección...

—Pero si hubiera salido muy lastimado, no estaría empezando el tratamiento, ¿verdad? —pregunto, sentándome a su lado—. Entonces, ¿debe estar bien?

Papá me toma de la mano y la presiona con fuerza.

—Sí, quizás le tome un par de meses o más, supongo que pasará mucho tiempo hasta que pueda volver a bailar con ustedes, pero...

–Pero estará bien –termino. El alivio me hace sentir más liviano y alegre. Claro, Chorus nos aseguró en varias oportunidades que estaba mejorando, pero negaron por tanto tiempo la severidad de la situación que lo que digan ahora carece de valor.

–Entonces, tres semanas para que salga –dice mamá.

–¿Cómo sabes? –pregunto.

Simplemente me esboza una sonrisa burlona.

–Debo ser psíquica.

Una pregunta estúpida, una respuesta estúpida, supongo. *Sé* que sabe. Se pasó la mitad de su carrera trabajando como coreógrafa para películas musicales antes de abrir su estudio de jazz después de que yo naciera. No puedes tener un trabajo como ese sin tener algunos casos de rehabilitación. O, mejor dicho, una docena de ellos.

–No creo que necesite más de veintiocho días, por lo que me contaste –dice mi mamá–. Lo que más me preocupa es cómo retomarán la gira sin él. La empatía de los medios solo llega hasta cierto punto y no puede reemplazar la publicidad que perderán con todo esto. Ni las ventas de entradas, en especial –agrega.

–No sé –digo.

–Supongo que tendrán que ubicar a Angel en el medio mientras esté enyesado. Pero se verá extraño una vez que se lo quiten y siga sin participar –agrega.

–Supongo. Pero la gente lo entenderá.

–*Esperas* que lo entienda –dice–. El público tiene poca memoria. Quizás no perdonen la falta de show el próximo año. Si me lo preguntas a mí, lo mejor será reemplazarlo hasta que recupere toda su movilidad.

En otras palabras, ¿está proponiendo hacerle lo que les hacen a los caballos de carrera? ¿Un caballo se lastima una pierna, le disparan y lo reemplazan? Las palabras borbotean en mi interior, seduciéndome, pero no me animo a decirlas en voz alta. Me ofenden lo suficiente como para alejarme tanto como sea posible.

—No le haremos eso a nuestro amigo.

Mamá intenta intercambiar una mirada de exasperación con papá, que tiene una de sus expresiones que dicen, *¿En serio? Acabo de llegar del trabajo.* Ambos hicieron algunos comentarios durante las últimas semanas sobre lo agresivo que me comporté desde que me fui de gira. Lo poco *receptivo* que fui. Bueno, mamá hizo comentarios y papá *tarareó*, y eso apenas cuenta.

—No seas tan dramático, Ruben —dice ella—. Es solo un negocio. La banda importa más que los individuos.

—Él no es reemplazable.

—Todos son reemplazables. Y si tuvieras que elegir entre Angel y tu carrera, espero que tomes la decisión correcta.

Todos son reemplazables. Al igual que Zach y yo, si nos animamos a mostrarnos al mundo. Al igual que Jon si se revela contra los deseos de su padre una vez más.

Es bueno saber que puedo contar con el apoyo de mis padres si pierdo todo por ser demasiado gay. En esta casa, levantamos muros para impedir que nos afecten las atrocidades de los ojos de los espectadores y sacrificamos a los caballos que no nos sirven. Llámalo agotamiento. O seguir adelante con la carrera.

—No es algo que yo pueda decidir —digo con amargura.

—Suena una excusa conveniente para no pensar en tu futuro.

—¿Crees que quiero estar aquí? —pregunto—. Tampoco me encanta quedar excluido de esta manera. Pero si Chorus no quiere que sepamos cuál es el plan a largo plazo, lo único que se me ocurre pensar es que no existe ningún plan o no quieren escuchar nuestras opiniones. De cualquier modo, no es algo que podamos decidir nosotros.

Mamá pone los ojos en blanco.

—Ajá. Y quedarte merodeando en casa por dos semanas es hacer tu mejor esfuerzo.

—No son vacaciones.

—¡Pero te comportas como si lo fueran!

—Claro que *no*. Sigo trabajando, tengo ensayos…

—Apenas estás en las redes sociales.

—Chorus no *quiere que subamos nada* ahora.

—Ruben, deja de hablarme como si fuera tu enemiga. ¡Solo quiero ayudarte con algunas ideas! ¿Qué tal cuando Zach venga mañana? Creo que pueden hacer una transmisión en vivo o algo para mantener a la banda en el radar. Si le escribes a David esta noche, conseguirás la aprobación para mañana. Eso se llama ser proactivo. Eres un adulto ahora, familiarízate con esa idea.

Ignoro la indirecta.

—Algo así es lo que menos quieren aprobar. Les aterra que el público descubra lo que tengo con Zach. Ni siquiera nos dejan pararnos uno al lado del otro en las fotos, mucho menos filmarnos sin Jon.

Es la primera vez que les menciono la censura a mis padres. Lo digo con toda la emoción posible para que no puedan ignorar cómo me siento al respecto. Supongo que, en cierta medida, los estoy poniendo a prueba. Quiero que muestren interés. Que se me acerquen y me pregunten, *¿A qué te refieres? Eso no está bien. ¿Quieres hablar al respecto? ¿Cómo podemos ayudarte?*

Pero, en su lugar, papá toma su teléfono y murmura "Correo del trabajo" y el rostro de mamá queda en blanco.

—Bueno… ¿entonces realmente crees que es sabio que venga? Quizás deberían esperar a la próxima reunión.

Me la quedo mirando, sin poder creer lo que estoy escuchando.

—¿Hablas en serio? Mamá, ver a Zach en privado es lo único que tengo. Es mi *novio*.

—La pregunta es ¿qué tan serio *tú* te tomas todo esto, Ruben? Tienes la oportunidad de tu vida. No la desperdicies por un amorío adolescente.

Estoy tan herido, tan furioso, que no puedo formar una respuesta. Incluso papá debe pensar que eso fue demasiado, porque se estira y se levanta.

—Muy bien. Iré a darme una ducha antes de cenar.

Mamá y yo nos quedamos mirando. Se muerde el labio inferior, haciendo su mejor esfuerzo para decirme lo *extremadamente decepcionada* que está conmigo solo con su mirada. No es exactamente una expresión que me resulte poco familiar. Puedo leerla a la perfección.

—Ya comimos —dice finalmente, acompañándolo—. Hay un poco de ensalada rusa en el refrigerador y puedo recalentarte una porción de la tortilla que sobró de anoche, si no te molesta volver a comer lo mismo dos veces seguidas…

—Estoy seguro de que estará fantástica —dice, su voz desvaneciéndose cuando salen de la sala.

Esa es la contribución usual de papá cuando mamá y yo nos enfrentamos. Cambiar el tema, crear una distracción o escapar. Hasta ahora demostró ser una técnica bastante buena para desarmar conflictos. Aunque sería agradable que, por una vez, me apoyara en lugar de apagar la conversación. Pero sí, le gusta tomar la ruta fácil sin confrontación siempre que es posible.

Mierda, ¿acabo de describir a Zach o a mi papá?

Pongo una expresión de confusión y regreso la atención a mi teléfono para distraerme. No estoy con ganas de hacer una introspección freudiana esta noche, gracias.

Tengo algunos mensajes de Zach y Jon, así como también una videollamada perdida de Zach. Obviamente, ambos recibieron el correo de Chorus con las novedades.

Jon:

> Papá dice que Angel no tiene permitido recibir llamadas mientras esté en rehabilitación, pero podemos escribirle si no nos molesta que primero lo lea la gente que trabaja en el lugar. Voy a escribirle algo esta noche. ¿Algo en especial que quieren que le diga?

Zach:

> ¿¡¿POR FIN!?!?

Sonrío y le envío a Jon un mensaje deseándole una pronta recuperación a Angel, y entonces voy a mi cuarto y llamo a Zach.

—Hola —dice, sin aliento. El suelo detrás de él está lleno de ropa—. Estoy guardando las cosas para mañana. ¿Tengo que llevar algo en particular?

Levanto una ceja y sonrío.

—Solo te quedas una noche.

—Sí, pero me pareció pertinente revisar…

—Si te olvidas algo, yo te lo presto.

Vacila.

—¿Estás seguro?

—Claro.

—No quiero aprovecharme…

Estoy confundido.

—Solo trae lo que sepas que vas a usar. Si te olvidas algo, lo resolveremos. Creo que lo estás pensando demasiado.

—Lo estoy sobreanalizando. Tienes razón. —Suspira con bastante pesadez como para una conversación sobre empacar suficientes calcetines o interiores—. Entonces, tengo algunas sugerencias: ¿preparamos unos malvaviscos con chocolate, luego pasamos a buscar a Jon al aeropuerto y vamos al Armstrong Center para ver cómo está Angel?

—Ya quisieras.

—Hablo en serio, amigo. Ya tengo planificado todo el operativo.

Me acomodo sobre la almohada mientras Zach me resume su delito, un plan que, por alguna razón, involucra una motosierra, goma de mascar y una versión improvisada *acapella* de *End of Everything*. Está exagerando todo y ambos lo sabemos, pero no lo interrumpo. Es agradable escuchar su voz y simular que está a mi lado, susurrándome en la oscuridad mientras nos quedamos dormidos. Para el final, no soy yo quien corta la llamada, sino alguien que llama a mi puerta.

Mamá asoma la cabeza cuando colgamos.

—Creí que ya estabas dormido —resalta—. Escuché voces.

—No iba a dormir sin desearte las buenas noches.

—Mmm, más te vale. —Una sonrisa aparece en la comisura de sus labios—. Ya pasé suficientes noches sin poder saludar a mi hijo. Es bueno tenerte de regreso.

Ese es el problema con mamá. Lo que hace que sea tan difícil saber cómo manejarla. Tiene un lado horrible, pero no porque me odie. Simplemente… es su forma de ser. También tiene un lado más dulce. En muchos sentidos, ese lado dulce es lo que hace que sea tan difícil. Si fuera una persona horrible todo el tiempo, sería más fácil cortar lazos sin sentir culpa. Pero sé que, si pierdo todo eso malo, también perderé los pocos buenos momentos que hay en el medio, como cuando insinúa haberme extrañado desde la puerta de mi cuarto... Si bien las cosas buenas no siempre son suficientes para tapar todo lo malo, hace que sea más difícil de igual manera.

—¿Mamá? —pregunto.

—¿Sí?

Lo que quiero decir es, *Zach y yo queremos contarle la verdad a la gente. Pero me preocupa que no nos dejen hacerlo. Me preocupa lo que nos puedan llegar a hacer si algo no encaja con sus deseos.*

Pero entonces recuerdo nuestra conversación en la sala y me detengo.

—¿Puedes tomarme una foto mañana antes de que Zach venga para subir a mis historias de Instagram? ¿Si consigo el permiso de Chorus?

Sus ojos se iluminan. Me siento sucio. Como si, de algún modo, acabara de asumir toda la responsabilidad por nuestra discusión esta noche. Sin embargo, a veces es lo único que puede apaciguarla.

—Me parece fantástico. ¿Apago la luz o la dejo encendida?

—Apagada está bien. Me iré a dormir pronto. Buenas noches.

—Buenas noches, cariño.

¿Ven? Oír su voz así, alegre y cálida, vale la sensación horrible.

Un poco.

Mi teléfono se ilumina y encuentro un mensaje de Zach.

Oye... sigues con la PrEP, ¿cierto?

El mensaje se siente como una bofetada cuando finalmente entiendo el contexto de nuestra conversación esta noche. Hace unas semanas, le mencioné a Zach que estoy recibiendo la PrEP, una serie de medicamentos preventivos para el VIH. No se lo comenté para presionarlo, sino más bien como si le estuviera diciendo, "Oye, aquí te paso algo que quizás no sabías que existía, dado que recién acabas de explorar tu sexualidad".

Pero este mensaje se siente más como si me estuviera pidiendo algo. Incluso, pareciera como si lo estuviera haciendo a los gritos.

Zach viene a dormir mañana. Y quiere saber si tiene que *traer algo*. Ahora tengo la impresión de que "algo" podría haber estado más en línea con "condones y lubricante".

Una sensación de calor crece en la boca de mi estómago y empieza a esparcirse hacia abajo, mientras me acomodo bajo las sábanas. Mis dedos se deslizan por debajo de mi pijama mientras repaso en mi mente sus palabras delicadas sobre su visita mañana. Entonces me lo imagino a mi lado, sin ningún guardia al otro lado de la pared, en mi propia cama, sin alarma por la mañana. Lo imagino tocándome bajo las sábanas y presionando sus labios contra los míos.

Mantengo esa imagen en mi mente incluso una vez que termino. Entonces una extraña sensación se desliza sobre mi cuerpo. Como si me sintiera drenado, como si todo estuviera alejándose de mí como arena en un reloj de arena.

Tenemos mañana. Pero no sé qué nos espera más adelante.

Y aún no sé si estoy listo para averiguarlo.

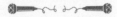

Envuelvo a Zach en un abrazo con fuerza ni bien su chofer está fuera de la vista. Me siento ridículo, dado que apenas estuvimos separados dos semanas, pero lo extrañé con una intensidad que me sorprende y, para ser honesto, también me asusta.

Por suerte, mi mamá y papá están en el trabajo, de modo que no tenemos que preocuparnos por presentaciones incómodas.

—Me había olvidado lo elegante que era tu casa —dice cuando subimos por la escalera para guardar sus cosas en mi habitación. Prácticamente está saltando. Intento acompañar su sentimiento, pero aún estoy agobiado con el temor de anoche. En todo caso, se volvió más intenso hoy—. Me hace querer comprarle una camiseta a mi mamá —agrega Zach—. Una que diga "Mi hijo es una estrella pop internacional y lo único que me compró es este apartamento".

—Un *penthouse* —le recuerdo—. Creo que la consientes bastante. Hablando de eso, ¿cómo están las cosas con ella?

Su sonrisa es inmediata, suficiente para disipar cualquier preocupación remanente que tuve cada vez que me lo aseguró por teléfono estas dos semanas.

—Bien. Muy bien ahora.

Gracias a Dios.

—Me alegra mucho —digo—. Al menos uno de nosotros la está pasando bien en casa entonces.

—¿Te irás pronto?

Me reclino sobre el marco de la puerta.

—¿Por qué? ¿Tienes algo mejor para ofrecerme?

—No me refería a eso. Solo me da curiosidad.

La respuesta más honesta que se me ocurre es decirle que no hice ningún plan a futuro porque todavía no sé qué es lo que justamente me depara el futuro. Cuanto más pienso en lo que está por venir, más me convenzo de que no puedo hacer que todo salga de la mejor manera.

—Quizás. Planeaba hacerlo después de la gira, pero está en pausa por el momento mientras desciframos qué vamos a hacer.

—¿Sigues pensando en Los Ángeles?

—Sí, quizás Santa Mónica.

Parece un poco decepcionado.

—Ah.

—Solo son unas pocas horas en avión, no lo olvides —digo, pero al hacerlo entiendo que estar siquiera a dos horas separado de Zach ya demostró ser una tortura. No quiero imaginar una vida en la que no esté a mi lado—. No estoy tan decidido todavía —agrego.

—Me gusta Santa Mónica —dice a la vez, de un modo totalmente casual.

Lo estudio detenidamente, mi pecho se ve invadido por una cálida sensación de afecto. Por un momento, me permito pensar que este puede ser nuestro futuro. Los dos en la banda, juntos, con la libertad de vivir sin secretos. En la playa, bajo el sol. Felices.

—A mí también.

Nos quedamos en la habitación por un rato. De pronto, su mensaje de anoche se empieza a repetir en mi cabeza y mi corazón se acelera. ¿Qué significa esta pausa?

El silencio se siente pesado y significativo. Entonces, como era de esperarse, entro en pánico y lo lleno.

—Bueno, si quieres podemos ver una película o algo —digo, apartándome del marco de la puerta y entrando a la habitación—. ¿A menos que tengas hambre? Supongo que sí, ¿eh? Nos sobró un poco de tortilla, pero no creo que sea buena idea recalentarla otra vez. ¿Alguna vez probaste la comida española? La tortilla es genial, es una mezcla de papas, huevos y cebollas, freído todo junto. ¿O si quieres podemos comer afuera?

—No tengo hambre.

—Genial. Entonces, la película es una buena opción. Creo que ya lo dije. ¿O podemos salir a caminar? Ya sabes... es... mmm, ¿lindo?

Zach parpadea.

—¿Podríamos?

—Solo si es lo que quieres hacer —agrego.

Da un paso hacia mí. Su expresión dice *no*. Dice *quédate*. Dice... Dios, dice *bésame*.

—¿Sí?

Trago saliva con fuerza.

—La verdad que no.

Tenerlo cerca, sonriendo a medias, es una agonía. Porque lo único que quiero es que este momento dure para siempre y, de algún modo, siento que eso ya se terminó, aunque recién haya comenzado. Es una paradoja porque *nosotros* somos la paradoja. Somos novios Schrödinger. Tenemos un futuro juntos y estamos a punto de echarlo a perder, y, a menos que Chorus decida de una vez por todas quitarnos las cadenas, no podremos saber con certeza cuál realidad es la verdadera.

Entonces, por ahora, aparentaré saber la respuesta. Aparentaré que todo estará bien.

Lo sujeto de la muñeca y lo acerco hacia mí para besarlo con desesperación.

Dejamos la puerta abierta mientras nos besamos. Me presiona con fuerza contra la pared, incluso a medida que más y más ropa cae al suelo. Hay algo estimulante en tener tanto espacio a nuestro alrededor. Estar completamente solos, fuera de una habitación de hotel diminuta y apretada. Y si bien tenemos un millón de temas por hablar, desde Chorus hasta su mamá y Angel, es maravilloso no pensar en eso, al menos por un momento, y entregarnos a la *felicidad*. Incluso aunque sea por un breve instante.

Resulta que trajo condones. Si bien es él quien nunca lo hizo antes, y debería ser yo quien le preguntara si está bien, vacila por un momento antes de abrir la caja y me hace la pregunta él. Y claro que estoy bien, más que bien. Perfecto.

Tiembla un poco al principio, hasta que beso sus labios y su cuello, y su clavícula, y luego pasa sus dedos sobre mi espalda hasta que su mano mantiene un ritmo firme.

Cuando susurra mi nombre, no hay nada inseguro en su voz.

Cuando sus ojos se encuentran con los míos, tan dilatados por el *deseo* que casi parecen estar hechos de chocolate, se queda mirándome fijo.

Una vez que termina, nos quedamos acostados con nuestros brazos y piernas entrelazados sobre el cuerpo del otro, su cabeza descansando con pesadez sobre mi pecho. Pienso a través de una neblina de felicidad que no quiero dormir con nadie más que no sea él. Y si bien sé que algún día miraré hacia atrás y recordaré este momento como una esperanza infantil, ahora mismo, es la única verdad.

Algún día, podría no tenerlo más. Pero ahora, es lo único que existe para mí. Entonces, hago a un lado todos los miedos y el dolor por unos pocos minutos.

Me permito pensar que solo somos nosotros y la eternidad será como este mismo instante por unos pocos minutos más.

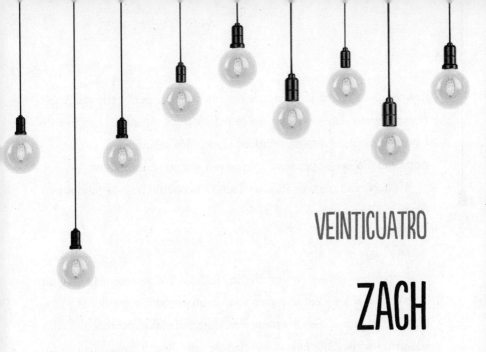

VEINTICUATRO

ZACH

Pasaron seis semanas desde la última vez que vi al resto de Saturday.

Visité a Ruben y digamos que... ejem... la pasé fantástico probando todo tipo de cosas. Nos estamos cuidando bastante, ya que él está con la PrEP y, además, usamos condones, por si acaso; se siente bien no tener que pensar en ETS y ese tipo de cosas.

Mentiría si dijera que no quería ver a Ruben por *esa* razón.

Pero también extraño al resto de la banda. Y hoy podré verlos y no puedo esperar.

Angel recibió el alta de la rehabilitación hace unos días. Como siempre, resulta que los instintos de Veronica fueron tenebrosamente precisos y salió cuando se cumplió exactamente un mes. Para celebrar, decidimos organizar una reunión en la casa de Ruben ahora que Angel ya tuvo tiempo suficiente para ver a su familia. Además, queremos ver el videoclip de *Overdrive*, que nos llegó a nuestra casilla de correo inesperadamente hace poco más de una semana, pero verlo sin Angel se sentía como un sacrilegio, así que decidimos esperarlo. La gente de Chorus nos pidió nuestra opinión, pero todos sabemos que no les importa mucho lo que pensemos y, por eso, no nos presionaron.

Me acerco a la casa de Ruben y llamo a la puerta. Unos segundos más tarde, alguien la abre.

Y es Ruben.

Mi novio.

Empiezo a sonreír con mucha intensidad. Y él también. Le doy un beso en los labios y entro. Ruben vive en una subdivisión privada y custodiada, así que sé que no estamos en peligro de los paparazzi, al menos adentro. Incluso ante la eventualidad de que alguien tenga una cámara de largo alcance, si estamos puertas adentro no pueden vender la foto o enfrentarán un juicio más complicado que el demonio.

—Te extrañé —dice.

—Yo también.

Me frota el brazo.

—¿Quieres un refresco?

—Sí, por favor.

Ambos agarramos una Coca-Cola dietética y salimos al patio. El resto, incluso Angel, está aquí, y el papá de Ruben se está encargando de una barbacoa. Hay un aroma ahumado delicioso en el aire. Jon y Angel están sentados en una de las sillas de exterior de cara a la piscina. Angel sonríe antes de levantarse con cierta dificultad, cuidando el yeso adornado con un patrón Versace negro y dorado en el brazo donde tuvo la fractura múltiple. No tenía idea que los hacían así. Quizás está personalizado.

—¡Ahí está! —grita—. Por fin.

—Hola.

Me abraza desde un costado cuando Jon se acerca con las manos metidas en sus bolsillos. La herida en la frente de Angel parece casi curada, lo cual es bueno, pero sí noto que camina con cierta dificultad. Pero más allá de eso, parece haber vuelto a la normalidad. También Jon me da un abrazo y el padre de Ruben me estrecha la mano. Veronica simplemente asiente con la cabeza.

Aquí estamos.

Saturday reunido, por primera vez desde la cancelación de la gira.

—¿Cómo estás? —le pregunto a Angel cuando nos sentamos.

—Nunca me sentí mejor. ¿Y tú?

Me toma un poco por sorpresa verlo actuar como él mismo, en especial a juzgar por cómo terminaron las cosas la última vez que hablamos. Pero es Angel, supongo. Miro a Jon para ver si piensa lo mismo que yo, pero no me está mirando.

—No me puedo quejar.

—Ya veo —dice, alternando la vista entre Ruben y yo, mientras levanta las cejas de un modo sugestivo.

—La comida está lista —dice el papá de Ruben, con una clara intención para cambiar el tema—. Vengan.

Preparó una serie de hamburguesas de hongos, junto a una selección de salsas y guarniciones sin carne, porque ahora es vegetariano. Según Ruben, siempre tiene distintas etapas de dietas y solo le duran un mes como máximo.

Luego del almuerzo, todos vamos a la sala con el cine hogareño para ver el videoclip de *Overdrive*. Sin que se los pidamos, los padres de Ruben nos dejan a los cuatro solos para que podamos mirarlo sin nadie más en la habitación. Es una tradición que tenemos desde nuestro primer videoclip. Jon toma su teléfono y la imagen del título aparece en la pantalla del proyector, mostrando la palabra *Overdrive* en letras rojas de neón sobre un cielo nocturno.

—¿Listos? —pregunta.

—Espera. Quiero decir algo primero —dice Angel y hacemos silencio—. Vamos. Acabo de volver de rehabilitación, no me estoy muriendo.

Jon se cruza de brazos.

—Solo rehabilitación, ¿eh? ¿No te parece la gran cosa?

—Ya llegaré a eso. Pero primero, quiero disculparme contigo, Jon...

Jon se endereza en su asiento y levanta las cejas, expectante.

—Yo... te traté como la mierda. Mi terapeuta dice que fue ira mal dirigida y aparentemente es algo común. ¿Quién iba a pensarlo?

Jon deambula junto al televisor, sin saber qué hacer, incluso con sus manos. Lo entiendo. No recuerdo que Angel se haya disculpado alguna vez.

—Dijiste que me odiabas —dice Jon.

—No te odio —responde Angel, mordiéndose el labio—. Te quiero. Los quiero a todos. Es solo que... todo estaba como la mierda. Estaba enojado, aterrado y creía que ustedes estaban haciendo todo eso para lastimarme. No lo entendía. Me tomó semanas hacerlo, de hecho. Supongo que tuve mucho tiempo para pensar. —Nos esboza una sonrisa débil—. No me estoy justificando y no quiero que me perdonen. Probablemente, yo no me perdone a mí mismo. Pero lamento mucho las cosas que dije.

Jon lo mira fijo por un largo rato, escaneándolo de pies a cabeza. Su expresión es tan ilegible que de hecho empiezo a preguntarme si Angel cruzó un límite del que no hay vuelta atrás. Quizás eso fue algo imperdonable para Jon.

Pero entonces su expresión cambia.

—Te extrañé —dice—. Me alegra volverte a ver, amigo.

Angel se pone de pie de un salto, tan rápido como puede con su cojera, y ambos se abrazan con intensidad.

Con los brazos alrededor de Jon, Angel nos mira por sobre su hombro.

—Y ustedes dos. Mierda. Sabía que no los traté bien en la gira y sé que perdí la cabeza y arruiné las cosas con ustedes dos. Lamento eso. Maldición, lamento todo.

—Está bien —dice Ruben—. Pero gracias por la disculpa.

—Sí, gracias, cretino —agrego con una sonrisa.

Angel se aparta de Jon.

—El asunto es que, las drogas ni siquiera eran por diversión. Empezó como una forma de dejar de sentirme tan juzgado y controlado todo el tiempo, pero se me salió de control y no pude detenerlo. Una vez que encuentras una salida es difícil volver a lidiar con todo eso sobrio.

No quiero drogarme, pero lo entiendo. Si pudiera tomar una píldora y dejar de sentir una presión constante y abrumadora, aunque sea por un solo momento, creo que lo haría, puedo ver el encanto.

—Oye, una pregunta en serio —digo, volteando hacia Angel—. Cuando estabas drogado, dijiste algo sobre que querías que te llamáramos Reece. ¿Quieres que te llamemos así? ¿Podemos?

Eso parece tomarlo por sorpresa.

—¿En serio?

—Sí.

Lo considera por un segundo y luego se encoge de hombros.

—No sé. De hecho, me gusta que me llamen Angel. Es solo que no me encanta no haberlo elegido yo. Solo tuve que aceptarlo y ya.

—¿Estás seguro? —pregunta Ruben—. Podemos llamarte como quieras.

—Ah, no, estoy seguro. ¿Qué clase de estrella del pop se llama *Reece*? De todos modos, miremos el videoclip, no más confesiones de mi parte.

Jon ríe y le da a reproducir.

La cámara se acerca hacia la palabra *Overdrive* para mostrar una ciudad resplandeciente cubierta de luces de neón. Luego enfocan a Jon, Ruben y a mí con nuestros trajes de carrera futuristas preparándonos para la carrera. Jon está hablando con una competidora ridículamente sexy. Ruben está sentado en su auto leyendo un libro que se llama *Cómo ganar una carrera*, mientras que yo estoy revisando el motor, con mi traje suelto, de modo que solo estoy con una musculosa negra con varias manchas de aceite sobre el cuerpo.

—Te ves increíble —susurra Ruben.

—Tú también.

Se acurruca sobre mí cuando la cámara enfoca a Angel, quien acaba de llegar a la pista, aparentemente tarde. Su traje es completamente blanco.

—*¿Primera vez?* —le pregunta un guardia, cuyos ojos están tapados con un visor reluciente.

—*Ehm, sí* —tartamudea Angel.

—*Amigo, ¿estás seguro de que estás en el lugar indicado?*

—*Eh, ¿sí?*

—*Bueno, será mejor que te apresures, la carrera está por comenzar.*

Angel pasa una hilera de autos hasta detenerse junto a un Mercedes Benz completamente blanco. La cámara enfoca el isotipo por un breve instante. Angel se sube y cierra la puerta, justo cuando la chica de la bandera se marcha.

Angel hace contacto visual con ella, por un instante de silencio, y entonces la canción empieza.

Veo el resto del video en completo asombro. Es *fantástico*. Editaron todas las tomas individuales que grabamos juntos en una única obra de arte impoluta y maravillosa. Es el video perfecto para Saturday, divertido, excitante y, seamos sinceros, un poco tonto. El CGI también es increíble, lo que me lleva a preguntarme cuánto dinero gastaron en eso. Debió ser una fortuna. Por lo general, suelen gastar más en el video del primer sencillo, pero este podría ser el más caro que jamás hayamos hecho.

Termina con la escena "espontánea" que grabamos al final de la carrera y usaron la toma en donde Ruben y yo nos evitamos por completo. Es la única parte que no me gusta de todo el video. ¿Habría quedado tan mal si nos hubiéramos parado uno junto al otro?

Noto cierto brillo en los ojos de Ruben. Sé lo que está pensando. Sé lo molesto que está con todo esto, que cualquier rastro de intimidad entre nosotros haya sido completamente borrado otra vez. Y que, si bien quizás sea nuestro mejor videoclip, no deja de causarnos cierto dolor al final.

Y me estoy cansando de ese dolor.

VEINTICINCO

RUBEN

Martes, 16:46 (hace 3 días)

David <davidcranage@choruusproducciones.com>

Para: mí, Zach, Jon, Angel, Erin, Geoff

Hola a todos:

Chicos, tengo novedades. Todavía no están confirmadas, pero hay dos opciones para lo que queda de la gira Months by Years:

Regresamos al final del próximo año para hacer una mini gira. La gente podrá conservar sus entradas o pedir un reembolso por la totalidad del valor (anticipamos que se agotarán, así que nada de qué preocuparse aquí), y podremos considerar seriamente agregar algunos conciertos/países para "compensar" la postergación.

Ofrecemos un reembolso total y le enviamos a los perjudicados un código especial para que puedan acceder a la preventa de la próxima gira (estipulada para 2023. Lo confirmaremos más adelante).

Todavía no se decidió nada, así que no le mencionen ninguna de estas opciones a nadie fuera de esta cadena de correos.

Mientras tanto, tendrán muchas cosas para hacer. La atención en los próximos meses estará en promocionar *Overdrive* y *The Town Red*. Las encuestas indican que será prometedor y queremos capitalizarlo. Lo que me lleva a las buenas noticias: está confirmada su participación en Buenas tardes Estados Unidos. Se realizará tal como lo planeamos antes del lanzamiento de *Overdrive*, con algunos cambios. Como somos conscientes de la recuperación de Angel, no habrá coreografía durante esta presentación, pero sé que los cuatros tienen la presencia necesaria para dar un show increíble. Este será el debut de su nuevo sencillo y estamos muy entusiasmados de aprovechar la situación como el puntapié inicial ¡para la temporada de promoción! Les enviaremos las indicaciones y todos los archivos necesarios para que suban a sus redes sociales a la brevedad. Como siempre, cualquier consulta, siéntanse libres de hacerlas (y disfruten sus vacaciones mientras duren: nos deparan unos meses con mucho trabajo).

Saludos,

David Cranage
Director de publicidad
Chorus Producciones

Martes, 18:13 (hace 3 días)
Ruben <rubenmanuelmontez@gmail.com>
Para: David, Zach, Geoff

Hola:

Zach y yo tenemos algunas preguntas (no estrictamente relacionadas con lo que mencionabas, sino con el hecho de que no estaremos de gira por Europa por el próximo año al menos). ¿Podemos conversarlo? No creo que esto sea relevante para Jon y Angel (todavía, supongo).

Gracias,

Ruben.

Martes, 16:46 (hace 3 días)
David <davidcranage@chorusproducciones.com>
Para: mí, Zach, Geoff
Hola, Ruben:

Absolutamente. Geoff y yo podemos hacer una videollamada el viernes. ¿Qué les parece a las 11 de la mañana?

Saludos,

David Cranage

Director de publicidad

Chorus Producciones

Nuestros rostros ocupan toda la pantalla, cada uno en uno de los cuadrados idénticos en los que estaba dividida.

Una vez que terminamos con las cordialidades, es hora de que Zach y yo mencionemos el motivo de la llamada. David y Geoff pretenden no tener idea de hacia dónde se dirige esta conversación, pero estoy seguro de que ya saben lo que les estoy por decir. De hecho, apostaría *todo* mi salario a que estaban hablando para terminar de ordenar su plan de acción justo antes de la llamada.

Nadie sonríe.

Zach baja la mirada hacia su regazo y yo lo interpreto como la señal para que empiece.

—Bueno, Geoff, cuando Zach y yo te contamos sobre nuestra relación...

—Ah, ya es oficial, ¿verdad? —interrumpe con un entusiasmo exagerado—. ¡Felicitaciones!

—Eh, sí, claro. Bueno, al principio, dijiste que...

—Debe ser difícil estar separados ahora —interrumpe una vez más—. ¿Asumo que están siendo discretos con las visitas?

Está intentando ganar tiempo. Eso o tiene la esperanza de que, si cambia el tema suficientes veces, o me pone a la defensiva, perderé la cabeza.

—Sí, claro. Dijiste que podíamos contar la verdad después de Rusia.

Tanto Geoff como David mantienen sus expresiones cuidadosamente vacías. Zach las mira y regresa la mirada hacia su regazo.

David responde primero.

—Rusia sigue figurando en la lista de destinos para el próximo año.

Estoy listo para esto.

—Aún no está confirmado. No vamos a mantener todo el secreto por viajes hipotéticos que podamos hacer en el futuro. Es ridículo —sueno confiado. Como un adulto capaz de mantener la compostura en esta reunión. Lo cual es totalmente diferente a como me siento en realidad, si soy honesto.

Geoff se reclina sobre su silla.

—Ruben, estoy seguro de que recuerdas que no les prometimos que podrían anunciar su relación justo después de Rusia. Recuerdo que mencionamos que podríamos empezar a pensar un plan de acción luego de Rusia. Y estoy de acuerdo con eso. Es el momento perfecto para tener esta conversación.

Zach levanta la vista. Acomodo mi mandíbula y espero.

—Como saben, esta conversación afecta a toda la banda, así que no decidiremos nada hasta que lo hayamos conversado con Jon y Angel.

Zach asiente.

—Está bien, lo entendemos.

Parpadeo, sorprendido.

—Ehm, *no*, no lo "entendemos". Lo consideraremos, pero no necesitamos su *permiso* para contarle la verdad sobre nuestra relación a la gente.

Zach lo considera por un instante.

—Es verdad. Tiene razón. ¿Pero no crees que tendrán problemas si lo hacemos?

—Ese no es el punto.

—Esta parece una conversación que necesitan tener ustedes dos en privado —sugiere Geoff. Dios, cualquier cosa para evitar hablar de esto hasta que se haya comprometido a algo.

—Estamos hablando de negocios —respondo con aspereza—. No hace falta mantenerla en privado.

Geoff, David y yo nos miramos. Zach mira la pantalla, pero su ceño fruncido me dice que no tiene intenciones de participar en el debate, sino de observarlo.

David se encoge de hombros primero.

—Está bien. Bueno, desde mi lugar, lo primero que me parece obvio a considerar es la promoción de *The Town Red*. Todavía estamos saturados intentando gestionar las repercusiones que tuvo lo de Angel en los medios. Estamos con la cabeza en eso y lo último que necesitamos es otro escándalo.

—Bueno, "escándalo" no creo que sea la palabra correcta —interviene Geoff enseguida.

—Cierto, por supuesto. Perdón, todavía no desayuné –ríe David. Nadie más lo acompaña–. Solo necesitamos que la narrativa esté más centrada en la vuelta de Saturday a los escenarios. No en otro cambio significativo. La gente necesita tiempo para ajustarse al traspié de Budapest. El mejor momento para hacer un anuncio como este será cuando las cosas se estabilicen y se vuelvan predecibles, y Saturday recupere su imagen.

—Pero esto podría beneficiar la imagen de la banda, ¿no creen? –pregunta Zach, inseguro–. Si lo preparamos bien, podría apartar la atención del accidente de Angel y crear una narrativa sobre el… ¿amor?

Quiero golpear a David por su sonrisa condescendiente dirigida a Zach.

—Como dije, no en un momento de inestabilidad como este. Hay miles de maneras en las que los medios podrían interpretar una revelación como esta y, si se les ocurre conectar el anuncio con lo sucedido en Berlín y Budapest, podrían empezar a armar teorías sobre que Saturday es una mala influencia para su público vulnerable…

—¿Por qué? ¿Porque nos convertimos en adictos homosexuales? –pregunto con intensidad.

—Sabes que ciertos grupos no se tomarán bien las noticias, Ruben, no seas insensato. Solo porque la narrativa oficial para lo que le pasó a Angel sea estrés y agotamiento, no significa que los periodistas no quieran reconsiderar la teoría de abuso de sustancias de hace algunas semanas para que su teoría gane más atención. Necesitamos ser realistas. ¿Y quizás un poco menos egoístas?

—Yo no soy egoísta –interviene Zach, atípicamente firme–. Esto es importante para nosotros.

—Lo entendemos. ¿Qué tal si organizamos una reunión grupal para… enero?

Siento que mi corazón se detiene.

—¿Enero del próximo año?

—Bueno, no creo que sea posible enero de hace cinco meses atrás —ríe David.

—Pero la historia de Angel no durará siete meses hasta que sea cosa del pasado.

—Sí, pero estamos a punto de empezar a promocionar *The Town Red*. Tenemos grandes posibilidades de romper algunos récords esta vez, muchachos. No quiero que se entusiasmen demasiado, pero creemos que será un punto de inflexión en sus carreras. Pero para que eso ocurra, necesitamos mantener a *todo* su público actual y captar más. Puede que sus fans más jóvenes sean bastante progresistas, pero siguen siendo mamá y papá quienes controlan sus vidas. En estos casos, *perderán* a una porción de sus próximas ventas y una porción incluso mayor de las compras que hacen sus padres. Si perdemos el apoyo en los estados rojos, perderemos *mucho*. Si lo hacen ahora, quién sabe lo que ocurrirá luego. La banda podría no recuperarse jamás.

Zach asiente y siento gran frustración hacia él.

—Tiene sentido —dice—. Entonces, ¿enero?

—¡Sí! Podemos volver a conversarlo en enero —agrega David.

—En enero —digo—, habrá otra razón para que no podamos hacerlo.

—No podemos predecir el futuro.

—¿No? Yo sí. O la banda colapsa y no tendrás ninguna opinión sobre lo que hagamos o a la banda le va bien. Y si le va bien, *siempre* habrá algo más importante. Otra gira internacional, otro álbum, otra premiación por parte de un grupo de homófobos.

Geoff pone los ojos en blanco.

—¿No te parece que estás siendo un poco dramático, Ruben?

Dramático. Suena como mi mamá.

En ese momento, lo odio. Pero también me hace dudar de mí mismo por una fracción de segundo, solo por ser el común denominador aquí. Si dos personas en mi vida creen que tengo una tendencia a exagerar las cosas... ¿tendrán razón?

¿O es solo la forma más fácil que tienen de invalidarme y ambos lo descubrieron con el tiempo?

Funciona. En mi breve momento de baja autoestima, mientras me reclino sobre la silla con la boca abierta, Geoff se adelanta.

—Tengo otra reunión ahora, pero, en resumen, discutiremos nuestros pasos tentativos en enero para evaluar la situación. Ruben, por más dudas que tengas, creo que entiendes la necesidad de ser precavidos. En el instante en que se lo cuentes al público, tendrás a todo un equipo que te respalde. Y eso es si los dos siguen juntos en enero. ¿Y si no? ¡No pasa nada!

—No te creo.

—Bueno. —Mira directo a la cámara y se siente como si estuviera haciendo contacto visual conmigo—. Tendrás que hacerlo.

Mientras David, Geoff y Zach se despiden entre dientes, me quedo en silencio mirando a la cámara. La cara de David desaparece. Luego la de Geoff. Solo queda Zach y su rostro ocupa toda la pantalla.

¿Eso es todo entonces? ¿Se acabó?

Perdí tres cuartos.

Perdí todo.

—Bueno, eso salió bien —dice Zach con una mueca.

Me estoy sofocando por la ira. En mi interior siento que tengo un caldero de ácido burbujeante que presiona contra mi piel como si estuviera a punto de estallar por la presión. Pero la ira contra David y Geoff puede esperar un segundo. Necesito aclarar unas cosas con Zach, *ahora*.

—¿Por qué aceptaste lo que dijeron de enero? —le pregunto.

—Ah. —Parpadea, sorprendido—. No sé. Es solo que nos pusieron contra la espada y la pared y parecía que estaban cuidándonos. Pero cuando dijiste que no les creías, entendí que tenías razón. No se me ocurrió pensarlo hasta que lo mencionaste. Pero no, estoy contigo. No nos van a dejar contar nada.

—Claro —digo—. Y no me importa lo que tengan para decir. Ya es suficiente.

—¿A qué te refieres?

—Esto… es… *suficiente*. No voy a quedarme aquí sentado, escuchando que repitan lo mismo una y otra vez por el resto de mi vida. Vengo pidiéndoles hacer esto desde que tengo dieciséis.

Zach parece asombrado. Honestamente, a mí también me toma por sorpresa su expresión. Claro, nunca les conté mis frustraciones con que Chorus me mantenga en el clóset indefinidamente, pero supuse que sabían que no era mi elección. Después de todo, hablo sobre mi identidad sexual cada vez que *puedo*.

Y aun así.

—Tú… ¿quieres decir que se lo vienes pidiendo desde todo este tiempo?

—Sí y nunca es el momento indicado. Me hacen mentir y mentir y seguir mintiendo. Cada vez que me subo al escenario, en cada entrevista, en cada evento, me obligan a ser alguien que no soy. Y siempre es temporal. Antes solían decirme "No hay necesidad de contarlo hasta que tengas un novio". Entonces empecé a salir con Nathaniel, pero tuve que mantenerlo en secreto porque me nominaron a eso del "Soltero del año" y después terminamos. ¿Recuerdas esa revista que nos sacó una fotografía a Nathaniel y a mí en Michigan? Vimos al paparazzi y lo besé de todos modos para poder decir que fue un accidente. Cuando Chorus impidió que saliera a la luz antes de que la revista lo publicara, me hicieron *agradecerles*. Fue en esa época que empezaron los rumores sobre que estaba saliendo con Kalia y lo único que decían era "Aunque no sea verdad, déjalos que hablen, vimos un incremento repentino en las ventas".

Zach me mira como si, de repente, estuviera mutando delante de sus ojos.

—Espera, entonces… o sea, claro. ¿*Literalmente* nunca nos dejarán contar la verdad?

—Quería darles el beneficio de la duda porque esta vez es diferente, es mucho más difícil ocultarnos a *nosotros* que pedirme que mantenga la boca cerrada, pero para ellos sigue siendo lo mismo. *Nunca* nos dejarán hacerlo, Zach. *Nunca*.

Zach se desploma.

—Oh, por Dios.

Pero mi mente ya está acelerada.

—Aguarda, ahora te llamo, en caso de que estén grabando esta llamada. Espérame, déjame… —cuelgo y creo una nueva llamada, a la cual Zach se une de inmediato—. Está bien —digo entusiasmado—. Escúchame. Hagámoslo. A la mierda con ellos. No les debemos nada, más allá de todo lo que nos hagan creer. Es más fácil disculparse que pedir permiso, ¿verdad?

—Pero… ¿qué hay de las ventas?

—Es solo una excusa. ¿De verdad, *en serio*, crees que perderemos tantos fans si contamos la verdad? Piensa en todos ellos. Nos apoyarán. *Sé* que lo harán.

—Pero eso que dijeron sobre sus padres tiene sentido…

—Sí, pero eso pasará de todos modos, en cualquier momento.

Algo en su rostro me agarra con la guardia baja.

–Está bien, Zach –digo–. Hace un segundo estabas de acuerdo con David sobre esperar y ahora me estás mirando raro. Necesito asegurarme de que estamos en la misma página antes de que sienta que te estoy arrastrando a hacer algo que no quieres.

Otra vez.

–No, como dije, me parece bien.

Sí, pero otra vez, que algo esté bien no significa que sea lo que quieres. ¿Por qué es tan difícil poder entender qué es lo que realmente quiere? ¿Por qué tengo la sensación de que estoy tomando esta decisión yo solo? ¿Una que nos afectará a *los dos*?

–Zach, si no te sientes listo, está bien. Una cosa es que Chorus nos obligue a no contar nada, pero otra es que necesites tiempo. ¿Quieres poner en pausa todo esto de contarlo en público?

–Si te soy honesto, cualquier opción me parece bien –dice–. Es solo que me preocupa todo eso que dijo David… Yo… si arruinamos las cosas con Jon y Angel, nunca me lo perdonaré. No es algo que tengamos que resolver nosotros dos solos. Deberíamos involucrarlos a ellos.

Sacudo la cabeza, sorprendido.

–En caso de que no lo hayas notado, ellos tampoco están en el mejor de sus momentos. Creo que, si nos enfrentamos a Chorus, ellos dos también verán que no tenemos que aceptar todo lo que nos arrojan. Y, espera, ¿a qué te referías con que te parece bien cualquier opción?

–Es solo que no quiero decepcionarte. Pero tampoco quiero decepcionar a la banda.

–¿A mí? –repito–. No se trata de mí. Y contar la verdad sobre tu sexualidad en público *definitivamente* no es sobre mí. ¿Qué es lo que *tú* quieres?

—Que todos estemos felices.

Intento procesar esto.

—Entonces… ¿no quieres hacerlo?

—¿Quieres que lo haga?

—No, *no*. No puedes hacerlo por mí. Es una decisión demasiado grande para que la tomes por otra persona.

—Pero tu felicidad me hace feliz a *mí*. Entonces, lo haré.

—¡Zach!

—¡Te estoy diciendo lo que quiero!

—No, me estás diciendo lo que los *demás* quieren. —Estoy intentando mantener la calma, pero la ira remanente de la reunión se transformó en un pantano de temor. Se asentó en la boca de mi estómago y me hunde como arena movediza. Me siento como si todo estuviera a punto de colapsar. Porque *sé* que Zach siempre quiere complacer a los demás. A veces, su amabilidad y consideración, la forma en la que puede leerte y encontrar las palabras *perfectas* para decirte, es una de mis partes favoritas de él.

Pero hay una oscura verdad detrás de eso. Y no siempre es fácil entender qué es lo que le importa a Zach, más allá de mantener la paz. Y en este momento, eso no es suficiente. No puede quedarse sentado ahí y encogerse de hombros y decir "Qué sea lo que tenga que ser". No esta vez. No con nosotros.

Nosotros. De pronto, una idea me arrolla como un tren a toda velocidad. ¿Acaso Zach siquiera… quiere estar conmigo?

Fui yo quien insistió que habláramos del beso.

Fui yo quien le preguntó si quería ser mi novio.

Fui yo quien sugirió contarle a la banda sobre lo nuestro.

Todo lo hice yo.

¿Podría ser que simplemente quiere estar conmigo porque cree que yo quiero estar con él y siente que tiene que seguirme la corriente?

Es una idea ridícula, ¿verdad? Territorio absoluto de la paranoia. ¿Verdad?

Pero es *posible*.

Esto no puede seguir así. *Necesito* que me dé una opinión honesta, aunque sea contraria a la mía, porque al menos así sabremos en dónde estamos parados. Será mejor que solo tomar decisiones que lo lastimen en silencio. La idea de que quizás yo, de algún modo, lo convencí de que hiciera esto conmigo, de que *estuviera* conmigo, y de que él simplemente me siguió la corriente todo este tiempo porque era más fácil que decir que no, me paraliza.

Pero decir todo eso también es aterrador. Entonces, opto por otra cosa.

—No entiendo por qué estás siendo tan pasivo con todo este asunto. Necesito que seas claro conmigo, Zach. ¿Quieres contarlo en público ahora? ¿Quieres esperar? ¿No quieres hacerlo nunca?

—Depende. Esta decisión no me afecta solo a mí. Quiero que todos seamos felices, supongo.

—*Esa no es una opción.* —No quise decirlo con tanta dureza, pero estoy empezando a entrar en pánico—. ¿Por qué no puedes pensar en ti mismo? ¿Por qué *siempre* tiene que ser por los demás?

—Bueno, quizás tú deberías *empezar* a pensar en los demás —replica.

Es lo último que esperaba escuchar.

—¿Qué?

—Somos una *banda*. Todos hacemos sacrificios. Mira a Jon y Angel. Como dijiste, ellos tampoco son felices. Pero están haciendo todo para soportarlo por *nuestro* bien.

—Y eso está *mal*.

—¿Eso crees? —pregunta—. ¿O solo son los sacrificios que debemos hacer?

—Se supone que los sacrificios son cosas como faltar a una fiesta o estar lejos de tu familia por más tiempo del que quieres. No *perderte* a ti mismo.

—Bueno, quizás eso sea demasiado optimista —dice—. Yo también estuve haciendo sacrificios. ¿Todo esto? *No* es el estilo de música que me gusta. Crecí escribiendo *mis* canciones y escuchando *mí* música. No pedí estar en una *boyband*. Nuestra actuación en el campamento fue solo por diversión. Pero entonces todo empezó a ir demasiado rápido y, de repente, teníamos un nombre y Geoff ya había planificado todo nuestro futuro, y ustedes estaban tan entusiasmados que pensé, oye, esto no es lo que quiero para mi vida, pero ahora soy parte de un todo. Si me concentro en lo que quiero, todos saldremos perdiendo. Así que lo tuve que *soportar*. Le pregunté a Geoff si podía escribir algunas canciones e, incluso, intenté escribir cosas que creí que le gustarían, pero todavía no conseguí *nada* de lo que quiero. Solo que mi nombre aparezca en una canción en la que no tuve ninguna participación y que ni siquiera me gusta, y es mi premio consuelo.

Repaso sus palabras en mi cabeza una y otra vez, para asegurarme de haberlas escuchado con claridad.

—Espera, tú… ¿no quieres estar en la banda?

—Eso no viene al caso.

—No, ese *es todo* el tema —respondo—. Si no quieres estar en esta banda, no deberías.

—¿Quieres que me vaya? —Parece herido.

—No. Solo no quiero que renuncias a tu vida, haciendo cosas que te hacen sentir miserable porque crees que el resto te necesita.

—No me hace sentir miserable. Es solo que desearía poder escribir mis propias canciones. Y mi estilo de música.

—Está bien, pero "no miserable" es una vara bastante baja.

—Estoy *bien*.

—Entonces, ¿quieres quedarte en la banda? ¿Eres feliz? —Se encoge de hombros—. ¿Qué significa eso? —insisto.

—No sé qué quieres que te responda.

Mierda, conseguir una simple respuesta de Zach es una *agonía*.

—Quiero… que me digas… qué quieres.

—No sé, ¿está bien? No sé qué quiero. Todavía no lo pensé.

—Bueno, necesito que vayas y lo hagas. Porque me *aterra* la idea de tomar la decisión incorrecta en tu nombre. Y, además, es importante que te importe *profundamente* nuestra relación y lo que pase en el futuro. Necesitamos estar juntos en esto, incluso aunque sea un desastre. Si me dices en este mismo instante que no quieres contarlo nunca en público, está *bien* y lo trabajaremos. *Juntos*.

—*Sí* me importas —dice—. Y me importa nuestra relación.

—Está bien, pero, honestamente, si vamos a trabajar, tienes que aprender a cuidar de *ti mismo* también. Porque no quiero estar en una relación en la que la otra persona la conciba como algo que simplemente le *pasa*.

—Ruben…

—Y solo para dejar las cosas en claro —agrego—. Pronto le voy a contar la verdad a todos. No sé cómo voy a hacerlo, pero lo haré. —Incluso aunque la idea de hacerlo solo, sin Zach a mi lado, me haga sentir como si estuviera dando un paso hacia el hueco de un elevador cuando en realidad esperaba encontrar suelo firme. Si no lo hago ahora, nos atraparán con mayor fuerza en su telaraña. Aunque me aterra la idea de hacerlo, de *saber* que pondrá a Chorus en nuestra contra y que, si Geoff tiene razón y el mundo se vuelve en nuestra contra, arruinará todo para todos permanentemente. Nuestro equipo. Jon y Angel. Zach. Incluso aunque me haga sentir la persona más egoísta y desagradable que jamás haya existido.

Incluso a pesar de todo eso.

–Y no necesito el permiso de Geoff –agrego, mi estómago revuelto–. Ni el de Jon, ni el de Angel. Entonces, procura que no se te meta en la cabeza que, si decides no hacerlo, no me estarás reteniendo. Elijas lo que elijas, quedarte en la banda o irte, o contar la verdad en público, o mantenerlo en secreto, o incluso si quieres mi ayuda para que te ayude a entenderlo mejor. Yo estaré para ti y lo trabajaremos juntos. Pero si no puedes darme más que tan solo "Quiero que todos se lleven bien". Entonces... no creo que pueda...

–Está bien –susurra.

–... seguir con esto –termino.

Traga saliva y nos quedamos sentados en un largo silencio antes de que encuentre las palabras.

–¿Entonces terminamos?

Incluso escuchar esas palabras me da nauseas. Mi mente intenta por todos sus medios recomponerse. ¿Cómo llegamos hasta aquí?

–Espero que no –le respondo–. Solo... házmelo saber cuando hayas descifrado qué es lo que realmente *quieres*, ¿está bien?

Asiente sin hablar.

Creo que acabo de destruirnos. Y no sé cómo deshacerlo.

Pero aun así, no estoy seguro de que deshacerlo siquiera sea lo correcto. Porque incluso si esta discusión está embebida en frustración y pánico, estoy bastante seguro de que creo cada palabra que dije.

Terminamos la llamada y abandono el estudio, sin saber qué hacer. Mis oídos están zumbando con el eco de la conversación y mi mente se niega a atender lo que acaba de pasar.

Solo estamos mamá y yo en casa ahora; papá está en el trabajo y el estudio de mamá no abre hasta la media tarde. Un sonido apagado en el vestíbulo me indica dónde está, de modo que sigo el sonido de su respiración pesada hacia el gimnasio que tenemos en nuestra casa.

Es una habitación completamente iluminada por el sol, ya que tiene ventanas que van desde el suelo hasta el techo para que podamos ejercitarnos como si estuviéramos en la naturaleza, supongo. Mamá está en la caminadora con los auriculares puestos, mirando con intensidad el espejo inmenso que tiene frente a ella. Me ve por el reflejo cuando me apoyo en el marco de la puerta y se detiene lentamente.

—Hola —dice y, luego de estudiar mi expresión afligida, agrega—. ¿Estás bien?

Sé que, si le digo lo que pasó, tomará cualquier lado excepto el mío. Me dará una lección sobre ser egoísta e inmaduro y me sentiré furioso con ella por lo que implica y aterrado de que tenga razón, entonces me pondré a la defensiva. Y nos gritaremos hasta que mi tristeza se convierta en ira.

Pero si no le digo nada, puedo aparentar ser un niño otra vez, cuando mis preocupaciones valían su cariño en lugar de su desprecio. Cuando me golpeaba la rodilla o tenía alguna pelea en el patio de juegos, o tiraba al suelo un vaso de agua, y ella dejaba de hacer lo que estaba haciendo para abrazarme hasta que todo estuviera bien.

Entonces, cuando me extiende sus brazos, me permito olvidar que ella no es quien me hace sentir que nada está bien. Ignoro el hecho de que está a mitad de su rutina de ejercicios, llena de sudor. Y simplemente me acerco y ella me envuelve entre sus brazos, susurrándome, *Cariño, ¿qué pasó? Háblame*, y por un segundo, finjo que *puedo hacerlo*.

Pero no digo ni una sola palabra.

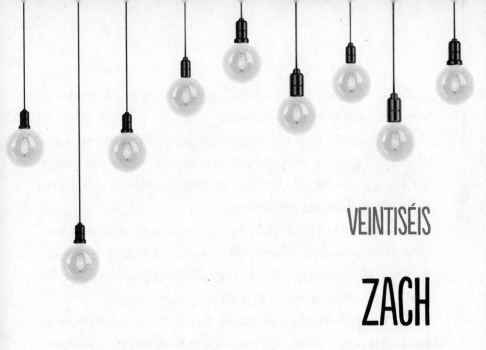

VEINTISÉIS

ZACH

La llamada termina y no me puedo mover.

Sus palabras me cortaron por la mitad. Acabaron conmigo.

No creo que pueda… seguir con esto.

Ya sé que dijo otras cosas, pero esa fue, por lejos, la más fuerte. Prácticamente no deja de repetirse a los gritos en mi mente, una y otra vez.

A juzgar por su voz, suena como si ya se hubiera rendido con nuestra relación, como si ya hubiera decidido que no es algo que yo pueda darle. Eso significa que lo que sigue es solo un descenso gradual. Eso significa que, pronto, terminará conmigo, porque no sé qué es lo que quiero.

Me quedo sentado quieto, mirando fijamente la pantalla apagada de mi computadora, mis ojos llenándose lentamente de lágrimas.

Eso acaba de pasar.

Luego de lo que pasó con papá, sé que, si alguien abre la puerta para irse, es solo cuestión de tiempo para que suceda.

Entonces, tal vez Ruben no dijo que quiere terminar conmigo, al menos no todavía, pero abrió la puerta.

Voy al baño, me encierro y me quito la camisa sobre mi cabeza. Cada movimiento se siente lento y laborioso, como si requiriera más energía que la que tengo. Necesito bañarme. Tomarme un segundo para quitarme todo esto de encima y reiniciarme.

Abro la regadera y entro. Llevo la cabeza hacia atrás y dejo que el agua caiga sobre mi rostro, arruinando mi peinado perfecto de Zach Knight. Buen viaje. Ni siquiera quiero tener el cabello tan largo. Nunca quise.

Ah, Dios, quizás Ruben tenga razón.

Creí que estaba haciendo lo correcto, mi mejor esfuerzo para jugar en equipo, pero quizás lo llevé demasiado lejos. Quizás me perdí y ahora me está costando caro.

Las cosas con Ruben eran maravillosas, *tan* maravillosas. Con facilidad eran más perfectas que lo que alguna vez me atreví a soñar, en especial luego de lo que pasó entre mis padres. Es apasionado y saca lo mejor de mí, además tiene un lado muy cariñoso y más impulso que cualquier otra persona que haya conocido. Me inspiró tanto y nunca se lo dije. Tampoco le dije que tenerlo como novio me hace sentir como el tipo más afortunado del planeta.

En su lugar, lo decepcioné.

Llevo la cabeza hacia atrás para que el agua caiga sobre mi cara. Todo me resulta tan familiar. Hannah me sugirió que termináramos porque no estábamos "conectando" y me recomendó que me conociera más. Creí que lo había hecho, pero parece que no, porque aquí estoy, otra vez.

Las emociones resurgen y, de repente, estoy llorando.

Soy un desastre y hago mi mejor esfuerzo para mantener la calma, pero no funciona. Presiono una mano contra mi rostro, intentando contenerme o al menos reprimirlo lo suficiente para que mi mamá no me escuche. Lo último que quiero es intentar explicarle todo esto a ella, o a cualquier otra persona, jamás. Es demasiado personal, algo que cala muy dentro de mí, en especial porque es mi culpa. Si tan solo fuera una persona diferente, más fuerte y asertiva, entonces no estaría en esta situación.

Una vez que la peor de las emociones pasa, disminuyendo la intensidad hasta convertirse solo en una depresión crónica que me quita toda la energía, cierro la regadera y salgo. El vapor empañó todo el espejo. Genial, no quiero verme la cara en este momento. Envuelvo una toalla alrededor de mi cintura y camino con pesadez hacia mi cuarto. Cierro la computadora con fuerza, como si tuviera la culpa, y me pongo la ropa más suave que puedo encontrar antes de desplomarme en la cama. Ni siquiera tengo la energía para meterme debajo de las sábanas. Es agotamiento mental. Lo único que hago es obsesionarme con todo esto. Cualquier otra cosa requiere un esfuerzo descomunal.

No creo que pueda seguir con esto.

El hecho de escucharlo decir eso, notar la resignación en su voz, me trae un dolor intenso en el corazón.

Desearía tener la capacidad para hacer que la gente se quede conmigo.

Me quedo en mi habitación por horas, sin que nadie me moleste, hasta que alguien finalmente llama a la puerta.

—¿Sí?

—¿Puedo entrar?

Me levanto cuando mamá entra sin siquiera esperar una respuesta.

—Voy a intentar adivinar, ¿supongo que pasó algo con Ruben? —Me encojo de hombros. Entra y se sienta a los pies de la cama—. ¿Qué necesitas? ¿Chocolate? ¿Helado? ¿Vino?

—No creo que sirva. Nada sirve.

—Estuvo mal, ¿eh?

—Fue lo peor, quizás.

—¿Qué pasó?

—Se cansó de mí. —El solo hecho de decirlo hace que algunas lágrimas amenacen con asomarse otra vez.

—Oh, cariño —dice, arrojando sus brazos alrededor de mi cuerpo y dándome un beso sobre la cabeza—. Nadie podría cansarse de ti.

—Él sí.

—¿Por qué?

—Básicamente porque me dijo que soy un cobarde y no sabe quién soy.

Se detiene. Creí que iba a negar lo que sea que haya dicho sobre mí, pero *eso* la hace tomarse un momento. Lo que me lleva a pensar que, al menos, hay algo de verdad en sus palabras.

Maldición. Incluso mi mamá cree que no soy capaz de valerme por mí mismo.

—¿Estás de acuerdo con eso? —le pregunto.

—No, claro que no. Siempre voy a estar de tu lado, sin importar qué. El asunto es que, no creo que Ruben sea una persona cruel.

—Yo tampoco.

—Y sabes que una de las cosas que me encantan de ti es lo considerado que eres.

Pongo los ojos en blanco.

—Sí.

—Desde que eras un pequeño siempre pusiste los intereses de los demás por encima de los tuyos. Aún recuerdo que siempre dejabas que los otros chicos en las clases de atletismo te ganaran, aunque tú hubieras podido hacerlo con facilidad, porque ellos se habrían angustiado mucho si perdían y a ti no te importaba tanto ganar.

—Me parecía lo correcto. Siempre decías que a la mayoría de la gente lo único que le importa es ganar.

—Lo sé, y es verdad. Pero entiendo lo que dice Ruben. No puedes pasarte toda la vida intentando hacer feliz a todo el mundo. Tienes que defender lo que *tú* quieres.

Me seco los ojos con el dorso de la mano.

—Lo sé. Pero es difícil. Siento que apenas sé qué es lo que quiero. Sé que quiero estar con él, pero él no quiere estar conmigo, así que, sí.

—¿Puedo preguntarte algo?

—Claro.

—¿Dijo explícitamente que quería terminar contigo? Porque si ese es el caso, necesito que respetes eso y le des espacio.

Sacudo la cabeza.

—Dijo: "Pero si no puedes darme más que tan solo 'Quiero que todos se lleven bien', entonces no creo que pueda seguir con esto".

—Bueno, si hay algo que tengo para decirte es que aprendas a escuchar a la gente. Ruben te está diciendo exactamente lo que quiere. No quiere terminar contigo.

Y entonces, la idea decanta.

—Quiere saber qué es lo que quieres —agrega—. Entonces, dime, si pudieras hacer cualquier cosa en el mundo, ¿qué sería?

—Quiero estar con él —digo—. Y quiero que funcione.

Creo que lo entiendo.

No, ahora sí lo entiendo.

—Tengo una idea —digo—. Creo que funcionará mejor cara a cara.

Sé que es un largo viaje hasta el aeropuerto, es mucho pedir.

Sonríe.

—Iré a buscar las llaves.

Tengo todo planeado.

Primero, mamá me llevó al apartamento de Penny. Le conté la situación y se ofreció a ayudarme, así que ahora tengo un nuevo corte de cabello que no puedo dejar de mirar. Es corto y texturado, el flequillo presionado sobre mi frente. Penny dijo que es una vuelta moderna al estilo emo y confía bastante en que se pondrá de moda. Si Chorus aprueba que el público lo vea, claro. Quizás me pidan que lo mantenga oculto hasta que vuelva a crecer.

Luego del corte, mamá me llevó al aeropuerto y compramos dos pasajes a Los Ángeles. Una vez que aterrizamos, compré un ramo de flores en una gasolinera cerca del aeropuerto y ahora están en el asiento trasero del auto que rentó mamá. Ignoro la voz que me dice que quizás no le gusten y le parezca raro. De todos modos, quiero hacerlo.

Entonces lo hago.

Ruben sabe que iré a visitarlo para hablar algunas cosas, pero no sabe que es para esto. Puede que esté cometiendo un error, pero al menos es *mi* error. Es un riesgo, claro, y podría quedar en completo ridículo frente al chico del que prácticamente estoy enamorado, luego de hacer que mamá viajara hasta aquí por nada.

Llegamos a su casa y mamá aparca el auto. Mis instintos me piden buscar su revalidación dos veces, para asegurarme de que estoy haciendo lo correcto y es un buen plan. Pero estoy seguro de esto. Para bien o para mal, es mi idea y voy a hacer que se cumpla.

—Deséame suerte —digo, agarrando el ramo de flores del asiento trasero.

Afuera todavía está oscuro, iluminado únicamente por los faroles de la calle.

—No la necesitas. Solo dile que lo escuchaste, es lo único que quiere escuchar.

Salgo y me acerco a la puerta del frente. Toco el timbre. Mis palmas están completamente sudadas sobre el envoltorio de plástico de las flores. La puerta se abre y aparece Veronica. Me mira y, quizás por primera vez, la veo esbozar una pequeña sonrisa.

—Ah, Zach, hola —dice—. Ruben no me dijo que vendrías, pasa.

Ruben aparece al final del pasillo.

—Está bien, mamá —dice, pasando a su lado y acercándose a la puerta.

Mierda. Mierda, mierda, mierda.

Mira las flores cuando Veronica se marcha y entonces me mira a la cara.

—Mierda, tu cabello.

—¿Te gusta?

—Me encanta.

Entramos y le doy las flores. Las acepta y luego las lleva hacia su nariz.

—Son lindas.

—Las compré en una gasolinera —digo y luego hago una mueca—. Quería conseguirte algo mejor, pero todos los lugares estaban cerrados.

Mis palmas están sudando problemáticamente ahora.

—Está bien —dice—. Entonces, ¿quieres hablar de lo nuestro?

—Sí, vine a decirte que te escuché y voy a trabajar en lo que me señalaste. Sé que soy demasiado pasivo. Pero ya no quiero seguir siéndolo. Sé lo que quiero y es a ti.

—Está bien, pero ¿qué *significa* eso?

—Quiero estar *contigo*. Para resolver precisamente todo esto contigo. Y si lo que quieres es terminar, está bien y respetaré esa decisión. Pero quiero estar contigo más que cualquier otra cosa en el mundo. Con todo lo que significa. Y que el mundo lo vea. No más secretos. Y si es posible, también quiero seguir en la banda. Pero si no puedo tener ambas cosas, entonces te elijo a ti.

Patea el suelo.

—Así se habla.

—Eso intento. Y escucha, voy a trabajar en expresar lo que quiero. No lo lograré enseguida. Y me tomará mucho esfuerzo. Pero voy a hacerlo. No para estar contigo, sino porque es lo que necesito. Es lo que quiero y si quieres hacerlo conmigo, esa es tu decisión.

—¿Y si no quiero?

—¿Qué cosa? —Vacilo.

—Estar contigo. ¿Qué harías entonces?

Mi voz suena con firmeza cuando le respondo.

—Lo pensé y, aunque no quieras estar conmigo, de todos modos voy a contarle la verdad a todos. Nunca lograré hacer una carrera como compositor si no tengo permitido escribir sobre cosas que realmente significan algo para mí; siempre tuve una mano atada en la espalda. Y todo eso que dije sobre Saturday no es sobre Saturday. Es sobre Geoff. No quiero abandonar la banda, me encanta, pero quiero abandonarlo a *él*. Quizás no podamos hacerlo, no lo sé. Pero sé que eso es lo que quiero.

Deja caer las flores a un lado.

—Guau. Es la primera vez que sé qué es lo que piensas.

—Bueno, es la verdad. Debería hacerlo más seguido, se siente genial. Me siento imparable.

Ríe, finalmente una sonrisa.

—Suena a una canción que escribirías en tu cuaderno.

—Ahh, tienes razón. ¿Se te ocurre alguna palabra que rime con imparable?

—Ninguna que se me venga a la mente. —Respira profundo y relaja sus hombros—. Gracias. No tienes idea cuánto quería escuchar todo eso.

—Entonces, ¿seguimos juntos?

—Zach, nunca nos separamos. Solo necesitaba saber que estabas caminando a mi lado y que yo no te estaba arrastrando mientras pataleabas y gritabas sin parar. —Sonríe y se acerca—. Pero, ¿solo soy yo o se siente como si estuviéramos en una película en la que la música empieza a subir de intensidad y nos besamos bajo la lluvia?

Miro a mi alrededor. No hay música, solo el leve canto de los grillos afuera. Siempre amé el sonido.

—Ah, ¿en serio? Entonces, deberíamos… ya sabes… ¿hacerlo?

Me toma de la camisa, me acerca hacia él y me besa.

Ahora que Ruben y yo decidimos contar la verdad en público, tomamos la decisión conjunta de contarle nuestros planes al resto de la banda.

Es la mañana siguiente a mi gran declaración y estamos en el dormitorio de Ruben con la llamada de Zoom lista. Jon ya está en espera, pero Angel todavía no solicitó unirse, aunque vio el enlace en nuestro grupo.

—¿Estás seguro de esto? —pregunta.

—Absolutamente. ¿Tú?

Asiente.

Angel se une a la llamada y entonces Ruben inicia la llamada.

—Ah, hola, lindo peinado —dice Angel.

—Gracias.

—¿Qué ocurre? No organizaste todo esto solo para mostrarnos tu cabello, ¿verdad?

Me aclaro la garganta.

–Eh, no, mmm, tenemos noticias. Decidimos que queremos contarle al público sobre lo nuestro, incluso aunque Chorus no lo autorice.

–Oh, mierda.

–Sí –dice Ruben–. Nos quedó bastante claro que no tienen intenciones de hacerlo, así que decidimos tomar cartas en el asunto.

–Bien –dice Jon.

–Pero queríamos hablarlo con ustedes primero –digo–. Porque esto nos impacta a todos.

–Cuenten conmigo –dice Angel–. Que se vayan a la mierda.

–¿Jon?

Levanta las cejas.

–Creo que es una gran idea. Deberían poder ser ustedes mismos. Es pura basura que les hayan pedido que mantengan su sexualidad en secreto.

Una intensa sensación de alivio se apodera de mí. Sabía que Angel apoyaría algo tan caótico como esto, pero Jon siempre fue el más reacio a sumarse a este tipo de cosas.

Pero entonces me sorprende aún más.

–Tengo una idea –dice–. Si vamos a hacerlo, tenemos que hacerlo bien.

Hablamos hasta que está todo decidido.

–Es perfecto –dice Ruben–. Cuenten conmigo si les gusta la idea.

Le ofrezco mi mano y Ruben la toma. No necesito decir nada. Es obvio que estoy completamente de acuerdo con todo esto.

Eso deja la decisión en manos de Angel. Esboza una sonrisa.

–Que empiece el caos.

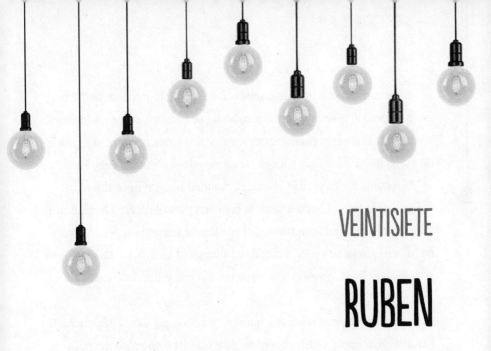

VEINTISIETE

RUBEN

La multitud estuvo haciendo fila en Central Park durante dos días.

Mientras Penny se encarga de nuestro maquillaje y peinados (no sin lamentarse por lo desaliñados que estamos sin sus rutinas de cuidado) nuestro equipo reparte cientos de botellas de agua entre la multitud. Los hace ver como si se preocuparan, pero la realidad es que no quieren que nadie colapse por un golpe de calor o deshidratación mientras ellos estén a cargo. Claro, yo tampoco, pero tengo la sensación de que mis sentimientos están más alineados con "Dios, eso sería *horrible*", mientras que los suyos están más cerca de "Dios, eso interrumpiría todo el concierto".

Estamos en una tienda bastante protegida por guardias detrás del escenario plegable, rodeado por fans, algunos trabajadores que hablan por sus auriculares y el zumbido grave de algunos generadores cercanos. Zach y Jon se quitaron sus chaquetas y las dejaron sobre el respaldo de unas sillas plásticas cercanas. Por suerte para Angel y para mí, ambos llevamos camisetas para este concierto. El sol de la tarde se siente muy intenso, pero al menos no estaremos aquí por mucho tiempo. Saldremos, tendremos una entrevista, tocaremos *Overdrive* por primera vez, Jon le dirá algo breve a los fans y luego tocaremos dos canciones más. Fácil.

Al menos, ese es el plan *oficial*. La realidad será un poco diferente.

Asomo la cabeza hacia afuera de la tienda para observar a la multitud. Y no puedo ver mucho a través del cordón de seguridad, pero las voces me dicen que ya se están acomodando frente al escenario. Mi estómago se revuelve. Es la primera vez en años que estoy nervioso antes de un concierto.

Una mano reposa sobre mi hombro y volteo para encontrar a Zach. No dice nada, pero su expresión me dice que sabe que algo me pasa.

—¿Qué hago si mi madre se vuelve en mi contra después de esto? —pregunto.

Zach aparta la barbilla de la entrada de la tienda y lo sigo hacia un rincón apartado. Bueno, al menos, tan apartado como se puede bajo estas circunstancias. Nadie debería poder escucharnos por encima del bullicio, pero mantiene la voz baja de todos modos.

—Si se pone en tu contra porque le contaste al mundo quién eres, perderá el derecho de considerarse tu mamá, si es que no lo perdió hace rato. No tiene voz ni voto en esto, Ruben. No eres un niño pequeño. Eres una persona increíble e inspiradora, y debería ser ella quien esté preocupada por perder su lugar en *tu* vida.

Una sonrisa triste amenaza con aparecer desde la comisura de mis labios.

—Lógicamente, lo sé. Pero ya no es una cuestión teórica. En específico, ¿qué *hago* si me llama después de esto y me dice que no tengo permitido volver a casa?

—¿Te refieres a la casa que *tú* pagaste?

—Sí.

—Entonces bájate del avión en Portland conmigo y vamos directo a la casa de mi mamá, o a un hotel, a donde sea que queramos, mientras desciframos cómo seguir. Pase lo que pase, nunca estarás solo. Lo sabes, ¿verdad?

—Gracias —susurro. No tengo miedo de perder mi casa. Puede que el dinero no compre todo, pero con todo lo que tengo, puedo comprar lo necesario para vivir en cuestión de segundos. Puedo despertarme mañana y comprar una mansión extravagante en Hollywood, completamente amoblada, lista para habitar en el tiempo que me lleva hacer todo el papeleo. En eso, al menos, me siento bendecido. Pero lo que más me aterra es perder a mi familia. Para bien o para mal, siguen siendo mi familia. Y si *realmente* me seduce más la idea de abandonarlos, o al menos a mi mamá, eso no significa que no esté acompañado de un gran dolor.

Zach continúa, sutil, pero con firmeza.

—Y eso no termina hoy, ¿está bien? Si *alguna vez* decides que ya no lo puedes soportar más, incluso aunque sea a las cuatro de la mañana, puedes venir directo a mí. Entiendo que sea tu mamá, pero eso no hace que sea una relación obligatoria. Nosotros también somos familia.

Me desplomo sobre la pared de la tienda.

—No creo que aún esté listo para eso.

—Lo sé. Pero si ese fuera el caso, no tienes que tener miedo. Eso es todo.

Asiento, pero no respondo.

Zach deja que su pulgar se roce con el mío, ocultando el gesto con su cuerpo, y agrega:

—Además, hay más opciones que "vivir en casa" y "perder todo contacto". Puedes intentar crear un poco más de espacio y ver cómo funciona.

—Es verdad.

—Deberías llamar a Jon y Angel, para ver si ya están listos para mudarse. Alguien tiene que cuidar a Angel.

Creo que es una broma sobre la personalidad de Angel, más que una referencia a su rehabilitación, pero las palabras me toman por sorpresa. ¿Qué *pasará* con Angel cuando retomemos el mismo ritmo que antes? Cuando nos vayamos en nuestra próxima gira por ejemplo. ¿Chorus lo vigilará más? ¿Lo cuidarán y se asegurarán de que se mantenga sobrio, algo que será bastante difícil para él para empezar, sin agregarle más estrés a la situación? ¿O lo volverán a poner en la olla a presión que desencadenó todo esto?

Creo que sé la respuesta y me llena de una ira que intento apaciguar. No puedo pensar en todas las razones por las que odio a Chorus ahora. Necesito aclarar la mente para lo que estamos por hacer. Así que me concentro en la sugerencia de Zach.

—¿Solo nosotros tres viviendo juntos?

—Bueno, si los tres quisieran hacerlo, obviamente yo también querría estar ahí. No me van a dejar afuera de toda la diversión. —Levanto las cejas significativamente y él frunce el ceño—. No en el sentido de "múdate conmigo". Me gustaría tener mi propia habitación.

—Cierto. No me gustas *tanto* —dice, poniendo los ojos en blanco, pero su ceño fruncido se convierte en una sonrisa descontrolada.

—Mmmm, ajam. Levantarme todos los días contigo. *Odiaría* eso.

—Comer juntos, compartir la ducha. Suena terrible.

—Te odio.

—Yo también. —Su voz suena grave y firme.

Un productor con jeans y una camisa roja se nos acerca.

—Prueba de sonido en un minuto, chicos. Hora de prepararse.

Zach me mira, respira profundo y con pesadez, y exhalamos juntos. Nos acercamos a los casilleros para guardar nuestros teléfonos y, cuando tomo el mío, casi como si la hubiera invocado, empieza a vibrar por una llamada de mamá.

Se me revuelve todo el estómago. Ahora no. No cuando ya me siento al límite. Lo último, *lo último*, que necesito es navegar una llamada cargada de las cosas que debería y no debería hacer arriba del escenario.

—Quiere desearme suerte, supongo —le digo a Zach.

Simplemente se me queda mirando sin expresión alguna.

El teléfono suena una vez más, dos veces más, tres veces más. Y lo arrojo al interior del casillero.

—Ahora no —le digo a él—. Es solo que… … ahora no puedo.

Roza su pulgar sobre mi hombro.

—Está bien. Puedes llamarla luego. Solo dile que guardaste el teléfono.

Asiento, luego sacudo la cabeza.

—De hecho, creo que podría decirle que estaba a punto de subir al escenario y quería mantener la mente clara. Porque me parece algo razonable y no necesito mentir para que lo acepte. ¿Supongo?

Zach abre la boca de un modo exagerado como si estuviera sorprendido.

—Guau. Sabes que eso está al límite de ser *saludable*, ¿verdad?

—Lo sé —hago una pausa—. No debería escribirle ahora, ¿no crees?

—No, definitivamente no. *Vamos*, tenemos que subir.

Angel y Jon nos encuentran en la puerta y hacemos un viaje corto hacia el escenario acompañado por guardias. Algunas personas del público nos miran desde las vallas, sacudiendo sus manos frenéticamente.

—Sigo creyendo que ustedes tres tendrían que haber mantenido la coreografía –dice Angel mientras caminamos–. Podrían haberme atado con cables y hacerme volar sobre el escenario. Eso habría sido mucho mejor.

–Podrías haber sido nuestro presentador –concuerda Jon.

–¡Exacto! –dice Angel–. Tú lo entiendes. Podría haber sido un excelente presentador.

–Claro, de todos modos, serviría que pudieras levantar ambos brazos por encima de tu cabeza –agrego con frialdad.

Angel me mira serio y sacude su brazo derecho.

–Sabes, ya recuperé el ochenta y cinco por ciento de mi rango de movimiento, gracias por la acotación.

–Tienes un gran movimiento –le asegura Zach.

–Ves, Ruben. A tu novio le gustan mis movimientos.

–¿De qué lado estás? –le pregunto a Zach, empujándolo con el codo de un modo juguetón mientras subimos por las escaleras.

–¡De nadie!

–Elije a uno –dice Angel.

–Sí, Zach, elige –repito.

–¡No!

–Vamos, tú puedes hacerlo, Zach –agrega Jon–. Ya lo hiciste una vez; puedes hacerlo otra vez.

–Depende de cómo nos vaya hoy –contesta Zach–. Si me arrepiento, quizás vuelva a ser neutral para siempre.

Angel hace puchero con la boca.

–¿Por qué elegir ser neutral cuando tienes todo el arcoíris?

Zach le lanza a Angel una mirada tan punzante que hace que se encoja de hombros y haga una mímica como si se estuviera cerrando los labios con una cremallera, justo cuando uno de los técnicos de sonido se acerca a nosotros.

–Muy bien, aquí tienen sus micrófonos –dice. No es mucho más grande que nosotros y tiene una contextura baja, robusta y cabello rubio–. Recuerden su número, porque tienen que asegurarse de usar el correcto arriba del escenario.

Tengo el número cuatro. Zach tiene el dos. Me sigue tomando por sorpresa lo separados que estamos otra vez.

Nos hacen repasar algunas partes de *Unsaid* mientras ajustan los volúmenes y luego nos quitan los micrófonos. Zach empieza a saltar en el lugar para quitarse todos los nervios y yo camino de un lado a otro, mis brazos presionados fuerte contra mi pecho. Incluso Jon y Angel se quedan en silencio mientras esperamos. Luego los anfitriones anuncian nuestra llegada y subimos al escenario con la mente nublada.

Nos ubicamos en nuestros lugares en una fila (yo, Jon, Zach y Angel) en medio de una cacofonía de gritos. Angel levanta su brazo herido, aún enyesado, y hace un gesto con una sonrisa juguetona. De algún modo, los gritos se vuelven más intensos. Entrecierro la vista por la luz enceguecedora del sol y admiro a las filas y filas de personas que vinieron a vernos, una multitud pulsante con la energía frenética que solo un concierto puede producir.

La entrevista pasa desapercibida. No nos preguntan nada fuera de lo común; para esta altura, la lista de temas prohibidos ya tiene prácticamente varios metros de largo. Nada sobre relaciones. Nada sobre el accidente de Angel. Nada sobre rehabilitación.

¿Cómo estuvo su primera gira internacional?

¿Cuál fue su ciudad favorita?

¿Les entusiasma la idea de regresar a Europa en el futuro?

Nos alegra tanto que te sientas mejor, Angel. ¿Qué estuvieron haciendo en estas vacaciones?

¿Qué planes tienen para el resto del año?

Respondo las preguntas dirigidas a mí como si estuviera en piloto automático. David nos hizo repasar las respuestas para cada pregunta tantas veces que ya no tengo que pensarlas, tal como ellos quieren. Lo único que quiero es que esta entrevista termine para poder acabar con esto de una vez por todas, y no puedo dejar de anticipar el mayor momento de mi vida. Entonces, ni bien termina, mi corazón late a toda velocidad y me arrepiento haber deseado que terminara. Quiero volver atrás. No estoy listo. No puedo hacerlo.

Pero ya no hay vuelta atrás. Los primeros acordes de *Overdrive* empezaron a sonar.

Nunca cantamos sin coreografía. Incluso años atrás, cuando teníamos quince años y tocamos juntos por primera vez en la presentación final del campamento, con Geoff mirándonos con atención desde el público, teníamos una coreografía. Era horrible y la habíamos armado nosotros mismos mirando videos de YouTube de bandas y cambiando los movimientos para que fueran acordes a nuestras habilidades, pero era una coreografía al fin y al cabo. Sin eso, me siento desnudo arriba del escenario.

Valeria nos dio algunas indicaciones sobre cómo movernos arriba del escenario. Jon tiene que coquetear con el público. Angel tiene que mantener su micrófono en su respectivo soporte y sonreír tanto como sea posible. A mí me indicó que tomara el mío y deambulara por la parte de atrás del grupo, enfatizando movimientos como levantarme del suelo de un salto y propulsarme hacia atrás, mientras paso las manos por mi cabello. Zach tiene que saludar a las gradas más lejanas y extender un brazo en su dirección cuando se agacha.

Pero Valeria no nos puede obligar a hacer nada ahora.

Nos dispersamos. Angel aparta su micrófono y se acerca directo al borde del escenario, saltando mientras canta, lo que genera que toda la multitud empiece a saltar al unísono con él. Jon sujeta su micrófono con ambas manos, haciendo que su presencia en el escenario sea intensa mientras se sacude al ritmo de la música, sin ningún agarre de entrepierna o mordida de labios a la vista.

Zach y yo nos acercamos al centro del escenario, a pocos metros por detrás de Jon, y giramos hacia nosotros mientras cantamos. Si Zach está nervioso, no se nota. De hecho, parece estar pasando el mejor momento de su vida. Sus ojos brillan cuando me mira a los ojos y me levanta las cejas. Como si estuviera recordándome nuestro secreto y cómo solo será nuestro secreto por solo un par de minutos más. Flota en el aire entre nosotros, atrayéndome hacia él como un imán, y hago algo absolutamente prohibido. Paso un brazo sobre su hombro y empezamos a cantar el estribillo.

Desde algún lugar, los miembros de nuestro equipo nos están mirando. Definitivamente, Valeria y Erin. Probablemente David. Quizás Geoff. ¿Estarán mensajeándose frenéticamente o llamándose? ¿Estarán planificando nuestro gran castigo al otro lado del país? ¿En la tienda a solo cincuenta metros detrás de nosotros?

Si ese fuera el caso, será mejor que se aguanten. No existe castigo suficiente para lo que estamos por hacer.

Me siento avasallado por la adrenalina cuando aparto mi brazo de Zach, aun sintiendo su tacto, y, cuando empieza mi solo, lo entiendo y pienso, *al carajo*. En lugar de cantar, doy todo lo que tengo: quince años de profesionalismo, clases de canto, ocho años de experiencia en musicales y dieciocho años de las críticas de mi madre. Mi voz se eleva por encima de mi nota más aguda y sube, más y más, mientras mi vibrato suena a la perfección en mi garganta, y preparo mi postura para inclinarme hacia atrás. Puedo decir incluso antes de dar con la nota que lo logré, y levanto un puño en el aire en señal de victoria ya que finalmente, *por fin*, puedo mostrarles que *sé* cantar.

Gritan y me aplauden, y mi mirada deambula sobre algunas caras sorprendidas en el público. Arriba del escenario, Zach y Jon me miran asombrados, y Angel anima la reacción del público diciendo "¿Qué?" con una expresión lo más exagerada posible.

Listo. Incluso aunque no tenga otra oportunidad de mostrar mi caudal de voz otra vez, el mundo sabe que puedo hacerlo si no me tienen con una mordaza. No soy un esténcil. No soy rígido.

Soy *grandioso*. Y ahora hay un registro de eso.

La canción termina y recobramos el aliento. Puede que sea mucho menos demandante cantar sin coreografía, pero maldición, pierdes el estado físico bastante rápido luego de un par de meses. La luz de mi micrófono pasa de verde a roja enseguida. Es hora de que Jon le hable a la multitud.

Hago contacto visual con él. Y cambiamos lugares.

Ahora estoy parado en el medio con Zach. Y mi micrófono está encendido.

Necesito moverme rápido. Jon repasó esto conmigo anoche cuando le compartí mi discurso. *Ve al punto. Si Chorus anticipa lo que estás a punto de hacer, te apagarán el micrófono. Si la producción de* Buenas tardes, Estados Unidos *se da cuenta de que algo importante está a punto de ocurrir, no acatarán esa orden. No. Lo. Arruines.*

—Muchas gracias —digo. La multitud grita en respuesta sin esperar a que termine. No tenemos tiempo. Entonces empiezo a hablar encima de ellos, en contra de cada instinto de mi carrera en los musicales que me dice que *espere a que me puedan escuchar con claridad*—. Extrañamos mucho estar arriba de un escenario, estar con nuestros fans, con *ustedes*, pero hoy es una ocasión particularmente especial. No solo porque tenemos a Angel una vez más entre nosotros. —Más gritos, maldición, debería haberlo anticipado. *Ve al* punto, *Ruben*. En el ojo de mi mente, puedo ver a Erin corriendo desde la tienda por la escalera, encontrando al técnico rubio. Mi corazón se detiene en pánico por un segundo—. Sino también porque hoy, no tuvimos coreografía. Y el problema con las coreografías es que, en las manos incorrectas, convierte algo tan expresivo como el baile en algo distinto controlado para mantener la cohesión. Sigue siendo una muestra de destreza hermosa de mirar, pero hoy esperamos que, en lugar de vernos como grupo, aprendan más sobre los bailarines.

Tenía preparada una introducción más larga, pero arriba del escenario, se siente un millón de veces más larga que anoche en mi habitación. Necesito apurarme, antes de perder la oportunidad. *Vamos, Ruben. Tú puedes.*

El rostro de mamá aparece en mi mente y lo hago a un lado. *No. Ignórala. Concéntrate en las palabras. Dilo.*

Yo.

—Yo…

Soy gay. Vamos.

—Quería decirles que…

Soy GAY. Escúpelo, Ruben.

—Que Zach y… —pero me quedo sin palabras, porque mi voz perdió el noventa y nueve por ciento del volumen.

Me toma demasiado tiempo. Dudo. Jon me dijo que no dudara y vacilo. Miro al micrófono asustado mientras intento procesar todo esto. Si bien no puedo obligarme a levantar la cabeza, sé cómo el resto debe estar mirándome. Cómo Zach debe verse.

Las personas del público empiezan a murmurar, confundidas y curiosas. Algunas gritan en protesta. *¡Enciendan su micrófono!*

La productora dice algo en sus auriculares desde la tienda y luego le hace un gesto a la multitud.

—¡Estamos teniendo problemas técnicos! —grita.

—Lo siento —dice Jon. Él sabe tan bien como yo que se acabó. Dirán que no pueden hacer funcionar los micrófonos. Se disculparán con el público y les pedirán que se vayan. Terminaran el segmento temprano, nos bajaremos del escenario y luego enfrentaremos las consecuencias.

Asumiré total responsabilidad. Les diré que nadie sabía lo que iba a decir. Les diré que Jon creía que estaba cambiando de lugar con él porque quería desearle feliz cumpleaños a alguien frente a la cámara o algo. No dejaré que esto afecte a los demás. Este fue mi error, no el suyo. Debería haber sido más rápido. Debería haberle pedido a Zach que hablara.

La productora se acerca al borde del escenario y me llama. Me arrodillo, ya anticipándome lo que me va a decir. *El show terminó. Nos pidieron que no continuaras. Lo sentimos.*

Se acerca tanto para susurrarme algo al oído.

—Nos dieron una lista de temas prohibidos para la entrevista de hoy. ¿Pensabas... hablar sobre uno de esos temas?

Asiento, apenas animándome a mantener las esperanzas. Cuando se aleja, sus ojos están resplandecientes.

—Mi esposa estaba *muy* celosa de que los pudiera conocer hoy —dice—. Es su fan número uno.

Mierda. Encenderá de nuevo los micrófonos. La miro a los ojos y una carga de entendimiento mutuo navega entre ambos.

—Si quieres traerla tras bastidores cuando terminemos las canciones —le ofrezco—, nos encantaría conocerla.

Sonríe con complicidad.

—No pudo pedirse el día en el trabajo. Pero le diré que le mandas saludos.

Me levanto y regreso a mi micrófono, mientras ella sisea algo por su auricular. Un segundo más tarde, la luz verde se vuelve a encender.

Ahora parece que tengo todo el tiempo del mundo. Y, desafortunadamente para Chorus, estoy furioso. Muy furioso. Intentaron silenciarnos hasta el último minuto.

Fui criado en una madriguera de zorros. Para sobrevivir, tuve que hacerme pasar por un conejo resignado en la boca del zorro, apagado para minimizar la agonía de que me devoraran vivo.

Pero ya no soy ese conejo. Hoy soy un maldito lobo.

Por primera vez, yo soy quien no tendrá piedad. Por todas las veces en las que elegí susurrar cuando, en realidad, necesitaba gritar.

—La mejor parte de nuestro trabajo son ustedes —digo mi voz resonando por toda la multitud otra vez—. Verlos a todos ustedes aquí, conocerlos detrás del escenario, leer sus mensajes. No se guardan nada con nosotros. Nos muestran todo, cada cosa que los hace sentir vulnerables. Confían en nosotros para eso. ¿Saben lo poderoso que es? Porque es un regalo y uno que nos sentimos más que afortunados de recibir. Lo más increíble es que no nos exigen nada. No merecemos el amor que nos dan. Solo somos cuatro chicos que se conocieron en un campamento de música y ahora tenemos al mundo en nuestras manos, porque ustedes nos vieron y decidieron entregárnoslo. Solo porque sí.

Jon asiente con empatía. Zach no aparta sus ojos de mí.

—La peor parte de nuestro trabajo —digo, borrando el repentino temblor de mi voz—, es todo el tiempo que tuvimos prohibido devolverles lo mismo. Desde hace años, nos sentimos encerrados y obligados a ser algo que no somos. Nos quitaron nuestros nombres y nuestra dignidad. Nos obligaron a cruzar líneas morales con las que no estamos cómodos. Nos vistieron con ropa que no nos gusta y nos enseñaron a decir mentiras con tanta naturalidad hasta que parecieran verdad. Y cuanto más intentábamos llegar a ustedes y recuperar lo que somos, más atados nos sentíamos. Pero nosotros queremos que vean la realidad. En lo profundo, creo que los cuatro esperamos que ustedes pudieran vernos de todos modos. Como, ¿esa versión de Angel? ¿La que salta por todo el escenario? Es solo *una cuarta parte* de la energía que tiene –digo y Angel finge estar mirándome furioso, y yo le devuelvo el gesto con los ojos entrecerrados–. En un día *tranquilo* –agrego y el público ríe–. ¿Y Jon? Siempre se preocupa por los demás y está listo para ayudarte y decirte lo que necesitas escuchar. Es dulce y sutil, y es alguien que quieres tener cerca si estás atravesando una crisis. Y Zach... –Mi voz se quiebra y la controlo. Llegó el momento–. Zach...

–Ruben –susurra Zach. Me detengo y volteo hacia él. Extiende una mano para que le pase el micrófono. Frunzo el ceño de un modo cuestionador cuando lo toma–. No quiero que esto sea solo algo que pasa delante de mí –susurra antes de levantar el micrófono. Al principio, no lo entiendo y creo que cambió de parecer. Luego las palabras que le dije en el vuelo la semana pasada regresan a mí y lo entiendo.

–Ruben y yo también estuvimos obligados a ocultar cosas –dice al micrófono–. La más grande de todas es que Ruben es mi novio. Estamos juntos hace un rato largo.

El ruido que se eleva de la multitud no se parece en nada a algo que haya escuchado jamás. No puedo identificar las emociones, ni siquiera sé si son positivas o negativas. Quizás la mejor palabra para describirlo sea simplemente *asombroso*.

—Les contamos esto porque la libertad de ser nosotros mismos, y expresar nuestra versión más real que nos parece que el mundo debería conocer, es la libertad más importante que tenemos. Queremos recuperarla, incluso si no es algo que todos quieran escuchar —dice y parpadea. Mira al micrófono como si acabara de notar que lo tiene entre sus manos y me lo devuelve. Supongo que acaba de caer en la cuenta de lo que acaba de hacer.

Termino por él.

—Estamos aquí parados compartiendo esto con ustedes, compartiéndonos a *nosotros mismos*, porque los amamos. Confiamos en ustedes. Los respetamos. Pero, más importante aún, creemos que se merecen más de nosotros que solo un concierto bien coreografiado. Y nosotros también.

Apoyo el micrófono nuevamente en el soporte y miro a las cámaras con la frente en alto. No hay nada que ocultar ahora. No hay ningún avatar. Solo yo, *nosotros*, y la multitud, y los millones de ojos que llegarán al video de este momento hoy, mañana y el resto de nuestras vidas.

Tomando a Zach de la mano, volteo hacia la multitud. Al principio, la veo en su totalidad, se retuerce, celebra y grita. Luego miro con mayor detenimiento y me concentro en algunas caras. Una persona en la tercera fila se cubre la boca con ambas manos mientras salta en el lugar. Quinta fila en el centro, una chica permanece inmóvil, mirándonos boquiabierta, mientras su compañera sacude las manos en el aire. En la segunda fila, hacia la izquierda, dos chicos se abrazan. Uno parece estar llorando sobre el pecho del otro, pero al levantar la cabeza levemente confirmo que son lágrimas de felicidad.

Escaneo las filas lentamente, mirando a los ojos a tantas personas como me es posible. No hay nada que nos separe. Por primera vez, no me siento como si estuviera mirándolos desde un pedestal de alturas inalcanzables detrás de un muro impenetrable. De pronto, pertenezco a la multitud. Soy parte de ella. Todos lo somos. Los cuatro.

La banda toca los acordes iniciales de *Unsaid* y Zach exhala con euforia y voltea la cabeza para mirarme a mí. Balancea nuestras manos entre nosotros, animando a la multitud, y una ola de gritos se eleva para devolvernos el gesto.

Sonrío y levanto el micrófono para cantar el primer verso, la mano de Zach aún enlazada con la mía.

VEINTIOCHO

ZACH

Apenas apagan las cámaras, el caos se desata.

Prácticamente los guardias de seguridad nos bajan del escenario a los empujones. La multitud empieza a abuchearlos a ellos, no a nosotros. Al menos, eso parece.

—¡Zach, te amamos! —grita alguien.

Tras bastidores, Erin nos espera.

—¿Qué acaban de hacer? —nos pregunta, con los ojos abiertos—. No puedo arreglar esto.

Levanta su teléfono y se marcha corriendo por el pasillo, supongo que para tener algo de espacio. Parece que Angel finalmente consiguió lo que quería.

Desatamos el caos.

Cierro los ojos y veo filas de fans esperando afuera. Ahora saben. Por fin saben. Vi a un chico joven en la multitud y por la expresión en su rostro cuando lo dijimos, supe que lo entendió. Vio a alguien como él en un escenario y sintió esperanza. Eso solo me hace sentir que todo valió la pena. A la mierda con Chorus. Si hicimos que alguien se sintiera bien consigo mismo, eso vale más que romper otro récord o hacerle ganar más dinero a Geoff. Esto es lo que Saturday tiene que ser. Nunca me sentí tan orgulloso de ser parte de una banda en mi vida.

La anfitriona de *Buenas tardes, Estados Unidos*, Kelly, se nos acerca con su coanfitrión, Brendon. Estamos en una pausa comercial. La idea era que nos hablaran luego de la presentación, pero claramente ese plan cambió.

—Bueno, eso fue inesperado —dice Brendon.

—Vaya que sí —dice Kelly—. Gran trabajo, muchachos. Saben, mi sobrino es gay.

—Un aviso hubiera venido bien —interrumpe Brendon, con su personalidad alegre cambiando hacia algo más ácido—. Así no quedaba como un pez fuera del agua ante las cámaras.

—Lo siento, pero si les hubiéramos avisado, Chorus habría interrumpido la entrevista —dice Ruben y mi pecho se llena de orgullo—. Tenía que ser una sorpresa.

Hace una mueca y da un paso hacia él.

—Sabes lo que pasa después de esto, ¿verdad? Estás acabado, muchacho. Todos lo están.

—Bueno, mejor —digo—. Si se van a enojar con nosotros por estar juntos, entonces no queremos tener nada que ver con ellos.

—¡Sí! —exclama Angel—. Zach, creo que me encanta tu nuevo tú.

Brendon ríe, pero con aspereza.

—Sonrían todo lo que quieran ahora. Pero cuando se les pasa la fama y busquen atención, cambiarán de parecer. Confíen en mí.

—Tranquilo, Bren —dice Kelly.

—No, merecen saber la verdad. Si traicionas al equipo, nunca nadie querrá trabajar contigo. Te crees un héroe, pero no ves que arruinaste tu vida.

Erin se acerca con la cara completamente sonrojada, nerviosa.

—Bueno, Geoff quiere tener una reunión con ustedes, obviamente.

—¿Cuándo? —pregunta Jon.

—Todavía no dijo —contesta—. Primero quiere hablar con sus abogados.

La central de Chorus está ubicada en un edificio moderno y reluciente en el centro de Los Ángeles.

En la puerta, ya se reunió una enorme multitud, ubicados a cada lado del camino. Chase levantó vallas para mantener a todas las personas alejadas y liberar el camino de la horda de fans que aparecieron en el lugar, prediciendo esta situación. A medida que nos acercamos al edificio en coche, los gritos se vuelven casi ensordecedores. Algunos lloran abiertamente y no creo que sea porque se sienten abrumadoramente felices de vernos.

Por el contrario, también hay algunas banderas arcoíris entre la multitud flameando con orgullo.

Llegamos a la puerta y nuestro equipo de seguridad se baja del vehículo. Los gritos de la gente se vuelven cada vez más fuertes, al punto que me hacen doler los oídos, y los flashes de las cámaras empiezan a destellar con violencia. En mi bolsillo, mi teléfono vuelve a sonar. No para de hacerlo desde hace un buen rato, pero todavía no lo miré. Sin embargo, ahora lo hago, más que nada para evadir la situación de afuera y lo que está por suceder. Tengo una cantidad increíble de notificaciones, la mayoría de Instagram y también de personas que tienen mi número, como mi papá (Un amigo me escribió y me contó las novedades, ¡me parece fantástico! ¡Te quiero sin importar lo que pase! Papá) hasta Leigh, una amiga del secundario con quien no hablo desde hace años (SÍÍÍÍÍÍ AMIGO ESOOOO, BIENVENIDO A LA FAMILIA ARCOÍRIS). Incluso recibí uno de Randy Kehoe (Gran trabajo, amigo. Estoy orgulloso de ti).

Guau. Puede que no cante canciones punk, pero supongo que lo que Ruben y yo hicimos es bastante punk.

Nos bajamos del auto y quedo enceguecido por los flashes de las cámaras y sordo por el sonido. Hay demasiada gente aquí y la velocidad con la que se congregaron es alucinante. Veo reporteros y equipos de periodistas e incontables paparazzi, todos intentando tener un registro de nosotros en este momento.

Escudados por un guardia de Chase, entro a toda prisa al inmenso vestíbulo blanco. Es espacioso y frío, diseñado con muebles minimalistas blancos.

Una vez que estamos todos en el interior, cierran las puertas con llave. Dos guardias de Chase se paran frente a estas para bloquear el paso. Como si estuviéramos atrapados.

La recepcionista nos mira, luego se levanta de su asiento.

−Síganme.

La seguimos por un corredor, sus tacos resonando sobre el suelo de cemento pulido. En las paredes hay afiches de otras bandas que Chorus también produce. Casi llegamos a la sala de conferencias al final del pasillo cuando finalmente vemos el afiche de Saturday. Nos sacaron esa foto justo después del lanzamiento de nuestro primer álbum y nos vemos tan jóvenes. Recuerdo que ese día tenía un grano, pero lo quitaron con

Photoshop. Estamos en un escenario con el nombre de nuestra banda en luces doradas justo bajo nosotros. Cada uno de nosotros sonríe y se ve genuino porque así lo sentíamos.

La recepcionista abre una puerta de cristal esmerilado y entramos.

Adentro, hay algunas personas de traje sentadas en una larga mesa. Geoff se encuentra en la punta.

—Tomen asiento —dice.

Los cuatro entramos y nos sentamos en la otra punta de la mesa. Los abogados nos miran con expresiones frías.

—Bueno —dice, un tono que tiene cierta petulancia en su voz—. Quiero dejar en claro que lo que está a punto de pasar no es porque Zach y Ruben hayan anunciado su relación. En Chorus nos enorgullecemos de construir un clima de trabajo inclusivo para todos, sin hacer distinciones de nacionalidad, sexualidad o género.

—Seguro —resopla Ruben.

—*Sin embargo,* mientras anunciaban su relación, nos difamaron y le causaron un daño irreparable a la marca. Ustedes firmaron un contrato que estipulaba que nunca hablarían mal de Chorus en público y no cumplieron su parte del trato. Por eso, con la mayor de las tristezas tengo que informarles que tomaremos acciones legales contra ustedes cuatro. Tendrán que afrontar un castigo por lo que hicieron.

—Espera, papá, ¿qué? —pregunta Jon—. ¿Haces todo esto porque Ruben y Zach contaron la verdad?

—Esto no tiene nada que ver con que Ruben y Zach estén juntos —dice, elevando finalmente el tono de su voz. Enseguida, gira la cabeza hacia un costado, como si sus emociones lo hubieran sorprendido y tuviera que esforzarse por ponerlas nuevamente bajo control—. Esto es un *negocio.* Ustedes firmaron contratos en donde aceptaban los límites que nosotros propusimos y uno de esos límites era que ustedes no nos difamarían. La gente ya nos está llamando homofóbicos y los medios ya están pasando historias en las que se acusa falsamente a nuestra empresa de homofobia debido a sus palabras, cuando nunca dijimos que ustedes dos no podían contar la verdad. Con esto, dejaron en claro que no se puede confiar en ustedes. Se volvieron en nuestra contra, mostraron que son poco confiables y le provocaron un daño irreparable a nuestra marca. Esta es la consecuencia.

—No puedes hablar en serio —dice Angel—. Sabes que esto los hará quedar de verdad como los cretinos homofóbicos que todo el mundo dice que son, ¿verdad? Porque eso es exactamente lo que están siendo en este momento.

—Repito, en Chorus siempre nos sentimos orgullosos...

—¡Ah, no salgas con esa mierda! —lo interrumpe Jon—. Ruben nos contó todo. Nos contó que durante *años* lo presionaron para que no contara nada.

—No hicimos tal cosa. Simplemente le dimos un consejo y acordamos esperar a que llegara el momento indicado...

—¡Que nunca llegó! Papá, ¿siquiera puedes ver lo retorcido que es todo esto? ¡Lo hiciste negar su identidad y luego intentaste hacer lo mismo con Zach!

Geoff presiona un puño con fuerza y luego lo afloja.

—No discutiré contigo sobre esto, Jon. Con lo que Ruben y Zach dijeron en televisión abierta, algo claramente premeditado, nos difamaron y necesitaremos una compensación.

Tenemos un contrato para grabar cinco álbumes con Chorus y aún faltan dos. Eso significa que, con los próximos dos álbumes, conseguirán su comisión pase lo que pase y no podemos conseguir un contrato con una nueva productora, dado que el nuevo equipo tendría que tomarnos sin ninguna ganancia a la vista. Entonces, Chorus puede convertir nuestras vidas en un infierno andante mientras nos demanda por todo lo que tenemos. Y por lo que parece, Geoff planea seguir adelante con todo eso.

–No puedes hacernos esto –dice Ruben. Oigo lo derrotado que suena en su voz, porque es inteligente y sabe que no es verdad.

Geoff esboza una sonrisa.

–Pronto descubrirán que sí.

Miro a mi alrededor en la habitación. Geoff está asesorado por un equipo completo de los mejores abogados del mundo. Jon, Ruben y Angel se ven tan jóvenes en comparación.

Perdimos.

Y estamos atrapados con las mismas personas que nos van a destruir.

VEINTINUEVE

RUBEN

–¿En qué estaban pensando?

Levanto mis ojos cansados cuando mamá me encuentra en la puerta con una mirada fulminante.

–No lo sé –le contesto con total honestidad. La única respuesta que le puedo dar es inútil. No estaba pensando en los términos de nuestro contrato, ni en que me demandaran, ni en lo que podría significar para la banda defenderme de una vez por todas. Si lo hubiera hecho, me habría apegado más al guion y anunciado solo mi relación con Zach.

Pero en cambio, lo arruiné todo. Nos destruí.

–Lo siento –repito.

–Lo sientes. ¿Lo *sientes*? Te subiste a ese escenario y descuidaste…

Sus palabras se ahogan en un murmuro apagado. Mis ojos pasan hacia la sala de estar mientras ella grita. Está vacía. Papá no está aquí. Aunque tampoco me defendería.

¿Quién lo haría?

¿Quién me apoyaría si mis padres no lo hacen? ¿Si la producción no lo hace? ¿Si mis amigos no están aquí?

Arrastro la mirada nuevamente hacia mamá. Tiene una expresión de ira, mientras levanta los brazos por el aire y grita tan fuerte que los vecinos seguramente la pueden escuchar.

Las palabras empujan con fuerza. Y entonces el dique se rompe.

—¡BASTA! —grito, recobrando la compostura—. Ya sé, ¿está bien? Ya sé que hice algo estúpido, pero lo hice, y lo hice por una *razón*.

—¿Cómo te *atreves* a pararte ahí y...?

—No necesito esto —la interrumpo—. Ahora, lo único que necesito es apoyo. No soy un maldito idiota. ¡Ya sé lo que pasó! ¡Lo último que necesito es escucharlo de ti otra vez!

—Bueno, adivina qué, Ruben, esto no se trata solo de ti...

—Hoy sí —grito sobre su voz—. Hoy acabo de contarle la verdad a todo el mundo y mi equipo de producción me va a demandar, lo que significa que hoy *sí se trata solo de mí*.

—Al igual que el resto de tu vida, ¿no?

Tres cosas me llegan en simultáneo.

Uno: se siente maravilloso poder decir lo que realmente pienso, por quizás la primera vez desde que mis pies están parados sobre este suelo.

Dos: responderle a los gritos no empeoró las cosas. Apenas nota que lo hice. La habitación no se encendió en llamas. No me va a lastimar físicamente. Simplemente grita, como siempre. Es horrible, pero no más horrible que cuando no me defendía.

Tres: no necesito quedarme aquí parado para que me griten si no quiero.

Entonces giro y salgo por la puerta del frente.

—Necesito caminar.

Le cierro la puerta en la cara antes de que me pueda responder.

Me quedo sentado en el parque por un rato, observando cómo el sol lentamente se oculta en el horizonte y la oscuridad repta en el ambiente a la par del miedo que empieza a arañarme el pecho con sus dedos de sombras. *Quizás gritarle solo funcionó porque todavía no podía procesar todo. Quizás lo empeoraste. Quizás cuando regreses, tendrá algo preparado para hacer que te arrepientas de lo que hiciste.*

Pero si ese fuera el caso, podría irme otra vez. Podría ir a un hotel, a la casa de Jon o incluso visitar a Zach en Portland.

No me molesta irme.

Entonces, repitiendo este mantra una y otra vez, regreso a casa.

Mamá y papá están sentados en el sofá mirando la televisión cuando entro. No hay gritos. Mamá me mira con una expresión confusa, pero toda la ira desapareció. Papá apoya una mano sobre su brazo y ninguno de los dos me habla.

—Quería contar esto en público desde que tengo dieciséis —digo, como un saludo—. Chorus nunca me dejó hacerlo. Siempre que intenté no hacerles caso, me llevaban más hacia atrás en la banda. Me hacían vestir más sencillo. No me daban ningún solo bueno. Nunca querían que llamara mucho la atención, en caso de que la gente viera quien era en realidad. Cuando viajamos al exterior, empeoró. No nos dejaban salir del hotel. Dejaron de permitirnos tener visitas o incluso hablar con amigos. No se hacían el tiempo para asegurarse de que comiéramos en todas las comidas. Entonces, cuando ocurrió todo esto con Zach, se volvieron más en nuestra contra. Básicamente nos dijeron que nunca podríamos hacerlo público. Les mintieron a los medios sobre nuestra vida personal y también nos obligaron a mentir. Nos mantuvieron separados en público y nos castigaban cada vez que nos mirábamos en el escenario.

Tengo un nudo en la garganta y se está volviendo cada vez más difícil poder pronunciar las palabras. Por lo general, suelo sobreponerme a esta sensación y respirar hasta que el nudo desaparece. Pero ahora, por primera vez en un largo, largo tiempo, en lugar de expresar mis emociones en una maraña de ira y ansiedad, no las reprimo.

—Decidí hacerlo de todos modos —digo, las palabras fracturadas—. Lo cual *no* va en contra los términos y condiciones de nuestro contrato. Era tan importante para mí no tener que mentir más sobre quien realmente soy. Quería ser *yo mismo*. Quería tener permitido tener un novio sin hacerlo en secreto. Y entonces... yo... empecé... y me apagaron el micrófono.

La ira desapareció del rostro de mi mamá. Papá asiente, pero es una especie de gesto adusto y serio. Como si estuviera en un funeral.

Entonces, las lágrimas empiezan a nublarme la visión. Y no las reprimo. Por primera vez en mucho, mucho tiempo, simplemente las dejo caer.

—Me apagaron el micrófono —repito desconsoladamente.

Mamá se pone de pie y me envuelve entre sus brazos. Me desplomo sobre su pecho y todo se siente caluroso, húmedo y mojado. Las lágrimas caen con mayor libertad ahora y empiezo a sollozar mientras ella frota una palma abierta sobre mi espalda.

Al menos dejó de gritarme. No será la última vez que lo haga, pero al menos, en este instante, no tengo que lidiar con su ira por encima de todo lo demás. Ahora, lo aceptaré.

—Todo estará bien —murmura.

No sé cómo creerle. Pero lo intento.

La mamá de Jon convoca una reunión de grupo en el apartamento de su hermana en Orange County el día siguiente.

Cuando mamá y yo llegamos, Zach y su mamá, Laura, ya están allí. Papá quería acompañarnos, pero tenía que trabajar y mamá lo convenció de que ella le contaría todo cuando volviera a casa.

Me acerco directo a Zach ni bien nos bajamos del elevador privado, que da justo a un pasillo conectado a la sala principal. Nos envolvemos en un abrazo mientras nuestras madres se saludan con una cordialidad distante. Todas nuestras madres se conocen, claro; se conocieron durante nuestra presentación en el campamento de Hollow Rock hace años, y compartieron muchos conciertos y eventos desde entonces. Sospecho que mi mamá no es del mayor agrado para Laura. También sospecho que debe ser porque, en gran medida, Zach le debe haber compartido *sus* propias opiniones sobre mi mamá.

La señora Braxton es una mujer de baja estatura, mucho más que Jon, con un halo de rizos castaños oscuros, y una sonrisa que por lo general desborda alegría, pero hoy tiene cierto tinte de agotamiento y tensión. Jon nos escribió anoche y nos dijo mientras aterrizamos de nuevo en Los Ángeles, que ella había empacado sus cosas para quedarse aquí por un tiempo. Dudo que alguno de los dos haya dormido mucho anoche.

—¿Tienen hambre? —Empuja una caja de pizza en nuestra dirección.

Mamá parpadea como si la hubiera acosado con algo horrible y confrontante.

—Ah. Pizza, quizás más tarde. —Su sonrisa ahora es convincente. Suave recuperación—. Muchas gracias por poner la casa, Shantelle —dice—. Fue una idea maravillosa, juntar a todos para armar una estrategia antes de que nos tiren al suelo.

—¿Me ayudan a mover las cajas? —nos pregunta Jon a Zach y a mí. Nos encargamos de transportar la pizza de la cocina a la mesa de café y a las de arrime. La mesa del comedor apenas es lo suficientemente grande para cuatro personas, así que utilizar la sala de estar en el sofá y los sillones era la mejor opción.

—Gracias por invitarnos a todos aquí, aunque sea un lugar pequeño —le dice mamá a la señora Braxton—. Si lo hubiera pensado antes, les habría ofrecido nuestra casa. Tenemos más lugar para huéspedes y está cerca del aeropuerto.

Zach levanta la cabeza enseguida. Está agarrando una caja de pizza con tanta fuerza que la está empezando a abollar. Pero se queda en silencio. Jon simplemente pone los ojos en blanco.

—No es ningún problema —dice la señora Braxton—. Quería que hiciéramos esto lo más rápido posible. Estoy tan furiosa que podría... argh. Creo que necesitamos vino, pizza y un plan de acción.

—Bueno —dice mamá, sentándose junto a la mesada de la cocina—. Creo que todos estamos furiosos. Chorus *no tiene ningún derecho* a hacer esto —dice, repitiendo sus palabras acaloradas de anoche. En su ira, parece haberse olvidado que el esposo de la señora Braxton es nuestro mánager—. Nuestros muchachos son las personas más profesionales que jamás vi en mi vida y tienen talento y son *buenos chicos*. Y si quieren contar algo sobre sus vidas privadas, no es una decisión que deba tomar la producción.

Exactamente lo que me dijo anoche, una vez que me tranquilicé. Luego apoyó ambas manos sobre mis hombros. *Tú eres mi hijo. Si se meten contigo, se meten conmigo.*

Las palabras debían sonar como muestra de apoyo, pero me dejaron confundido y un poco vacío. Porque el mensaje que recibí fue *Yo soy la única persona que tiene permitido lastimarte y ponerte límites.* Y por más agradecido que estaba por contar con el apoyo de mi mamá y papá, y porque las cosas no salieran peor de lo que ya eran, a la vez no se sentía como apoyo real. No se sentía tan incondicional.

Al soltarme los hombros, recordé la noche del accidente de Angel, cuando me tragó la multitud. Fue la misma multitud que me ahogó y luego me salvó. Me sorprende que se haya sentido horriblemente familiar. Era la misma sensación a recibir el amor de mi madre durante toda mi vida.

La campanilla del elevador suena y la puerta se abre para el señor y la señora Phan, así como también Angel, y el nivel de ruido en el apartamento, de repente, se multiplica. En la mitad del bullicio mientras todos se reubican en la sala de estar para empezar, la señora Phan queda cara a cara con Jon, y se detiene para mirarlo fijo.

Jon inclina la cabeza hacia un lado, mientras se da cuenta de que ella tiene algo para decirle.

—Hola —dice, con un leve tono de pregunta en su voz.

—Hola —lo saluda ella con calidez. Vacila por un segundo y luego se abalanza hacia adelante con los brazos abiertos y envuelve a Jon en un abrazo. Él mantiene los ojos completamente abiertos, confundido, mientras ella lo presiona con fuerza—. Reece nos contó que gracias a ti consiguió ayuda. Nunca nos habríamos enterado. Podría haber pasado cualquier cosa. *Gracias.*

La señora Braxton observa la situación con labios temblorosos. Cuando la señora Phan suelta a Jon, la señora Braxton extiende sus brazos desde donde su sillón y él se sienta en el apoyabrazos para que ella pueda abrazarlo por la cintura.

Angel se lanza directo a la pizza y Zach y yo nos sumamos.

—Muero de hambre —anuncia, metiéndose una porción de pizza en la boca sin apartar la vista de su teléfono—. Oigan, somos tendencia.

—*Reece* —lo regaña el señor Phan—. ¿Por qué no tragas primero?

Angel lo ignora.

—Anjon, Zuben… "Salven a Saturday" ahora es un hashtag. ¡Chorus también es tendencia! Seguramente están disfrutando la publicidad…

—¿Quiénes son Anjon y Zuben? —pregunta Laura.

Zach se sonroja.

—Son los nombres que nos pusieron.

—¿Hacen eso?

—¿Otra vez te cambiaron el nombre? —le pregunta el señor Phan a su hijo.

—No, papá, no funciona así —dice Angel—. No entiendo por qué crees que la gente de Twitter decide colectivamente cómo llamarnos, no tiene sentido.

—Reece, no le hables así a tu padre —lo reprende la señora Phan—. Y deja de hablar con tanta soberbia, por favor, los adultos no hablamos tu lenguaje sin sentido de internet, ¿recuerdas?

—Creo que es el nombre que le ponen a las relaciones —dice la señora Braxton con dulzura—. Jonathan, ¿podrías contarme más sobre "Anjon"?

—De hecho, no hay nada en el mundo que quiera menos que hablar contigo sobre Anjon, mamá —dice Jon—. Lo único que necesitas saber es que Anjon no existe.

—Existe en el corazón de la gente —agrega Angel, llevándose una mano al pecho—. Entonces, podríamos considerar…

—*No existe* —repite Jon prácticamente entre dientes.

—Te creemos, Jon —dice el señor Phan—. Aunque, quédate tranquilo, si *hubieras* sido nuestro yerno, nos habría encantado tenerte cerca.

Angel levanta su mano para que choque los cinco. Pero su padre no responde el gesto.

—*Entonces* —dice la señora Braxton—. Buenas noticias en internet, ¿no, Angel?

La sonrisa de Angel se desvanece y regresa a revisar los hashtags.

—O sea… sí. Se ve prometedor. Ah, mierda. *"End of Everything"* ahora también es tendencia.

—Siempre supe que había algo de verdad en la frase "ninguna publicidad es mala publicidad" —dice mamá.

Miro a Zach, quien apenas puede ocultar su mueca de incomodidad por su cambio radical de "No te veas mal delante de la prensa" que usó en los últimos… eh, dieciocho años.

Laura también está mirando a Zach, de modo que interviene para cambiar el tema.

—Entonces, Shantelle —dice, volteando hacia la señora Braxton—. ¿Cuándo nos llamaste mencionaste algo sobre una abogada?

La señora Braxton sonríe con superioridad.

—No solo una. Varias.

Laura se pone de pie.

—Ese tono pide vino. Traje uno espumante y otro tinto.

—*Gran* idea —dice Angel inexpresivamente.

Su madre resopla.

—Buen intento. Sigues siendo menor de edad.

Angel pone los ojos en blanco.

—Este país *apesta*.

No a pesar de su broma, sino *por* ella, de pronto soy consciente de lo incómodo que debe ser para él. Cada vez que esté cerca de gente que bebe alcohol socialmente, tendrá que aceptar una idea que gran parte de su cuerpo rechaza. Una y otra vez. Esto no acaba porque le hayan dado el alta. Nunca acabará en realidad.

Si no fuera por Chorus.

Si no fuera por el *maldito* Chorus.

Mamá apoya una mano sobre mi brazo.

–Cariño, ¿quieres vino? –pregunta. Probablemente quiere que parezca como si estuviera dejando algo en claro con respecto al vino, como es parte de la cultura española, pero se siente como algo mucho más cruel. O intenta demostrar que ella es *mucho* más relajada que el resto de las madres o intenta resaltar el hecho de que *su* hijo no tiene ningún problema de consumo problemático. Lo que sea, estoy bastante seguro de que la energía subyacente es que mi mamá sigue siendo, la mayor parte del tiempo, la peor.

Mi sonrisa no se encuentra con sus ojos.

–No, gracias.

Zach mantiene la cabeza en alto con ambas manos, sus dedos estirados sobre todo su rostro. Las puntas de sus dedos se entierran en sus mejillas con tanta fuerza que formaron algunas arrugas sobre su piel. Está haciendo un gran trabajo para guardarse sus opiniones para sí mismo. Al menos, verbalmente.

La señora Braxton acepta una copa de vino espumante blanco y se reclina sobre la silla.

–Puede que mi esposo sea su mánager, pero no crean que yo no tengo poder dentro de Chorus. Todos creen que él puede hacer esto, pero yo puedo hacerlo mejor. *Nuestros* abogados son buenos, pero hay mejores ahí afuera. Se me ocurren al menos tres que estarían más que interesados en representarnos y ya tengo la confirmación verbal de una. ¿Jane Sanchez?

El nombre no le suena a nadie en la habitación, salvo a mi mamá. Su ruido de aprobación me dice todo lo que necesito saber. Mamá aún está al tanto de todo lo que sucede en la industria del entretenimiento.

Hasta ahora, nuestros abogados eran los abogados de Chorus. Geoff nos los recomendó cuando firmamos los contratos y todas las personas a las que le preguntamos en el campamento decían que era bastante normal que se hiciera de ese modo. Solo que no es nada bueno compartir abogados cuando surgen este tipo de disputas.

Por ejemplo, si una parte quiere demandar a la otra.

—¿Tenemos algo para defendernos? —pregunta la señora Phan cuando toma su copa con ambas manos.

—La demanda por difamación es una completa mierda —dice mamá—. Ruben no dijo ni una sola mentira en ese escenario.

—Ah, ya lo creo —dice Laura, sentándose nuevamente y ubicando una segunda botella de vino sobre la mesa de café—. Zach me contó *mucho* desde que regresó. De hecho, parece que muchas veces los hicieron hacer cosas en contra de su voluntad. ¿Eso no es secuestro? Porque *yo* creo que sí. —Mamá y la señora Braxton hacen movimientos similares con sus manos. Laura toma un sorbo desafiante de vino—. No parece legal.

—Me gustaría que Jane revisara las cláusulas de moralidad en el contrato original —agrega la señora Braxton—. Las revisé anoche y había algunas varias secciones dedicadas a hablar en contra de la producción o divulgar información interna. Secciones que sé con seguridad que no figuran en las cláusulas de salvaguardia. Quiero saber exactamente de qué se trata todo eso.

—Y siempre está el tema de la discriminación —dice mamá. Qué suerte tener eso.

—¿Y qué hay del deber de cuidado? —pregunta la señora Phan—. Mi hijo casi *muere* por su incompetencia.

–Solo dirán que no sabían nada –intervengo–. Siempre aparentaban no notarlo. Estarían bajo negación plausible.

La señora Braxton sonríe con superioridad. Parece muy satisfecha consigo misma.

–Bueno, puede que tengamos algunas cosas por escrito. Cuando Jon regresó a casa de la gira, tuvimos una charla y me compartió algunas… *preocupaciones* sobre el modo en que se estaban manejando ciertas cosas. Me tomé el trabajo de mirar los correos electrónicos de Geoff y me envié algunos a mí misma para tener algunas copias.

–*Mamá* –dice Jon, una sonrisa en su rostro.

Ella deja salir algunas risitas.

–¿Qué? También es mi empresa, Jon. El contenido de algunos de esos correos echaba bastante luz sobre el asunto. Por ejemplo, la estilista de los muchachos expresó varias preocupaciones respecto del bienestar de Angel, *mucho* antes de los eventos de Budapest, y por lo que sé ninguno de los procedimientos que se *supone* que se tienen que realizar en ese tipo de situaciones se llevaron a cabo. Encontré *años* de correos que hablaban sobre la sexualidad de Ruben y lamento decir que una gran mayoría cruzaban ya muchos límites legales. En especial aquellos relacionados a su relación con Zach.

–Les pondremos una contrademanda con todo lo que tengamos –sisea Laura–. Lo haré desear que nunca… –luego recobra la compostura–. Lo siento, Shantelle. Esto es incómodo.

La señora Braxton ríe.

–Ah, sí, es incómodo. Pero no entre quienes estamos sentadas en esta habitación, te lo aseguro.

Lo peor de todo es que esta incomodidad es solo el comienzo. Incluso si logramos ganarle el juicio que Chorus está preparando en nuestra contra, no nos liberará mágicamente de su contrato. Si esta tal Jane Sanchez es tan buena como dice la señora Braxton, *quizás* nos libere, pero no tengo esperanzas de que así sea. Siempre y cuando nuestros contratos sigan en pie, Chorus es nuestro equipo de producción por los próximos dos álbumes y, si bien su trabajo es ayudarnos, harán todo lo posible para hacer que nuestras vidas sean un infierno que terminen con nuestras carreras; y ese límite será solo porque nuestra ganancia es su ganancia.

Técnicamente, podríamos buscar otro equipo de trabajo, siempre y cuando Chorus siga obteniendo sus comisiones, pero nuestras opciones serían no pagarles nada o pagarles una comisión al igual que a Chorus, lo que dejaría tan poco para nosotros cuatro que prácticamente estaríamos trabajando gratis. Y ninguna empresa cuerda trabajaría para nosotros gratis. Quizás por un álbum, si tenemos suerte, pero no para *dos*.

—Tengo que preguntarte —dice mamá—. Chorus Producciones es tu empresa…

La pregunta está implícita en esa oración. La señora Braxton no parece sorprendida por ella.

—Dejemos dos cosas bien en claro. Una, estoy paralizada por lo que tuvieron que atravesar nuestros hijos. *Paralizada*. Si lo hubiera sabido antes les puedo *asegurar* que habría detenido todo. Como están las cosas ahora, lo único que puedo hacer es disculparme con sinceridad por toda complicidad que pude haber tenido.

—No es tu culpa, mamá —susurra Jon, pero ella lo calla.

—Dos —continúa—. Una empresa es una empresa y el dinero es solo dinero. Geoff y yo tenemos un claro entendimiento de lo que significa que Jon esté involucrado en el sello. Sus responsabilidades como padre se supone que debían superar al trabajo, *siempre, sin pensarlo dos veces*. No creí que fuera a romper esos límites, razón por la cual, supongo, me tomó tanto tiempo comprender lo que estaba pasando. Pero lo hizo. Mi familia viene primero que cualquier otra cosa y él está a punto de descubrir lo que pasa cuando te metes con ella.

Todas levantan su copa y mamá se aclara la garganta.

—Si no es problema, me gustaría ver los correos que hablan sobre mi hijo.

El resto asiente con firmeza y la señora Braxton promete enviárnoslo esta noche. Es en ese entonces cuando Zach pide disculpas y se levanta, un poco pálido. Preocupado, lo sigo y lo encuentro junto al elevador privado con la espalda contra la pared.

—¿Estás bien? —susurro. No hay mucha privacidad aquí; todavía podemos escuchar las palabras de los demás.

—Sí. Sí, es solo que… —sacude la cabeza—. Todo está pasando demasiado rápido. Ayer por la mañana era un secreto y la banda no corría ningún peligro. Pero ahora ya lo contamos y todo el mundo está hablando de nosotros, y es probable que perdamos todo, y hay *abogados* y *correos* y…

—¿Necesitas un poco de aire?

—Sí, por favor.

Luego de saludar al grupo rápidamente, escapamos hacia el elevador. Zach apoya la cabeza contra el espejo, pero mantiene su cuerpo inclinado hacia mí. Presiona el botón del tercer piso, donde está la piscina y el gimnasio, y entonces inclina la cabeza hacia atrás, respirando profundo. Cuando termina, baja la vista y me mira con sus ojos oscuros, y estira una mano para pedirme que me acerque. Me paro entre sus piernas y presiono mis labios con fuerza sobre los suyos. Es nuestro primer momento a solas desde el concierto y, de pronto, me percato de lo desesperado que estaba por sentir su piel bajo la punta de mis dedos y atraerlo hacia mi cuerpo con fuerza y mantenerlo allí hasta que toda la adrenalina y la tensión haya abandonado mis músculos.

—Dios, por fin —respira entre nuestros besos y siento que estoy a punto de perder la cabeza, sujetándolo por la nuca y presionándonos con mayor intensidad. Cuando la campanilla del elevador suena, me toma algunos segundos registrar lo que significa y me alejo de él sin mucho entusiasmo.

Nos mantenemos un poco alejados mientras caminamos junto a la piscina vacía. Solo hay una única familia aquí y no nos prestan nada de atención, pero el hábito ya está arraigado en nosotros. No es sino hasta que nos sentamos en una hamaca doble que da a la piscina que tomo su mano.

La mira, sorprendido, y luego lo entiende. Lo nuestro ya no es un secreto. Tomarnos la mano en público ya no es una ofensa castigable.

Sin palabras, Zach toma su teléfono. Aparentemente, está tan interesado como yo en explorar los hashtags antes mencionados. Miro sobre su hombro y saco mi propio teléfono. Lo que encuentro son páginas y páginas de fotos de nosotros dos. Una que tomaron cuando Zach levantó nuestras manos enlazadas es particularmente popular y fue compartida muchas veces, en publicaciones individuales y en medios masivos. Pero también hay otras fotos. Algunas de la banda posando en premiaciones, algunas de Zach y yo sonriéndonos en algún evento, y otras en las que se nos ve interactuar sobre del escenario durante la parte de la gira que hicimos en Estados Unidos.

Antes de que Chorus nos separara, parece que solíamos mirarnos *mucho*. Viéndolo en retrospectiva, probablemente debería haberme dado cuenta de que algo pasaba entre nosotros.

Claro, no todo son muestras de apoyo. En algún que otro lugar, aparecen varias palabras crueles y amenazantes. A veces, esos comentarios vienen de cuentas falsas y, otras veces, de cuentas reales. Ver eso se siente mucho como si te dieran un puñetazo en el estómago. Incluso aunque sean menos que los comentarios lindos, de algún modo, parecen más intensos.

Intento entrenar la vista para ignorarlos. Ni bien aparece alguna palabra violenta, dejo de leer y sigo adelante. Me concentro en lo lindo.

Te amamos. No dejaremos que te traten así #SalvenASaturday

Zach y Ruben son los mejores, y Jon y Angel también, los cuatros me salvaron la vida, ahora les devolveremos el favor #SalvenASaturday

Todos compren y escuchen End of Everything. Si no puedes comprarlo, escúchalo sin parar (baja el volumen si tienes que hacer otras cosas, solo queremos que suban las reproducciones). ¡YouTube también ayuda! #SalvenASaturday

#SalvenASaturday SIGAMOS TUITEANDO SOBRE OVERDRIVE Y SATURDAY. QUE SEA TENDENCIA. MOSTRÉMOSLE A CHORUS QUE LOS QUEREMOS VER TAL COMO SON. DEMOSTRÉMOSLE A #ZUBEN QUE NOS IMPORTAN.

—Nos están manteniendo en tendencia a propósito —murmuro en voz alta cuando lo entiendo. No es la primera vez que hacen algo como esto. ¿Pero que todos se junten *ahora*, cuando estamos en nuestro momento más vulnerable? ¿Al borde de perderlo todo? ¿Cuando estamos esperando saber si haber contado la verdad fue algo positivo o dañino?

En todo este tiempo, me sentí intimidado por el poder que este grupo de gente maravillosa tiene. Pero nunca fueron realmente a quienes teníamos que temer.

Sí, existimos gracias a ellos. Pero eso no significa que nos vayan a hacer daño. Incluso aunque *pudieran*.

Me cuesta tanto creer que ser adorado no significa estar a solo un error de distancia de que me odien. Pero entre Saturday, Zach y nuestros fans, creo que estoy empezando a ver las cosas de otro modo.

Nos aman. Y yo los amo igual.

Pero más importante aún, creo que *confío* en ellos.

La voz de Zach suena aguda y graciosa.

–Ah. –Levanto la vista para encontrar sus ojos vidriosos y paso un pulgar sobre su quijada–. No puedo creer que todos… –levanta la vista hacia el cielo y respira para estabilizar su respiración–. No estaba seguro. Me preguntaba si estarían enojados con nosotros por mantenerlo oculto por tanto tiempo. O por hacerlo en primer lugar.

Entiendo el miedo. Creo que estoy menos sorprendido que Zach. Luego de años y años de querer esto, tuve bastante tiempo para estudiar detenidamente cómo reaccionan los fans cuando una celebridad le cuenta sobre su sexualidad. En el fondo, confiaba en que nos apoyaran, en su mayoría.

Lo que no esperaba era la euforia masiva de verme a mí mismo reflejado. *A mí*, no a un personaje diseñado con mi cara. Ahora entiendo bien lo que hice. Le conté a todos la verdad sobre mi sexualidad. Después de tantos años de querer hacerlo, finalmente ocurrió.

Al final del día, todos queremos que el mundo vea quienes realmente somos. La verdad no es el problema. El problema es que el mundo no siempre garantiza que compartirla sea seguro.

Uno de los niños salta al agua, salpicando a todas partes, y capta toda mi atención. Los dos, quizás de tres o cinco años, son demasiado pequeños como para reconocernos. Y si los padres nos reconocen, claramente no están tan interesados en mirarnos. Solo somos dos tipos que se están relajando junto a la piscina, como si nuestro mundo entero no hubiera implosionado en menos de veinticuatro horas.

Sintiéndome de repente animado, inicio una transmisión en vivo.

–¿Qué estás haciendo?

–Nos quedamos en silencio. Están ahí mostrándonos su apoyo y nos quedamos en silencio. No quiero hacer eso. Por primera vez en mi vida, no tengo que hacerlo.

En respuesta, me quita el teléfono de la mano, revisa él mismo la vista previa de la transmisión y luego inicia el vivo antes de que tuviéramos siquiera un segundo para planificar qué decir.

Bueno, al menos, ¿aprecio su confianza y compromiso?

Me empuja con su codo. Ah, grandioso, entonces él puede tomar la iniciativa para iniciar la transmisión sin advertencia alguna, pero yo soy el que tiene que hablar primero. Entendido.

–Hola, ¿cómo están? –digo–. Vaya que fue un día… raro. No lo haremos muy largo, pero queríamos ver cómo estaban y decirles que estuvimos viendo los hashtags. Vimos su apoyo. Y… significa para nosotros más de lo que sabrían. Ayer probablemente fue el día más desafiante de nuestras vidas y saber que contamos con su apoyo es todo lo que necesitamos. Tenemos mucho amor para cada uno de ustedes.

Las vistas suben tan rápido que pierdo registro de la cantidad de personas que nos están viendo. Entonces, varios comentarios empiezan a aparecer en pantalla.

Dios, dios, dios.

¡¡¡¡¡También los queremos!!!!!

¿End of Everything es sobre Zuben? ¿¿¿Es la canción de Zach, verdad???

ME ALEGRA SABER QUE ESTÁN BIEN.

—Gracias por sus palabras —dice Zach—. Gracias por estar aquí desde el comienzo. Y gracias por estar con nosotros cuando más lo necesitamos.

—No queremos pedirles más cuando ya nos dieron tanto —digo—. Pero hay algunas personas que esperan que Saturday desaparezca del foco luego de lo que pasó ayer. ¿Y si pasa lo contrario? ¿Si pueden ayudarnos? Cambiarían todo. Ahora mismo, hoy, tienen el poder de cambiar todo. Siempre lo tendrán.

Zach debe tomar eso como el pie para terminar la transmisión, porque le lanza una sonrisa traviesa a la cámara, se inclina hacia mí y me besa la mejilla cuando termina el vivo.

—Sutil —río.

—Creí que ya habíamos dejado atrás las sutilezas.

Apoyo la cabeza sobre su hombro.

—Gracias por haber hablado ayer —digo de repente.

No creo que necesite decirle lo que significa para mí saber con certeza que estamos juntos en esto. No estar sentado aquí analizando sus palabras y expresiones, preguntándome si resiente en secreto que yo le haya contado al mundo sobre lo nuestro. Incluso con todo el miedo y la ansiedad que hormiguea por mi piel en este momento, saber que está comprometido con lo nuestro, sin vacilaciones, ayuda. Significa que no estoy solo. Eso es todo.

–¿No te arrepientes? –pregunta.

–Para nada. ¿Tú?

–Para nada.

Me besa suavemente, mientras sus dedos navegan por el lóbulo de mi oreja. De repente, nos interrumpe la voz de Angel gritando desde el elevador.

–¡Los encontré!

Nos apartamos y vemos a Angel y Jon acercándose a toda prisa hacia nosotros, mientras la familia en la piscina ahora sí le presta atención a nuestra presencia.

–¿Cómo no anticipamos que se escaparían para besuquearse? –pregunta Angel de un modo exigente–. *Típico.*

–¿Típico? –pregunto–. Literalmente, nunca nos atrapaste escapando para besarnos.

–O quizás nunca nos vieron –responde, tocándose varias veces la nariz.

–Tu mamá estaba preocupada, Zach –dice Jon–. Parecías bastante preocupado allí arriba.

–Está bien –dice Angel, sacudiendo una mano–. Ruben le dio respiración de boca a boca.

–¿Puedes ahorrarte *todo eso* por, no sé, cinco segundos? –le pide Zach.

–Estoy bien, gracias.

–Otra cosa, Ruben, tu mamá está empezando a convencer a todos de que sabía desde el principio que Chorus era una empresa abusiva y que estuvo intentando convencerte a ti de que les pusieras límites desde hacía años –dice Jon–. Supuse que querría subir a defenderte.

–¿Ah, *eso* estuvo haciendo todo este tiempo? –pregunto–. Y pensar que yo creía que me estaba diciendo que acatara las reglas y no arruinara esta oportunidad. *Mi error.*

–Mmm. La mamá de Zach intentó callarla un par de veces, pero necesita refuerzos.

Zach parece complacido.

–Genial.

–Será mejor que no pierda los cabales –dice Angel–. Eso hará que a boda sea incómoda.

Zach lo patea y se quita del camino de un salto.

–Tienes suerte de seguir enyesado –gruñe.

Angel extiende los brazos hacia cada lado lo mejor que puede.

–Ah, ¿sí? Ignóralo. Ven. Vamos.

Se enfrentan por unos pocos segundos. De pronto, Zach se levanta de un salto y Angel empieza a correr hacia el elevador, pidiendo ayuda a gritos con todas sus fuerzas. La familia en la piscina parece alarmada.

–Bueno, en serio, ¿están bien? –pregunta Jon cuando los seguimos.

–Sí, creo que estaremos bien –respiro profundo–. ¿Qué hay de ti?

Se encoge de hombros.

–No sé si estoy feliz de que hayamos salido de todo eso o… no sé. Nunca creí que mis padres se fueran a separar. O sea, no lo hicieron oficialmente, supongo, pero no veo en qué otro lugar podría terminar todo esto.

–¿Quieres hablar? –pregunto–. ¿Podemos tomarnos unos segundos si quieres?

Jon lo piensa y luego sus ojos parecen echar fuego.

–La verdad que no. Quiero volver e intentar averiguar qué podemos hacer para que mi papá se arrepienta de todo lo que nos ha hecho este año.

Me cruzo de brazos y levanto las cejas.

–Hagámoslo.

TREINTA

ZACH

–¡Zach! –dice Ruben, sacudiéndome para que me despierte, terminando temprano mis horas de sueño–. Mira esto.

Abro los ojos lentamente. Ambos estamos en mi cama y lo último que recuerdo fue tener los brazos alrededor de su cuerpo mientras nos quedábamos dormidos.

Se está quedando en mi casa por algunos días, desde que tuvimos la reunión familiar, cuando mi mamá ofreció que viniera con nosotros. ¿Y honestamente? Fue la mejor decisión. No sé cómo estaría manejando todo si él no estuviera conmigo. Tiene una forma de encargarse de todo que me hace sentir mucho mejor.

Nuestras familias siguen en contacto, intentando averiguar cómo hacer que Chorus pague por lo que nos hicieron. Mamá se pasa gran parte del tiempo hablando con las otras madres ahora. Se hacen llamar *El escuadrón de madres* y no se detendrán hasta el final. Geoff debería estar aterrado.

Ruben está sentado con la espalda sobre el respaldo de la cama. Su rostro iluminado por la luz azul de la pantalla de su teléfono.

Me levanto para sentarme a su lado y me muestra el teléfono.

Es un correo de *Billboard* con la nueva lista de las cien canciones más vendidas. Sabía que saldría esta mañana, pero estuve intentando no pensar mucho en eso. Ruben está prácticamente tarareando, lo que me hace pensar que no será tan deprimente como había previsto. Miro la lista. *Overdrive* ocupa el primer lugar, pero verlo duele. Puede que haya puesto mi voz para eso, pero no se siente para nada como mi canción. Geoff debería figurar como el artista.

Además, su éxito puede atribuirse a la interminable cobertura mediática que recibió últimamente. Nuestra relación fue diseccionada en prácticamente todas las revistas y sitios de renombre. Incluso el *New York Times* escribió al respecto. *Todavía* hablan sin parar en las noticias las veinticuatro horas del día. Supongo que eso ocurre cuando dos miembros de una *boyband* revelan que estuvieron saliendo en secreto. Demanda atención.

Estuve haciendo mi mejor esfuerzo por evitar todos los discursos que circulan en internet sobre mí, pero que en general usan como excusa para tratar una variedad de temas que van desde una crítica a la fórmula de *boyband* en general hasta una examinación con detenimiento de la industria musical.

La mayoría está bien. Este tipo de luchas está bien. Pero en este momento, tan temprano, solo quiero estar con mi novio. No creo que sea mucho pedir.

Entonces le devuelvo el teléfono.

–Grandioso. Quizás Geoff pueda comprarse otro yate.

–Mira más abajo –dice.

Bajo la página.

End of Everything ocupa el cuarto lugar.

Me quedo mirándola fijo, como si fuese a desaparecer al parpadear. *End of Everything* todavía no salió como sencillo, simplemente fue lanzado como una canción adicional junto con *Overdrive*, ya que Chorus y nuestro sello querían ver cómo reaccionaría el público antes de decidirse por un segundo sencillo. No se suponía que llegara a las listas. Ni siquiera tiene un videoclip y no tuvo mucha promoción por parte del sello. Aun así, ahí está, la cuarta canción más popular de todo el país.

Eso es gracias a los fans.

—Sigue leyendo —dice Ruben.

Guilty está en el noveno lugar, lo cual podría ser un récord porque esa canción salió hace más de dos años y ahora está dentro del top diez. Por lo general, solo las canciones de navidad aparecen en las listas luego de años de su lanzamiento.

—¿Qué está pasando? —pregunto.

La presencia de nuestro sencillo del momento en la lista puede atribuirse a todo el escándalo. Pero estas dos canciones, una que nunca sonó en la radio y otra que tiene más de dos años, ¿en el top diez? Es algo completamente distinto. Busco algunas palabras claves.

Zuben.

La canción de Zuben.

La canción de Zach para Ruben.

Entonces lo entiendo.

—La gente debe creer que escribí End of Everything para ti —digo, finalmente entendiéndolo—. La compran para mostrarnos su apoyo.

—Oh, por Dios. Tienes razón.

—Pero yo ni siquiera la escribí.

—Tu nombre figura en los créditos, así que supongo que eso es todo lo que necesitan escuchar —ríe con ironía—. No terminaste, por cierto.

Bajo nuevamente la página.

En el puesto número veintiuno está *Unsaid*.

Y luego en el treinta y tres está *His, Yours, Ours*.

Signature se ubica en el puesto cincuenta y ocho, más alto de lo que alguna vez estuvo.

Tenemos *seis* canciones en la lista. Nuestros fans tienen dedicación y diligencia, pero nunca hicieron algo como esto. Esto es innegable. Una enorme cantidad de gente nos está mostrando su apoyo a nuestra relación.

De repente, la pantalla del teléfono de Ruben cambia. Es una llamada de su madre.

Su expresión cambia, apagándose levemente. Ya la conozco y sé que no lo llama para compartirle su mejor lado, por alguna razón, porque incluso cuando Ruben hace algo completamente extraordinario, como tener *seis* canciones en la lista, de algún modo sigue sin ser suficiente. Se prepara para atender.

—No lo hagas —digo.

Nos pasamos la última semana hablando mucho sobre lo necesario que es que empiece a levantar límites sanos entre él y su mamá. Sé que será un largo proceso, pero tenemos que empezar por algún lado. Con suerte, puedo ayudarlo del mismo modo que él me ayudó a mí a ganar confianza.

Me mira como si me dijera *Me encantaría hacerlo*, pero acepta la llamada y la pone en altavoz.

—Ruben —dice—. ¿Asumo que viste la lista de las cien canciones más vendidas?

—Hola, mamá, Zach está aquí conmigo.

–Ah, hola, Zach. ¿Asumo que vieron la lista?

–Sí.

Muevo los labios como si le estuviera diciendo *Cuelga la llamada*.

–A *End of Everything* le está yendo de maravillas, lo cual está bien. Solo desearía que fuera una mejor canción, Ruben, deberíamos haber corregido esa nota desafinada que cantas en el puente...

Ruben corta la llamada.

–Ah, Dios –dice, arrojando el teléfono hacia un lado como si le estuviera quemando la mano–. Oh, mierda.

–Oye –digo, riendo–. Está bien.

–No, me va a matar.

–Ella lo estaba arruinando. Tú hiciste lo *correcto*. Ruben. Listo.

–Sabes que tendré que llamarla, ¿verdad?

–Sí. –Me acerco y empiezo a besar su cuello–. Pero puede esperar, ¿cierto?

Sus párpados se cierran y deja salir un gemido suave.

–Se enojará tanto conmigo.

Sonrío.

–Probablemente.

Empieza a sonrojarse y me vuelve loco. Empiezo a besarle el pecho, descendiendo lentamente sobre su piel. Levanta una mano y la pasa por su cabello, y cierra los ojos. Está excitado y me hace querer quitarle enseguida su ropa interior.

–Y ella... ah, mierda, a quién le importa. No pares.

–Por fin.

Subo besándolo hasta que mis labios se encuentran con los suyos.

Un tiempo más tarde, estamos en la ducha. Me da la espalda y estoy usando la nueva esponja para lavarle la espalda.

—¿Qué crees que significa esto? –pregunto.

Me mira.

—¿En qué sentido?

—Bueno, los números deben ser increíbles para entrar a la lista sin mucha difusión en la radio.

—Sí. Y considerando que solo son reproducciones de internet y ventas. Nuestros fans son los mejores.

—*Además, Overdrive* sigue ocupando el primer lugar. Lo que deja en claro que la enorme preocupación de Geoff sobre dañar los números es definitivamente una mierda y podemos probarlo. Nos pone en una posición bastante fuerte.

Voltea.

—¿A qué te refieres?

—Creo que esto es bueno, si alguna vez queremos volver a hacer más música como Saturday.

Sabemos por las reuniones que tuvieron nuestras madres que no tenemos muchas opciones para deshacernos de Chorus hasta que termine nuestro contrato y ninguna productora nos aceptará cuando Chorus siga recibiendo sus regalías. Pero considerando nuestras ganancias en este momento, quizás, si no queda otra opción, le dará a Chorus un incentivo extra para seguir exprimiéndonos. Después de todo, cuanto más dinero hagamos nosotros, más dinero ganan ellos. Incluso aunque nos odien.

Ruben pasa un brazo sobre mi hombro y sonríe.

—¿Imaginas que sigamos en Saturday –pregunto–, pero sin que Chorus nos controle tanto?

—Finalmente podrías escribir una canción.

—Eso sería genial. –Levanto la esponja–. Una canción sobre esponjas no vendría nada mal, ¿no crees?

Me golpea en el pecho con la esponja.

—Si tu primera canción es sobre una esponja y no sobre mí, juro por Dios que…

Sonrío.

—Tengo el presentimiento de que así será.

Luego de la ducha, nos vestimos y vamos por el pasillo hacia la sala de estar.

Mamá está sentada en el sofá, leyendo algo en su tablet.

—¿Asumo que vieron las noticias? —pregunta—. Todo Twitter está hablando sobre eso. Y buen trabajo colgándole a Veronica.

—¿Te escribió? —pregunto.

—Me exigió que derribara la puerta y te obligara a que la llamaras —sonríe—. La dejé en visto y no le respondí.

Mamá ya preparó tres tazas de café, una para cada uno. Aprendió cómo le gusta exactamente a Ruben, apenas un poco de crema y un sobre de endulzante para tapar la amargura. Tomo mi taza de café negro. Ruben dice que es *como mi alma*, lo cual me hace sentir halagado.

—¿Qué piensa el resto del escuadrón? —pregunto.

—Están bastante entusiasmadas. Ustedes tienen el verdadero poder ahora.

—¿Y tú qué opinas?

—Solo desearía que esos bastardos de Chorus no lucren con esto. El hashtag de Salven a Saturday ahora tiene camisetas, por cierto, y todo lo recaudado lo donan a GLSEN. Ya compré tres.

Ruben hace una mueca.

—Fabuloso. Pero, oigan, voy a buscar mi teléfono. —Apoya una mano sobre mi brazo—. No la voy a llamar, lo prometo.

—Está bien.

Le doy un beso y se marcha por el pasillo. Me siento justo frente a mamá.

—Entonces, ¿todo está yendo bien? —pregunta, su sonrisa traviesa me horroriza al hacerme pensar que, de algún modo, sabe lo que hicimos anoche dos veces. Y luego otra vez esta mañana.

—Sí, es el mejor.

—Ay, el amor adolescente —dice—. No hay nada que se le compara.

Hay fuegos artificiales en mi cerebro.

Amor adolescente.

Hay una canción ahí. Lo sé. Solo necesito ir a buscar mi cuaderno y escribirlo. Todo empieza a encajar en su lugar, la melodía aparece de la nada. Creo que es lo que estuve esperando todo este tiempo. De hecho, será mía, la mezcla perfecta de lo que quiero escribir y lo que nuestro público quiere escuchar. Tomo mi teléfono y empiezo a escribir.

Ruben aparece por el pasillo. Lo miro y es fácil saber por qué la canción se me ocurrió con tanta facilidad.

—No van a creer esto —dice.

—¿Qué?

—Geoff pidió tener una llamada con nosotros —dice y es imposible no escuchar el entusiasmo en su voz—. Quiere, y abro cita, "resolver las cosas".

—¿En serio?

—Ajam. Pero aún hay más. Monarch Producciones quiere reunirse con nosotros. Aparentemente, saben de nuestra situación, pero se sintieron tan conmovidos por nuestra historia que les interesa tener una conversación.

Sí. Pasar tiempo con Ruben me debe estar mimetizando con él; no lo creo ni por un segundo. Por la forma en que levanta las cejas, tengo la impresión de que él tampoco. Esto no lo hacen por caridad, asumirán la pérdida para ganar más dinero en el futuro. Y, aparentemente, con nuestra presencia en la lista como nunca se vio antes, es un trato lo suficientemente atractivo para que crean que funcionará a largo plazo.

Incluso para nosotros, con todo nuestro éxito… nunca en un millón de años esperaba que un equipo de producción nos tomara gratis. Por dos álbumes.

Pero aquí hay uno ofreciéndonos una reunión.

Si esto funciona… podríamos alejarnos de Chorus. De una vez por todas.

Y esta vez, no seríamos unos chicos inexpertos de dieciséis años que firman un contrato a largo plazo sin entender qué están firmando.

Tendremos nuestros propios abogados. Y sabríamos exactamente lo que estamos haciendo.

—Mierda —digo—. ¿Cuándo quieren hacerlo?

—Geoff quiere hablar esta tarde, Monarch quiere tener la reunión en cuanto estemos disponibles.

—Eso es rápido —dice mamá, quien se reclina sobre el sofá—. Yo diría que le digan a Geoff donde puede meterse todo lo que tiene y solo vayan a la reunión con Monarch. Ahora ustedes deciden qué hacer, no él.

Río.

—¿Qué piensas?

Ruben se rasca la barbilla.

—Creo que deberíamos escuchar a todos. En el peor de los casos, si no nos gusta lo que ofrecen, lo rechazamos.

—Estoy de acuerdo.

—Esto pide que celebremos —dice mamá—. ¿Qué les parece unos wafles?

Ruben y yo compartimos una sonrisa.

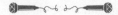

—Lo siento —dice Geoff.

Ruben y yo estamos sentados lado a lado en una llamada por Zoom con Geoff y el resto de Saturday. Angel tiene una camiseta negra que dice SALVEN A SATURDAY con letras neón rosas y Jon lleva una camisa azul casual. Se puede ver por primera vez que tiene una leve barba incipiente. Acentúa su quijada y deja en claro lo atractivo que es.

—Actúe apresuradamente —continúa Geoff—. Las emociones estaban descontroladas y dije cosas que no sentía. De verdad, muchachos, lo lamento.

Quiero reírme en su cara.

Realmente creo que lo lamenta, pero no porque se haya dado cuenta de su mal comportamiento. Lamenta haber subestimado lo poderosa que es nuestra base de seguidores.

Y habernos subestimado a nosotros.

—Ahora que terminaste con estas disculpas falsas —dice Angel—. ¿Qué quieres?

Geoff hace una mueca.

—Está bien, vayamos al grano. Desde Chorus nos gustaría empezar a trabajar con Saturday una vez más. Galactic tiene planes para lanzar *End of Everything* como sencillo oficial y podríamos hacer una campaña relámpago para promocionarlo, junto con un video de alto presupuesto. Creemos que, con el empuje necesario, concentrándonos en la relación de Ruben y Zach, podríamos alcanzar el primer puesto nuevamente. Eso convertiría a Saturday en la primera *boyband* estadounidense con más números uno en la historia. Pero el tiempo apremia y debemos movernos rápido. Si llegamos a un acuerdo, nos gustaría empezar la filmación la próxima semana.

Nadie dice nada.

Mentalmente, empiezo a encajar las piezas de este rompecabezas. Parece algo gigante y podría ser enorme para las cientos de personas queer allí afuera, como ese chico que vi en la multitud cuando contamos la verdad. Pero ya trabajé con Geoff tiempo suficiente para saber que no hace nada por buena voluntad. Esto es para reparar su imagen pública, eso es todo. En internet lo están destrozando y, si nos recupera, todo eso bajará de intensidad y no serán los villanos que son ahora.

Eso no es ser bueno. Es salvarse a sí mismo.

—Entonces, ¿qué opinan? —dice—. ¿Qué dicen?

Angel se aclara la garganta.

—Nos pondremos en contacto contigo.

—¿*Qué?*

No estoy seguro de que alguna vez alguien le haya dicho eso.

—Consideraremos tu oferta —dice Ruben con una voz clara—. Sin embargo, *sí* cortaste efectivamente tu relación con nosotros.

—Yo…

—Entonces —digo, interrumpiéndolo—. Exploraremos nuestras opciones. Cuando estemos listos, nuestros abogados se pondrán en contacto contigo.

—Jon…

—Lo siento, papá. Son solo negocios. Adiós.

La ventana de Jon queda negra. Ruben toma eso como nuestra señal y termina la llamada.

Todo salió acorde al plan.

Ruben está sonrojado y sonriendo con gran intensidad.

—Eso se sintió bien —dice.

Y solo va a mejorar de ahora en adelante.

Nuestra chofer es fan de Saturday.

Estuvo hablando sin parar durante todo el viaje, haciéndonos preguntas sobre lo que ocurrió con la banda y la productora. Dado que ahora estamos en mitad de negociaciones contractuales, no pudimos darle muchas respuestas, pero el hecho de que tenga tanta curiosidad me parece increíblemente dulce.

Nos está llevando a la oficina principal de Monarch, así que creo que sabe lo que estamos por hacer.

Espero que pronto podamos contarle todo a nuestros oyentes. Seguir adelante, eso es lo que quiero. No más secretos, no más aparentar ser alguien que no somos.

Seremos Saturday, pero nuestras versiones reales. Al ver lo bien que les está yendo a *End of Everything* y a las otras canciones más viejas, nuestros abogados confían en que Monarch querrá trabajar con nosotros y podremos hacer algunas reformas a nuestro contrato, para asegurarnos de que lo que pasó en la gira de este año nunca más vuelva a ocurrir.

Comparto el auto con el resto de la banda. Creí que sería una buena idea que todos llegáramos juntos para mostrarles lo que somos ahora: un frente unido.

—Entonces, muchachos —dice Angel—. Estuve investigando un poco el otro día.

—Bueno, eso es aterrador —dice Jon.

Angel se cruza de brazos.

–Bueno, ya no quiero contar nada.

–Está bien, lo siento, ¿qué es?

–Okey, eché un vistazo rápido, ya saben, y encontré que hay un penthouse de cuatro habitaciones libre en Marina del Rey. Tiene vida de ciudad y vistas de montaña, y un cine separado. ¡Además aceptan mascotas! Saben que siempre quise un Bulldog francés, ¿verdad?

De algún modo, no me sorprende que luego de conocerlo desde hace tantos años, todavía siga aprendiendo cosas sobre él.

–¿Qué dicen? –pregunta–. ¿Quieren que pacte una visita?

Ruben me mira.

–No nos haría mal mirar, ¿verdad?

–Sí –dice Jon–. ¿Qué puede salir mal?

–Hazlo –digo.

–Listo –dice Angel, sonriendo–. Es el próximo martes.

El auto gira a la esquina y veo el edificio de Monarch Producciones. En la puerta ya hay una multitud de unas cien personas o más. Debido a la difusión que recibió nuestra batalla con Chorus, no me sorprende que estén aquí. Lo que sí me sorprende es la cantidad de personas con las camisetas y banderas de arcoíris. Ven el auto y empiezan a alegrarse.

Esta vez no gritan. Simplemente, nos alientan.

Me entusiasma mucho más de lo que alguna vez lo hizo un estadio.

El auto se detiene y Angel se baja, saludando como si perteneciera a la realeza.

Lo sigue Jon y se ajusta los botones de su camisa, antes de esbozarles una sonrisa radiante y acercándose a los fans con una postura perfecta. Si pudiera elegir a cualquier persona para que nos guiara hacia lo que está por venir, lo elegiría a él.

Luego se baja Ruben y voltea para ofrecerme su mano. La tomo y bajo hacia la luz del sol sin soltarlo.

La multitud empieza a celebrar cada vez más fuerte.

Sujeto con fuerza la mano de Ruben y él me devuelve el gesto. Mientras nos acercamos a la gente, empiezo a sentir que tenemos el éxito asegurado: esto funcionará.

No solo estará bien.

Será fantástico.

AGRADECIMIENTOS

Cuando Cale se acercó a Sophie para escribir un libro juntos en 2019, no había manera de predecir cómo saldría. Ninguno de nosotros había coescrito un libro antes y nuestros trabajos en solitario consistían de historias bastante distintas. Lo que sí teníamos eran tres cosas importantes: una amistad que empezó por Twitter en 2014 cuando ambos empezamos a perseguir el sueño de la publicación, un gran amor por las historias queer y una gran pasión por el concepto de esta historia. Fue Cale quien propuso en un principio la premisa de que dos miembros de una *boyband* se enamoraran, pero trabajando juntos estos personajes cobraron vida.

No pasó mucho tiempo para que el personaje de Sophie, Ruben, y el de Cale, Zach, junto con Angel y Jon, se volverían una realidad. Si se puede describir la lectura como compartir una alucinación vívida con un escritor o escritora, coescribir una historia es algo completamente diferente. La velocidad con la que acordamos las características principales de los protagonistas y sus arcos fue insólita; nos dimos cuenta de que compartíamos las mismas sospechas sobre sus vidas personales incluso antes de siquiera debatirlas y su coherencia a lo largo de los capítulos que nos enviábamos por correo fue increíble desde el principio. En muchos sentidos, se sentía como si estos personajes fueran reales y existieran en otro plano de la realidad y a través de la coescritura de este libro pudiéramos acceder conjuntamente y en simultáneo a sus vidas.

Si hay algo que esperamos que nuestros lectores se lleven de este libro (además de muchas horas de disfrute, ¡claro!), es una mayor consciencia sobre la presión a la que se suele someter a los artistas (en especial queer o marginados) en la industria del entretenimiento. Si bien nuestros personajes son completamente ficticios, las condiciones de trabajo exhaustivas, la invasión de la privacidad por parte de los medios y el abuso de poder desafortunadamente están inspirados en una realidad compartida por una increíble cantidad de cuentas públicas de artistas (en especial personas que suben a la fama a una muy corta edad) donde describen sus experiencias. El sometimiento a ocultar su orientación sexual, ya sea de manera abierta o sutil, es una práctica conocida en la industria; múltiples celebridades ya comentaron abiertamente respecto de las presiones a las que eran sometidas para fingir ser heterosexuales y así poder preservar sus carreras. Este libro explora cómo puedes perder tu identidad cuando te obligan a mantener un papel que nunca elegiste y las diversas maneras en que una persona puede sentirse atrapada por aquellos que abusan de su poder.

Pero también es una historia que busca dar esperanza y así lograr desatar esas ataduras. Esperamos tener la posibilidad de ver un mundo en el que los sistemas que despojan a los individuos de su poder y capacidad de decisión dentro de la industria del entretenimiento sean finalmente reestructurados y estas ataduras desaparezcan por completo.

Para Moe Ferrara y el equipo de Bookends y Molly Ker Hawn y el equipo de Bent Agency: ¡muchas gracias por mostrarnos su apoyo y creer en nosotros y este libro, y trabajar incansablemente para lograr el mejor resultado posible! No podríamos haberlo logrado sin ustedes.

Gracias a Sylvan Creekmore, extraordinaria editora, por estar siempre dispuesta a tener una videollamada a cualquier hora para debatir sobre cosas particularmente complicadas de la trama y por permitirnos llevar la historia a donde queríamos.

Muchas gracias al equipo de Wednesday Books por creer en este libro y hacer que fuera una experiencia inolvidable. ¡Un agradecimiento especial a Rivka Holler, DJ DeSmyter, Alexis Neuville, Dana Aprigliano, Jessica Preeg, Sarah Schoof, Sara Goodman, Eileen Rothschild y NaNá V. Stoelzle!

¡Gracias a Olga Grlic por el increíble diseño de tapa y por tenerle tanta paciencia a Sophie en su primera incursión escalofriante en el mundo de las ilustraciones!

Al equipo del Reino Unido y la Mancomunidad de Naciones en Hachette, con un agradecimiento especial a nuestro editor, Tig Wallace: gracias por tu apoyo continuo desde el principio y por llevar este libro a nuestro país.

A nuestros primeros lectores que nos compartieron sus elogios por adelantado, Julia Lynn Rubin, Phil Stamper, Adam Sass, Shaun David Hutchinson, Lev Rosen, Mackenzi Lee, Caleb Roehrig, Robbie Couch y Jacob Demlow: muchas gracias por sus lindas palabras y por ayudarnos con vocabulario específico de los Estados Unidos y las diferencias culturales (¡es más difícil de lo que parece!).

A Becky Albertalli, quien generosamente nos ofreció su plataforma y su tiempo para promocionar este libro antes de lo previsto: ¡te adoramos!

Sophie quisiera enviarles un agradecimiento especial a Julia, Becky, Claire, Jenn, Diana, Alexa, Jacob, Ash, Samantha, Ashley y Emma ¡por ser los mejores amigos escritores/lectores que alguien podría tener! Me gustaría enviarle muchos cariños a Steph, Ryan, Jono, Paige, Laura y Brendan por aprender las idas y vueltas de una industria poco conocida para ustedes y así poder participar de la mejor manera en mis desafíos y logros; y a Sarah, mamá y papá por brindarme su emoción y atención. A Kathryn y Mark, gracias por permitirme quedarme con ustedes, gran parte de este libro fue creado en su casa y ¡agradezco tanto eso! A Cameron, estuviste ahí desde la primera novela que me publicaron, ¡y ahora ya voy por la cuarta! La paciencia, el entusiasmo y el cariño que me has demostrado a lo largo de este viaje significan más de lo que alguna vez podré decir con palabras. Muchas gracias por vivir esta vida conmigo.

Cale quisiera enviarles un agradecimiento especial a Caleb Roehrig, Adam Sass, Adib Khorram, Julian Winters, Tom Ryan, Lev Rosen y Alex London por las conversaciones divertidas en el chat grupal; a Tricia Levenseller por ser la mejor escritora melliza y CP del mundo; ¡y Callum McDonald por su experiencia en edición y su ayuda! A mis amigos y amigas Shaun David Hutchinson, Christy Jane, Rogier, Allaricia, Kimberly Ito, David Slayton, Jaymen, Raf, Mitch, Sarah, Dylan, Asha, Lauren, Maddy, Dan, Ryan, Ross, Brandyn y Kyle, ¡gracias por ser fantásticos! ¡SHAYE! Eres el mejor y me alegra tanto ser tu hermano mayor. Eres tan bueno como *Scooby Doo 2: Monstruos sueltos*, ¡y sabes que ese es el halago definitivo! Y, por último, a mamá, papá, Kia y Jayden por ser superestrellas en muchos sentidos; los quiero mucho.

ROMA

El amor como nunca lo has visto

SERENDIPITY -
Marissa Meyer

¿Y si el cazador se enamora de la presa?

FIRELIGHT -
Sophie Jordan

A veces debes animarte a desafiar el destino...

NO TE ENAMORES
DE ROSA SANTOS -
Nina Moreno

Súmale un poquito de k-pop

COMO EN UNA
CANCIÓN DE AMOR -
Maurene Goo

VIVIRÁS -
Anna K. Franco

NCE...

¡El romance más tierno del mundo!

HEARTSTOPPER -
Alice Oseman

Enemies to lovers mágico y spicy

TIM TE MARO Y LA MAGIA DE
LOS CORAZONES ROTOS -
H.s. Valley

Contra todos los prejuicios...

EL ÚLTIMO VERANO -
Anna K. Franco

¿Podrá el amor eludir al karma?

KARMA AL INSTANTE -
Marissa Meyer

¡QUEREMOS SABER QUÉ TE PARECIÓ LA NOVELA!

Nos puedes escribir a vrya@vreditoras.com
con el título de este libro en el asunto.

Encuéntranos en

 facebook.com/VRYA México

 instagram.com/vryamexico

 twitter.com/vreditorasya

COMPARTE
tu experiencia con
este libro con el hashtag
#sinosdescubren